GAMES OF DESIRE

Du même auteur dans la collection

Luv

Dark Initiation

LAURA BLACK

GAMES OF DESIRE

Luv

« Vous ne pourrez jamais échapper à votre cœur, alors le mieux est que vous écoutiez ce qu'il a à vous dire. »
Paulo Coelho, *L'Alchimiste*

« Look into my eyes, you will see
What you mean to me
Search your heart, search your soul
And when you find me there you'll search no more
Don't tell me it's not worth tryin' for
You can't tell me it's not worth dyin' for
You know it's true
Everything I do, I do it for you. »
Bryan Adams, *(Everything I Do) I Do It for You*

À ceux qui ont suivi leur fil rouge…

1

Tasha

Emportée par le rythme de la musique qui pulse en sourdine, j'effectue des pirouettes puis balance les hanches de droite à gauche. Les notes glissent sur ma peau, telle une caresse enivrante qui réactive cette flamme que je croyais éteinte ces dernières semaines.

C'est si bon que je soupire de béatitude.

À bout de souffle, j'abandonne ma danse folle le temps d'attraper une tasse et je me sers un café, fredonnant les paroles entraînantes sans me soucier des vibratos de ma voix.

Je chante faux, ce n'est un secret pour personne et encore moins pour moi. Mais, quoi qu'on en dise, chanter est un plaisir qui exclut la justesse... Du moins, à mon humble avis, tant que l'on évite l'humiliation publique !

Gribouille ne semble pas partager mon avis. Juché sur un tabouret, le chat roux ramassé sur le bord de la route après un accident qui lui a coûté une patte, me scrute de ses petits yeux verts comme on regarde une curiosité qui frôle l'aberration. Une curiosité qui ne mérite pas bien longtemps son attention, puisqu'il s'enroule sur lui-même pour reprendre sa toilette.

Public ingrat !

De bien meilleure humeur que je ne l'ai été depuis des semaines, je me place devant le climatiseur, relève mes cheveux pour libérer ma nuque et soupire de béatitude quand l'air frais caresse ma peau brûlante. La canicule s'est installée il y a deux jours et me donne l'impression détestable d'étouffer.

« This could be love because
I've had the time of my life
No I never felt this way before
Yes I swear it's the truth
And I owe it all to you
'Cause I've had the time of my life
And I've searched through every open door
Till I found the truth
And I owe it all to you »[1]

– Laisse pas bébé dans un coin, récite Captain en remuant la tête. Laisse pas bébé dans un coin.

Riant de la repartie du perroquet fan de cinéma qui trône au bout de la table de la cuisine, je fléchis légèrement les genoux, pose une main sur mon ventre et esquisse les pas que je connais par cœur pour avoir visionné *Dirty Dancing* dix mille fois.

– Je me proposerais bien pour le porté final, mais sans mon café matinal, je ne suis pas tout à fait opérationnel.

Je tressaille, comme prise en faute, puis me fige devant l'inconnu qui pénètre dans ma cuisine, vêtu d'un caleçon aussi moulant qu'une seconde peau. Malgré la surprise, je ne crache pas sur ce spectacle plutôt affriolant.

Généralement, les amants d'Amber ne s'attardent pas au petit

1. « (I've had) the Time of my Life », Bill Medley et Jennifer Warnes, issue de la B.O. du film *Dirty Dancing*.

déjeuner, avant tout parce que ma meilleure amie ne leur en laisse pas l'occasion. Je suppose que l'apollon à la peau cuivrée errera dans les parages pendant quelques semaines, comme tous ceux qui ont eu cette chance. Et c'est un fait suffisamment rare pour m'intriguer.

M'intriguer et… me pousser à savourer le charmant tableau.

Sans arrière-pensées.

Je ne suis pas encore prête à envisager le sexe comme une solution à la douleur qui irradie dans ma poitrine. Mais je sais déjà que lorsque ce temps viendra, je ciblerai ce genre d'Adonis pour vivre une expérience brute et sans fioritures.

Sans sentiment, surtout ! Plus jamais je ne me ferai duper !

– Merde ! s'exclame l'inconnu en faisant un bond en arrière. C'est quoi ça ? Une tortue ?

Un cri jaillit de ma bouche. Je fonce vers Charlotte, soulagée de constater que ma petite protégée continue de vagabonder malgré sa rencontre avec un pied taille quarante-quatre au moins. Je la soulève, la caresse sous le menton – cajolerie qu'elle adore –, puis la repose dans son vivarium, consciente qu'elle ne va pas aimer ce retour précipité dans ce qu'elle considère comme un dortoir.

Ne cherchez pas ! Ici, les animaux ont autant le droit à la « parole » que les humains. Et, croyez-moi, ils ont beaucoup à dire !

– C'est la première fois que je croise une tortue domestique. C'est… marrant !

Le regard que le bel éphèbe promène autour de lui ne porte pourtant qu'une réticence prudente. Quoi de surprenant ? La maison a toujours été un refuge pour nos amis les animaux et accueille régulièrement un panel assez varié d'espèces à plume, poil et écaille.

En vérité, les personnes qui franchissent le seuil et découvrent cette joyeuse ménagerie se classent en trois catégories : celles qui hurlent de peur, celles qui succombent au charme de nos pensionnaires et celles qui s'en fichent, mais restent sur leurs gardes.

C'est dans cette dernière catégorie que je case l'inconnu au sourire étincelant. Ce qui signifie qu'il ne fera pas long feu. Amber ne supporte pas les hommes qui n'aiment pas les animaux. À ses yeux, c'est LE test qu'il ne faut pas rater.

– Il en reste? se renseigne l'invité surprise en se focalisant de nouveau sur moi.

– Quoi? demandé-je en me replaçant sous le vent du climatiseur pour apaiser la brûlure sur ma peau.

– Du café, énonce Monsieur Sourire-un-peu-trop-éblouissant.

Il bombe le torse et s'avance d'une démarche nonchalante, son œil exprimant pourtant qu'il se sent en terrain conquis, et balaie ses cheveux mi-longs derrière ses épaules. Son look de surfeur désinvolte lui va comme un gant, mais cela lui ôte cette virilité brute dont je raffole chez les hommes.

Son regard parcourt lentement mon corps, comme s'il souhaitait me lécher de la tête aux pieds, et s'attarde sur mes seins. Je ne porte pas de soutien-gorge sous mon débardeur et mes tétons pointent avec insolence.

Mais pas à cause de lui…

Je m'éloigne d'un pas du ventilateur et de l'air frais qu'il dispense.

– Moi, c'est Clive. Et toi?

– Connard! se met à brailler Captain avant même que je ne puisse répondre. Connard!

Je me mords les lèvres pour ne pas rire devant la mimique incrédule, mais manifestement atterrée, de mon hôte.

– Navrée. Mon ex s'appelait Clive, expliqué-je, et Captain a apparemment associé ce prénom au doux surnom que j'utilise quand je parle de lui dorénavant.

Inutile de préciser que le mot a été prononcé un million de fois ces dernières semaines. Clive et connard sont même devenus des synonymes, mon cerveau assimilant l'un à l'autre avec une rapidité confondante.

Et visiblement, je ne suis pas la seule dans ce cas. Captain a parfaitement retenu la leçon.

– Tu sais, moi je suis une vraie crème, me spécifie le Clive version glamour – donc très loin de celle que je connais – qui se promène dans ma cuisine en conquérant.

Il me décoche un sourire débordant de sensualité, dégageant un charme primaire et alléchant.

Une invitation claire et explicite !

Ce type est un séducteur… Le genre de garçons à vous offrir du sexe brut sans promesse mensongère. J'en ai suffisamment fréquenté pour les repérer d'un simple coup d'œil. Avant, comme Amber, je plébiscitais ces relations. J'ai été assez stupide pour espérer plus.

Un soupir ténu m'échappe. La blessure au niveau de ma poitrine est encore présente, et c'est douloureux.

– Tasha, me présenté-je pour bannir les ombres. Je suis la coloc d'Amber.

– Coloc et meilleure amie, ajoute Amber en débarquant à son tour dans la cuisine. Sans oublier collègue de travail.

– C'est exact. D'ailleurs il faut que je file me préparer si je ne veux pas être en retard à l'hôpital, annoncé-je en jetant un coup d'œil à la pendule.

– Ce n'est pas ce soir que tu bascules en garde de nuit?

Une décision difficile, mais nécessaire au risque, sinon, de commettre un meurtre. C'est surtout le prix à payer lorsque vous bossez sur le même site que votre ex et que ce connard se pavane sous votre nez avec sa nouvelle copine sans se soucier de vous blesser.

Mon cœur se contracte – une vue de l'esprit qui me paraît

pourtant bien réelle – jusqu'à ce qu'une douleur aiguë me meurtrisse la poitrine.

Je souffle doucement, résistant à l'envie de frotter ma peau sensible. Rien ne peut atténuer cette souffrance, sauf le temps peut-être.

Pour bannir de ma tête mes sombres pensées et accessoirement éluder la question posée, je pivote vers Captain et allume son lecteur DVD. Comme tous les perroquets gris du Gabon, il a le plumage cendre et la queue rouge. Mais sa particularité, c'est qu'il répète inlassablement des répliques issues de films.

Son ancien propriétaire était un grand amateur de cinéma et visionnait des vidéos à longueur de journée, dressant Captain à reproduire certaines phrases. Le résultat est bluffant.

Aujourd'hui encore, nous ignorons combien il en connaît, mais une chose est indéniable, Captain devient désagréablement bruyant s'il ne profite pas de sa dose quotidienne de films. C'est d'ailleurs ce « défaut » qui a failli lui valoir de finir en poulet laqué. Amber l'a sauvé *in extremis*.

– Allez, mon beau, quel DVD ? lui soufflé-je en me penchant à son niveau.

– Alerte aux cons, braille le volatile. Alerte aux cons.

Je ricane, pas certaine que Captain ne nous adresse pas un message. Ce petit coquin est très, très malin !

– *Les Goonies*, alors ! OK !

– Tu mets un film au canari ? s'étonne Clive.

– Alerte aux cons, scande Captain, les plumes hérissées.

– Certains mots sont interdits sous ce toit, explique Amber, pince-sans-rire. C-A-N-A-R-I est un terme très insultant pour un perroquet.

– C'te blague, ricane Clive qui perd son sourire en avisant nos visages lisses. Sérieux ? Merde alors !

Pour le coup, je suis à deux doigts d'exploser de rire. Je me mords les lèvres et démarre le film, avant d'offrir une dernière caresse à Captain. Je n'existe déjà plus. Penché vers l'écran, notre petit bavard est fasciné par les images qui défilent.

Ouais, l'ingratitude devient une denrée contagieuse dans cette maison !

Je termine rapidement mon café et croise le regard inquiet de mon amie. Amber veille sur moi comme une maman poule, ce qui se conçoit quand on sait que j'ai débarqué chez elle complètement hébétée il y a huit semaines.

Hébétée et le cœur en miettes…

– Tash ! me rappelle-t-elle à l'ordre. Tu ne fais quand même pas deux gardes de suite ?

– Si, mais c'est exceptionnel. J'ai accepté de remplacer Corey ce matin.

– Tu te surmènes, ma chérie.

– Arrête de te tracasser pour moi. Je vais parfaitement bien.

Amber ne relève pas mon mensonge, probablement parce qu'il y a une personne qui nous écoute, mais son regard devient incisif. Je dors mal et elle le sait pertinemment. On ne fait pas une croix sur cinq ans de vie commune sans dommage… J'oscille au gré des jours entre tristesse, résignation ou colère – un ascenseur émotionnel qui m'épuise.

– On se voit à midi ? demandé-je pour clore le délicat sujet de mon état psychique.

– Oui et… attends, j'ai un cadeau pour toi.

Amber se dirige vers le salon et revient avec une petite boîte rectangulaire décorée d'un énorme nœud.

– Ce n'est pas mon anniversaire, précisé-je, soupçonneuse.

Je connais la propension d'Amber à faire des blagues inspirées, et ses cadeaux sont rarement innocents… Je saisis donc le paquet avec méfiance, d'autant que le visage de mon amie rayonne de malice.

– Disons que c'est pour t'aider à te remettre le pied à l'étrier. Ouvre-le dans ta chambre, me chuchote-t-elle en aparté.

Je hausse un sourcil, finalement plus curieuse que circonspecte.

– Je peux voir? s'invite Clive.

– Vilain garçon, recule! le sermonne Amber.

Elle écope en retour d'une claque sur les fesses et son sourire s'accentue sensiblement, dévoilant les deux fossettes qui creusent ses joues. La température monte d'un cran dans la pièce.

– C'est toi, la vilaine fille, ricane son amant en l'enlaçant pour lui bécoter le cou.

Oups! Il est temps que je m'éclipse!

Je déguerpis en riant et m'acharne sur le nœud de mon cadeau tout en grimpant les escaliers. Et mon hilarité redouble lorsque je découvre l'élégant vibromasseur dans un écrin de velours. Du Amber tout craché!

2

Tasha

Maudite nuit!

J'ai à peine fermé les yeux que la sonnerie de mon bip se fait entendre pour la quatrième fois en moins d'une heure. Bon sang! Je me tire du lit comme un zombie en grommelant contre la fatalité.

Quand j'ai décidé d'abandonner mes gardes de jour pour ne plus avoir à croiser la salope qui couche avec mon ex, je n'avais pas présagé que Kim aurait la même idée. Résultat, je me farcis sa tronche toutes les nuits et j'accumule la fatigue.

Tout en enfilant mes chaussures, je me frotte le visage comme si ce simple geste pouvait effacer mes cernes et mon teint de papier mâché. En vérité, je suis trop épuisée pour me soucier vraiment de mon apparence, mais je me refuse à me montrer négligée devant celle qui fanfaronne au bras du chirurgien le plus talentueux de l'hôpital.

Curieusement, Clive détestait les démonstrations d'affection en public quand nous étions ensemble. Tout le monde savait que nous formions un couple, évidemment, mais mon fiancé insistait pour que nous observions une « retenue de rigueur ». Alors, le voir bécoter sa nouvelle copine à chaque fois qu'il descend aux urgences me picote salement.

Je grommelle entre mes dents, bannissant la brûlure qui continue d'irradier dans ma poitrine. Mais oublier cinq ans de vie commune du jour au lendemain exige de ma part un effort d'autant plus compliqué que je croise tous les jours mon ex et la garce qui dort aujourd'hui dans le lit que j'ai moi-même acheté.

– Tasha ! m'interpelle Amber quand je rejoins le hall des urgences.

J'écarquille les yeux en avisant la salle d'attente bondée alors qu'il y a – je consulte rapidement ma montre – une demi-heure, le calme régnait. Enfin, « calme » est une notion toute relative quand on bosse dans un service qui fonctionne vingt-quatre heures sur vingt-quatre et ne désemplit jamais tout à fait.

– Tout San Francisco s'est donné rendez-vous ou quoi ?

Amber affiche un sourire taquin. Cela fait dix jours que j'ai commencé à travailler de nuit et elle a décidé d'assurer quelques gardes à mes côtés pour me soutenir face à la « harpie » – surnom de ma nouvelle meilleure ennemie.

– C'est l'été et les fêtes se multiplient un peu partout, alors tu peux être sûre que les nuits sont mouvementées, me rappelle-t-elle avec fatalisme. Sans parler de la canicule…

Comme si je pouvais oublier ce détail… Voilà presque quinze jours que San Francisco cuit sous un soleil ardent, et la météo n'annonce toujours pas de retour à la normale.

Le souci, c'est que je dormais déjà mal avant que la vague brûlante s'invite sur la ville et réduise à néant mes efforts pour récupérer. Chaque jour qui s'égrène me rapproche de l'état ô combien estimé de mort-vivant…

*Un vrai régal ! Avec ta tête, tu vas bientôt pouvoir rejoindre le casting d'*iZombie… ricane la démone qui loge dans un recoin de mon esprit.

En attendant, chaque soir, je me traîne au boulot, suante et d'humeur ronchonne.

Tant que tu n'as pas envie de bouffer des cerveaux, l'honneur est sauf!

– Allez, plus que six heures! déclaré-je dans un soupir.

– Je finis avant toi. Je te préparerai un bon déjeuner pour ton retour.

– Ne te tracasse pas pour moi, je n'ai pas très faim avec cette canicule. En revanche, si tu me remplis la baignoire de glaçons, je te bénirai jusqu'à la fin des temps.

Rien que l'idée fait courir un délicieux frisson sur ma peau moite. Pour le moment, je dois me contenter de la bouteille d'eau que me tend Amber. Je gémis d'extase quand le liquide froid se répand dans ma bouche et ma gorge.

– Désolée de vous avoir réveillée, docteur Wilson, m'apostrophe Debbie, l'infirmière en chef, mais les patients affluent et on vient de nous amener un détenu de San Quentin[2].

Je fronce les sourcils en parcourant la fiche d'entrée qu'elle me place d'autorité entre les mains, comme si j'étais la spécialiste ès taulards. Ce qui n'est probablement pas loin de la vérité. Un mystérieux hasard m'octroie presque toujours ces patients d'emblée nerveux.

– Il est dans la salle 3, me précise-t-elle avec un sourire engageant.

J'adore Debbie, en grande partie parce qu'elle est expérimentée et efficace. Mais ce soir, elle me tape sur le système. Ces deux dernières heures, elle m'a affecté Kim la harpie plus que nécessaire, cherchant certainement à vérifier que nos différends personnels n'interféraient pas sur le boulot. Intellectuellement, je comprends sa démarche. Au niveau émotionnel, c'est autre chose…

Je lui retourne un rictus grinçant qui ne la déstabilise même pas une seconde.

– Tu veux que je m'en occupe? me propose Amber, compatissante.

2. Prison située au nord de San Francisco.

– Non, ça va aller. Je commence à avoir l'habitude maintenant…

– Les résultats du labo sont revenus pour votre patient, docteur Freeman, nous interrompt Debbie. Et le docteur Dorset est en train d'examiner Mme Kardenov.

Je tressaille à mon corps défendant en entendant le nom de mon ex. En deux mois, j'ai eu l'occasion de le croiser à plusieurs reprises. C'est à chaque fois difficile.

Est-ce parce que, alors qu'il me trompait allègrement, j'avais enfin accepté de porter son enfant?

Cela faisait un an que Clive me tannait pour que nous fondions une famille, mais, jusqu'à il y a peu, je ne me sentais pas prête. Eh bien, ce crétin a réglé la question de façon expéditive.

Pour moi, le réveil a été douloureux…

Finalement, je remercie mentalement Debbie de m'épargner un nouveau face-à-face. Dans mon état de fatigue, je ne suis pas bien certaine de pouvoir masquer ma rancœur et je n'ai aucune envie de me donner en spectacle.

– Juan, tu accompagnes le docteur Wilson.

– À tout à l'heure, Amb, énoncé-je en m'éloignant résolument, l'infirmier sur les talons.

La salle numéro 3 est utilisée pour les traumas, mais aussi pour nos patients qui sortent de la norme et nécessitent d'être isolés du fourmillement incessant des urgences. Parce qu'elle se situe à l'écart, elle offre une tranquillité, toute relative mais bienvenue.

– Qu'est-ce qu'on a? me demande Juan en se portant à mon niveau.

Avec sa carrure de déménageur et son sourire Ultrabrite, ce dernier n'a pas le physique de l'emploi, alors qu'il est l'un des meilleurs soignants du service. Concis et d'un self-control à toute épreuve, il se révèle un appui plus qu'efficace dans la gestion des cas difficiles. Et il ne rechigne jamais à la tâche, ce qui le classe en haut de la liste des infirmiers avec qui j'aime bosser.

– Plaie par arme blanche à la tête et au thorax.

Juan se contente d'opiner du chef en retour.

Un officier de police est en grande discussion devant la porte avec deux agents pénitentiaires que j'ai déjà eu l'occasion de croiser. Le centre carcéral nous envoie rarement des prisonniers, mais en cas de blessure grave ou de suspicion de trauma, nous sommes sollicités en premier lieu.

Cela représente une dizaine d'interventions dans l'année, des situations que la plupart des médecins fuient parce que les patients ne sont pas du genre calme et collaboratif. Comme si tous nos autres malades jouaient dans la catégorie « élève modèle » !

– Messieurs, les salué-je en m'arrêtant à leur niveau.

– Doc, me répond le plus âgé des deux agents assermentés. Dites donc, c'est le rush, cette nuit ! On pensait gagner en fraîcheur en débarquant ici, mais vous n'avez même pas la clim.

Dans mon dos, Juan ricane. Le conseil d'administration a refusé de nous équiper de climatiseurs mobiles, mais a cédé sous la pression des syndicats et a acheté des ventilateurs et des brumisateurs. On ne peut pas dire que le résultat soit probant, réalité qui nous ramène à des prières pour que la canicule cesse enfin.

Pour ma part, malgré mon débardeur léger, je sue à grosses gouttes sous ma blouse entrouverte. J'éprouve une certaine satisfaction à vérifier que je ne suis pas la seule à me liquéfier. Au moins, il y a une justice en ce bas monde.

– Un luxe qui ne nous manque pas d'habitude, dis-je avec un sourire amusé. Quant à l'arrivée massive de patients, la chaleur échauffe les esprits. On a eu notre lot de blessés suite à des bagarres, ce soir.

– Tu m'étonnes ! Chez nous aussi, les gars sont à cran. Celui qu'on vous amène s'est frité avec un autre détenu. Ses plaies sont *a priori* superficielles, mais notre docteur craint un trauma crânien.

– OK, nous allons vérifier ça.

Une main m'immobilise au moment où je vais pénétrer dans la pièce.

– Faites attention, il est coriace, celui-là. Et il est salement remonté.

J'échange un regard fataliste avec Juan puis note la peau légèrement rougie au niveau de la pommette de mon interlocuteur. Le bleu n'est pas encore apparent, mais je gage qu'il va s'étendre jusqu'à l'œil.

– C'est lui qui vous a infligé ça?

– Ce sont les risques du métier quand on veut séparer deux branleurs qui se foutent sur la gueule. On a menotté cet énergumène au lit par précaution, mais n'hésitez pas à crier si y a un souci.

Je sourcille, peu habituée à ces méthodes. D'ordinaire, les agents ne quittent pas le prévenu d'une semelle. Je comprends cette mise à distance lorsque j'entre dans la salle. S'il fait chaud dans le couloir, ici, les températures sont carrément insupportables. La sensation d'étouffement me prend à la gorge. Manque de chance, il n'y a pas de fenêtres. Cela dit, cela ne changerait probablement rien.

Seul réconfort, malgré les alertes, mon patient semble endormi.

– Putain! On se croirait dans une étuve, grogne Juan entre ses dents. Attendez-moi, je vais chercher un ventilateur et des bouteilles d'eau.

J'acquiesce machinalement. J'ignore depuis combien de temps le blessé est là, mais je n'ai pas besoin qu'il développe les symptômes d'une déshydratation sévère.

Je décoche un regard torve aux hommes en faction à l'extérieur et écope en retour de rictus revanchards. Je mettrais ma main au feu que le détenu a salement agacé son escorte et qu'il paie pour cela.

Je pose le dossier médical sur une étagère basse après l'avoir parcouru une seconde fois, puis pivote vers Dax Mason.

– Merde ! grogné-je entre mes dents.

Mon patient ne sommeille pas vraiment. Il baigne littéralement dans sa transpiration. Les paupières closes et la tête renversée en arrière, il a les lèvres pincées, comme s'il contenait sa rage.

Je détaille d'un œil professionnel le corps parfaitement sculpté et les muscles déliés, pour l'heure dégoulinants de sueur. Malgré les circonstances, c'est plutôt à son avantage, idée que je mets de côté aussitôt.

Pourtant, avec la mèche de cheveux noirs plaquée sur son large front, Dax Mason affiche une beauté sauvage qu'il est impossible d'ignorer, d'autant qu'il porte le pantalon orange des détenus et rien en haut.

Le tissu a été soigneusement découpé pour révéler la blessure qu'il présente à l'abdomen. L'entaille est nette et elle ne saigne déjà plus. La seconde plaie, au niveau du cuir chevelu, retient, elle, toute mon attention. Du sang coule dans le cou massif du prisonnier et s'abîme dans le dessin des tatouages.

Des tatouages qui recouvrent ses pectoraux et son bras droit dans un ballet harmonieux malgré leur omniprésence. La mention *redeemer angel*[3] sur le haut du torse capte un instant mon regard avant que je ne me focalise sur le visage aux traits plus que séduisants.

Dax Mason est le premier prisonnier que je croise qui pourrait rivaliser sans effort avec les spécimens les plus attrayants qui pullulent à la une des magazines, même si son type de beauté n'a rien de conventionnel. Il n'est pas beau au sens propre du terme.

Il est trop… brut pour cela.

---

3. « Ange rédempteur. »

Je ne m'attarde pas plus longtemps sur le physique avantageux de mon patient. Je me saisis d'un pulvérisateur, puis pose le dos de ma paume sur son épaule brûlante.

Dax Mason sursaute violemment et ses paupières se soulèvent d'un coup. J'intègre enfin le côté dangereux de cet énergumène au charme ravageur. Une vérité qui ne suffit pas à me déstabiliser.

– Monsieur Mason ? Je vais vous rafraîchir à l'aide de ce vaporisateur.

– Me touche pas ! me rétorque une voix caverneuse.

Le regard noir, ardent, me détaille avec colère. Je tressaille jusqu'à sentir l'onde se répercuter dans mes orteils. Pourtant, je ne risque rien. Je suis à portée de sa main, sans l'être vraiment. Les poignets rivés au lit, Dax Mason est incapable de m'atteindre, même si son attitude bravache transcende cette vérité.

Un fait qui m'ébranle pendant un quart de seconde.

– Je cherche juste à vous rafraîchir, monsieur Mason. L'auscultation sera plus supportable pour vous…

– Je t'ai dit de pas me toucher ! répète-t-il, l'œil incendiaire.

Puis il se cabre sur le brancard et tire avec force sur les liens de contention qui le maintiennent allongé. Devant l'inutilité de sa révolte, il s'énerve un peu plus et se met à ruer comme une bête sauvage. Ce faisant, l'imbécile rouvre sa plaie à l'abdomen et manque de renverser le lit pourtant conçu pour résister à ce genre de soubresauts.

Jurant entre mes dents, je lui bondis dessus et appuie de tout mon poids sur le haut de son corps pour l'immobiliser autant que possible.

Lorsque j'ai choisi de faire médecine, puis de m'orienter vers les urgences, je n'avais pas mesuré qu'une bonne condition physique était indispensable. Entre les drogués et les agressifs notoires, on ne sait jamais à quoi s'attendre.

– Ça suffit, monsieur Mason ! éructé-je avec froideur. Vous êtes blessé et je ne peux pas vous soigner si vous ne vous calmez pas.

Je croise un regard glacial et frémis intérieurement. J'ai appris à dompter mes peurs pendant mon internat, mais il n'en demeure pas moins que je n'en mène pas large sous ce faisceau accusateur.

Dax Mason est peut-être un fantasme sur pattes, mais il est le diable incarné à cette seconde.

Une montagne de muscles qui pourraient me broyer sans effort apparent.

Je suis d'ailleurs convaincue que sans les liens de contention, je goûterais à ses poings. J'abhorre ce genre de type, un condensé de violence à l'état brut.

– De l'aide, docteur Wilson ? me propose Juan d'un ton imperturbable.

– Donnez-lui une ampoule de propofol, dis-je sans pouvoir réprimer un soupir de soulagement.

Je jette un coup d'œil dans le couloir et manque de m'étouffer de colère en avisant l'attitude nonchalante des agents pénitentiaires. Ces derniers n'ont rien raté du spectacle et ils se marrent sans songer à venir nous prêter main-forte. Les enfoirés !

Sous mes paumes, Dax Mason continue de se déchaîner, sa voix de stentor me vrillant les tympans, et ses ruades parvenant presque à me soulever de terre. Un exploit, car je ne suis pas une demi-portion !

Son corps finit par se détendre et je le relâche une fois sûre qu'il est bien groggy.

– Merde ! craché-je en essuyant mon front trempé.

– Un coriace, note Juan, pince-sans-rire.

Je glousse de dérision et accepte le brumisateur que me tend Juan. Putain ! Je vais terminer desséchée avant la fin de la nuit. Ma blouse colle contre mon épiderme de façon désagréable, je l'enlève le temps de m'asperger allègrement. La pluie fine me procure une sensation de bien-être telle que je gémis de félicité. Je déchante néanmoins quand je récupère une bouteille d'eau tiède.

– Plus de stock, déplore Juan. On boit plus vite que le réfrigérateur ne refroidit la flotte.

– Cette garde aura ma peau, grommelé-je.

Juan rit, lui-même baignant dans sa sueur. Je lui pardonne donc son irrévérence et m'esclaffe à mon tour.

– Debbie a commandé des pains de glace. Ils devraient arriver dans l'heure.

– Au milieu de la nuit?

– Son mari travaille dans une coopérative de pêche sur la côte. Il a accepté de nous livrer quand elle l'a appelé à la rescousse.

– Comme quoi, il reste des héros dans cette ville!

Tout l'inverse de mon patient. Dax Mason conserve un air bravache alors qu'il est sédaté et K.-O. Sa beauté n'en paraît que plus ténébreuse, même si un instant auparavant elle versait dans le démoniaque.

Dommage, vraiment dommage!

Je me saisis du dossier d'entrée et parcours de nouveau les informations fournies par le médecin de la prison. Pas d'antécédents et pas d'allergies. Dax Mason est en parfaite santé physique et je suis presque surprise de lire que ses analyses toxicologiques sont négatives.

– Bon, voyons ces blessures, dis-je en me tournant vers le corps massif.

J'enfile une paire de gants et m'installe sur un tabouret de façon à surplomber Dax. De près, ses tatouages sont plus impressionnants encore, tout comme sa musculature. Je constate que ce n'est pas la première fois que mon patient subit des dommages corporels. Une fine balafre est visible au niveau de la couture de son pantalon et un impact de balle marque son flanc droit.

J'inspecte la plaie sur l'abdomen avec attention, rassurée par les bords lisses et l'absence de lésions internes.

– Cette blessure est superficielle. Je vais désinfecter et poser des strips.

– Constantes normales, émet Juan dans mon dos.

Je m'attelle à la coupure à la tête. Celle-ci est plus profonde que la première, mais reste sans gravité. Je ne vois aucune raison de suspecter un traumatisme crânien.

– Juan, préparez-moi un kit de sutures, s'il vous plaît.

Il me faut moins de vingt minutes pour terminer les soins de mon patient et je quitte la pièce dans un soupir de soulagement avant qu'il n'émerge de l'état comateux dans lequel nous l'avons maintenu par précaution.

– Alors docteur, on peut le ramener à la maison ? ironise l'agent pénitentiaire.

– Dès qu'il reviendra à lui, oui.

Mon ton doit trahir mon humeur, car le sourire en face de moi s'élargit sensiblement.

– Eh ! J'vous avais avertie que c'était un dur. Un salopard de fils de pute qui ne mérite pas la moindre pitié…

Je hausse les épaules, optant pour l'indifférence. Je ne sais pas de quoi s'est rendu coupable Dax Mason, mais c'est la première fois que je perçois chez les agents pénitentiaires ce besoin de rabaisser et d'humilier.

En même temps, cet homme cumule dangerosité et noirceur, un cocktail détonant qui doit lui valoir plus d'ennemis que d'amis. Pour ma part, il me fiche littéralement la trouille. Pourtant, de façon tout à fait déroutante, il révèle un charisme incroyable.

Un charisme qui, si je dois être honnête, ne m'a pas laissée indifférente malgré les frissons de peur qui ont parcouru ma peau lorsque j'ai affronté son regard furieux.

Ce constat me secoue parce qu'il me ramène à des souvenirs que j'ai sciemment refoulés et que je me refuse à libérer... Je dois être encore plus fatiguée que je ne le supposais si la simple présence d'un ange démoniaque, aussi sexy soit-il, suffit à me désarçonner. Je m'éloigne, déterminée à effacer cette rencontre de ma mémoire.

3

Dax
Quatre mois plus tard

Les quais sont déserts à cette heure de la nuit et, en l'absence de lune, l'obscurité est presque totale. Je considère que c'est plutôt une chance, même si je ne distingue pas le mouvement de mes hommes. Cela dit, nous sommes rodés à ce genre de situation et je sais que chacun connaît son rôle sur le bout des doigts, prêt à réagir à la moindre menace.

Je grogne entre mes dents, écho de ce jour où j'ai appris qu'un gang rival utilisait un entrepôt sur mon territoire pour faire transiter de la drogue. Les Demonic Snakes appartiennent à un club de motards et empiètent régulièrement sur mes affaires, mais cette action d'envergure est la première à se dérouler juste sous mon nez.

Je n'ai pas l'intention de laisser passer !

Je m'aplatis derrière une rangée de caisses vides et attends que Tate me rejoigne. Mon ami et bras droit est encore plus remonté que moi. C'est en taule que j'ai découvert que la bande avait décidé de nous concurrencer sur notre propre terrain.

Un putain de constat puisque le frère cadet de Tate roule pour les Demonic Snakes.

– Ils n'ont pas bougé depuis une demi-heure, m'annonce-t-il.

D'ordinaire, ces mauviettes planifient leurs sales coups aux alentours de Sausalito, à bonne distance de leur camp de base. Ils crèchent à l'ouest de la ville, bien loin des zones qu'ils choisissent pour leurs négociations.

Sauf que ça, c'était avant.

Apparemment, ils ont décidé d'élargir leur terrain de jeu et n'ont rien inventé de mieux que de loucher sur mon territoire.

Je ricane dans ma barbe. Le potentiel des quais est évident pour qui souhaite investir dans les trafics en tout genre, mais, pas de chance, la place est déjà occupée. Et ni moi ni aucun de mes gars n'avons envie de perdre cet avantage géographique qui remplit nos comptes en banque de jolis billets verts.

– Ils en mettent un temps à décharger leur merde ! ajoute Tate en plantant sa lame dans le bois derrière nous.

Tate n'a jamais été patient et il a la fâcheuse manie de jouer du couteau quand la pression devient trop forte. Une habitude qui effraie la plupart de nos aspirants, d'autant que mon pote porte le cheveu long hirsute et qu'une balafre marque le côté droit de son visage.

Pour l'heure, il continue de marteler le bois en cadence, jurant entre ses dents comme un forcené. Je sais qu'à ce stade, rien ne parviendra à le rasséréner, si ce n'est constater *de visu* que son frangin ne participe pas à l'action de son gang.

Les Demonic Snakes sont arrivés sur les docks dans une fourgonnette noire aux vitres teintées qu'ils ont abandonnée deux rues plus haut, afin de ne pas attirer l'attention. Ils ont ensuite investi un entrepôt isolé qui sert de criée, même si cette fois ce ne sont pas des poissons qui ont été tractés jusque-là.

J'ai observé le ballet des caisses avec fureur. Quelle que soit la nature de ce trafic, il vise à enrichir nos rivaux et, en conséquence, à nous affaiblir.

La notion de territorialité est d'une importance non négligeable dans le combat qui nous oppose, une sorte de baromètre de notre puissance et de notre réputation. Baisser la garde ou concéder la plus petite parcelle de pouvoir, c'est s'exposer à la hargne de ceux qui espèrent nous abattre.

Le point de départ d'une dégringolade garantie !

– Armes ou drogue, d'après toi ?

Tate est en quelque sorte les yeux et les oreilles de notre groupe. Il possède un putain d'instinct qui n'égale que son réseau de renseignements.

Un mélange détonant qui nous assure d'avoir une longueur d'avance sur nos concurrents.

Enfin, d'habitude…

J'ignore comment les Demonic Snakes ont réussi l'exploit de se dérober à son flair, mais c'est probablement ce revers qui ajoute à l'énervement de mon pote.

– Aucune idée, grommelle Tate, furieux.

Je perçois plus que de l'amertume dans le ton employé et je partage ce sentiment désagréable. Tate déteste être mis en échec et sans l'information récoltée en prison, nous n'aurions rien su de cette opération. Ce qui démontre une faille dans notre système de renseignements.

Ce n'est pas bon, car pour conserver notre place de leaders sur la ville, nous ne pouvons pas nous ramollir sur un sujet aussi sensible.

– C'est le silence radio parmi mes contacts, ajoute Tate. Les Demonic Snakes ont traité cette affaire comme des saloperies de fantômes.

Le couteau se plante plus violemment dans le bois et je fronce les sourcils, constatant chez mon pote une légère altération de sa physionomie. Tate peut être nerveux, l'expression de son trouble se manifeste toujours au travers de sa lame. Son putain de visage, lui, demeure figé, accroissant cette impression de folie.

Là, je distingue autre chose…

Quelque chose qui réveille ma vigilance… Et j'ai trop confiance en Tate pour balayer ce que je lis sur son faciès fermé.

En plus d'avoir investi financièrement avec moi dans le Rush, le bar qui nous sert de fief, Tate est comme un frère pour moi.

Un frère dont j'ai appris à déchiffrer les moindres réactions. À accepter les lubies aussi…

Ça ne me dérange pas qu'il trimballe partout un vieux pneu qu'il lacère dès qu'il a besoin d'un exutoire. La plupart de nos gars, du moins les plus jeunes, n'aiment pas assister à ce spectacle déroutant, preuve que le cerveau de Tate dysfonctionne.

Ou plutôt qu'il pense autrement.

Mais, en vérité, Tate est capable de voir des choses qui échappent à la plupart d'entre nous.

– Parle ! exigé-je.

– C'est pas normal, Dax ! Buzz est parano. La marchandise a été déchargée et ça fait une demi-heure qu'il ne bouge pas. La camionnette devrait déjà être là pour récupérer le matos. Pourquoi ça traîne autant ?

L'obscurité ne me permet pas de visualiser le bâtiment comme je le voudrais. Mais peut-être est-ce volontaire, en fait ?

Je commence à ressentir un tiraillement déplaisant au niveau de la poitrine. Tate a raison, il y a quelque chose qui ne tourne pas rond. Cette opération s'éternise, en dépit du bon sens.

– Dax ? m'interpelle Jarod, la meilleure de nos sentinelles. Y a du mouvement à l'arrière. Beaucoup…

– Ces enfoirés nous prennent à revers, grondé-je entre mes dents.

– C'est pas les Snakes, m'oppose mon interlocuteur. Je parierais sur des keufs.

Je me fige et échange un regard avec Tate.

Le nom du lieutenant Rosario flotte entre nous. Ce connard cherche à démanteler notre gang et nous traque depuis deux ans, sans succès jusqu'à présent malgré ses coups de pute.

Pas de chance pour lui, le Rush nous offre une vitrine de respectabilité, ou du moins une existence légale incontestable.

– C'est un foutu piège de merde, vociféré-je. Préviens les gars !

– On s'tire ?

Une bataille fait rage en moi, âpre et violente. Je refuse de laisser cette provocation impunie, mais je sais aussi que répliquer va nous coûter cher.

Seulement je n'ai pas pris la tête de mon gang en optant pour la voie facile. Une réalité qui est devenue la mienne le jour où j'ai fui ma famille, au pied de la tombe de ma mère biologique.

Je plisse les yeux, un éclat de détermination au fond du regard.

– Non ! Emmène quelques gars et occupe-toi des flics. Et appelle Lou pour qu'il rapplique avec des renforts. Vous devez les empêcher d'atteindre le hangar. Nous, on va gérer les Demonic Snakes.

Jarod se lèche les lèvres avec gourmandise, puis ricane sourdement. Il a la gâchette facile et n'aime rien tant que de pouvoir canarder tout ce qui bouge.

Ce qui a ses avantages et ses inconvénients !

Je ne supporte pas la flicaille, mais tuer un flic, c'est à coup sûr se planter une cible au milieu du front et devenir l'ennemi public numéro un.

Des perspectives qui s'accordent mal avec mon business…

Moi, je préfère jouer avec les keufs et les ridiculiser, étant entendu que je ne suis pas contre leur donner une bonne leçon de temps à autre. Et c'est exactement ce que j'ai à l'esprit à l'instant. Je pratique Jarod depuis assez longtemps pour deviner qu'il envisage plutôt un bain de sang.

– Jarod, vous les neutralisez, mais je ne veux pas de carnage !

– Bordel ! C'est même pas drôle, râle-t-il.

– On te gardera un de ces maudits serpents, abrège Tate d'un ton où la tension est palpable. Maintenant, dégage.

Jarod est impétueux, mais il a voué sa vie au gang au même titre que moi ou Tate. Il abdique d'un léger hochement de tête et se fond dans la nuit en silence, tandis que je pivote vers le bâtiment, toujours aussi tranquille.

J'adresse le signal d'alerte – un code qui nous a sauvé les miches plus d'une fois – aux deux sentinelles qui se sont planquées à proximité, puis leur indique que nous passons à l'offensive. D'expérience, je sais qu'il faudra moins de trente secondes à l'information pour circuler jusqu'à l'ensemble de mes gars.

Armes au poing, nous lançons l'attaque.

Tate a rengainé son couteau pour saisir son flingue, mais il ressortira sa lame dès que l'occasion se présentera. Pour ma part, je suis plutôt un adepte des affrontements à mains nues. Rien ne me galvanise plus que de mettre mes adversaires à terre après un face-à-face brutal et sans concession.

Le kick-boxing n'a aucun secret pour moi, mais j'ai aussi pratiqué d'autres sports martiaux comme le karaté et l'aïkido. Plus jeune, j'ai participé à des combats clandestins, renforçant mes aptitudes et surtout une capacité à réagir, quelle que soit la nature de la menace.

Quant à mes cicatrices, tout comme mes tatouages d'ailleurs, elles racontent l'homme que je suis. Un putain d'enfoiré qui ne capitule jamais !

Je me faufile le long des murs de l'entrepôt, bientôt rejoint par une vingtaine de gars. Les autres se sont regroupés près de la porte arrière, nous abandonnant les panneaux coulissants de l'avant. Leur objectif est de canarder tous ceux qui essaieront de s'arracher à la faveur de la nuit.

Sauf que, s'il s'agit bien d'un traquenard – les Demonic et les flics, qui aurait misé sur une telle association? –, nous sommes attendus de pied ferme.

Je dévie de notre cible initiale en avisant la rangée de containers à poubelles sous les larges fenêtres. Ces dernières restent néanmoins hors de portée, mais la gouttière qui descend le mur à proximité me donne une idée. Je pivote vers P'tit Dom et lui indique d'un geste de la tête la gouttière.

Le gamin cligne d'un œil, ravi de pouvoir nous faire la démonstration de ses talents naturels. À tout juste 18 ans, il est incroyablement agile et est capable d'escalader à peu près n'importe quel obstacle. Il ne faillit pas à sa réputation en grimpant le long du tuyau et demeure un moment en équilibre, à observer à travers les carreaux sales.

– Alors? demandé-je à voix basse une fois qu'il atterrit avec souplesse devant moi.

– Ils ont créé une sorte de barricade avec les caisses de la livraison et ils sont planqués derrière. Ils surveillent la porte principale avec des fusils d'assaut. Merde!

– Ils ont sorti l'artillerie lourde, note Tate en se curant les dents avec la pointe de son couteau.

– Armez les lance-grenades, sifflé-je entre mes dents. Ces connards ne vont pas être déçus du voyage. On va les canarder d'ici.

Tate lève les yeux vers les fenêtres, la surprise bloquant sa lame à quelques centimètres de sa bouche.

– Ça fait un peu haut, mec!

J'esquisse un rictus.

– Tu n'as jamais joué à la courte échelle quand tu étais gosse?

– Et qui va avoir l'honneur de se faire piétiner? me balance mon pote.

Je ne m'encombre pas de détails et intime aux gars, d'un signe de la main, d'exécuter mes ordres. Le temps presse, même si le silence de la nuit cautionne notre anonymat. Les flics attendent probablement qu'on passe à l'offensive pour pointer leur sale tronche, ce qui me ramène au sens de ce merdier.

– Il nous faut un serpent vivant, sommé-je. Je veux comprendre ce que trament ces abrutis. Rosario déteste ce gang autant que nous. Cette soudaine collaboration n'a pas de sens.

– Il sera fait selon tes désirs, me nargue Tate.

La suite s'enchaîne très vite.

P'tit Dom et deux autres gars tirent les premières grenades, faisant voler en éclats les vitres crasseuses. Les explosions se répercutent dans la nuit comme le signal tant attendu par mes hommes. Les premières ripostes des Demonic Snakes se font à l'aveuglette, preuve que notre attaque surprise les a déstabilisés.

De nouvelles grenades sont envoyées dans le hangar, tandis que nous enfonçons la porte principale. Je n'ai pas le temps de m'appesantir sur ce qui se déroule sur la ligne arrière. J'entre dans l'entrepôt en canardant le premier mec qui apparaît.

Les caisses ont volé en éclats et gisent au sol dans un amoncellement de bois et de tissu. Des corps sont étendus au milieu des débris, pendant que les rescapés courent dans tous les sens. La désorganisation est totale, et j'analyse tout de suite que quelque chose cloche. Au lieu des connards attendus, je découvre des gamins qui savent à peine viser et qui exhalent l'odeur puante de la peur.

C'est quoi cette merde ?

– Bordel ! grogne Tate dans mon dos. C'est une réunion de prospects ou quoi ?

Buzz, le président du club de motards, est moins stupide que je ne l'aurais cru. Il ne s'est pas exposé dans cette saloperie de traquenard et a préféré envoyer des gosses au casse-pipe. La plupart ont encore du lait qui leur dégouline du nez.

Merde ! C'est une boucherie, version couche-culotte !

Mes gars, avec leur efficacité habituelle, prennent l'ascendant en quelques minutes. Les branleurs toujours en vie paraissent trop hébétés par notre force de frappe pour résister plus longtemps.

Je maudis Buzz d'avoir pactisé avec le diable pour finalement dépêcher des mômes, conscient que la mort sera leur seule issue. Cette enflure ne perd rien pour attendre !

– Vise ça ! m'avertit Tate en pointant son couteau sur sa droite.

– Bordel de merde !

Une chaîne en fer est amarrée au mur et maintient sous son emprise une nana qui ne me semble pas beaucoup plus âgée que les prospects présents. Buzz a un sens de l'humour particulier, ou alors il a misé sur ce « cadeau » pour que ses gars se tiennent à carreau avant qu'on ne débarque. Preuve que les gamins ne sont pas de réelles recrues du club de motards, mais plutôt des gosses à cran ramassés dans la rue.

Visiblement, la petite a rempli son office. J'arbore une grimace de dégoût devant le corps nu et malmené.

– Détache-la et file-lui un truc pour qu'elle se couvre.

– J'adore quand j'hérite des missions les plus sympas, peste Tate.

Je ricane entre mes dents.

– Tu m'as cherché ! lui rappelé-je.

– Dax, m'interrompt P'tit Dom. Regarde ça !

Je me crispe en identifiant le blouson en cuir. Noir et sobre, ce dernier se pare du blason de mon gang au dos, un lion ailé pris dans un cercle de flammes et surmonté du sigle Styx Lions.

Putain ! Buzz savait qu'il ne réussirait pas à nous massacrer avec son équipe de bras cassés, mais son but n'était pas là. Rosario cherche depuis des mois des preuves pour nous placer une bonne fois pour toutes sous les barreaux et son nouveau meilleur ami lui a fourni le matos.

– On n'a pas le temps de passer les lieux au peigne fin, râlé-je. On se tire, mais avant on fait tout sauter. Sam, tu gères?

Sam est un ex-marine qui manie les explosifs comme personne. Je lui fais confiance pour nous offrir un beau feu d'artifice sans que la frappe chirurgicale ne mette en péril les bâtiments voisins. Malgré ça, je déteste en arriver à ce genre d'extrémité, d'autant que le hangar nous sert à l'occasion. Néanmoins, je ne peux pas courir le moindre risque.

– Sans problème, réplique-t-il avec un rictus d'excitation.

Je me rappelle que Sam n'a rien fait péter depuis longtemps et que ce besoin lui est aussi essentiel que le couteau pour Tate.

Mon clan compte son lot de fêlés, mais, étrangement, ça le renforce au lieu de l'affaiblir. Peut-être parce que la loyauté est le ciment de notre fonctionnement. Il y a forcément de ça. Je ne laisse jamais tomber mes hommes, même les plus abîmés, tant qu'ils me donnent le meilleur d'eux-mêmes et qu'ils se montrent d'une droiture irréprochable envers les Styx Lions.

C'est donnant donnant, un serment que nous encrons dans notre peau pour ne jamais oublier qui nous sommes.

– Et la fille? me tanne Tate, pas vraiment à l'aise avec la furie qui gesticule dans ses bras.

Je n'ai aucune envie de m'encombrer de ce poids mort, mais je ne peux pas non plus abandonner cette gamine dans ce qui ne sera bientôt plus qu'un tas de cendres.

– On l'emmène. On va la déposer à l'hosto en rentrant au QG.

Tate soupire bruyamment. Ses doigts tremblent, exigeant qu'il larde le premier truc à portée de sa main pour se calmer. Une chance, son frangin ne participait pas à ce bordel, sinon il aurait déjà pété les plombs!

Excédé par les braillements de la nana et pour éviter de passer sa colère sur elle – ou peut-être sur moi pour lui imposer ce fardeau –, il lui plaque une main sur la bouche et se penche vers elle, son regard virant à l'orage.

– Tu la fermes ou je t'explose la tronche.

– On décolle avant que les flics débarquent, dis-je.

– Aucun risque, ricane Jarod en surgissant devant moi. Lou les a coincés dans une impasse.

J'éclate de rire, imaginant la tête de ce Rosario de malheur. Il a voulu jouer, eh bien il récolte les fruits de sa pitoyable tentative de nous piéger. Celui qui m'arrêtera n'est pas né, je vous le garantis !

Puis je me tourne vers la poupée qui a cessé de geindre sous la menace du regard ombrageux de Tate. Et si je l'emmenais moi-même à l'hôpital ? Peut-être que je croiserais de nouveau la bombasse qui m'a soigné il y a quelques mois. Mon pouls s'accélère, me rappelant qu'elle m'a fait un tel effet qu'elle hante depuis certaines de mes nuits, m'obligeant à me soulager tout seul quand je n'ai pas une gonzesse à portée de main.

Ouais, putain ! Après une soirée de merde comme celle-ci, je serais plus que partant pour un petit tête-à-tête avec Sexy Doc !

4

Tasha

– Putain ! C'est trop demander que la chance tourne ?

Je louche vers la cafetière avec le sentiment détestable qu'un démon sournois et revanchard a décidé de se payer ma tête. C'est la deuxième fois que je mets le percolateur en marche pour retrouver le broc vide. Je maudis les indélicats responsables de mon malheur et considère la pile de dossiers qui ne se désagrège même pas un peu malgré mon regard incandescent.

Et sans ma dose de caféine, je doute d'en venir à bout.

– Besoin d'un remontant ? s'élève une voix derrière moi.

Amber s'attire un sourire de reconnaissance éternelle quand elle brandit sous mon nez un gobelet à l'odeur délectable.

– Tu es mon sauveur !

– Je me suis arrêtée chez Honey's sur la route, je ne pouvais pas t'oublier. Surtout quand tu enchaînes deux gardes de suite…

Le reproche est manifeste, cependant mes muscles se relâchent d'un coup dès que j'avale ma première gorgée.

Je suis accro au café depuis mon internat et deviens limite méchante quand je suis en manque. Grâce au ciel, Amber est aussi *addict* que moi et pense toujours à moi lorsqu'elle se ravitaille.

– La journée a été difficile? Tu sais que tu n'es pas obligée d'accumuler les heures? Je peux attendre pour le loyer.

Je secoue la tête en signe de déni. Lorsque Clive m'a gentiment montré la porte, je me suis retrouvée sans toit et le compte bancaire à zéro. Avec l'énorme crédit qui a financé mes études sur le dos, je n'avais guère de solution pour me loger correctement. Amber m'a sauvé la mise en me proposant de louer une chambre dans l'immense demeure qu'elle a héritée de ses grands-parents.

Un retour aux sources pour moi puisque, pendant mes années d'université, je résidais déjà au manoir.

– Non, je tiens à être à jour de mes paiements.

En vérité, le problème ne se situe pas à ce niveau. Pour avoir connu la pauvreté quand j'étais petite, j'ai besoin pour la paix de mon esprit que mon compte en banque soit bien approvisionné. Toutes mes économies ont été liquidées dans les travaux de la maison de Clive. À l'époque, cet investissement m'a paru judicieux puisque cette demeure devait devenir la mienne et qu'elle nécessitait de sérieux aménagements pour être habitable.

Je n'avais pas prévu que cela me pomperait toutes mes réserves et que Clive me désignerait la porte avant que j'aie eu l'occasion de tremper un orteil dans la nouvelle piscine. Mon salaire actuel me permet de vivre confortablement, mais, pour ma stabilité mentale, j'ai besoin de jouir d'un petit capital, raison pour laquelle je me propose pour des gardes supplémentaires dès que c'est possible.

– Comme tu veux, soupire Amber.

Je souris devant son rictus résigné. Ma meilleure amie me pratique depuis assez longtemps et sait que j'ai intégré son offre, mais que je ne l'accepterai pas. Ma fierté est un poil chatouilleuse sur la question.

Un détail qui m'éloigne d'Amber, même si cela ne nous empêche pas d'être liées comme les doigts de la main.

Contrairement à moi, Amber a grandi dans un milieu privilégié et elle n'a jamais vécu de fins de mois difficiles – ou plutôt des mois difficiles tout court ! Devenue orpheline à 10 ans, elle a été élevée par ses grands-parents, des gens bien sous tous rapports qui se sont efforcés de combler le vide généré par la mort de ses parents.

Je n'ai pas eu la chance de connaître Prosper Freeman, mais Minerva, oui. C'est d'ailleurs elle qui a proposé de me loger après le décès de ma mère.

– Pete nous invite à un barbecue ce soir, m'annonce-t-elle tandis que je m'installe face à mes dossiers.

Pete est notre voisin le plus proche et il en pince pour Amber. Un intérêt non réciproque, mais qui n'entrave pas nos relations.

– On apporte la bière, comme d'habitude ?

– En quantité ! Apparemment, on sera nombreux.

Je me frotte la nuque, pas mécontente d'avoir l'occasion de me détendre un peu. Pete est vraiment sympa et sait animer une soirée. Le plus, c'est qu'il a pléthore de copains sexy et célibataires.

Un fait qui n'a jamais échappé à Amber qui papillonne avec une légèreté pétrie d'inconscience.

J'étais comme elle avant, l'inconscience en moins. Difficile de l'être quand l'existence vous enseigne ses leçons à coups de marteau-piqueur.

Résultat, je me suis imposé une discipline de fer dans le cadre de mes études, mais en dehors, j'ai profité de la vie avec une urgence qui tenait autant de la faim que du besoin de s'accomplir.

Sauf que ces dernières années, je me suis transformée en bonnet de nuit. Moi, la tête brûlée qui ne s'est jamais rien interdit…

Obligée de travailler pour financer mon internat et payer les frais de santé de ma mère, j'ai toujours vu mes aventures sexuelles comme des moments dénués d'implication qui me permettaient de souffler. Le plaisir avant tout et au diable les relations sérieuses !

Puis j'ai rencontré Clive et nous nous sommes installés ensemble assez vite. À 28 ans, j'ai l'impression d'avoir abandonné tout le fun de ma vie pour un sale type qui m'a plaquée du jour au lendemain.

– Il est temps que tu passes à autre chose, souligne Amber, comme si elle avait lu dans mes pensées. Tu ne vas quand même pas rester célibataire jusqu'à ce que tu sois aussi desséchée qu'un vieux pruneau ! Ça fait six mois que Clive est sorti de ton existence et…

– … il faut remonter en selle sans tarder quand on tombe de cheval, finis-je à la place de ma meilleure amie.

Un conseil que je me serais moi-même donné il y a cinq ans… En vérité, je n'aurais jamais imaginé vivre comme une femme au foyer.

Amber me décoche un clin d'œil appuyé et secoue ses longues tresses parsemées de bleu. La semaine dernière, elle portait les cheveux courts à la mode afro, et je la soupçonne de déjà songer à son prochain look. Tel un caméléon, elle change son apparence au gré de ses humeurs et son physique de liane lui autorise toutes les excentricités.

– Je vais à un speed dating samedi. Viens avec moi !

– Tu ne devais pas sortir avec Clive Joli-Cœur ?

– Je l'ai largué hier soir. Cet imbécile avait invité son meilleur pote à notre rendez-vous, pensant qu'on s'amuserait tous les trois.

Amber ne me paraît pas affectée par cette rupture, mais plutôt salement remontée.

– Navrée, dis-je néanmoins, par compassion féminine.

– Ma chérie, tu sais très bien que sa seule qualité – mais non des moindres – était qu'il était un dieu au pieu. Pour le reste, c'était un crétin arrogant. Donc, en conclusion, bon débarras !

Je pouffe, pas mécontente que Clive Joli-Cœur ait largué les amarres. Ses œillades salaces finissaient par me hérisser le poil.

– Alors? insiste Amber. Tu viens avec moi?

– Sans façon! D'ailleurs, pourquoi traînes-tu là-bas? Tu es canon, les hommes te courent après sans même que tu bouges le petit doigt.

Avec son profil de reine et sa peau chocolat, Amber dégage une séduction rayonnante qui attire tous les regards.

– J'aime rencontrer des gens nouveaux, et puis on fait de chouettes connaissances. Tu devrais essayer juste une fois. Allez!

Je soupire en admettant ma défaite. Amber me tanne sur le sujet depuis des mois et, ma foi, je ne risque rien à tenter l'expérience. D'autant que j'ai vraiment besoin de me changer les idées.

Je lance un bref coup d'œil à mon portable où s'accumulent les SMS de Clive. Les amorces de contact sont maladroites et peu précises, mais elles deviennent insistantes. J'ai refusé la dernière invitation à déjeuner, un nœud coincé dans la gorge.

Parce que j'ai eu envie d'accepter? J'aimerais hurler que non, mais une part de moi persiste à rêver de cet homme auprès de qui je me voyais vieillir…

– OK, mais juste une fois! maugréé-je pour la forme.

Après une seconde de stupeur, Amber bat des mains et sautille sur place. Son exubérance est contagieuse et les coins de ma bouche finissent par se relever.

– Je te promets, on va passer une soirée d'enfer!

– Y a intérêt!

– Docteur Wilson, m'apostrophe Debbie depuis la porte. Mme Herbert est redescendue du scanner et il y a une patiente que le docteur Bennett aimerait que vous voyiez.

– J'arrive, dis-je en terminant mon précieux breuvage.

Mon stéthoscope autour du cou, je me dirige vers le box où Mme Herbert a été installée. Mon interne m'arrête avant que je ne parvienne à destination et me présente des clichés que j'examine avec attention. Si cette patiente n'a pas de lésions graves, elle fréquente les urgences à un rythme soutenu. La faute à un ivrogne de mari qu'elle refuse de quitter, probablement enlisée dans une peur primale.

– Fracture du maxillaire, analyse Max.

– L'assistante sociale est descendue ?

– Pour le même résultat que d'habitude. Mme Herbert ne souhaite pas déposer plainte.

Je sais que nous finirons, un jour prochain, par récupérer cette femme avec des blessures trop sévères pour qu'elle s'en sorte. Cet aspect de mon métier me vrille les intestins parce que je suis impuissante à agir.

Alors que j'ai choisi de sauver des vies, je renvoie cette patiente vers une mort certaine à plus ou moins brève échéance.

– Demande une consultation psy.

– Ça n'a rien changé la dernière fois.

Max me scrute avec fatalisme et je ne peux le lui reprocher. Quand on opte pour un travail aux urgences, on s'expose à toutes sortes de situations, la plupart étant difficilement supportables. Entre les malades lambda, nous côtoyons la plus grande détresse sans être outillés pour aider au-delà des soins de première nécessité.

L'un de mes professeurs proclamait que c'était l'essentiel, mais j'ai appris que c'est loin d'être le cas. Lorsque vous renvoyez une prostituée vers un proxénète violent ou un drogué vers son dealer, vous intégrez que cela ne suffit pas.

– Fais-le quand même ! ordonné-je d'un ton plus cassant.

Je m'éloigne et m'arrête devant le tableau des admissions. Ce dernier est plein et une foule se presse dans la salle d'attente. Le ballet s'interrompt rarement et, lorsque c'est le cas, nous savons que la tempête couve au loin. Notre quotidien est pétri de cris et de douleurs et s'enlise dans un désenchantement que la plupart des gens se refusent à voir. Mais, ici, l'espace d'une consultation, tout le monde se retrouve animé des mêmes objectifs : survivre et bannir la souffrance.

Cela fonctionne… parfois !

– Tash !

Je sursaute, surprise que Clive le Connard ait pris le risque – et le temps – de venir me traquer jusque-là alors qu'il n'est pas de garde. Pour lui qui déteste le brouhaha des urgences, c'est une démarche déroutante.

Mon ex-fiancé est né avec une cuillère en argent dans la bouche et ses aptitudes chirurgicales l'ont rendu d'une arrogance qui frise l'insolence. Il s'attend systématiquement à ce que les gens qui l'entourent se prosternent à ses pieds et ne s'encombre donc pas d'efforts. Même quand nous vivions ensemble, il ne dérogeait pas à ce principe qui est devenu un aspect fondamental de sa psyché. Ce n'est même plus une démarche consciente.

Je dresse les épaules, agacée de me liquéfier sous son regard magnétique. Clive a toujours eu cet effet sur moi. Sa beauté incandescente me rend toute chose, et je ne peux occulter certains souvenirs. Mon ex-fiancé, malgré sa morgue naturelle, m'a traitée d'égal à égal et notre alchimie n'a jamais rien eu de surfait. Nos corps-à-corps me manquent, autant que sa tendresse dans l'obscurité de notre chambre.

– Tu ne prends pas mes appels, me tance-t-il vertement.

Je m'éloigne avec l'intention de me soustraire aux regards curieux et Clive m'emboîte le pas, déterminé à obtenir des réponses. Que puis-je lui dire ? Que je ne saisis pas son obstination à communiquer avec moi alors que nous ne sommes plus en couple ? Que je me damnerais pour que la harpie n'ait jamais surgi dans notre existence, anéantissant cinq ans d'amour ?

– Je suis très occupée, mentionné-je en lui jetant à peine un coup d'œil.

– Tash, m'arrête Clive en posant une main sur mon épaule.

Je me retourne à contrecœur. Clive me gratifie d'un petit sourire qui mêle séduction et repentir. Sauf que je le connais assez pour savoir que la contrition n'appartient pas au panel de ses émotions.

– Je veux seulement que tu m'accordes un peu de ton temps…

– Pourquoi?

– Il faut une raison particulière? Toi et moi…

– Il n'y a plus de toi et moi, Clive, le coupé-je avec un peu trop de virulence.

– Justement, me souffle-t-il, son regard de braise se fixant sur ma bouche.

Mon sang se met à bouillonner dans mes veines, et je manque soudain d'air. J'ai pleuré toutes les larmes de mon corps lorsque cet abruti m'a larguée et je ne supporte pas ce cœur qui tambourine dans ma poitrine comme s'il espérait que…

Je jure violemment et m'élance vers la sortie des urgences, désireuse de me soustraire à ces émotions qui me rappellent qu'entre la raison et les sentiments, il y a parfois une scission regrettable.

Pauvre cruche!

Une fois sur le parking, je m'adosse à un mur et aspire l'air frais à pleins poumons. Il me faut plusieurs minutes pour me souvenir que ma vie n'est plus en morceaux. Ces derniers mois, je me suis reconstruite, épaulée par Amber et une volonté farouche d'avancer.

J'ai peut-être sacrifié cinq ans à Clive, mais l'existence m'ouvre les bras. J'exerce le job de mes rêves, j'ai des amis fidèles et loyaux et je suis déterminée à tirer le meilleur de ce que l'avenir me réservera.

Clive… Clive, c'est le passé et je suis championne dans l'art de fermer la boîte des souvenirs…

Je bondis en avant quand un quatre-quatre surgit sur le parking à une vitesse tout sauf réglementaire. Le véhicule freine dans un crissement de pneus épouvantable et un homme jaillit du siège conducteur pour ouvrir la portière arrière.

Je me précipite, mon cerveau se recentrant sur l'essentiel.

Du moins jusqu'à ce qu'un regard noir, intense et vibrant de quelque chose que je ne saurais nommer, mais qui me transperce littéralement, me fige sur place…

5

Dax

Putain, c'est mon jour de chance !

Sexy Doc se tient à moins d'un mètre de moi, la bouche entrouverte et l'œil figé. Force m'est de constater que ma mémoire n'a pas rendu un hommage assez vibrant à cette sculpturale beauté.

La blouse blanche, banale et insipide, ne réussit pas à masquer les courbes affriolantes, et je me régale avant de revenir au visage. Je refrène un éclat colérique tandis que la jeune femme croise les bras sur ses seins, ignorant que ce geste de protection fait pigeonner sa généreuse poitrine.

Merde ! Je m'imagine *illico* engloutissant ses mamelons, les mordant et les léchant à un rythme effréné, au son des gémissements de la belle. Réaction logique, tout mon corps se tend de désir.

Sexy Doc n'est pas la première nana à éveiller mon désir d'un simple regard, mais je dois reconnaître qu'elle joue dans une catégorie à part. Les gonzesses que je baise n'ont pas sa classe et encore moins sa tranquille assurance.

Je ricane intérieurement en me remémorant la façon dont elle s'est plaquée contre moi quatre mois plus tôt pour me maîtriser. C'est à ce moment-là que mon corps a réagi avec virulence. Peu d'hommes osent me ceinturer ainsi, alors une femme… OK, j'étais ligoté à ce putain de lit, mais quand même ! Sexy Doc m'a littéralement foudroyé !

Je m'accorde le temps de la détailler, m'attardant sur ses seins et ses pommettes rougissantes. Quant à ses lèvres… ma queue tressaute à l'idée de s'insinuer entre elles.

Sauf que c'est un fantasme à la con qui ne se réalisera jamais. Sexy Doc joue dans une catégorie qui exclut les bad boys, *a fortiori* quand ce sont des repris de justice. Certaines nanas au look classique viennent s'encanailler au Rush, mais je suis prêt à parier que ce n'est pas le genre de cette beauté incendiaire.

Quel dommage !

Je m'imagine bien enroulant mon poing dans sa longue chevelure noire parsemée de reflets rouge sombre, tout en la baisant en levrette. Ouais ! Sûr que ce serait le pied intégral !

– Salut, Sexy Doc, la provoqué-je sciemment.

La bouche féminine s'étire en un pli dur et réprobateur.

– Qu'est-ce que vous foutez là ?

– Ouais, moi aussi, ça me fait plaisir de vous revoir, ajouté-je en occultant le regard incendiaire.

Différentes émotions se succèdent sur le visage de Sexy Doc et je suis presque déçu que la belle ne riposte pas. J'aime les femmes qui ont du répondant, pas les mijaurées qui s'étouffent avec leurs reproches.

– Du plaisir ? Notre rencontre m'a laissé un souvenir moins glorieux, scande-t-elle enfin d'une voix légèrement rauque. Monsieur Mason, ce parking est réservé aux urgences, fichez le camp d'ici !

Je souris jusqu'aux oreilles en constatant qu'elle n'a pas oublié mon nom. Tiens, voilà un détail intéressant…

– Dax, noté-je avec morgue.

– Monsieur Mason ! s'entête-t-elle.

Le regard vert se pare de sévérité et témoigne d'un énervement qui me fait un sacré effet. La plupart des nanas se battent pour attirer mon attention et gagner le droit de partager mon lit, ne serait-ce que pour une nuit. Je n'offre jamais beaucoup plus, pour être honnête.

Sexy Doc préférerait certainement m'envoyer aux enfers plutôt que de jouer à ce genre de jeu. Et c'est certainement ce qui m'excite autant chez elle. Cette femme reste inaccessible, comme un fantasme imprégné d'une odeur d'interdit et de paradis, mais je ne peux m'empêcher de m'attarder sur ses lèvres, ses yeux, ses seins…

Un gémissement me rappelle à l'ordre alors que j'explore les possibilités qui s'offrent à moi pour espérer goûter à cette bouche qui me fait bien trop d'effet pour ma santé mentale.

Sexy Doc scrute l'intérieur de mon véhicule, les sourcils froncés, mais n'ose pas approcher. Pour ma part, je ne sais pas trop comment gérer la suite. La gamine s'est rencognée entre le fauteuil avant et la banquette et tremble de tous ses membres. Elle ressemble à un petit oiseau terrorisé et émet des gargouillis d'angoisse. Au moins, elle a cessé de pleurnicher.

– Je vais avoir besoin de votre aide, Sexy Doc, annoncé-je.

– Bon sang ! Arrêtez de m'appeler comme ça, gronde-t-elle en retour.

Je lui décoche un long regard langoureux, ravi d'être responsable de la jolie teinte rosée de ses joues. Est-ce que d'autres parties de son corps s'empourprent de la même façon ? Merde ! J'ai une folle envie de vérifier ce qu'il en est !

– Je vous amène une patiente, annoncé-je pour couper court aux images brûlantes qui m'envahissent l'esprit.

– Poussez-vous ! m'ordonne Sexy Doc en me bousculant pour accéder à la voiture. Nom de Dieu ! Qu'est-ce que vous lui avez fait ?

Je me renfrogne, étonné de ressentir cette piqûre d'agacement. Ça fait bien longtemps que je ne me soucie plus de l'avis d'autrui. Avec mon gabarit hors norme et mes tatouages, je suis d'emblée classé dans la catégorie des fauteurs de troubles. J'en suis un, je ne le conteste pas, mais même quand je ne bouge pas le plus petit doigt, je me retrouve accusé des pires maux.

C'est une leçon que la vie nous enseigne très vite quand on ne suit pas le droit chemin, celui de la bienséance et des règles sociétales. Même les bons samaritains doivent avoir le physique de l'emploi, sinon ils sont perçus comme des monstres ou des pervers. Le bien appelle la beauté, la gentillesse, la noblesse… C'est comme ça ! Les gens préfèrent le noir ou le blanc, plutôt que ces saletés de teintes grises qui bousculent leurs habitudes. L'inconnu effraie et cloisonne notre monde en catégories à la con qui condamnent ceux qui pensent autrement.

J'ai appris à me foutre royalement de cette merde, pourtant le regard de Sexy Doc me transperce comme une flèche. Je ne m'attends pas à ce qu'elle me considère comme un homme respectable – cette seule idée me révulse –, mais je n'apprécie pas pour autant la lueur accusatrice qui filtre de ses iris émeraude.

– Qu'est-ce que vous voulez, les connards comme moi bouffent de la chatte matin, midi et soir et aiment lorsque c'est rude !

J'écope d'une œillade assassine et ravale le goût aigre qui me picote les papilles. Putain ! Cette nana réveille en moi un truc que j'ai sciemment enterré très profondément. J'ai l'impression de me tenir au bord d'un précipice et qu'un vent violent me projette vers l'abysse.

Je crispe les poings, furieux de cette faiblesse qui ne me ressemble pas. Des regrets, je n'en ai pas. Je n'en ai jamais eu… J'ai choisi ma route en toute connaissance de cause et je n'apprécie pas qu'une gonzesse – aussi bandante soit-elle – me renvoie à mes péchés.

Comme si une auréole la classait, elle, d'emblée dans un monde de pureté…

Quelle connerie !

Parce que j'ai perdu assez de temps sur ce parking, je réagis de la seule façon possible. J'écarte Sexy Doc d'un geste déterminé et plonge dans l'habitacle pour choper la gamine qui se met à beugler dès que je pose la main sur elle. Je ne tiens pas compte de ses cris et la tire à l'extérieur, ignorant l'air de plus en plus réprobateur de la beauté qui a réussi à me foutre en rogne.

Ça fait des années que je n'ai pas ressenti une émotion aussi brûlante. Le contrecoup du traquenard conçu par les Demonic Snakes ?

Là, tout de suite, j'ai besoin d'une bouteille de whisky et d'une nana à baiser jusqu'à épuisement. Je me jetterais bien sur l'impétueuse docteure et pas parce que mon sexe trépigne à cette idée, mais pour lui prouver que le connard que je suis est capable, malgré son dégoût évident, de la faire jouir comme aucun autre, et surtout pas ces gentils petits mecs bien sous tous rapports qu'elle fréquente.

Ouais, je suis peut-être qu'un abject salopard à ses yeux, mais elle en redemandera comme toutes celles qui ont goûté à ma queue !

– Voilà ! maugréé-je en lui fourrant la gamine dans les bras. Et juste une précision : je n'ai pas besoin de forcer les femmes pour qu'elles écartent les cuisses ! Je trempe dans pas mal de magouilles, mais je ne suis pas un violeur !

Je ne sais pas pourquoi je me justifie. Ça aussi, ça ne me ressemble pas. Je scrute les traits du médecin et ne perçois ni soulagement ni contrition, mais une dureté implacable qui me prouve que cette gonzesse cache une volonté d'acier sous ses airs de top model. Cette attitude bravache, au lieu de réactiver ma colère, accroît mon envie de la posséder, de la voir jouir sous mes coups de boutoir.

Je me frotte le visage, conscient qu'il va me falloir baiser plus d'une nana pour m'ôter celle-ci de la tête. OK, j'adore ce genre de défi !

– À la prochaine, Sexy Doc ! balancé-je en remontant dans ma voiture.

6

Tasha

La voiture disparaît au coin de la rue dans un crissement de pneus, mais je n'ai pas le temps de m'appesantir sur cet étrange face-à-face. Ma patiente s'effondre sur moi, m'entraînant en avant. Je la rattrape avant qu'elle ne touche le sol et peste contre le sort. La porte des urgences n'est pas très éloignée, pourtant cela va être difficile de l'atteindre avec un poids mort sur les bras. Au moins, cet exercice va m'obliger à oublier cet imbécile de Dax Mason !

Sexy Doc ? Non mais je rêve !

Je glisse les mains sous les aisselles de l'inconnue. Celle-ci est toujours consciente, mais se lamente sans réagir.

– Il va falloir m'aider ! exigé-je doucement. Une fois que nous serons à l'intérieur, vous serez en sécurité. D'accord ?

Évidemment, elle ne me répond pas. Les doigts crispés sur son ventre, elle tremble de la tête aux pieds, indifférente à sa tenue débraillée. Elle porte un tee-shirt qui la recouvre jusqu'à mi-cuisse et cache les courbes de son corps, mais pas les meurtrissures sur ses cuisses et ses bras. Ni les marques de strangulation autour de son cou. J'ignore ce qu'a vécu cette gamine, mais c'est certainement plus proche de l'enfer que de toute autre réalité.

Je grommelle entre mes dents, atterrée par ce monde qui recrache, sans pitié, des êtres fragiles et innocents après les avoir broyés.

– Nous y sommes presque, encouragé-je la jeune fille sans m'attarder sur la sueur qui me dégouline dans le dos.

J'ai l'habitude de gestes physiques, mais cette traversée du parking me coupe le souffle. Je soupire de soulagement en apercevant Juan qui se rue vers nous dès qu'il nous repère.

– Box 3! dis-je quand il soulève ma patiente dans ses bras.

La petite ne bouge pas, alors que quelques minutes plus tôt, face à Dax Mason, elle braillait comme une hystérique.

Est-ce qu'il est responsable de son état?

Étrangement, j'ai envie de croire à ses dernières paroles. Ce qui, en soi, est ridicule, puisque ce type est un criminel avéré. Il vole, tue, deale et Dieu sait quoi encore. Pourquoi n'abuserait-il pas dans la foulée de gamines innocentes?

Parce que son physique le classe d'emblée dans la catégorie des séducteurs qui attirent les femmes comme des mouches? Mauvaise question, car le mal n'est pas une affaire de beauté ou de contentement, mais de pouvoir et de domination.

Je suis Juan et éprouve un pincement au cœur quand ma patiente se recroqueville en position fœtale dès qu'elle se retrouve allongée sur la table d'auscultation.

– Suspicion de viol, suppose Juan.

Je hoche la tête à regret. Nous recevons trop de victimes et, là aussi, j'ai le sentiment que nous ne sommes pas équipés pour gérer toutes les conséquences. L'équipe est formée pour offrir à ces hommes et ces femmes une assistance professionnelle doublée d'empathie, mais elle se niche aux frontières de ce cauchemar, parfois incapable d'atteindre l'esprit de ces êtres malmenés.

Je pose une couverture sur le corps secoué de sanglots et me penche vers le visage plein de larmes de la jeune fille. Son agresseur n'y est pas allé de main morte. Des hématomes sont apparents au niveau des pommettes, la paupière droite est salement gonflée et l'arête du nez est déviée.

– Eh! l'encouragé-je avec douceur. Vous êtes en sécurité maintenant. Je suis le docteur Wilson et je vais m'occuper de vous. Vous voulez bien me dire comment vous vous appelez.

Les yeux papillonnent avant de se fixer sur moi. J'ignore ce qui se déroule dans cette petite tête, mais la peur filtre par tous les pores de la peau.

– Fajra, m'indique-t-elle enfin.

– Fajra, est-ce que vous souhaitez qu'on contacte quelqu'un? Vos parents peut-être? Une amie?

Les tremblements redoublent et de nouvelles larmes coulent sur les joues blafardes.

– Y a personne…

– Quel âge avez-vous?

– J'ai 18 ans et…

Elle déglutit nerveusement et hasarde un coup d'œil effrayé autour d'elle. Elle lâche une plainte sourde en avisant Juan près de la porte. Je n'ai pas besoin d'argumenter, l'infirmier quitte la pièce avec un signe de tête à mon attention. Il va appeler une collègue femme.

– Tout va bien, Fajra. Personne ne vous fera de mal, ici. Je vais devoir vous ausculter pour vérifier l'importance de vos blessures. Vous avez le nez cassé et des ecchymoses sur presque tout le corps. Il va falloir enlever votre tee-shirt pour enfiler une blouse, d'accord?

Fajra se raidit et ramène ses genoux contre sa poitrine. Puis elle me décoche un regard désespéré.

– J'ai mal, souffle-t-elle. Je voulais pas. J'ai dit non, mais ils m'ont frappée pendant qu'ils continuaient de… me baiser. Ils répétaient que j'étais qu'une bonne chienne…

Sa voix part dans les trémolos et Fajra sanglote de plus belle. Je lui serre l'épaule, pleine de rage envers ceux qui n'ont pas hésité à briser une vie. Mais mon empathie ne rendra pas à cette jeune fille ce qui lui a été volé. Moi, tout ce que je peux lui apporter, peut-être, c'est le moyen d'identifier ces salopards immondes.

Et un peu de calme… L'auscultation peut attendre. Je me refuse à imposer à cette gamine une épreuve supplémentaire avec des gestes qui seront de toute façon difficiles, alors qu'elle libère son désarroi.

Debbie entre dans la pièce, le visage grave, et me questionne du regard. Je la rejoins, veillant à baisser la voix.

– Viol avec multiples agresseurs. Je ne l'ai pas encore examinée, mais elle a le nez fracturé.

– Juan a averti la police. De la famille à prévenir?

– Apparemment non, mais je pense qu'il faudra l'interroger de nouveau tout à l'heure. Pour le moment, elle est sous le choc.

– Je vais me charger personnellement d'elle et l'aider à enfiler une blouse.

– Fajra, lui dis-je d'un ton apaisant, l'infirmière Lawson va s'occuper de vous.

– Ne partez pas, s'affole la petite voix.

– Non, je reste avec vous. Dès que vous vous sentirez prête, je vous ausculterai et ensuite vous pourrez vous reposer. OK?

***

Je regagne la salle de garde des résidents avec le sentiment d'être épuisée. Je me masse la nuque et soupire de plaisir en avisant la cafetière pleine. Je m'en verse une tasse avant de m'avachir sur l'un des deux canapés de la pièce.

– Nuit pénible? me surprend Amber alors que mes paupières se ferment de leur propre volonté.

– Ni plus ni moins que d'habitude, même si j'avoue que je préférerais être dans mon lit.

Malgré mes difficultés habituelles à m'endormir, je gage que, pour une fois, je tomberai comme une masse. À l'idée de m'accorder huit heures de repos sans coupure, j'émets un grognement de plaisir.

Fantasme qui va se changer en réalité si je parviens à quitter l'hôpital comme prévu dans une heure…

Amber vient s'installer à côté de moi et tapote mon genou en guise de soutien. Qu'il vente, qu'il pleuve ou qu'il tempête, elle a la chance de dormir du sommeil du juste toutes les nuits et une micro-sieste suffit à la remettre d'aplomb en cas de besoin.

La preuve que la nature est vraiment mal faite, offrant aux uns ce qu'elle refuse aux autres…

– Je t'ai vue en pleine discussion animée tout à l'heure, me murmure-t-elle avec une mimique de conspirateur.

Je me raidis au souvenir de mon altercation avec Dax Mason. Cet homme… je ne sais quoi penser de lui. Lorsque je l'ai soigné, il m'est apparu comme une sorte d'ange déchu complètement barge. Mais sur le parking… putain, j'ai été captivée par son air sauvage, sans pouvoir réprimer des frissons de peur.

Ce type est la quintessence de la dangerosité, c'est une évidence. Pourtant il y a quelque chose chez lui qui me fascine au-delà de toute logique. Je ne suis pas une adepte des bad boys – enfin plus maintenant –, néanmoins j'ai été foudroyée par ce que Dax dégage, un mélange de violence et d'agressivité à l'état brut qui n'occulte pas un petit quelque chose d'autre.

J'ai beau me creuser les méninges, je n'arrive pas à toucher du doigt le détail insignifiant qui me donne envie de me mettre la tête dans un sac quand je repense à la façon dont je l'ai jugé.

Jugement qu'il a perçu d'emblée et m'a renvoyé comme un boomerang. C'est peut-être ce qui me trouble… Je déteste les verdicts à l'emporte-pièce, et cet homme – qui ne devrait pas avoir ce pouvoir – m'a pris en flagrant délit de connerie.

Tasha 0 - Dax 1.

– Ce crétin m'a appelée Sexy Doc ! aboyé-je comme si j'avais besoin de ce pis-aller pour justifier mon animosité à l'égard d'un criminel endurci.

– Hein ? Mais qu'est-ce qui lui prend ? Ce genre de remarque ne correspond pas à Clive…

– Clive ?

Amber fronce les sourcils, puis m'oppose son air – ô combien détesté – de fouineuse professionnelle.

– Attends ! Tu ne parlais pas de Clive ? Qui donc t'a mise sur les nerfs alors ? Qui a osé te baptiser Sexy Doc, même si, tu en conviendras, c'est plutôt flatteur ?

– Flatteur ?

– Tu es canon, Tash. Pourquoi les hommes ne te le diraient pas ? D'ailleurs, il n'y a pas si longtemps, tu adorais ça. Ce n'est pas parce que Clive ne valorise que l'intelligence brute et qu'il ne te complimentait jamais sur ton corps de rêve que les autres mecs sont stupides et aveugles. Alors qui est cet inconnu doué d'un bon goût absolu ?

Je ricane à la perspective de faire déchanter Amber.

– Un patient que j'ai soigné il y a quelques mois. Un ex-taulard qui traficote avec un gang de la ville…

La bouche d'Amber s'arrondit en un splendide cul-de-poule, puis une lueur taquine s'allume dans son beau regard noir.

– Mignon ?

– Magnifiquement canon, enfin si tu aimes le genre tatoué et dangereux.

Amber explose de rire, au point que du café lui sort par les narines. Elle attrape une serviette en papier et s'essuie sans cesser de s'esclaffer. Je soupire longuement, habituée à sa façon de toujours saisir le positif dans une situation. J'avoue que cela m'a parfois aidée à prendre du recul quand je déprimais ces derniers mois.

– Dis donc, tu ne fais pas les choses à moitié, toi, finit-elle par énoncer. Tu passes de Monsieur Parfait à Monsieur Sex Bomb…

– Je ne passe de rien à rien, opposé-je. C'est lui qui a amené ma patiente victime de viols.

– Merde ! Il a quelque chose à voir avec ça ?

Je m'empourpre sous le coup de la gêne. Fajra a été un peu plus loquace une fois l'examen terminé et a confirmé ce que Dax m'a asséné avant de détaler comme s'il avait le feu aux fesses. Tu m'étonnes ! Je l'ai condamné implicitement, juste parce qu'il a le physique de l'emploi…

Et parce que j'ai subi ce genre d'*a priori* toute mon enfance, je ne suis pas très fière de moi sur ce coup.

– Non. C'est lui qui a sauvé cette fille.

– Hum ! Un héros, ton beau gosse, alors…

– C'est un truand, Amber. Je ne me souviens plus du nom de son gang, en revanche je peux t'affirmer que ce n'est pas un gentil garçon…

– Peut-être pas, mais il a flashé sur toi, glousse Amber. Et j'ai dans l'idée que c'est réciproque. Non, non ! Ne te donne pas la peine de me rembarrer. Je te signale juste qu'il est peut-être temps que tu délaisses Godefroy le Hardi pour un homme de chair et de sang.

Je lève les yeux au ciel à l'évocation du cadeau qu'Amber m'a offert il y a quelques mois. Mon amie a la fâcheuse habitude de baptiser ses jouets sensuels et ne s'est pas privée de le faire pour moi.

– Qui te dit que Godefroy n'est pas resté dans son écrin? la nargué-je.

– Ma chérie, tu as 28 ans, tu es en parfaite santé et tu fuis les mecs depuis Clive alors que tu as toujours eu une libido active. Donc, n'essaie même pas de me faire croire que tu n'as pas testé Godefroy le Hardi.

Je demeure impassible, étouffant un fou rire devant l'air convaincu de mon amie. Amber aurait pu bosser dans un sex-shop si elle n'avait pas été un médecin aussi doué. En tout cas, elle maîtrise le sujet sur le bout… des doigts.

– Ça ne justifie pas que je saute sur le premier venu, insisté-je.

– Mince! Tash, tes yeux brillent comme des diamants. Ce type est le premier qui te fait de l'effet depuis ta rupture avec Clive. Quel mal il y a à en profiter? C'est juste du sexe après tout et une bonne partie de jambes en l'air. C'est exactement ce qu'il te faut.

– Tu oublies Godefroy?

– Pas du tout, mais je viens de passer cinq mois à baiser avec un apollon champion dans ce domaine. Alors je peux te garantir que l'utilisation de Godefroy n'exclut pas la mise en pratique avec un être de chair et de sang. Ne serait-ce que pour les cunnilingus! Rien ne vaut, ma chérie, une langue humide et bien coquine. Ajoute un jeu de dents subtil et quelques doigts audacieux, et tu obtiens un orgasme du feu de Dieu.

Curieusement, je n'ai aucun mal à me représenter Dax vautré entre mes cuisses. Un frisson langoureux me parcourt l'épiderme lorsque j'imagine sa tignasse noire frôlant ma peau blanche tandis qu'une langue experte me taquinerait. Son regard ténébreux serait fiché dans le mien, entre arrogance et insolence.

Merde! Ce fantasme est imprégné d'un tel désir qu'une chaleur intense se répand entre mes jambes.

– Dax n'est pas le bon spécimen, assuré-je pourtant à mon amie.

– Tu es sûre?

– Évidemment!

Je suis sincère. Alors pourquoi suis-je en train de me demander si je reverrai un jour Dax Mason?

Je me tortille sur mon siège, lucide sur le fait que je perds toute rationalité. Ce type est dangereux, et j'espère bien ne plus jamais croiser son chemin! Hormis dans mes rêves. Là, je suis toute disposée à accorder à Dax toute la liberté nécessaire. Je ricane, consciente que je suis tout sauf honnête avec mes désirs.

***

Je regagne le box 3, l'esprit embrouillé. Je suis plutôt une fille sensée. La vie m'a enseigné qu'elle ne faisait pas de cadeau et qu'il fallait se battre pour obtenir ce que l'on désirait. Cette leçon m'accompagne depuis ce jour lointain où j'ai découvert ma mère en pleurs dans la cuisine de notre minable studio. Évidemment, quand on est gosse et que l'on réside dans un quartier pourri, on ne réalise pas qu'il existe un autre monde.

Un monde où il n'y a pas des cafards qui grouillent sur le linoléum râpé.

Un monde où les gens ne portent pas les fringues refilées par les associations d'entraide ou ramassées dans les poubelles.

Un monde où les rues ne sont pas des coupe-gorge dès la nuit tombée et parfois même le jour…

J'ai vécu dans cet univers avec l'idée que c'était une vérité immuable.

Que s'endormir au son des hurlements de la voisine qui se faisait tabasser était commun.

Que voir sa mère s'échiner du soir au matin sur des sols dégueulasses était la norme.

Puis, un soir, en rentrant de l'école, j'ai croisé un homme qui sortait de chez nous. Je me souviens de ma peur. Ma mère était assise à la table de la cuisine, en nuisette, le poing refermé autour d'un billet de vingt dollars, et elle pleurait.

Ce jour-là, je n'ai pas compris quand elle m'a serrée dans ses bras en me jurant qu'elle n'avait pas eu le choix, que nous n'avions plus rien à manger… J'ai juste intégré que quelque chose de grave s'était déroulé et que cela l'avait blessée. J'ai haï l'homme responsable de ses larmes, me promettant de le matraquer de mes poings s'il revenait sonner chez nous.

Il n'est jamais reparu, ou plutôt je n'ai plus jamais été le témoin de ces visites qui mettaient ma mère au supplice.

Cela étant, plus tard, à chaque fois que le frigo était plus rempli qu'à l'habitude ou que les épaules maternelles s'affaissaient tandis qu'elle cuisinait un morceau de viande, je repensais à ce jour haï.

Lorsque j'ai été en âge de comprendre, elle ne m'a rien caché. Elle se prostituait occasionnellement dès que l'argent ou le travail venait à manquer. Elle rêvait d'une autre vie pour moi et s'est battue pour que sa vérité ne soit pas la mienne.

Je l'ai détestée au début, puis j'ai réalisé qu'il ne m'appartenait pas de la juger. Ma mère est tombée enceinte à 16 ans et s'est retrouvée à la rue du jour au lendemain, l'heureux papa ayant mis les voiles. Quant à mes grands-parents…

Elle aurait pu m'abandonner ou sombrer dans la déchéance la plus totale, mais elle a tenu avec force et détermination. Jusqu'à ce qu'un cancer l'emporte alors qu'elle n'avait que 34 ans. Je l'ai soutenue du mieux que j'ai pu, mais je lui ai surtout juré d'exploiter cette intelligence dont j'avais été pourvue.

Je n'ai jamais renoncé à ce serment formulé sur son lit de mort. Jamais ! À présent, je profite de cette existence qu'elle a fantasmée pour moi. Clive, c'était l'aboutissement du chemin. Même la cerise sur le gâteau puisque j'étais éperdument éprise de lui et que le spectre de mon enfance disparaissait définitivement derrière cette promesse en devenir.

Aujourd'hui… le rêve est sûrement encore à portée de main. Du moins, ce rêve que j'envisageais quand Clive et moi étions heureux.

Peut-être que notre amour peut renaître de ses cendres…

Il y a peu, j'aurais sauté sur l'occasion, prête non pas à oublier mais à pardonner. Parce que l'existence n'a rien d'une gentille balade. C'est tortueux et cela exige parfois des choix douloureux. C'est cette voie parsemée d'embûches qui permet d'atteindre le bonheur, ou *a minima* quelque chose qui s'y apparente.

J'ai lutté chaque minute de ma vie pour m'octroyer ce droit. Je l'ai gagné, c'est aussi simple que ça !

Pourtant, étrangement, c'est Dax Mason qui occupe mes pensées. Dax Mason et le spectre d'un monde que j'ai fui avec l'énergie du désespoir. Hors de question que je replonge ! Alors pourquoi ne puis-je fermer cette porte comme je l'ai fait avec tant d'autres ?

Je grince des dents, taraudée par cette faiblesse que je ne comprends pas ! Cela fait des mois que je n'ai pas ressenti de désir sexuel, ma libido étant étouffée par la douleur qui broie mon cœur. Pourquoi se réveille-t-elle pour un type qui correspond à tout ce que j'exècre ?

J'oublie néanmoins tous mes soucis lorsque j'arrive devant le box 3. Un homme est penché sur Fajra et la maintient plaquée contre le brancard avec son avant-bras. La jeune femme bat des jambes, mais elle se révèle incapable de se soustraire à la poigne de son assaillant.

Il me faut une seconde pour assimiler le sens de cette scène.

– Agression ! hurlé-je en bondissant dans la salle. Appelez la sécurité !

L'inconnu se redresse, le visage crispé de rage, et siffle entre ses dents un truc inintelligible. Mon cœur se met à tambouriner dans ma cage thoracique quand je réalise qu'il ne relâche pas la pression sur la gorge de Fajra. Ce salopard essaie de l'étouffer !

Je me précipite sur lui, espérant que de l'aide va rapidement débarquer.

Je bouscule l'homme et l'oblige à reculer d'un pas. La poitrine de Fajra se soulève, signe que l'air circule de nouveau dans ses poumons. Je gratifie d'un coup d'œil prudent mon agresseur, lequel me fixe avec une hargne impressionnante. Avec son jean troué, son tee-shirt crasseux et ses cheveux hirsutes, ce jeune d'une vingtaine d'années pue la rue…

Il plonge en avant pour me saisir, mais je parviens à me dérober en renversant un chariot sur ses jambes. Une douleur vive explose à hauteur de ma hanche lorsque, déséquilibrée, je percute le coin du meuble derrière moi.

– Salope ! beugle-t-il.

– Sortez d'ici ! répliqué-je.

Les bruits dans le couloir le décident à bouger, à mon plus grand soulagement. L'inconnu bondit vers la porte et disparaît de ma vue en moins de deux secondes. Je me précipite vers Fajra, l'adrénaline pulsant à cent à l'heure dans mes veines.

7

Dax

Les premières lueurs de l'aube pointent le bout de leur nez quand je pénètre dans le Rush. La pièce est vide et parfaitement rangée, mais l'odeur de la bière subsiste.

Une odeur qui ne disparaît jamais complètement…

Je me dirige d'un pas décidé vers l'arrière-salle et file vers les cuisines, ignorant la porte de mon bureau. Le personnel a fini de bosser depuis des heures, mais le parfum de la viande grillée me met l'eau à la bouche. Je farfouille dans le frigo et pique un reste de côtelettes. Chips et bières sous le bras, je me faufile vers la plonge et actionne le levier savamment caché près d'un bahut de deux mètres.

Le Rush a été construit à l'époque de la prohibition. Un mécanisme toujours vaillant aujourd'hui permet d'accéder à un escalier en colimaçon qui conduit à une zone indétectable pour qui n'en connaît pas l'existence.

L'espace se compose d'une grande pièce et de trois chambres en plus d'une salle de bains. J'ai dû tout rénover lorsque j'ai acheté les lieux avec Tate, mais c'est cette particularité qui a déterminé notre choix de nous installer ici.

Comme Tate, je possède un appartement au-dessus du Rush, mais c'est au sous-sol que se déroulent tous nos débriefings quand nous ne sommes pas dans notre QG situé à l'extérieur de la ville. Et, vu la tournure de la nuit, je sais déjà que Tate et quelques autres m'attendent pour faire le point.

La pièce principale est presque aussi grande que le bar. Nous avons aménagé un coin avec un billard et deux flippers, mais avons également ajouté une zone canapés et télévision. Les tables style bistrot réparties dans l'espace restant nous permettent de nous étaler à notre aise quand on discute affaires. Je nous ai en plus équipés d'ordinateurs, même si les claviers filent des allergies à certains de mes gars.

Tate mate un match de football lorsque je débarque, les bras pleins de bouffe. Il se lève avec nonchalance et indique aux autres de nous rejoindre. Tous s'exécutent sans broncher, ce qui amène un sourire amusé sur mes lèvres. J'admire la façon qu'a Tate de se faire obéir d'un geste.

La peur qu'il inspire est un vrai moteur, même si ça fonctionne mieux avec les nouveaux.

C'est en partie pour cette aptitude que je l'ai choisi comme second. Pour ça et la confiance viscérale et absolue qui nous lie.

Une confiance qui s'est forgée dans le sang et l'adversité.

C'est à lui que revient de prendre les décisions pour le clan quand je me retrouve hors circuit, comme lorsque je suis derrière les barreaux.

Pour l'heure, il est accompagné de Jarod, Lou, Sam, Murder et Cracker. Ces gars représentent le noyau central de notre structure et occupent tous un poste d'importance.

Jarod est la sentinelle la plus ancienne du groupe et s'est affirmé au fil des années comme le leader de ces hommes qui ont pour tâche de fureter partout où il y a des emmerdes. Leur rôle est d'assurer la sécurité du gang en veillant à ne laisser aucune brèche dans notre système de défense.

Lou, lui, forme les gars au combat et teste chacune de nos recrues avant que je valide son intégration. C'est grâce à lui que notre force physique est maintenue au top. D'ordinaire, Lou crèche dans notre QG en dehors de la ville. Au milieu des bois, il a créé des parcours d'exercices qui nous font suer comme des bœufs.

Et Sam, en ancien militaire émérite, se fait toujours une joie de l'aider à corser le jeu. Plus taciturne que le formateur, il veille également sur notre réserve privée d'armes et s'occupe de nous fournir les meilleurs produits en vente sur le marché. Si Lou travaille le combat au corps, Sam est celui qui enseigne aux gars le maniement de notre artillerie.

Si je suis personnellement toutes les transactions menées par le gang, ce sont Murder et Cracker qui gèrent les comptes au quotidien. Leur job inclut le Rush, notre propriété à la campagne et tous les bénéfices collectés au gré de nos contrats.

– T'en as mis du temps, constate Tate en ignorant les regards d'alerte des cinq autres. Tu devais pas juste jeter la nana devant l'hosto ?

Tate n'est pas du genre langue de bois, mais les gars savent que je ne supporte pas le moindre manque de respect. En ma qualité de chef, je n'ai à rendre des comptes à personne, mais je devine pourquoi mon pote me pose la question. Il est au courant pour ma fixette sur Sexy Doc, détail que j'ai laissé filtrer un soir où nous avions trop picolé.

– Ta gueule ! asséné-je en retour.

– Quoi ? Je demandais juste ! Il paraît que certains médecins sont doués avec leurs mains.

Tate me décoche un clin d'œil salace, auquel je réponds par un grondement sourd. Puis je me détourne de ce con et décapsule une bière pour étancher un peu ma soif.

– Le bâtiment a bien cramé ?

– Il n'en reste rien, me confirme Sam.

– Et les flics ?

– Rentrés chez eux, m'annonce Lou en levant les pouces. On les a coincés dans un cul-de-sac et le temps qu'ils appellent des renforts, on avait déjà dégagé.

– Ils étaient nombreux ? interroge Tate avec une nonchalance trompeuse.

Son vieux pneu entre les cuisses, mon pote commence à larder le caoutchouc. Lou le considère en silence pendant une seconde. Aucun des gars autour de la table ne craint Tate, mais nous devinons tous que les échanges qui vont suivre risquent de mettre à mal ses nerfs.

– Je dirais qu'ils étaient une demi-douzaine, précise Lou.

– Donc c'était bien un piège. Même si les flics ne nous coinçaient pas, ils auraient découvert dans l'entrepôt de quoi nous inculper, conclut Tate. J'ai lancé des perches à mes indics, mais c'est l'omerta totale. Cette histoire n'est pas sortie de chez les Snakes.

– Et pas moyen que ton frangin nous rencarde ? avance Murder avec précaution.

Le martèlement de la lame s'intensifie, mais le visage de Tate reste imperturbable. Je sais que ça le tue que Vic se soit acoquiné avec ces salopards, mais le gamin a refusé toutes les mains tendues. Il en veut à son aîné d'avoir déserté le domicile familial quand il n'était qu'un gosse.

Pour Tate, c'était ça ou crever, et il se reproche assez d'avoir abandonné son frère à cet enfer. Quand il est revenu pour prendre en charge son cadet à la mort de leurs parents, Vic n'avait que 11 ans, mais la rancune s'était déjà installée dans son cœur.

Et elle a rejailli à l'adolescence comme une coulée de lave, incontrôlable et ardente.

– Non. De ce que je sais, il bosse pour être le plus jeune prospect intronisé, ironise Tate.

– J'aimerais bien comprendre ce que Buzz a derrière la tête, note Cracker pour détourner la conversation. Jusqu'à maintenant, il louchait plutôt sur Sausalito. Qu'est-ce qui lui prend de nous défier?

Je hausse les épaules, fataliste. Buzz n'est ni le premier ni le dernier à s'essayer à nous baiser, mais jusqu'à présent, on jouait à égalité. Son alliance avec Rosario est prometteuse d'emmerdes puissance quarante.

– J'ai commencé à interroger le gamin qu'on a ramené des docks, annonce Lou, mais il ne sait pas grand-chose. C'est juste un petit branleur que Buzz a payé pour un coup d'un soir. L'abruti ignorait que nous serions la cible et il a fait dans son froc à la première grenade.

– Il aurait pu se douter qu'il se fourrait dans les emmerdes quand Buzz leur a confié des répliques de nos cuirs! râle Murder.

– Quelques billets et une fille à poil, et le gamin a cessé de réfléchir. Sans parler qu'il est accro et qu'il s'est enfilé une dose juste avant notre arrivée. Buzz s'est assuré que ses moutons ne se dispersent pas et restent sous contrôle!

Je me frotte le visage, écœuré par les méthodes de ce salopard. Je ne suis pas un tendre, mais envoyer au charbon des mômes incapables de se défendre, ça tient du massacre organisé.

– On fait quoi du gosse? me demande Lou.

– Il est dans les égouts?

Notre planque permet d'accéder au réseau souterrain par une trappe dissimulée dans l'une des chambres. Si nous utilisons rarement les couloirs nauséabonds, nous avons appris à nous y diriger pour quitter le Rush de façon discrète.

C'est aussi un lieu qui offre des cachettes inattendues.

– Ouais, dans la cage numéro 3.

Tuer de sang-froid est devenu une seconde nature pour chacun d'entre nous, mais nous ne massacrons pas des innocents juste pour le plaisir. Enfin, la plupart d'entre nous…

Ce gamin n'est finalement que la victime d'un truc qui le dépasse et il y a déjà eu beaucoup de morts, cette nuit. Pourtant, je n'ai guère d'alternative. La sécurité des miens demeure ma priorité.

– Fais-le disparaître, décrété-je sans m'attarder sur cette question.

– Et pour les Demonic Snakes?

– Je vais organiser une réunion avec tout le monde cet après-midi, annoncé-je. Il va falloir qu'on reste sur le qui-vive jusqu'à ce qu'on les ait mis hors-jeu. Nous sommes plus puissants qu'eux, alors si nous leur fichons la pression, ils devraient comprendre le message.

– Et si ça ne suffit pas? interroge Jarod.

J'esquisse un sourire carnassier. En vérité, j'espère bien que Buzz s'entêtera, car je rêve de lui fracasser le crâne à mains nues.

– Nous leur montrerons notre force de frappe!

Les gars cautionnent l'idée d'un cri de guerre tonitruant, puis Lou sort un pack de bières fraîches. L'ambiance se détend imperceptiblement, même si aucun de nous ne perd de vue le défi lancé par les Demonic Snakes.

À l'idée du combat à venir, je sens un frétillement de plaisir me chatouiller le ventre. Une part de moi se rengorge à la perspective de pouvoir libérer un peu de cette violence qui constitue mon être et, au lieu d'éprouver peur ou appréhension, c'est de l'impatience à l'état brut qui circule dans mes veines.

– On va tous les massacrer! dit en écho Jarod.

– Ça va être plus compliqué avec Rosario, émet Sam.

Un simple constat qui ne nous émeut pas, même si cela mérite qu'on s'y arrête.

– Ce fils de pute ne nous lâchera jamais! renchérit Tate, avec un rictus sardonique. Dommage qu'il soit pas pourri comme son paternel!

C'est bien là la source de nos problèmes. Julio Rosario était un flic véreux qui a eu le tort de nous chercher des noises. Ce connard a harcelé les nanas qui arpentent les trottoirs de mon territoire, les rançonnant comme un vulgaire mac et profitant de leur vulnérabilité pour se payer quelques tranches de plaisir.

Mettre à jour sa malhonnêteté a été assez facile et l'abruti a perdu son job en même temps que l'espoir de toucher sa pension alors qu'il était à six mois de la retraite. C'était il y a deux ans et depuis, le fils nous a déclaré la guerre. Mais, contrairement à Julio, Dante est d'une rigueur martiale… Du moins il l'était jusqu'à cette nuit !

Et ce changement de méthodes ne me dit rien qui vaille… Sauf que là, tout de suite, je m'en branle carrément. À chaque jour suffit sa peine, aimait à répéter mon père, et j'applique cette maxime avec conviction.

D'autant que, pour l'instant, c'est vers un regard émeraude que mes pensées vagabondent…

8

Tasha

Je repousse Amber pour la centième fois tandis qu'elle essaie de me coincer dans un box pour m'examiner et file vers la salle de garde. Ma hanche est douloureuse et j'aurai probablement un bel hématome, mais je tiens encore debout malgré les tremblements.

L'homme qui a cherché à agresser Fajra a échappé à la vigilance de la sécurité, mais un cordon a été établi autour de la chambre de la jeune femme. J'ai dû donner un sédatif à ma patiente pour qu'elle se calme et je ne suis pas loin d'en avoir besoin moi aussi.

Amber, Debbie et Juan me harcèlent pour s'assurer que je vais bien et, comble de l'agacement, Clive s'est mêlé à eux il y a quelques minutes.

Me faufiler pour leur échapper est un jeu qui perd de sa saveur. Ma garde étant terminée depuis un moment, j'aimerais partir sans demander mon reste, mais à mesure que le temps s'écoule, il devient évident que je vais devoir abandonner mon rêve d'une bonne sieste. Et merde !

J'insulte mentalement mon supérieur, lequel a exigé que j'attende l'arrivée de la police. Forcément, quand on est tranquillement installé chez soi, c'est facile !

– Interdiction de quitter l'hôpital avant d'avoir fourni votre témoignage aux forces de l'ordre, a-t-il braillé par combinés interposés.

Fort heureusement, il reste du café et je me sers, consciente que je ne suis pas près d'aller dormir. De toute façon, le marchand de sable s'est fait la malle !

Je m'avachis comme une loque sur le divan et étouffe une plainte lorsque ma hanche heurte l'accoudoir.

– Quelle tête de mule, soupire Amber en me procurant un sachet de glace. Colle au moins ça sur ton hématome.

Je m'exécute en grommelant entre mes dents. Je déteste m'apitoyer sur mon sort, mais je reconnais mentalement que le froid atténue la douleur.

Je rejette la tête en arrière et geins doucement, épuisée par l'enchaînement des événements. Les urgences réservent leur lot de surprises, mais cette nuit s'inscrira dans les annales. Je me demande si je ne devrais pas basculer de nouveau sur des gardes de jour pendant quelques semaines, ce qui est ridicule en soi, car le soleil ne prémunit pas de la bêtise ou de la violence.

– Je squatte la salle de bains pendant au moins une heure quand on rentre à la maison, annoncé-je dans un souffle. Je vais me faire couler un bain brûlant et oublier cette soirée sous une avalanche de bulles !

Je souris d'un air béat à la perspective de m'enfoncer sous une épaisse couche de mousse. Mon corps fatigué abonde avec ferveur et je devine que si j'ajoute un chocolat chaud et quelques gâteaux à ce tableau idyllique, il gémira de plaisir. Si en plus je sors Godefroy le Hardi de son étui…

Je me lèche les lèvres à cette perspective, puis rigole de ma bêtise. Je me redresse assez pour croiser le regard d'Amber.

– Tu as une tête de déterrée, m'assène-t-elle avec sa franchise habituelle.

– J'ai besoin d'un break. Mes trois jours de repos ne seront pas de trop, je crois.

– Tu aurais pu t'accorder quelques jours de plus… Tu as un paquet de congés de côté, non?

– Ce n'est ni la première ni la dernière fois que je me fais bousculer, éludé-je. Je m'en tire avec un bleu ou deux, ce qui est un moindre mal. En revanche, Fajra a failli ne pas bénéficier de cette chance.

– C'est bizarre, cette histoire. Tu crois que ce gars… comment il s'appelle déjà?

– Dax Mason.

– Tu penses qu'il y a un rapport entre lui et l'agression de ta patiente? Après tout, c'est lui qui l'a conduite ici.

Je n'en sais absolument rien et à moins de me farcir une migraine de tous les diables, je n'ai pas envie de me pencher sur cette question. Dax Mason m'occupe déjà bien assez l'esprit, alors que cela ne devrait pas être le cas.

C'est une impression déroutante que je ne réussis pas à analyser. En fait, je suis trop à cran pour approfondir cette impression diffuse.

– Docteur Wilson, il y a un agent du FBI qui souhaite s'entretenir avec vous, m'interpelle Debbie depuis l'entrée.

– Un agent du FBI?

Je me lève avec l'étrange sentiment que la nuit ne m'a pas révélé tous ses secrets. Et je suis prête à parier que je ne vais pas forcément apprécier la suite des événements.

Deux hommes en complet sombre patientent devant les portes du box 3 et je ne commets pas l'erreur de me fier à leur apparente nonchalance. D'ailleurs, le plus grand des deux pivote vers moi avant même que je les atteigne, et je devine qu'il sait exactement qui je suis.

– Docteur Wilson, me salue-t-il. Je suis l'agent Ted Crewey.

Je m'attarde sur sa plaque plus que nécessaire lorsque je me rends compte que le second type campe en retrait. En fait, je me sens mal à l'aise sous le regard perçant de l'agent, sans réussir cependant à en définir la cause.

Je tressaille involontairement quand je réalise que l'examen auquel je suis soumise est tout sauf neutre, comme si ce Crewey me connaissait vraiment. Ridicule !

– J'ai été navré d'apprendre que vous avez été brutalisée par l'homme qui a voulu tuer Mlle Rava. J'ai cru comprendre que sans vous, il serait parvenu à ses fins.

Un frisson me parcourt l'échine. Maintenant que l'adrénaline est retombée, je mesure la chance que Fajra et moi avons eue.

– Vous avez réussi à l'arrêter ?

L'homme en retrait me toise sans animosité, mais il n'y a rien de sympathique chez lui. Son comparse est plus avenant, ce qui ne m'empêche pas d'être sur mes gardes. La fatigue, je suppose, et le trop-plein d'émotions.

Je me masse la nuque, pressée d'en finir.

– Cette mission ne nous incombe pas, me répond l'agent Crewey. Nous sommes ici pour nous assurer que Mlle Rava est en sécurité. Est-elle en état d'être déplacée ?

– Vous voulez l'emmener ? m'étonné-je.

– Nous avons déjà obtenu les autorisations de la direction de l'hôpital, il ne manque que votre feu vert.

En d'autres termes, je n'ai pas vraiment mon mot à dire, même si je suis le médecin de la jeune femme. Je réprime une grimace de dégoût devant ces méthodes antiques, mais je sais pertinemment que je n'obtiendrai pas gain de cause, quoi que j'argumente. Dans cette lutte de pouvoir, je suis loin d'égaler les hommes qui me font face.

– Fajra est en état de choc, tenté-je, et…

– Elle est en danger si elle reste ici, m'interrompt l'agent Crewey d'un ton sans appel. Mlle Rava est un témoin essentiel et elle ne survivra pas très longtemps si elle ne bénéficie pas de la protection adaptée. Je vous garantis que nous veillerons à ce qu'elle soit psychologiquement soutenue et à ce qu'elle reçoive tous les soins nécessaires.

Debbie m'évite de riposter en surgissant avec un fauteuil roulant. Elle me jette un coup d'œil interrogateur, auquel je réponds d'un hochement de tête.

– Le docteur Bennett m'a appelée afin que je m'assure que notre patiente parte bien avec ces messieurs, m'explique-t-elle en me tendant un bloc-notes.

Je signe le bon de sortie avec le sentiment de me délester d'une responsabilité importante, mais je n'ai guère le choix. Corey Bennett est un chef de service qui ne supporte pas que l'on s'oppose à lui et, du reste, je ne dispose d'aucun motif valable pour garder Fajra ici.

D'autant qu'il m'a explicitement fait comprendre qu'il fallait la confier aux représentants du FBI…

– Je vais lui établir une ordonnance et une liste de recommandations que je vous prierai de bien vouloir suivre jusqu'à ce qu'un autre médecin la prenne en charge.

L'agent mystère soupire comme si je l'énervais prodigieusement, mais son collègue acquiesce en récupérant les documents.

– Ne vous tracassez pas, ajoute-t-il, plus avenant. Elle est entre de bonnes mains.

Je siffle d'agacement. La silhouette de Fajra disparaît sous une couverture, mais je distingue la courbure de son corps. La jeune fille s'est de nouveau recroquevillée en position fœtale et je gage que seuls les tranquillisants faciliteront son transfert.

– Fajra a été violée et elle est encore sous le choc de son agression. Pour ne rien arranger, elle est seule et vous m'expliquez qu'elle est probablement traquée? Alors, permettez-moi de m'inquiéter pour elle. Prenez soin d'elle, vraiment!

Ma tirade ne déstabilise pas Crewey, mais il m'adresse un sourire plus doux. Je me doute que le quotidien de ces hommes verse dans l'horreur et j'espère qu'ils sauront faire preuve d'empathie envers ma petite patiente.

Une fois de plus, la frustration me déchire le ventre tandis que les deux agents s'éloignent en compagnie de Debbie et d'une Fajra somnolente.

– Tu rentres? me tire de mes pensées Amber.

Je ferme les yeux pendant un quart de seconde puis esquisse une grimace de lassitude. Dieu! Plus la peine de rêver à un bon bain. Malgré la caféine qui coule dans mes veines, je vais m'écrouler dans mon lit comme une masse!

– Oui, j'active le mode zombie et je pars.

Amber sur les talons, je me faufile jusqu'à la salle des titulaires et récupère mon sac et mon manteau. Ma meilleure amie me scrute en silence, mais sa langue déforme sa joue, signe que quelque chose la tracasse. Je me plante devant elle, un sourcil relevé.

– Quoi? m'exclamé-je un peu brusquement.

Amber m'oppose un clin d'œil amusé, puis reprend son sérieux. Ce n'est jamais bon signe avec elle.

– Clive n'a pas cessé d'arpenter les urgences lorsqu'il a appris que tu avais été agressée. Il avait l'air… perturbé et inquiet!

De quoi créer un mini-événement puisque mon ex n'affiche jamais ses états d'âme et encore moins ceux qui révèlent son intérêt pour une autre personne que lui.

Soudain, alors que je ne me suis jamais attardée là-dessus, je me demande comment j'ai pu endurer cette froideur. Dans l'intimité, Clive m'a offert un visage plus « humain », mais, au fond, son impassibilité est une constante qui m'a toujours… rassurée!

Rassurée au point que j'ai nié certains défauts de mon fiancé, comme son détachement émotionnel ou son manque d'empathie.

Je grimace, consciente que notre rupture est peut-être bien, finalement, la meilleure chose qui me soit arrivée depuis longtemps. Mon besoin de sécurité m'a joué un sale tour sur ce coup-là !

– Kim a essayé de le calmer, mais il l'a envoyée bouler devant tout le monde, continue Amber.

De mieux en mieux ! Je vais avoir la harpie sur le dos maintenant.

– Je ne sais pas ce qui lui prend, soufflé-je du bout des lèvres. Il veut absolument qu'on se voie.

– Pourquoi ? Il tient à s'excuser pour la façon dont il t'a mise à la porte il y a six mois ?

Mon silence amène Amber à froncer les sourcils. Sa langue claque violemment contre son palais, tandis que j'esquisse un rictus contrit.

Pas besoin de mots, mon amie a parfaitement compris la situation.

– C'est une blague ? maugrée-t-elle. Il n'a tout de même pas l'intention de revenir la queue entre les pattes quémander ton pardon ?

– La queue entre les pattes ? répété-je en pouffant de rire. Aucune chance, ce n'est pas son genre.

L'image qui me vient à l'esprit me fait redoubler d'hilarité. Clive perdant de sa superbe ? Non, impossible ! Même au lit, il demeure fidèle à lui-même, parfaitement parfait.

Et de ce point de vue, je n'ai jamais eu à me plaindre.

– Ça reste un connard ! éructe Amber. Il croit quoi ? Que tu vas accourir pour te contenter des miettes dont il voudra bien t'honorer ? Tu n'as pas l'intention de partir pour un second round, si ?

Amber ne plaisante plus, mais je perçois son inquiétude. C'est elle qui m'a ramassée à la petite cuillère quand j'ai sonné à sa porte, valises en main. Auparavant, c'était plutôt moi qui essuyais ses larmes de cœur d'artichaut.

– Non!

Cette réponse ferme m'étonne. Jusqu'à il y a peu, je rêvais que Clive se rende compte de sa bêtise et revienne vers moi. J'aurais paradé un peu, histoire de le faire mousser, puis… j'aurais repris la vie conjugale?

Ces derniers mois m'ont apporté le recul nécessaire pour comprendre que notre quotidien de couple s'enlisait dans l'ennui et que je m'effaçais doucement devant le brillant chirurgien.

Non pas que je sois sans caractère, mais j'admets à contrecœur que j'avais tendance à privilégier ses désirs aux miens. Je n'étais pas malheureuse ni frustrée, mais je me baladais dans une contrée où rien n'avait plus vraiment de saveurs.

Cette prise de conscience me heurte, car ce sont mes choix qui m'ont conduite à cette situation.

– Tant mieux, décrète Amber, parce que je ne suis pas près de lui pardonner son attitude. Ce mec est un connard de première et tu mérites mille fois mieux.

Peut-être, mais Clive me fournissait une chose essentielle à mes yeux. La sécurité.

Après mon enfance difficile, je n'ai pas cessé de m'extirper de la pauvreté et de m'éloigner de ces instants où tout peut basculer d'une pichenette. Ne pas savoir de quoi sera fait le lendemain représente mon pire cauchemar, et je reconnais que l'existence avec Clive chassait définitivement ces démons.

Aujourd'hui, je me retrouve à ne plus compter que sur moi-même. Comme autrefois…

Ce qui est ironique dans cette histoire, c'est que je m'étais promis de ne jamais dépendre d'un homme sur le plan pécuniaire. Certes, je gagne bien ma vie et Clive ne m'a jamais entretenue, mais j'ai eu tendance ces dernières années à m'en remettre un peu trop à lui.

La preuve, mes économies ont servi à financer les travaux de rénovation de sa saleté de baraque.

Je me jure solennellement de ne plus me faire berner !

– Bon, je file, terminé-je cette discussion qui remue finalement trop de choses.

– Ne m'attends pas, j'ai un rencard en sortant du boulot.

– Dimitri ?

– Certainement pas ! Cet abruti a voulu me sauter dès notre deuxième rendez-vous, dans sa vieille bagnole qui pue en plus, et il a eu du mal à comprendre le sens du mot *non* ! Je passe mon tour. Ce soir, je m'encanaille avec un beau secouriste. Je te raconterai !

Je quitte les lieux en riant sous cape. Amber pourrait alimenter les chroniques du cœur, vu son expérience sentimentale. Certains affirment qu'elle papillonne à l'excès, mais rien n'est moins faux.

Amber adore les rencontres et les phases de séduction, mais elle ne s'engage que lorsqu'elle est sûre d'elle. Jusqu'à aujourd'hui, je ne lui ai connu que trois relations sérieuses, mais aucune qui ne l'ait incitée à sauter le pas de la vie commune.

Elle est finalement bien plus sage que je ne le suis… Que je ne l'étais…

Un attroupement au niveau de l'accueil central attire mon attention au moment où je salue Amber de la main. Ma tentative d'éviter ce rassemblement se solde par un échec lorsque Debbie m'aperçoit et me hèle.

Je grommelle entre mes dents, consciente que le ciel s'acharne sur moi.

– Le lieutenant Rosario ! lâche-t-elle avec un regard noir avant de détaler.

– Docteur Wilson? m'apostrophe alors un grand escogriffe brun.

– Oui, que puis-je pour vous?

– Fajra Rava.

Déroutée, je détaille le policier campé en face de moi, éprouvant de la perplexité devant le pli inflexible de sa bouche. Le lieutenant est joli garçon – très joli garçon même –, mais sa physionomie parle le langage de la colère et de l'amertume.

– Cette patiente a quitté l'hôpital il y a une demi-heure avec deux agents du FBI.

– Bordel! Pourquoi vous l'avez autorisée à partir? beugle l'homme en attirant sur nous l'attention.

Je comprends mieux l'attroupement de tout à l'heure. Ce type est un aimant à emmerdes et il braille comme un veau sans se soucier des autres. Je pose ma respiration, trop lasse pour me laisser enquiquiner par un lieutenant revêche, et déterminée à rentrer chez moi sans tarder.

– Eh bien, l'idéal serait que vous alliez les questionner, eux! répliqué-je d'un ton sec.

– Ne jouez pas à ça avec moi! me renvoie l'abruti. Je vous embarque!

Cette fois, c'en est trop. Je fronce les sourcils et fusille le bonhomme du regard.

– Vous ne m'embarquez nulle part, râlé-je. Vous cherchez Mlle Rava? Appelez l'agent Ted Crewey. Moi, je rentre chez moi et n'essayez pas de m'en empêcher. Vous n'avez aucune raison de me retenir ici ou de m'emmener au commissariat. Sur ce…

J'esquisse un pas de côté, mais la poigne du policier se referme sur mon bras. Le geste est plus contraignant que violent, mais j'ai atteint mes limites. Je me dégage d'un coup sec et recule, furieuse.

– J'ai besoin de votre déposition.

En une fraction de seconde, l'atmosphère se transforme. Le lieutenant délaisse son air sauvage pour une attitude moins ombrageuse, même si je perçois toujours cette rage qui semble former un nœud dans ses prunelles claires. De ma vie, je n'ai jamais croisé un regard aussi limpide, aussi pur.

Alors que je me fais la réflexion que cet homme ne doit pas souvent sourire, il me contredit sans le savoir en m'offrant le plus séduisant de tous les sourires. Le visage masculin s'illumine d'un coup, dévoilant une beauté à couper le souffle. Pourtant, un frisson de peur me parcourt le corps, comme s'il intégrait une réalité qui n'est pas visible.

Gamine, déjà, j'avais ce genre de pressentiments qui m'encourageaient à fuir à toutes jambes. Sauf que désormais je suis adulte et que c'est un représentant de l'ordre qui provoque cette réaction de malaise.

– S'il vous plaît, ajoute-t-il avec défi.

Même la voix s'orne d'inflexions chaudes, renvoyant aux oubliettes le ton péremptoire du début. Je me cabre intérieurement, incapable d'expliquer ce rejet instinctif.

– J'ai deux gardes d'affilée dans les jambes, lieutenant. Je répondrai à toutes vos questions, mais pas aujourd'hui.

Ma réplique l'indispose, mais il ne perd pas son attitude séductrice. Un régal pour les yeux si je ne me sentais pas, tout à coup, dans la peau d'une proie.

Sensation qui me ramène à Dax Mason…

Je secoue la tête pour chasser ces fantasmes idiots et me focalise sur le dangereux policier. Dangereux? Je rirais bien si mon instinct ne me hurlait pas contre les oreilles.

– Demain?

Face au sentiment d'urgence qui me saisit à la gorge, je répondrais bien « jamais », mais cette option n'appartient pas aux choix possibles. J'acquiesce lentement, déroutée par l'impression que je me jette dans la gueule du loup.

Dax Mason m'a effrayée, mais cet homme me terrorise viscéralement.

– Parfait! lâche-t-il avec satisfaction. Voici ma carte. Appelez-moi en fin de matinée pour que nous convenions d'un rendez-vous.

Bristol en main, je me faufile vers la sortie, m'obligeant à ne pas presser le pas et surtout à ne pas me retourner. J'ai pourtant conscience, jusqu'au moment où les portes se referment sur moi, du regard perçant du lieutenant qui me brûle la nuque.

9

Dax

La pièce où je me trouve a tout du palace… Murs gris, table en bois spongieux, chaises bancales et grilles épaisses aux fenêtres. Sans parler du miroir sans tain qui commence à noircir dans les coins. Ouais, y a pas à dire, la salle d'audition du commissariat central appartient à ces lieux qui devraient figurer dans le guide touristique de la ville.

Je noue les mains derrière ma nuque et m'étire en arrière en ignorant le grincement du noble siège sur lequel je suis assis. La bête ne lâche pas, mais son cri d'agonie se répercute sur les parois crasseuses.

Ça fait deux heures que Rosario me fait poireauter dans la salle d'interrogatoire la plus pourrie qui existe, comme si les minutes qui s'écoulent avaient le pouvoir de me délier la langue. Pour ça, il faudrait au minimum l'effet de surprise, mais ce scénario se répète à chaque fois que je suis convoqué par le lieutenant.

J'avoue que j'ai pris un malin plaisir à siffloter gaiement pendant qu'il me conduisait ici. Rosario a beau être un dur à cuire, il a laissé apparaître pendant une fraction de seconde son agacement.

La porte s'ouvre enfin et Rosario pénètre dans la pièce, son coéquipier sur les talons. Le lieutenant Reading ou Feating quelque chose.

Ce petit morveux sort de l'école de police et affiche un manque de maturité flagrant avec ses joues rondes et roses. En tout cas, il n'a pas la cote avec son partenaire qui le foudroie du regard toutes les deux secondes.

Rosario dépose un dossier épais devant moi et s'installe à califourchon sur sa chaise avant de me toiser. Ça aussi, c'est une redite de nos précédentes rencontres. Une sorte de mise en bouche qui commence par un étalage de preuves imaginaires.

Le lieutenant machin-chose s'installe à son tour et me considère avec beaucoup plus de circonspection. C'est généralement la réaction que je suscite chez tous ceux que je croise.

Une réaction prudente et intelligente, si vous voulez mon avis !

Le bleu a déjà eu l'occasion de m'auditionner à deux ou trois reprises, et la dernière reste mémorable. Ce jour-là, Rosario a perdu son calme et m'a sauté à la gorge. Une expérience dont le lieutenant a visiblement tiré les enseignements puisqu'il abandonne la parole à son coéquipier.

– Monsieur Mason, vous êtes entendu à titre de témoin concernant une affaire d'incendie criminel sur les docks.

Le cou de Rosario se gonfle, preuve que l'homme supporte difficilement de devoir céder la main. Je devine que je vais bien m'amuser !

– Je ne vois pas bien pour quelle raison, énoncé-je d'un ton volontairement bas.

La chaise de Rosario racle le sol désagréablement. J'esquisse un sourire plus suspect qu'innocent, j'imagine, mais je me régale. Le jeune lieutenant darde un coup d'œil inquiet vers son aîné, puis tapote nerveusement la table du bout des doigts.

– Une source vous situe sur les lieux à l'heure des faits, annonce-t-il.

Je hausse les épaules, indifférent à la lueur satisfaite qui brille dans le regard de Rosario.

– Vous parlez de l'entrepôt qui a cramé il y a deux nuits ?

– Tu es bien informé, ne peut s'empêcher d'intervenir Rosario.

– J'écoute la radio.

– Tu m'en diras tant ! On sait que tu étais sur place !

Je ricane en voyant le jeune lieutenant s'agiter sur sa chaise et décocher des œillades assassines à son coéquipier. Ce dernier vient probablement de balayer d'un revers de main la stratégie arrêtée pour m'interroger. Si l'abruti commence à taper sur le système de ses collègues, c'est plutôt une bonne chose. Parce que la haine de Rosario à mon égard se lit sur son visage.

Je suppose que ça finira par m'attirer assez d'ennuis pour que j'envisage une solution définitive. Cependant, ça, ce n'est pas dans mes projets à court ou moyen terme. Le potentiel d'emmerdes est trop évident !

– Eh bien, c'est une erreur, formulé-je avec paresse. La nuit où l'entrepôt a cramé, je n'étais pas en ville.

– On a des témoins, insiste Rosario.

– Qui ne vous accusent de rien, monsieur Mason, s'empresse d'ajouter son coéquipier. Nous aurions simplement besoin de vous entendre sur ce qui s'est déroulé cette nuit-là.

Cette approche ne plaît pas à son acolyte, mais ce dernier ne relève pas. Je le soupçonne d'affûter ses armes. L'imbécile ! Comme il n'a aucune preuve, il essaie juste de me mettre la pression et, à ce jeu, je suis bien meilleur que lui.

– Vos témoins se plantent, objecté-je. Je fêtais l'anniversaire d'un pote et j'ai trente personnes qui peuvent en attester. On a terminé notre fiesta sur les coups de neuf heures du matin et, pour préciser, cette soirée s'est déroulée à une heure de route de San Francisco.

– Nos témoins sont formels, monsieur Mason.

– Je n'ai pas le don d'ubiquité, donc soit ils mentent, soit ils ont besoin de lunettes. Je ne vois pas d'autre explication.

– J'en vois une, moi ! grogne Rosario. C'est toi qui as foutu le feu à l'entrepôt et c'est toi qui as descendu les gosses qui s'y trouvaient.

Je sourcille, me fondant dans mon rôle à la perfection. La presse n'a pas communiqué sur d'éventuelles victimes, je n'ai aucune raison de savoir que des corps ont été sortis des décombres. Et ce n'est pas ce genre de piège grossier qui va tromper ma vigilance.

– Quels gosses ?

– Comme si tu l'ignorais ! C'est toi qui…

– Lieutenant Rosario ! l'interrompt son acolyte, exsangue. Je crois que votre rendez-vous doit vous attendre.

– Plus tard !

– Maintenant !

Le duel de volontés dure assez pour qu'un coup discret résonne derrière la porte. L'homme qui apparaît dans l'entrebâillement est plus âgé que les deux flics et dégage surtout une aura de pouvoir. Leur supérieur ? Certainement.

– Rosario ! aboie-t-il.

Le lieutenant se lève à contrecœur et me dévisage pendant de longues secondes avant qu'un raclement de gorge ne le rappelle à l'ordre.

Je maugrée mentalement. Rosario ne me fait pas peur en tant qu'individu, mais sa fixette sur moi et mon gang va vite devenir une plaie.

Bordel ! Je suis prêt à parier que nous n'avons pas fini d'entendre parler de lui.

10

Tasha

Le lieutenant Rosario me sourit pour la énième fois depuis qu'il s'est installé en face de moi. Un noble effort pour paraître sympathique qui ne fonctionne pas vraiment…

J'ignore s'il a conscience que ses tentatives d'amabilité ne montent pas jusqu'à ses yeux, mais je me sens mal à l'aise, seule dans cette pièce étroite avec lui. Comme le jour où je l'ai rencontré, mon corps réagit sans équivoque et mes poils se dressent sur mes bras dès que je croise son regard.

Dante Rosario dégage quelque chose de malsain qui rayonne tels des tentacules répugnants.

Pour la troisième fois, il me désigne la photo de Ted Crewey.

– Oui, c'est bien lui, dis-je, agacée de devoir me répéter. J'imagine que si vous avez cherché à le joindre, il aura pu vous expliquer pourquoi il a mis Fajra à l'abri.

Mon interlocuteur plisse les yeux, manifestant une frustration que je ne comprends pas.

– En effet, mais cette affaire semble avoir un lien avec l'incendie des docks. Vous en avez entendu parler, je suppose ?

– Non.

Un silence inconfortable s'installe.

Enfin le lieutenant Rosario esquisse un sourire torve.

– Vous n'écoutez pas la radio?

– J'avoue appartenir à la catégorie de personnes n'ayant pas ce genre d'appareil chez elles.

– Vous ne vous intéressez pas à l'actualité de notre bonne ville?

Le sarcasme est flagrant et, à ce stade, je m'en irrite. Rosario m'interroge depuis une demi-heure et ressasse les mêmes questions en boucle. Je n'en vois ni l'utilité ni ce que cela lui apporte.

À l'idée de l'après-midi shopping que nous avons prévu avec Amber et que je suis en train de louper, ma mauvaise humeur grimpe d'un cran.

– Je travaille aux urgences de la ville, lieutenant. Généralement, je suis dans les premières à être avisée des catastrophes. Et si j'ai besoin d'infos supplémentaires, j'allume la télé ou mon ordinateur, ce que je fais rarement, car je préfère lire ou profiter de la vie extérieure.

– Un entrepôt a été incendié et il se trouve que nous avons découvert plusieurs cadavres dans les décombres.

Le lieutenant extirpe des clichés de son épais dossier et les étale en ligne sous mes yeux. Malgré le nœud dans ma gorge, j'avale ma salive et tente d'apaiser les battements désordonnés de mon cœur.

Les corps exposés sont méconnaissables, la peau noircie et dévorée par le feu. Un spectacle affligeant qui ne me laisse pas de marbre. J'ai l'habitude de voir des brûlés à l'hôpital, mais pas à ce stade. Ces photographies montrent une horreur qui n'est que trop réelle.

Et ma mémoire olfactive se rappelle à moi, me donnant le sentiment que les instantanés délaient dans l'atmosphère confinée de la pièce l'odeur âpre et détestable des chairs calcinées.

Lorsque je croise le regard de Rosario, je dois réprimer une violente envie de lui hurler dessus. Son petit air mesquin m'indique que ma réaction de dégoût ne lui a pas échappé et qu'il l'espérait même.

Je m'oblige à respirer posément pour recouvrer l'emprise sur mes sens et opposer une expression neutre à ce salopard.

– Et en quoi ça me concerne? demandé-je.

– Cet homme a été aperçu sur place.

Je me saisis de la photo tendue et me fige en identifiant Dax Mason. Mon léger soubresaut génère un rictus avide sur le visage du lieutenant, avidité qui vire à la délectation.

Deux émotions qui se marient mal…

Je me raidis, consciente que ce qui se trame dépasse le cadre du simple interrogatoire de routine. L'ombre malsaine qui enveloppe le policier n'a jamais été aussi visible.

– Vous le connaissez? Peut-être est-ce lui qui a amené Fajra Rava à l'hôpital?

Mes idées s'embrouillent. Je suis face à un représentant de l'ordre qui m'interpelle à propos d'un criminel avéré. Je devrais répondre en toute sincérité et me laver les mains de la suite, non? Je ne devrais même pas me poser de questions, d'ailleurs…

Alors pourquoi les mots restent-ils coincés dans ma gorge?

Parce que Dax Mason a sauvé une pauvre fille des salopards qui la violaient? Ou parce que Rosario éveille en moi une réaction viscérale de rejet?

– J'ai soigné cet homme il y a quelques mois si ma mémoire est bonne. Quant à la personne qui a conduit Fajra aux urgences, je n'ai pas vu son visage.

Rosario se crispe et reproduit l'air dur qu'il affichait à l'hôpital avant de m'offrir la version « flic charmant ». Si je reste parfaitement maîtresse de mon corps sous son œillade assassine, je me rencogne intérieurement.

Ma mère a parfois cédé aux douces déclarations de types qui ne la méritaient pas et qui me toisaient avec cet air hargneux qui signifiait sans équivoque que j'étais un poids mort.

La sale gosse qui les empêchait de profiter autant qu'ils le désiraient de la pauvre idiote qui était tombée dans leurs filets…

Par chance, même amoureuse, ma mère n'a jamais fermé les yeux sur les exactions de ses petits copains. Elle en a viré un au premier coup qu'il lui a donné, un deuxième qui voulait la mettre sur le trottoir et un troisième qui lorgnait ma chambre le soir venu. Rosario ressuscite cette peur que chacun de ces types a créée naguère en moi.

Je me trémousse sur mon siège, atterrée de replonger dans cet hier que j'ai sciemment occulté. Je ne renie pas mon enfance, mais j'ai décidé à la mort de ma mère de m'affranchir de tout ce qui pouvait m'entraver. J'ai conservé quelques bons souvenirs en mémoire, mais la plupart – des mauvais – sont enfermés à double tour dans un coin si sombre de ma psyché qu'ils me semblent parfois appartenir à quelqu'un d'autre.

Cette résurgence de mon passé, devant un homme qui me fiche la chair de poule, s'apparente à une gifle monumentale et me secoue de l'intérieur.

– Vous vous rendez compte que vous couvrez un criminel notoire, docteur Wilson ?

La colère remplace la douleur, et je m'y raccroche avec l'énergie du désespoir.

– Je ne protège rien ni personne, lieutenant. Je réponds à vos questions et je ne peux pas y faire grand-chose si elles ne vous conviennent pas. Maintenant, sauf à ce que vous ayez un motif valable pour me garder ici plus longtemps, je m'en vais !

– Docteur Wilson !

Sans me soucier de l'avertissement qui siffle des lèvres pincées du lieutenant, j'ouvre la porte de la petite pièce et m'éloigne d'un pas rapide. Je n'ai qu'un désir, quitter ce commissariat et me soustraire à cet homme qui, par sa simple présence, remue une boue immonde.

– Docteur Wilson ! Nous n'avons pas terminé !

Je pivote sur mes talons et ne cherche pas à dissimuler ma colère. Plusieurs badauds s'intéressent à nous, mais je ne m'en préoccupe pas.

– Vous avez peut-être du temps à perdre, lieutenant, pas moi. Quant à vos sous-entendus, ils sont insultants et sans fondement.

– Un problème ? s'interpose un homme ventripotent au crâne chauve.

– Le docteur Wilson est auditionné dans le cadre de mon enquête, répond rapidement Rosario. C'est elle qui a soigné la fille qui a été vue sur les docks le soir de l'incendie.

Le regard du nouveau venu se durcit, mais c'est à Rosario qu'il adresse une semonce muette. Je me détends imperceptiblement et constate que je triture la bretelle de mon sac depuis un bon moment. Je relâche la pression dans un soupir.

Entre cette histoire rocambolesque, mon agression et le harcèlement de Clive, je suis en mode « sur les nerfs » et je n'ai plus guère de patience. Je me note mentalement d'inscrire « soirée apéro » à ma liste des activités à réaliser aujourd'hui.

Oui, j'ai bien besoin de quelques verres et si possible bien corsés !

– Et je vous ai fourni les mêmes informations qu'à l'agent Crewey, énoncé-je. Me reposer dix fois de suite vos questions n'y changera rien. En tout cas, ça ne me fera pas dire ce que vous voulez entendre.

La mâchoire contractée, Rosario me fusille du regard. Je n'ai aucun remords, il l'a bien cherché ! Un ricanement résonne dans mon dos, preuve que le lieutenant n'en est pas à son coup d'essai.

– Oui, l'agent Crewey, répète le nouveau venu. Justement, je viens de m'entretenir avec lui au téléphone. Il me semble que nous disposons de toutes les informations souhaitables à ce stade. Docteur, nous vous remercions pour toute l'aide que vous nous avez apportée. Je me chargerai de vous recontacter si nous avons d'autres questions.

Je salue brièvement l'homme et m'éloigne d'un pas rapide, pressée de m'aérer la tête. Un froid un peu sec me picote le visage, mais je soupire de félicité, délivrée de la présence dérangeante du lieutenant.

Marcher me procure le plus grand bien, jusqu'à ce que je me rende compte qu'une moto roule au pas le long du trottoir pour se maintenir à mon niveau.

Manquait plus que ça !

– Salut, Sexy Doc ! Le hasard fait bien les choses, non ?

Dax Mason…

Je me demande si je dois bénir le ciel pour cette rencontre ou au contraire maudire le sort. En vérité, cela importe peu. Mon entrevue avec Rosario m'a donné des sueurs froides et j'ai besoin d'un remontant. Je louche vers le dessin d'un gobelet de café sur la vitrine derrière moi et glapis de stupéfaction quand Dax me saisit le coude pour m'entraîner vers les tables à l'intérieur.

Putain ! Je suis à côté de mes pompes, car je ne l'ai pas vu descendre de son engin de malheur. Et peut-être bien encore plus sonnée que cela, puisque je l'autorise à me guider vers le café sans rechigner.

En fait, au lieu de m'insurger contre ses manières un peu cavalières, je me surprends à m'attarder involontairement sur le mouvement de ses muscles lorsqu'il enfouit une main dans son épaisse chevelure pour discipliner les mèches mises à mal par son casque.

Regard qui n'échappe pas à mon vis-à-vis évidemment. Je me renfrogne au léger ricanement incisif et pile net sur le seuil.

– Qu'est-ce que vous faites? aboyé-je avec une ou deux secondes de retard.

– Vous semblez être sur le point de vous évanouir, donc je vous évite un incident gênant. Et, pour tout vous avouer, je suis en manque de caféine.

Moi aussi, mais ce n'est pas une raison suffisante pour accepter de partager une table avec ce…

Merde! Pourquoi je ne parviens pas à détacher mon regard de ses traits virils? Dax a quelque chose d'hypnotique quand il ne braille pas comme un fou furieux. D'un peu trop séduisant même…

Et je suis une idiote de première de me laisser envoûter par cet emballage alléchant. Sauf que… je suis sur les nerfs, fatiguée et encore bouleversée par ce que mon entrevue avec Rosario a réactivé. Mon besoin de caféine enterre toute autre préoccupation.

– C'est juste un café, Sexy Doc, m'annonce-t-il avec un sourire en coin qui me formule tout autre chose.

– Un café, accepté-je, incapable d'entretenir ma mauvaise humeur avec l'odeur qui flatte mes papilles.

– Cool!

Dax se place face à moi, sur une banquette rouge qui a connu des jours meilleurs. La décoration est à l'avenant, vieillotte et élimée, mais le sol et les tables sont irréprochables. Une musique des années soixante résonne en sourdine, preuve que nous venons d'effectuer un bond dans le temps.

Je réprime mon amusement lorsque la maîtresse des lieux, une femme d'au moins 70 ans, se présente, son joli tablier rose impeccablement repassé. Son sourire suffit à me réchauffer de l'intérieur, et le nœud au niveau de mon plexus solaire se désagrège d'un coup.

– Un café, commandé-je.

– Pareil pour moi, et je veux bien goûter à vos beignets. Ils ont l'air délicieux.

– Produit maison, nous garantit la serveuse qui arbore le prénom de Shirley sur sa poitrine. Nous avons pomme, framboise et abricot.

– Alors, mettez-en un de chaque. Et vous... doc?

Je manque de pouffer de rire. Dax est peut-être un gros dur, mais devant une femme qui pourrait être sa grand-mère, il se révèle plus respectueux que ce que je pensais.

Un détail qui attise ma curiosité, à dire vrai. Dax Mason semble pétri de contradictions, formant un paradoxe à lui tout seul.

– Je vais me laisser tenter par un à la pomme.

– Je vous apporte ça, nous annonce Shirley avec un sourire rayonnant.

Après son départ, le silence s'installe autour de la table, moins pesant que prévu, vu les circonstances. Les muscles de ma nuque se relâchent, comme un contrecoup du moment de tension que je viens de vivre.

Je parcours du regard la salle. Deux tables sont occupées à l'opposé du comptoir et une jolie rousse boit son café contre le zinc en aluminium. Malgré l'aspect suranné, les lieux dégagent une sérénité qui me plaît bien.

J'attends que nous soyons servis avant de pivoter vers Dax. Il a étendu un bras le long de la banquette et me contemple avec un air tranquille qui me coupe le souffle.

Cet homme – ou du moins ce qu'il représente – m'effraie au-delà des mots. Il faudrait que je sois sacrément cinglée pour occulter l'aura de danger qui émane de lui, pourtant je n'éprouve pas le sentiment de peur qui m'a fauchée face à Rosario.

C'est illogique, mais je n'ai pas envie de creuser cette question. De toute façon, Dax Mason va disparaître de ma vie dans quelques minutes.

J'avale une gorgée de café et me liquéfie sur place :

– Bon sang! Il est excellent.

– Les beignets aussi, me garantit Dax avec un sourire polisson.

J'ouvre des yeux ronds en réalisant qu'il en a déjà dévoré deux. Quant au troisième… lui aussi a été englouti en un quart de seconde. Je mords dans le mien avec appétit et refoule de nouveau un gémissement d'extase.

– Je n'ai pas déjeuné ce midi, m'explique Dax en me scrutant avec gourmandise pendant que je savoure chaque bouchée de mon beignet. Les flics m'ont tiré du lit aux aurores.

– Vous sortez du commissariat?

Dax me défie du regard de détaler, ignorant que mon air choqué n'a rien à voir avec sa présence en ces lieux. Ou plutôt si, mais pas comme il le suppose.

– J'en viens également, annoncé-je pour désamorcer la situation.

– Vous, Sexy Doc?

– C'est à cause de vous… Enfin, indirectement.

Une réponse qui laisse Dax de marbre. Ce dernier semble plus occupé à me détailler – son point d'ancrage étant visiblement ma poitrine – qu'à attendre une explication. Je devrais être en colère ou me sentir insultée, mais son examen fait courir, malgré moi, un délicieux frisson sur ma peau.

Cela fait bien longtemps qu'un homme ne m'a pas renvoyé l'image brute de son désir pour moi.

– Me regarder dans les yeux serait plus poli, vous savez?

Dax relève lentement la tête et m'offre un sourire qui oscille entre taquinerie et sensualité. Il est séduisant, sait faire monter la température, et je ne peux m'empêcher de tressaillir sous son regard brûlant.

Le mot *danger* s'imprime en lettres de feu dans mon esprit, mais cette fois avec une notion voluptueuse qui réveille mes terminaisons nerveuses de la plus agréable des façons.

– Avec des seins comme les vôtres, il est difficile de résister à la tentation.

Je hausse un sourcil, sardonique.

Clive n'aimait pas que les hommes me reluquent et je crois qu'inconsciemment, depuis notre rupture, je me venge en ne portant plus que des vêtements qui mettent en valeur ma silhouette. Une bien faible révolte, car l'échancrure de mon chemisier reste sage, même si le tissu dessine joliment le galbe de ma poitrine.

Saisie par un démon incontrôlable ou plutôt par la réminiscence de la fille sans frein d'autrefois, je déboutonne deux rangs de perles ivoire, dévoilant assez de peau pour rendre la vision de mon décolleté beaucoup plus affriolante, sans qu'elle ne devienne indécente.

– C'est mieux comme ça ?

Dax siffle entre ses dents et s'octroie un moment infini pour me dévorer des yeux.

Bon, OK, j'ai agi sur le coup d'une impulsion que je regrette déjà ! Mon épiderme me brûle là où il s'attarde, et le bout de mes seins se durcit en écho à ce stimulus sensoriel.

Une part de moi apprécie ce jeu, certainement parce qu'il ne durera que le temps d'un bref intermède.

– C'est un excellent début, formule-t-il doucement, une pointe de colère émergeant pourtant derrière le velouté de sa voix. Mais les filles comme vous ne s'encanaillent pas avec des gars comme moi. Elles aguichent, elles s'amusent, mais elles se sauvent avant que le grand méchant loup pointe le bout de… sa queue.

– Les filles comme moi ?

– Ouais, le genre classe et propre sur elles. Les petites bourgeoises qui sont nées du bon côté de la rue et baisent la lumière éteinte.

Je m'esclaffe, tant ce portrait est loin de la vérité. J'hésite à le remettre à sa place, puis je réalise qu'en termes d'*a priori*, Dax n'est pas le premier à dégainer.

– Je m'excuse d'avoir sous-entendu que vous étiez responsable des blessures de Fajra. C'était insultant et injuste de ma part.

Dax m'a proposé une palette assez restreinte de ses talents, entre séduction et colère principalement, mais le côté estomaqué n'est pas loin de remporter le podium de ses expressions faciales que je préfère.

Comme si de rien n'était, je continue de savourer mon café à petites gorgées.

– OK, enchaîne-t-il après une minute de silence. Expliquez-moi pourquoi vous étiez au commissariat.

– La jeune fille que vous avez amenée à l'hôpital a été agressée peu après son arrivée. J'ai fait fuir le type qui l'étranglait, et la police voulait mon témoignage.

– Vous avez été blessée ?

Dax exhibe de nouveau la version « colère » et c'est moi qui suis, cette fois, déroutée. Parce qu'un quasi-inconnu s'inquiète pour moi ? Ou parce que je le crois sincère ? Merde ! Il faut que j'arrête de divaguer, là !

– Non, juste un bleu ou deux. Et Fajra est en sécurité maintenant.

Je me remémore la photo que le lieutenant Rosario m'a montrée. Le policier attendait de moi que j'identifie Dax et m'aurait certainement harcelée pendant des heures pour que je lui confirme cette information si je n'étais pas partie.

– Les flics l'ont mise sous protection ?

– Non, le FBI. Ce qui n'avait pas l'air de ravir la police. Le lieutenant qui m'a interrogée voulait savoir si c'est vous qui aviez conduit Fajra à l'hôpital.

– Laissez-moi deviner. Vous avez rencontré Rosario ?

– C'est exact.

Dax se recule sur la banquette et son pouce coulisse le long de son menton en un geste machinal qui dévoile plus sûrement que ses sourires ravageurs l'homme qu'il est. J'oublie pendant une fraction de seconde le criminel, puis me secoue vertement.

– Qu'avez-vous répondu ?

– Rien.

Les yeux plissés, Dax me dévisage avec une intensité presque insoutenable, avant de s'incliner vers moi et de murmurer :

– Pourquoi ?

Je me rapproche à mon tour, mue par une force irrésistible. J'ai déjà ressenti une puissante attirance physique pour un homme, mais jamais au point d'éprouver cette attraction foudroyante. Tout mon corps se tend vers Dax, comme si celui-ci était le seul à pouvoir le rassasier.

– Je l'ignore. Peut-être parce que vous avez sorti Fajra de l'enfer…

– Ne bougez pas, Sexy Doc, chuchote-t-il un ton plus bas encore.

– Pourquoi ? demandé-je en me penchant un peu plus en avant.

– Parce que si j'ai simplement le droit de me rincer l'œil, je veux en profiter un maximum.

Je hoquette de stupeur, jusqu'à ce que je suive son regard. Jouissant d'un accès direct et privilégié sur mon décolleté, Dax louche sur mes seins prisonniers d'une fine dentelle blanche.

Mon démon intérieur n'en a pas terminé avec moi, peut-être parce que je n'ai pas participé à ce genre de jeu depuis très longtemps et qu'une part de moi en est avide. Je creuse sciemment les reins, accentuant le renflement de ma poitrine, plus consciente que jamais du délicieux tiraillement entre mes cuisses.

Les pupilles de Dax se dilatent légèrement, agissant sur mes propres sens. Ma respiration devient erratique, comme si tout mon corps était en suspens et attendait un geste. Mon sexe commence à palpiter tandis que j'imagine la bouche de Dax sur ma peau, juste au niveau de la naissance de mes seins.

Un fantasme qui me laisse pantelante et affamée.

Mon regard s'éternise sur la bouche au pli sensuel, et je cesse de réfléchir. J'ai toujours été libre dans mes relations sentimentales, du moment qu'elles demeuraient dénuées d'implication. Évidemment, j'ai eu des petits amis qui ont plus compté que d'autres, mais jamais au point de me faire perdre la tête et de renoncer à mes projets d'ascension sociale.

Dax… Dax m'entraîne sur un terrain de jeu qui, non seulement, ne m'est pas coutumier, mais m'effraie. Parce que je sens qu'avec lui, ce n'est pas moi qui garderais le contrôle ? Et qu'il me ramène à un hier que je fuis encore aujourd'hui ?

Je me mords la lèvre, indécise. Puis je me rappelle que Dax va disparaître de ma vie dans quelques minutes. Le désir qui naît entre nous va s'éteindre avant même d'avoir eu la chance de s'épanouir.

Une part de moi s'insurge contre cette vérité, l'autre est plus fataliste.

Il y a cependant une chose que je peux m'offrir avant la fin de ce tête-à-tête et j'estime, avec une certaine mauvaise foi, que je peux me l'accorder…

Comme un doux souvenir de ce qui aurait pu être.

Oui, l'idée me plaît bien !

Sans laisser à Dax le temps de réagir, je colle ma bouche sur la sienne, savoure pendant une délectable seconde cette pression sur mes lèvres, puis me recule et reboutonne mon chemisier.

– La séance est finie pour aujourd'hui, monsieur Mason. Merci pour le café.

Si j'ai cru pouvoir décontenancer Dax, j'en suis pour mes frais. Son sourire s'élargit devant mon air bravache et il allonge le bras pour se saisir de mon poignet. Ma main est minuscule dans la sienne et cela me procure un drôle de sentiment. Je suis plus grande que la majorité des femmes et éprouve rarement un sentiment de fragilité avec les hommes. Mais Dax est lui aussi hors norme et sa taille massive me donnerait presque l'impression d'être une fleur délicate.

Une fleur qui ne peut réprimer un imperceptible frisson de peur à ce contact…

Du pouce, Dax caresse ma peau nue, distillant une myriade d'éclairs dans mes veines. Je ne sais pas comment cet homme parvient à me troubler de la sorte, mais mon corps est réceptif à chacun de ses effleurements.

– On se quitte un peu vite, Sexy Doc, non ?

– Vous oubliez que les filles comme moi ne sont que des allumeuses.

– Je pourrais bien vous persuader de céder à la tentation, ma belle… Venez donc un soir dans mon bar. Vous connaissez peut-être le Rush ?

Je dégage doucement ma main, déterminée à mettre un terme à quelque chose qui n'aurait jamais dû exister. Même si mon désir, lui, n'a rien de factice… Dax est un dangereux criminel qui vit dans les bas-fonds de San Francisco, un homme qui se complaît dans une violence que je condamne à cor et à cri.

Je suis née dans ces quartiers où la nuit s'apparente à un traquenard et où le jour égrène les minutes avec une fatalité sordide. Jamais je ne retournerai dans ce monde… Jamais !

– Adieu, Dax !

11

Dax

Tate est installé au bar avec Sam quand je débarque au Rush. Le cheveu plus ébouriffé que jamais, il déguste une bière, une carte de la région étalée sur le comptoir. Son couteau est posé sur le zinc à côté de lui, et je devine aux tremblements de ses mains que mon pote se force à ne pas le faire valser entre ses doigts.

Un signe qu'il est nerveux…

Nous devons réceptionner une cargaison d'armes dans quinze jours et c'est Tate qui est en charge de vérifier les derniers détails. Une tâche d'autant plus importante maintenant que nous avons les Demonic Snakes et Rosario sur le dos.

En fait, ce timing tombe au plus mauvais moment. Notre nouveau fournisseur – un bonnet dans le commerce des armes – est chatouilleux sur la question de la sécurité et a longtemps hésité avant de signer notre accord. À ses yeux, nous sommes du menu gibier, des cloportes qui ne méritent pas encore de frayer avec lui.

S'il apprend que nous sommes sur la sellette, il risque de se désister. Or, il est vital que nous bossions avec lui.

– Alors comment va ce bon vieux Rosario ? persifle Tate, sardonique.

– Plus remonté que jamais.

Je passe derrière le comptoir et me sers une bière, consultant au passage la zone entourée au marqueur sur la carte. Un autre rond plus loin m'indique que Tate envisage sérieusement un plan B alors que nous avions finalisé notre projet.

– Tu veux modifier le lieu pour l'échange ?

– Selon mes sources, les Snakes arpenteraient ce coin-là, m'annonce-t-il. Et j'ai du mal à croire à un putain de hasard.

– Bordel ! Comment c'est possible ?

Un cercle très restreint est au courant du site choisi pour notre transaction avec Bill Parson. Un cercle si limité que je rechigne à envisager le pire. Pourtant, il n'y a pas quinze explications…

– Tu soupçonnes qu'il y a un traître parmi nous ?

– C'est une option à envisager, me confirme Tate, mais je pense plutôt que la fuite vient de chez Bill. Son staff est énorme, et ce connard inspire plus de peur que de loyauté. C'est pas forcément ce qui fonctionne le mieux. Nous, on est que six à être avisés de nos plans et aucun des gars concernés ne tromperait le clan.

– Putain ! C'est clair ! atteste Sam en tapant du plat de la main sur le comptoir.

Je partage cette opinion, une faiblesse dont j'ai parfaitement conscience. Nous avons beau être une poignée au courant de notre stratégie, rien ne garantit que des oreilles indiscrètes n'aient pas récolté quelques informations compromettantes. Mais imaginer que l'un des nôtres ait sciemment choisi de les communiquer à nos ennemis…

J'émets un grognement sauvage.

L'option de Tate est la plus logique. Ça ne rend pas les choses plus aisées. Parson n'est pas le genre à avoir des états d'âme avec les traîtres, mais il se croit invincible. Lui faire admettre qu'il abrite peut-être un délateur va être compliqué…

Quant à l'autre possibilité… Merde !

– Bon, on va être plus prudents, on ne sait jamais. Et je vais aller discuter de ça avec Parson. Il va nous péter un câble, râlé-je en enfouissant une main dans mes cheveux. Putain ! On n'avait vraiment pas besoin de ça.

– Il est capable de renoncer au marché, tempête Tate qui, n'y tenant plus, ramasse son couteau.

– On ne peut pas courir le risque de réceptionner les armes dans un lieu connu des Snakes et des flics. Je vais devoir prévenir Bill pour qu'il enquête parmi ses hommes. Ça ne va pas lui plaire, on est d'accord, mais en même temps, on paie rubis sur l'ongle. S'il nous lâche, il perd gros.

– Pas sûr que ça suffise à le retenir.

– On ne peut pas foirer ce coup ! pesté-je entre mes dents.

Ce contrat est l'un des plus juteux que nous ayons pu décrocher, et les retombées seront phénoménales. Ça fait deux ans que nous travaillons sur ce dossier et il est hors de question d'échouer si près du terme.

– J'ai bossé pour localiser un nouveau site, m'explique Tate. On sera prêts quoi qu'il arrive, mais il vaut mieux que la taupe soit identifiée avant qu'on file les infos à Parson. Ça sera chaud niveau organisation, mais je vois pas d'autres solutions.

– On ira repérer les lieux d'ici un ou deux jours, validé-je. Du côté des Demonic, ça donne quoi, Sam ?

– Ces merdeux se sont pris une raclée sur les docks, alors la rumeur commence à se répandre que Buzz a envoyé des gamins au casse-pipe. Du coup, les langues se délient un peu. J'ai appris qu'ils visaient bien notre territoire. Ces connards veulent passer au niveau supérieur et on les emmerde. Faut qu'on reste sur nos gardes, parce qu'ils vont pas abandonner. Certaines de mes sources ont insinué qu'ils vont mitrailler le Rush dans les prochains jours.

Le bar est une cible évidente pour nos ennemis. C'est l'une des raisons qui explique que je laisse toujours quelques gars en veille ici et que notre véritable QG se situe en dehors de la ville, dans une zone entièrement sous notre contrôle. Maintenir le même dispositif au milieu des rues se révèle plus compliqué…

– On va renforcer la surveillance, décidé-je. Sam, tu t'en charges.

– OK, mec !

– Reste le problème Rosario, énoncé-je en sentant mon sang bouillir de colère. Il fouille dans toutes les poubelles, ce connard. Et il s'intéresse de près à la gamine qu'on a sortie du hangar. Apparemment, quelqu'un a essayé de la tuer à l'hosto.

Événement qui n'a cessé de me tourmenter depuis que Sexy Doc m'en a parlé. J'ai certes été distrait par la divine vision de ses seins charnus, mais je n'ai pas pour autant négligé cette information.

Pourquoi diable quelqu'un s'en prendrait à cette gamine ? Je ne vois qu'une seule explication et elle arrangerait bien mes affaires.

– Tu penses qu'elle possède quelque chose qui pourrait nous intéresser? me renvoie Tate, perspicace.

– Cette fille a servi d'appât et de poupée gonflable, pas de quoi justifier une mise à mort. Le FBI l'a sortie de là et de ce que j'ai appris, ça n'a pas plu à Rosario. Comme ce connard bosse avec les Demonic Snakes, j'imagine que c'est peut-être bien eux qui flippent de la savoir encore vivante. Donc il est très possible qu'elle détienne des infos compromettantes les concernant…

Une conclusion qui égaierait un peu le tableau et rendrait cette putain de journée moins catastrophique… Catastrophique? Non, pas quand je repense à Sexy Doc et au défi qu'elle m'a lancé sans même s'en rendre compte.

Adieu ? Non, ça, aucune chance !

12

Tasha

– Attends ! Répète-moi ça !

Amber me fixe, les yeux écarquillés, l'air tellement incrédule que je me vexe. Je repose le chemisier que je viens d'examiner sous toutes les coutures, puis m'éloigne de quelques pas en ronchonnant.

– Ne te défile pas ! me serine ma meilleure amie. Je suis surprise, c'est tout.

– Pourquoi ? Tu connais mon impulsivité, non ?

Je maugrée entre mes dents parce que ma fougue naturelle m'incite à faire des trucs complètement fous que je regrette… Non, en vérité, je regrette rarement de lâcher prise, consciente que l'on ne vit qu'une fois.

Sauf qu'avec Dax, c'est différent. J'ai merdé !

Amber rit doucement. Elle me connaît sur le bout des doigts. J'avais 16 ans et elle 18 quand nous nous sommes rencontrées sur les bancs de l'université. Entre nous, cela a tout de suite fonctionné, et notre amitié ne s'est jamais démentie.

– D'accord, ma chérie, me rétorque-t-elle, mais je te rappelle qu'il y a six mois, tu servais des petits fours dans des fêtes qui accueillaient toute la bourgeoisie de notre belle ville. Et là, tu m'annonces la bouche en cœur que tu as embrassé un mec qui dévore les filles comme nous au petit déjeuner.

Les filles comme nous? Voilà qu'Amber s'y met, elle aussi,. Je lâche un juron et colle mon nez dans les jeans, histoire de me donner une contenance le temps de me calmer. J'aurais mieux fait de me taire, tiens!

– Eh! C'est toi qui m'as assuré qu'il ne t'intéressait pas lorsqu'on en a discuté. J'ai le droit d'être surprise, non? me relance-t-elle en guise de calumet de la paix et avec un brin de ruse.

Je grogne un « oui » à peine audible, pas encore décidée à lui pardonner sa réaction offensante. Quelle hypocrite je fais!

– Tash! La dernière fois que je t'ai vue draguer un mec, c'était il y a plus de cinq ans. Clive compte même pas, il t'a sauté dessus dès que vos chemins se sont croisés. Alors je suis très contente que tu te remettes en selle, mais j'avoue, après mûre réflexion, que je suis un peu inquiète à l'idée que tu fréquentes un type comme ce Dax... Il est certainement *caliente y muy sexy*, mais ça reste un mec dangereux. Et toi, tu ne trouves rien de mieux à faire que de te jeter sur lui.

Je me relève d'un coup et foudroie la femme qui, à côté de nous, ne perd pas une miette de nos échanges. Comme si tout San Francisco avait besoin de savoir que je me suis comportée comme une cruche!

– Je ne me suis pas jetée sur lui, je l'ai seulement... embrassé... Enfin, à peine. Nos lèvres se sont effleurées, c'est tout.

– C'est tout? Je me souviens d'une fête avec... comment il s'appelait déjà? Bryan, non?

– Bryan? C'était juste une aventure d'une nuit, le genre de gars que tu oublies avant même d'avoir joui. D'ailleurs, si ma mémoire est bonne, je n'ai pas eu cette chance-là...

Amber glousse et m'attire vers le rayon des bustiers et des hauts en cuir. Je caresse un caraco en fine dentelle et m'extasie carrément devant un corset aux liens bien trop compliqués pour moi.

– C'était un gros nul, OK, me souffle-t-elle. Mais si je me souviens bien, c'est toi qui l'as collé contre un mur pour l'embrasser.

– Il était timide, il fallait bien que je prenne les choses en main.

J'ai toujours trouvé stupide de se refuser ce qu'on désire. Du moins, tant qu'il ne s'agit que de sexe. Les sentiments, eux, compliquent invariablement la donne.

Enfin, la plupart du temps…

Avec Clive, cela n'a pas été le cas. Notre relation est très vite devenue passionnelle et sérieuse, deux états qui ne s'accordent pas forcément ensemble, même si cela a fonctionné pour nous.

Quand j'y réfléchis, je réalise que notre alchimie sexuelle ne s'est jamais démentie, mais qu'avec le temps nos nuits se sont transformées en rituels ennuyeux. Nous faisions l'amour comme on programme une séance au cinéma, le pop-corn en moins.

– Je doute que ton… Dax soit du genre timide, me provoque Amber.

– Ce n'est pas *mon* Dax et c'était juste une impulsion. Sur le moment, j'en avais envie et…

– … tu as cédé à la tentation, finit-elle à ma place en pouffant de rire avec une discrétion irrésistible.

– C'était stupide, je l'admets.

– Quoi? De succomber ou de te contenter d'un petit baiser de rien du tout?

Je m'oppose farouchement à cette idée ridicule, mais les mots restent coincés dans ma gorge. D'un geste machinal, je caresse ma lèvre inférieure et frémis au souvenir de la bouche de Dax sur la mienne.

Une seconde de plus et j'aurais cédé à l'attraction en léchant la peau où s'attardait un reliquat de sucre. Une bêtise sans nom puisque ma réaction était liée, j'en suis intimement convaincue, au chambardement de mes émotions.

Cette scène se répéterait à l'instant, jamais je ne succomberais! Dax est le genre de type qu'il faut fuir comme la peste.

– Et à part des allers-retours en prison, il fait quoi dans la vie? me questionne Amber en me ramenant à la réalité.

– Il m'a dit qu'il bossait dans un bar... Le Rush, je crois.

– Le Rush? Eh bien, il remonte dans mon estime, ton loustic. Ce bar est situé dans le quartier de Tenderloin, mais c'est un lieu couru. Il offre une variété innombrable de bières réputées. En fait, il attire pas mal de monde.

Tenderloin? C'est dans ces rues que j'ai grandi. C'est l'une des parties les plus pauvres de la ville, l'une des plus dangereuses aussi. J'imagine à peine l'aspect de l'établissement fréquenté par Dax.

Je hausse les épaules, indifférente. Enfin, tant que j'y crois...

Amber n'est pas dupe et me fait un petit sourire espiègle.

– On pourrait aller y faire un tour ce soir? suggère-t-elle.

– Tu plaisantes? Tu connais ce quartier?

– Je t'assure qu'on ne craint rien au Rush. Ce bar a son propre système de sécurité, et l'ambiance y est du tonnerre, tu vas adorer!

– C'est pas toi qui me mettais en garde contre Dax Mason, il y a deux minutes?

– Il n'y a que les idiots qui ne changent pas d'avis, ma chérie.

Puis elle se saisit d'un petit haut en cuir noir qu'elle place devant moi, jaugeant avec un sérieux contestable le résultat. C'est tout Amber! Elle a déjà décidé que nous irions au Rush – elle ne va pas me lâcher avant que je valide son idée – et compte bien me relooker pour l'occasion.

Sauf qu'il n'y a pas d'occasion! Si?

Je détaille ma silhouette dans le miroir et touche le tissu souple du bout des doigts. Le décolleté est coupé pour mettre en valeur la poitrine, sans être trop ostentatoire. C'est typiquement le genre de vêtement que je pourrais étrenner en soirée avec un jean et des talons interminables.

Ou des sandales à lanières en cuir…

La vision de ma collection de chaussures suffit généralement à m'apaiser. Un truc ridicule qui ne s'explique pas, mais qui me pousse à acquérir régulièrement de nouvelles paires. Clive hurlait à chaque fois que je revenais avec des escarpins, bottillons, brodequins ou baskets, incapable de concevoir que j'accumule des chaussures dont la plupart se révélaient importables au boulot. Cela dit, c'est un homme ! Comment aurait-il pu saisir le plaisir qu'il y a à disposer de ces magnifiques articles ?

Les chaussures s'avèrent être mon seul vrai péché mignon, et ma collection est l'une des choses les plus précieuses que je possède. Elle occupe presque la moitié de mon dressing, ce qui ne m'empêche pas de reluquer les vitrines à chaque fois que je pars en virée shopping.

– Ça t'irait comme un gant, insiste-t-elle.

– Si j'associe ce haut avec la paire de sandales que j'ai aperçue tout à l'heure…

Amber éclate de rire, consciente qu'elle vient de remporter cette bataille. De toute façon, je n'avais aucune chance…

13

Tasha

Le Rush est tout ce à quoi je ne m'attendais pas, tout en étant d'une conformité absolue avec l'idée que je m'en étais faite. Situé à deux pâtés de maisons de l'appartement où j'ai grandi, il s'élève au milieu de bâtisses décrépies.

Sa façade n'est pas vraiment engageante, des graffitis dessinant des travées délavées sur la peinture beige qui s'écaille par endroits. J'ignore si les vitres sont fumées ou sales, mais, de l'extérieur, on ne peut pas voir ce qui se déroule derrière.

Cet abord conforme à mes souvenirs d'enfance disparaît une fois la porte poussée. L'intérieur se révèle une belle surprise, une sorte de pied de nez à mes *a priori*.

La salle se présente sous la forme d'un L renversé. Face à l'entrée, un magnifique comptoir en bois foncé surmonté d'une couverture en zinc étincelante campe avec fierté sous une enfilade d'étagères où s'expose une collection impressionnante de bouteilles de bière.

Deux barmans officient avec un sourire bon enfant. Tee-shirt et jean semblent être la tenue de rigueur puisqu'elle est aussi portée par les serveuses qui zigzaguent entre les tables.

Au fond de la pièce, là où un renfoncement permet d'accéder à une série de box aux sièges en cuir marron, deux billards ont été installés sous des néons à l'éclairage puissant. La lumière dans le reste de la salle est plus disparate, créant une atmosphère cocooning renforcée par la musique qui résonne en sourdine. J'avise le vieux juke-box, une machine collector qui date visiblement des années soixante.

– C'est chouette, hein? m'interpelle Amber en haussant la voix pour couvrir le brouhaha environnant. J'ai dû venir deux ou trois fois ici et j'ai toujours passé une soirée sympa.

Je grommelle entre mes dents pour toute réponse, pas franchement ravie que ma curiosité balaie ma volonté de me montrer grincheuse. Amber a réussi à me persuader que ce serait une bonne idée de venir au Rush, mais je suis consciente que je ne devrais pas être ici.

Quand j'ai quitté Dax après notre fugace baiser, c'était un adieu ferme et définitif. Une page qui se refermait sur un épisode certes alléchant, mais aussi et surtout beaucoup trop audacieux. On ne joue pas avec ce genre d'homme.

Qui je cherche à convaincre?

Pour être honnête, face à Amber, je n'ai pas élevé tant d'objections que cela avant d'enfiler ma tenue de femme fatale, à savoir un jean taille basse, le corset noir acheté cet après-midi et des escarpins vertigineux.

Après tout, une sortie est une sortie, non? Et j'avais besoin de m'aérer la tête.

Alors pourquoi est-ce que je me sens gênée de m'introduire dans le repaire de Dax? Le souvenir de sa bouche sur la mienne me brûle encore la peau, et je réalise que ma présence clame un discours très éloigné de celui que me susurre ma conscience.

Je fais un pas en arrière, déterminée à partir, lorsque Amber me saisit par le poignet pour m'entraîner à sa suite. Je fusille son dos du regard – ce qui en soi est d'une utilité efficace, hein ! – et la suis sans broncher.

Foutue curiosité ! Parce qu'il n'y a pas moyen que je justifie autrement le fait que je sois là ! Et puis il sera toujours temps de détaler si les événements virent à la catastrophe, non ?

Il est encore tôt, mais la salle est déjà bondée. Les tables libres se font rares, mais les verres circulent même parmi les clients qui patientent debout.

L'ambiance n'a pourtant rien d'étouffant, probablement parce que tout le monde semble profiter d'un bon moment. C'est peut-être ce qui me désarçonne le plus.

Pas de poivrots qui vocifèrent dans leur coin, pas de piliers de bar qui s'effondrent sur leur chaise ou de gros lourdauds qui pelotent les serveuses quand elles slalomênt entre les tables.

À la place, les gens rient et discutent pendant que d'autres battent les cartes ou se penchent sur les billards. Il y a même des étudiants qui jouent aux fléchettes à côté du comptoir.

– Vu le quartier, je m'attendais à une ambiance moins…

– … sympa ? rigole Amber. Tu vois les mecs avec les tee-shirts verts ?

Difficile de les manquer, bien que je ne les aie pas repérés d'emblée. J'en dénombre six… Six armoires à glace qui boivent tranquillement leur bière en parcourant la salle du regard.

– C'est le service d'ordre, m'explique Amber. Si tu veux chercher la merde, tu as intérêt à avoir du cran parce que ces mecs te tombent dessus en moins d'une seconde.

Je me demande si c'est le job de Dax. Il a le physique de l'emploi, même s'il est moins massif que celui de ces hommes. Lui affiche plus une musculature déliée qu'une carrure à la Popeye, mais sa stature le rend malgré tout impressionnant. Assez pour qu'il puisse être agent de sécurité.

– On va galérer pour se dégoter une place, énoncé-je avec regret.

Je m'embourgeoise, me moqué-je intérieurement. J'ai envie d'une bonne bière, mais si possible assise. Le bar est une alternative qui serait sympa, mais lui aussi est assailli par une foule compacte.

Vu son emplacement, je n'ai pas imaginé une seconde que le Rush serait un endroit à la mode.

– On devrait aller ailleurs, tenté-je avec un manque de conviction flagrant.

– Quelle surprise ! Sexy Doc, vous avez finalement décidé d'accepter mon invitation ?

Je me retourne d'un bloc, les joues en feu, comme si je venais d'être prise la main dans le sac. Ce qui est ridicule, mais sous le regard noir, je me sens exposée comme jamais. D'autant que Dax ne fait pas semblant de me reluquer de la tête aux pieds.

Une chaleur brute et ondoyante se répand dans mes veines, exacerbant les parties les plus sensibles de mon corps.

À mes côtés, Amber, yeux écarquillés et bouche entrouverte, est le prototype de la groupie sous le choc. Je lui file un coup de coude, auquel elle répond par un gloussement étouffé.

– Mon amie est une habituée, triché-je sans scrupule.

Dax hausse un sourcil sardonique, comme s'il savait que c'est faux. Je ne me débine pas et le détaille à mon tour. Au lieu du vert des agents de sécurité, il porte un tee-shirt blanc, ce qui le classe dans la catégorie des serveurs. Pour le reste, il est proprement canon.

Une vérité qui n'échappe à personne puisqu'un certain nombre de filles le reluquent discrètement. Mon humeur ne devrait pas s'en ressentir, pourtant c'est tout l'inverse.

– Je crois que je n'ai jamais vu la salle aussi bondée, intervient Amber.

– J'ai un box de libre, ça vous intéresse ?

– Carrément, s'empresse de lui répondre mon amie avant même que je ne puisse ouvrir la bouche.

L'occasion de filer en douce vient de me passer sous le nez ! J'emboîte le pas à Dax en maugréant entre mes dents.

– Bon sang ! me souffle Amber. Tu m'avais dit qu'il était mignon, mais c'est une vraie bombe atomique, ce mec !

– Tu devrais parler plus fort, histoire qu'il t'entende, ronchonné-je.

– Une chance, j'ai des oreilles de lynx, se manifeste Dax par-dessus son épaule.

Et merde ! Amber, elle, est aux anges. Pas étonnant, elle a un penchant pour les types qui ont une virilité éclatante. Avec Dax, elle est servie, l'éclatant virant à l'explosif !

La zone des box a été prise d'assaut, mais je repère deux hommes en vert qui gardent une table tout au fond de la salle. Il y a de quoi installer une équipe de foot, mais un seul individu s'y prélasse, observant la pièce d'un œil paresseux.

Son attitude change du tout au tout quand il nous aperçoit et il se redresse avec la vivacité d'un serpent, comme s'il avait toujours été à l'affût. Ce type arbore des tatouages sur les deux bras et, je suppose, aussi sur le torse puisqu'un entrelacs de lignes noires recouvre son cou.

Avec sa longue chevelure mal peignée, la cicatrice qui barre sa joue droite et ses yeux bleu acier, une certaine folie se dégage de sa personne, même si la glace de ses iris dévoile plutôt un condensé de maîtrise de soi.

Un paradoxe qui renforce étonnamment son charme…

– Tate, voici deux amies. Je te présente…

Dax pivote vers moi et m'interroge du regard, ravi de me mettre au pied du mur.

S'il avait été moins allumé lors de notre première rencontre, il le connaîtrait, mon prénom !

– Tasha et Amber.

– Tasha, répète-t-il comme s'il savourait un mets particulièrement délectable.

Ce murmure m'enveloppe pendant une fraction de seconde dans une bulle où il n'y a plus que Dax et moi. Le bruit autour de nous s'atténue, jusqu'à ne plus être qu'un mince filet.

J'oublie la foule, Amber et même ce qui rend cet homme aussi dangereux.

Pendant cet infime instant, il n'y a plus qu'un désir brûlant et irrépressible…

14

Dax

Mon regard s'attarde sur la bouche rosée, et j'humecte mes lèvres lorsque je perçois le frisson sur la peau de Sexy Doc. Après notre rencontre en début d'après-midi, j'espérais que Tasha pousse la porte de mon bar, sans y croire un instant.

Cette femme a le chic pour jouer avec mes nerfs, jamais là où je l'attends vraiment.

Mais je sais m'adapter! Bordel! Oui, je vais m'adapter!

Maintenant qu'elle est sur mon territoire, je compte bien ne pas la lâcher avant qu'elle ne m'ait dévoilé un peu plus qu'un morceau de lingerie fine.

Mon bureau n'est pas l'endroit le plus pratique pour une partie de jambes en l'air, mais aucune nana ne s'est jamais plainte. Et Sexy Doc ne serait pas là si elle ne désirait pas du sexe brut et débridé. Ça tombe bien parce que c'est exactement ce que j'ai à lui offrir.

Je ne connais pas de meilleur moyen de gérer la pression et d'oublier une gonzesse qui vous obsède un peu trop.

Une fois rassasié de Tasha, ce qui me demandera peut-être plus d'une nuit, je cesserai de fantasmer sur son cul et ses seins! Quoique… j'ai rarement croisé une fille aussi bien roulée et qui n'a pas besoin d'échasses pour coller sa bouche sur la mienne.

Sexy Doc va juste découvrir qu'il me faut plus qu'un vague frôlement aérien sur mes lèvres pour me contenter. Cela dit, si elle me propose ce genre de gâterie, ma queue s'en satisfera avant de s'enfoncer dans sa gorge.

– Installez-vous, mesdames, les invité-je avec un sourire volontairement obséquieux.

Tate me dévisage avec malice, peu habitué à me voir endosser le rôle de l'hôte parfait. Je drague rarement des nanas aussi stylées que Tasha, mais je soupçonne que brandir la version brute de celui que je suis la ferait détaler comme un lapin.

Option qui n'appartient pas à mes projets de la soirée.

Amber s'assied sans rechigner, mais son amie se montre moins conciliante. Elle lance un regard par-dessus son épaule, comme si elle avait besoin de vérifier que nous ne sommes pas seuls, puis elle se glisse sur la banquette.

Une position qui me permet de mater son décolleté et l'arrondi de ses seins. Ma langue tressaute, impatiente de partir à la découverte de cette chair tentatrice.

Mettant fin à cette torture, j'entame la deuxième phase des hostilités et prends ma belle au dépourvu en m'asseyant à ses côtés. Bloquée par Amber, Tasha ne peut éviter le contact de ma cuisse contre la sienne. Et son amie qui pourrait allègrement se déporter sur la gauche ne bouge pas d'un cil, malgré un discret coup de coude.

– Qu'est-ce que vous désirez boire ? demandé-je comme si de rien n'était.

– Vous proposez quoi comme bière du jour ? m'interroge Amber.

Une habituée, hein ?

Je ne me souviens pas de cette fille alors que j'ai une excellente mémoire. Si elle baladait ses fesses régulièrement ici, je l'aurais reconnue. Cependant, elle semble familière de notre fonctionnement. Ce qui la classe dans la catégorie des clients qui se pointent de temps à autre, alléchés par notre réputation ou l'envie de goûter au grand frisson.

Sexy Doc est une jolie menteuse que je vais devoir punir…

– Nous venons d'être approvisionnés par Speakeasy[4] alors la Scarlett est à l'honneur. C'est une bière rousse qui révèle des saveurs de caramel, de chocolat et de céréales grillées. Si vous aimez les bières avec une belle amertume en arrière-bouche, elle est pour vous.

– Tu m'as convaincue, décrète mon alliée du jour en m'offrant l'ouverture parfaite.

– Et… toi, Tasha?

La jeune femme ne s'insurge pas contre mon passage au tutoiement, mais se raidit imperceptiblement. Puis, tout aussi soudainement, elle se détend, accentuant le contact de nos cuisses.

Hum! Sexy Doc a décidé de s'encanailler?

– Eh bien, je vais également me laisser tenter par cette nouvelle expérience!

Les mots sont ambivalents, pas le regard. Ma queue tressaute au quart de tour et se gorge de cette invitation susurrée d'un ton volontairement sensuel. Les réactions de cette femme me désarçonnent. Tasha se révèle imprévisible, alternant douche froide et sous-entendus pleins de promesses…

– Tom, tu vas nous chercher quatre Scarlett, s'il te plaît?

– Ouais, boss, j't'apporte ça!

Tasha me dévisage de nouveau, mais cette fois, je perçois la perplexité dans son regard.

Eh oui, ma jolie, les gars comme moi peuvent aussi être chefs d'entreprise.

Je la défie d'exprimer à voix haute ses préjugés à la con, mais Sexy Doc se détourne d'un geste gracieux, exhibant son profil.

4. Brasserie installée dans un entrepôt de San Francisco.

Pour me séduire ou simplement attirer mon attention, les nanas misent parfois sur la carte de l'indifférence, mais la plupart optent pour l'attaque frontale.

Et, en la matière, c'est ce que je préfère. Pas de simagrées et de vaines paroles, mais du sexe haletant et suant.

Tasha, elle, ne semble pas intéressée. La lueur de désir qui embrase à l'occasion ses pupilles ne s'éternise jamais bien longtemps ou disparaît sous des éclats à me geler les couilles.

Évidemment, elle n'a aucune envie de fréquenter un type comme moi.

Elle n'a pas tort ! Je ne suis pas du genre fidèle ou exclusif. Entre les nanas et moi, il y a un contrat à très courte durée qui implique plaisir et jouissance sans prise de tête. Rien d'attirant pour une gonzesse comme Sexy Doc.

Et *a priori* pour moi aussi puisque je fuis les filles à emmerdes.

Mon esprit intègre cette réalité, ma queue, non. Gonflée à bloc, cette dernière rêve de conquérir Tasha à un point qui me sidérerait presque si j'étais du genre à me déstabiliser pour si peu. En matière de sexe, je suis prosaïque. Je réponds à mes besoins primaires, sans me soucier des lendemains.

Là, tout de suite, j'éprouve une sale envie de baiser Sexy Doc et je n'ai pas l'intention de me refuser ce plaisir.

Face à moi, Tate me considère avec un sourire goguenard, parfaitement conscient de ce qui me traverse l'esprit. L'enfoiré va me charrier pendant des semaines avec cette histoire, probablement bien après que Tasha sera devenue un souvenir.

Parce qu'une chose est sûre, je compte bien goûter à cette jolie pomme, mais, comme avec les autres, je finirai par me lasser et tourner les talons.

Cependant, pour le moment, je n'en suis pas là. Sexy Doc a encore le goût du péché, et je salive devant ce mets de choix. Je me lèche les lèvres et ravale mon envie de charger cette femme sur mon épaule pour l'emporter dans mon antre.

Ça, c'est plutôt le genre de Sam.

Sam… Installé près d'une cible à fléchettes, il a initié une partie avec Jarod et deux clients réguliers, surveillant du coin de l'œil notre box. La tension qui raidit la courbe de son dos est assez inhabituelle pour attirer mon attention.

En tant qu'ancien marine, il a ramené du front des fantômes qui lui font parfois péter un plomb. Si, en apparence, il semble plus équilibré que Tate, c'est en vérité tout le contraire, sauf que son visage revêt une normalité indolente, quoique glaciale.

Ce qui rend ses crises d'autant plus impressionnantes. Sam n'est pas au bord du gouffre, mais quelque chose a éveillé le tueur tapi en lui.

Je fais un léger signe de tête à Tom, sans avoir besoin de formuler mes ordres. D'un regard, il intercepte mon mouvement vers Sam et se faufile vers le petit groupe de compétiteurs.

Sam l'accueille en lui offrant un jeu de flèches, mais il ne dévie pas son attention de notre table. Je me demande ce qui l'intéresse autant. J'espère qu'il n'a pas de visées sur ma Tasha parce que je risque de ne pas apprécier.

Personne ne marche sur mes plates-bandes ! D'ailleurs, personne ne s'y essaie. Je ne suis pas devenu le chef des Styx Lions en me comportant comme un angelot, en dépit du tatouage encré sur ma peau.

Je ne perds pas Sam de vue, mais pivote légèrement vers nos deux invitées. Tasha déguste sa bière en silence, la nuque raidie. Elle est moins détendue que ce qu'elle veut bien me faire croire, et j'aime assez cette tension qui corse la partie engagée entre nous.

J'admets intérieurement que je suis un peu las de ces filles qui sautent dans mon lit sans que j'aie besoin de bouger le petit doigt.

Le Rush se transforme certains soirs en un vivier fourmillant de sirènes aux intentions évidentes et, même si je n'ai jamais boudé mon plaisir, les enjeux manquent de saveur.

Étonnamment, jusqu'à présent, je ne m'en suis jamais préoccupé. Certainement parce qu'avec un quotidien où prédominent le danger et la violence, le sexe est un excellent dérivatif et que je n'ai pas de temps à consacrer à des stratégies élaborées de drague. Je cueille les fleurs qui s'ouvrent à moi, lucide sur le fait que le champ alentour regorge de variétés odorantes et colorées.

Simplement, pour le moment, une seule m'enivre, au point que les autres ne sont plus que de vagues silhouettes sans consistance.

Et, ça, c'est une première.

– Tu travailles à l'hôpital ? interrogé-je la copine de Sexy Doc.

– Je suis médecin urgentiste moi aussi, admet-elle sans se faire prier, ignorant le regard noir de sa voisine. Tash et moi nous connaissons depuis l'université et nous habitons ensemble.

– Ah ouais ? glousse Tate, soudain intéressé. Genre ensemble, ensemble, ou…

– Non, riposte Amber sans se départir de son sourire éblouissant. Enfin, on a essayé une fois, juste par curiosité, mais on est d'accord toutes les deux. Le sexe, c'est bien mieux avec les mecs. Une question d'alchimie.

– Amb ! peste ma voisine en s'étouffant avec sa bière.

– Quoi ? Ça n'a rien de tabou. Un ami psy affirme que c'est le fantasme le moins bien assumé en matière de sexe. Moi, je trouve que c'est plutôt sain de tenter l'expérience avant de hurler au loup, non ? Et vous, messieurs ? Vous avez essayé ?

C'est au tour de Tate d'avaler sa gorgée de travers. Avec son physique peu engageant, il a rarement affaire à des femmes – et des hommes d'ailleurs – qui osent ce genre de question.

Je me marre en réalisant que la verve de cette Amber me plaît bien. D'ordinaire, je fuis les pipelettes, mais celle-ci me permet d'en apprendre plus sur la sensuelle Tasha.

Avec d'autres nanas, ça importerait peu, mais j'ai la conviction que connaître Sexy Doc m'aidera à la mettre dans mon lit.

– Baiser avec un mec ? Certainement pas ! s'indigne Tate. Moi, j'aime les nichons et les chattes bien serrées. D'ailleurs, ma belle, si tu veux un aperçu de mes talents, je suis à ta disposition.

– Merci, répond Amber sans se démonter, mais je ne passe jamais au plat principal sans amuse-gueule avant.

– Ta copine est un sacré numéro, glissé-je à l'oreille de Sexy Doc. Toi aussi, tu apprécies les… amuse-gueules ?

Tasha me regarde droit dans les yeux et je découvre que le vert de ses iris est parsemé d'éclats d'or. Je suis captivé malgré moi. Cette réaction physique à mon propre désir dégage une saveur aphrodisiaque.

– Pas vraiment, me lance-t-elle alors que je ne pensais pas qu'elle me répondrait.

Oh ! Putain !

Ma queue devient douloureuse, exigeant d'être libérée de son carcan de tissu. Je soupçonne Sexy Doc d'en être parfaitement consciente et de me provoquer sciemment.

Je me rapproche du joli visage et souris lorsque le souffle de Tasha s'échoue sur mes lèvres. Mon envie de plaquer ma bouche sur la sienne grimpe d'un cran, mais si je m'abandonne à cette pulsion, je ne me contenterai pas d'un baiser.

Je ne flirte pas, jamais ! Avec moi, on baise direct ou rien du tout !

J'avoue que je suis plutôt admiratif, car le regard de ma voisine ne cille pas. La peur n'est pas forcément loin de la surface – j'ai beau ne pas donner l'apparence de la folie de Tate, je suis impressionnant quand je revêts mon masque implacable –, mais Tasha la domine avec maestria.

Ou alors c'est une inconsciente qui veut s'amuser et imagine que je pourrai égayer sa soirée.

Je vais me faire un plaisir de la détromper!

– Tu joues avec le feu, Sexy Doc.

Elle dresse un sourcil, faussement désinvolte.

– Je réponds juste à une question.

– Juste?

Tasha porte sa bouteille à ses lèvres et avale une longue gorgée tout en me scrutant intensément.

Putain! Elle a du cran.

– Oui, juste. Pourquoi?

Je plisse les yeux, cherchant à lire derrière son sourire tranquille. Je ne supporte pas les nanas qui attisent les flammes juste pour voir jusqu'où elles peuvent aller avec moi. Moi, ou plutôt le genre de gars que je représente.

Avec Sexy Doc, j'ai du mal à discerner ce qui se dissimule derrière son sourire. Tasha n'a rien d'une groupie, sinon elle crierait déjà mon nom sous mes coups de boutoir, et je la classerais d'emblée dans la catégorie des chercheuses de sensations fortes.

– Tu m'allumes, dis-je avec fermeté.

Elle rit et boit de nouveau une gorgée de bière. L'eau s'est condensée sur le verre sombre et je suis la trajectoire d'une goutte, fasciné de la voir s'immiscer dans l'échancrure de son bustier en cuir.

– Toutes les femmes ici cherchent à attirer ton attention, élude-t-elle, et celle de tes employés.

– Nous avons notre lot d'admiratrices.

– Des admiratrices qui réchauffent votre lit, non?

– Pourquoi est-ce que nous nous gênerions ? Nous aimons le sexe, et ces filles ne demandent qu'à passer une nuit torride avec un mec qui les baisera jusqu'à épuisement.

Je m'étire avec langueur contre la banquette et glisse une main derrière Tasha, m'autorisant à jouer avec une mèche de ses cheveux.

Tate est trop occupé à draguer Amber pour se foutre de ma gueule, mais rien ne pourrait m'empêcher de toucher Sexy Doc. Mes doigts se rapprochent de la peau nue de son épaule et je la frôle, incapable de résister à ce désir impérieux.

Tasha me dévisage en coin, pas franchement troublée par mon contact, alors que je dois me retenir pour ne pas la renverser sous mon corps. Son comportement entre attirance et indifférence, saupoudré d'une pincée de peur, m'excite au-delà du raisonnable et je n'ai pas envie de m'interroger sur la fascination qu'elle exerce sur moi, d'autant qu'elle disparaîtra dès que je l'aurais baisée.

C'est dans l'ordre des choses. Même les passions les plus intenses finissent par s'éteindre d'elles-mêmes.

– Mon bureau ? suggéré-je.

15

Tasha

Je frémis violemment sous le regard noir, mon corps réagissant sans équivoque possible à cette offre provocante. Provocante, mais délicieuse… J'esquisse un demi-sourire et m'abandonne à la douce chaleur qui se répand dans mes veines. Dax m'attire en dépit du bon sens, mais je ne devrais pas en être surprise.

Avant de rencontrer Clive, j'avais tendance à être charmée par des mecs qui trimballaient les emmerdes. Cela importait peu puisque entre eux et moi, ce n'était qu'une histoire de sexe, et ces gars-là étaient justement du genre à fuir dès qu'une nana parlait d'engagement.

Une fois que Dax m'aura sautée, il détalera comme les autres, et c'est cette certitude qui m'amène à envisager de céder au désir qu'il m'inspire.

Une aventure torride – même si ce n'est que pour une nuit – m'éloignera de Clive et de celle que je suis devenue à son contact. Oui, l'idée est alléchante.

Seulement, j'ai toujours aimé les défis corsés d'une pointe de provocation. Et Dax exacerbe le démon en moi. Je ris doucement et finis ma bière avec un sentiment d'exaltation revigorant.

Merde ! Que cela fait du bien !

– On joue l'issue de cette soirée aux fléchettes, proposé-je d'un ton volontairement neutre. Si tu gagnes, tu pourras me montrer ton… bureau.

Le regard de Dax s'illumine. Évidemment, il apprécie le challenge et se voit déjà en vainqueur.

Une erreur qu'il pourrait bien regretter. J'ai été serveuse dans un bar où j'ai appris à manier les fléchettes et j'étais excellente. Reste à savoir si Dax sera meilleur… Mon épiderme frémit à la perspective qu'il le soit.

– Un 501 double out?

– Un count up en dix coups et trois manches, me contredit-il.

– Pressé?

– De gagner, oui, mais plus encore de pouvoir te déshabiller, Sexy Doc.

– Tu connais l'expression. Il ne faut pas vendre la peau de l'ours avant de l'avoir tué.

– Ça, c'est pour les losers.

Dax me gratifie d'un sourire à faire fondre la banquise. Je me détourne pourtant, comme si mon corps ne vibrait pas en écho.

C'est faux cependant et mon voisin en a parfaitement conscience. Toutefois, la partie qui s'est engagée exige de recourir à des artifices de joueur de poker, et je suis une championne en la matière.

L'excitation me picote le bout des doigts. J'adore ce frémissement d'anticipation que je n'ai pas ressenti depuis si longtemps.

– Prête? me provoque Dax en se levant.

Amber est toujours en train de flirter avec Tate, animée par son habituel entrain, mais le mouvement de Dax ramène son attention sur moi.

– Nous allons croiser le fer aux fléchettes, annoncé-je.

– Aux fléchettes? Je veux voir ça! se réjouit mon amie.

Elle me décoche un clin d'œil perspicace. Elle n'a pas oublié mon côté tête brûlée, même s'il est en pause depuis cinq ans.

– C'est quoi l'enjeu? me souffle-t-elle à l'oreille.

– Du sexe.

Elle écarquille les yeux, puis pouffe derrière sa main.

– Et tu vas le laisser gagner?

– Certainement pas!

Je suis mauvaise perdante, je l'ai toujours été.

Vu la mise, je saurais me consoler si j'échoue, mais il est hors de question de ne pas me donner à cent pour cent. Si Dax l'emporte, c'est qu'il l'aura mérité.

– Moi, je m'inclinerais sans aucune hésitation.

C'est toute la différence entre nous. Amber joue… pour jouer. Moi, je suis là pour gagner, même si la victoire me frustrera sur le fond.

Je tressaille sous le regard intense qui ne me lâche pas. Dax nous ouvre le passage jusqu'à une cible occupée par un géant taciturne et le gars qui nous a servi nos bières.

– Sam, je te présente Tasha et Amber. Tom, tu nous apportes une autre tournée? La même chose, mesdames?

J'acquiesce, même si je n'ai pas l'intention de boire. Je dois rester concentrée. Je déplie doucement les doigts et m'astreins à respirer profondément.

La Tasha compétitrice entre en piste!

– Deux jeux de fléchettes, Sam, demande Dax en ignorant le ricanement de Tate dans son dos.

– Un duel? ironise ce dernier. Intéressant…

Dax échange un clin d'œil complice avec Sam, puis s'accoude contre la table haute où Tom dépose de nouvelles bouteilles. Son sourire m'amuse parce qu'il me confirme que pas un seul des gars présents n'envisage que je puisse remporter la partie. Dax en tête.

Mon adversaire vide la moitié de sa bière, son beau regard rivé au mien et sa bouche tordue en un rictus qui m'électrise. Il n'y a rien de doux et de tendre chez cet homme. Il dégage au contraire une force sauvage qui accentue son aura ténébreuse. Je défie n'importe quelle femme de soutenir l'intensité de ses prunelles sans s'enflammer. Et dans mon état d'excitation, c'est une cause perdue d'avance.

Pourtant, je vais me battre pour gagner…

Je pivote sur mes talons, tournant le dos à la tablée, et me concentre sur la cible. Je suis fébrile, chevillée par un désir brut. Cette morsure répand son poison dans mes veines, accentuant la sensibilité de ma peau.

C'est délicieux, après des mois à baiser en fonction d'un planning. Je ricane entre mes dents, abasourdie de m'être laissé ainsi emprisonner. Heureusement, avec Clive, les orgasmes valaient le détour !

– Il est encore temps de jeter l'éponge, me susurre à l'oreille une voix lascive.

Le souffle de Dax me caresse la nuque, distillant des frissons de plaisir sur mon épiderme. Je savoure parce que c'est peut-être les seules émotions sensuelles que j'éprouverai ce soir.

Une chance pour moi, c'est en état de stress que je donne le meilleur de moi.

– Abandonner? Hors de question. Mais je te promets d'avoir le triomphe modeste.

– Ce ne sera pas mon cas, ma belle, me garantit Dax avec une indulgence fanfaronne. Et je compte profiter de mon… lot toute la nuit.

– Voilà qui est bien présomptueux.

Pour toute réponse, Dax lève le bras et décoche une fléchette sur la bordure du cœur rouge de la cible.

– Je ne crois pas, me certifie-t-il avec mordant.

Je résiste difficilement à l'envie de lui clouer le bec en envoyant mon projectile au centre de notre objectif commun, lucide sur la nécessité de conserver l'effet de surprise. Encore faut-il que je n'aie pas perdu la main…

– Joli ! validé-je avec un sourire faussement impressionné.

Amber s'est juchée sur un tabouret et lève le pouce pour m'encourager. Derrière elle, le géant la toise avec une sorte de fascination qui me file des frissons dans le dos. Il s'y soustrait dès qu'il remarque que je l'observe.

– Prête ? m'exhorte Dax. Cinq tirs d'échauffement pour chacun, ça te va ?

Et comment !

– Parfait !

Je ne cherche pas à atteindre le centre de la cible, mais plutôt à récupérer mes aptitudes à diriger ma flèche exactement là où je le souhaite. Il me faut quatre tours pour que mes réflexes reviennent sans rien dévoiler de mon adresse.

– Tu es sûre que tu ne veux pas déclarer forfait ? me provoque Dax.

– Tu crois ? riposté-je en me mordillant la lèvre d'incertitude.

Le regard de Dax se fixe sur ma bouche et s'assombrit, spectacle qui me fascine. Je lui tourne néanmoins le dos, roulant volontairement des hanches tandis que je rejoins Amber.

Cette dernière est la seule qui ne se laisse pas duper par mon petit numéro, mais il lui en coûte de ne pas exploser de rire au nez des hommes qui me détaillent avec une insolence évidente.

Dax tire ses fléchettes, démontrant une belle adresse. Le combat est de ceux que j'aime par-dessus tout, à la fois risqué et imprévisible.

L'adrénaline se répand dans mes veines et accélère les battements de mon cœur. Je me force à inspirer profondément.

– Alors? me relance-t-il en pointant du doigt la cible.

J'appuie les coudes et les reins contre la table pour observer Dax entre mes paupières à demi baissées, consciente que ma poitrine pigeonne avec audace.

À la guerre, tous les coups sont permis, non?

– Je vais tenter ma chance, répliqué-je en humectant mes lèvres.

– À toi l'honneur, ma belle.

Je me positionne, jambes légèrement écartées, puis fais le vide dans ma tête. Je me focalise uniquement sur mon objectif et la petite zone qui m'intéresse, oubliant le bruit autour de moi.

C'est maintenant que je dois faire mouche!

Je détends le bras et réprime un cri de satisfaction lorsque ma fléchette se fiche au centre de la cible. Je cligne des yeux, dévoilant une mine abasourdie.

– Oh! minaudé-je. Quel coup de bol!

Le bras de Dax s'enroule autour de ma taille, jusqu'à ce que nos hanches se touchent, et sa bouche frôle le lobe de mon oreille, tandis qu'il se penche vers moi. Un délicieux frisson me parcourt l'échine, mais je ne commets pas l'erreur d'afficher mon trouble.

– Tu ne gagneras pas, me susurre-t-il avant que sa langue caresse brièvement ma peau.

– Non? Alors j'espère que tu seras à la hauteur, mon grand, parce que sinon c'est mon vibromasseur qui sera à la fête ce soir.

16

Dax

– Bordel ! Elle t'a bien baisé la gueule, la petite ! me lance Tate en se frappant violemment la cuisse.

– Crois-moi, elle reviendra, affirmé-je en suivant mon pote jusqu'à notre box.

Tate s'assied en ricanant. Je lui tordrais bien le cou, mais je suis sûr de moi. Tasha m'a lancé un défi qu'elle a remporté, mais ça ne signifie pas que nos jeux sont terminés. C'est même tout l'inverse, et je suis salement émoustillé.

Ma queue émet des signaux douloureux qui me font dire que lorsque je m'enfoncerai dans sa petite chatte étroite, ce sera le pied intégral. Une expérience sans commune mesure… Et je salive à l'avance.

– T'as remarqué que Sam lâchait pas Amber ?

Je secoue la tête en signe de déni. J'étais trop concentré sur Tasha pour me focaliser sur l'étrange comportement de Sam. Mon manque d'attention me vaut un regard ébahi de la part de Tate. Je suis plutôt du genre à ne jamais baisser ma garde, d'autant plus quand nous sommes entourés d'inconnus.

Et la stupeur vire à l'orage avant même que j'aie pu prononcer un mot.

– Tu vas pas déconner, hein? me sermonne-t-il, ses doigts se mettant à tambouriner nerveusement la table.

Le couteau apparaît dans ses mains en une fraction de seconde et entame le bois par saccades. D'où il est placé, personne ne peut apercevoir Tate, mais je n'apprécie pas qu'il sorte sa lame pendant le service du Rush. Ce n'est pas bon pour les affaires.

Mon pote le sait, mais il ne maîtrise pas ses pulsions. En l'occurrence, il a un sérieux problème avec les mecs qui perdent la tête pour une nana. Son frère, Vic, travaillait pour nous avant de tomber amoureux d'une Demonic Snakes. Il a intégré le club de motards pour ses beaux yeux, bazardant son passé comme on se débarrasse d'une vieille chaussette. Ça fait deux ans que les deux frangins ne se sont pas adressé la parole, et leur dernière rencontre a viré à l'affrontement.

– Range ça! ordonné-je.

Tate sourcille comme s'il sortait d'une transe et considère son couteau pendant quelques secondes avant de le remettre dans son étui.

– Putain! J'ai besoin de baiser! clame-t-il en fourrageant dans ses cheveux.

Je fais un signe discret à Tom. La première règle que les groupies apprennent quand elles débarquent ici, c'est que notre box leur est interdit, sauf à y être expressément invitées. Lorsque le feu vert est donné, elles savent que nous sommes d'humeur à baiser.

À baiser et à rien d'autre, même si certaines espèrent plus.

Tom accompagne à notre table trois jolies gonzesses qui appartiennent à la clique des régulières du Rush. Habillées de jupes ultra-courtes, elles portent des tops qui s'apparentent à une version politiquement correcte de soutiens-gorge minimalistes. Le résultat verse dans l'exhibitionnisme, mais, ici, ça ne choque personne. Et encore moins les gars qui en profitent pour se rincer l'œil gratuitement.

La « persévérance » et les petits culs en forme de cœur de ces filles leur ont permis de connaître la plupart d'entre nous. De mémoire, j'ai sauté la blonde, mais je ne me souviens plus de son prénom. Elle, par contre, semble parfaitement au clair avec notre précédente rencontre. Elle ne s'encombre pas de détails et s'installe à mes côtés, plaquant sa paume haut sur ma cuisse.

– Salut, Dax, roucoule-t-elle en se léchant les lèvres. Ça fait un bail…

Peut-être pas assez longtemps, songé-je en avisant les traits botoxés.

– Salut…

– … Pearl, ajoute-t-elle avec un air faussement réprobateur. Tu te souviens, non ?

Je hoche vaguement la tête. Devant moi, Tate est aux prises avec une ventouse qui lui dévore la bouche, ses ongles raclant déjà son entrejambe. Sam, lui, déguste sa bière, indifférent à la brune qui trace des mouvements circulaires sur sa main. Au moins, il est de nouveau fidèle à lui-même, taciturne et aussi causant qu'une carpe.

Peut-être pour attirer mon attention, Pearl presse ses seins contre mon avant-bras, et j'aperçois les tétons sombres qui dardent sous le tissu du top. Elle en profite pour écarter légèrement les cuisses, me révélant que l'option sous-vêtement n'est pas de mise.

Les nanas que je baise sont rarement farouches ou pudiques, mais celle-là bat des records. Ça ne me dérange pas… d'ordinaire ! Là, je me sens moins excité, voire vaguement dégoûté par cet étalage de chair.

Je bois une gorgée de bière, irrité par cette réaction. Ma queue est dure, prête à partir à l'assaut de la blonde qui se cramponne à mon bras, mais je ne ressens pas le frisson habituel, celui qui me fait lâcher la bride pendant que ma peau claque contre celle de ma partenaire d'un soir.

Pearl est bandante malgré ses formes retouchées et siliconées, et je vais la baiser, mais c'est une autre nana qui m'occupe l'esprit. Une nana qui m'a émoustillé comme aucune depuis longtemps. Et c'est la perspective de la posséder, elle, qui raidit mon sexe.

Putain ! Sexy Doc a réussi à me retourner le cerveau avec son défi à la con ! D'habitude, les gonzesses qui veulent s'envoyer en l'air avec moi ne cherchent pas à me provoquer, sauf si une reddition immédiate est implicite. Au fond, la plupart adorent se taper des gars comme moi, mais elles restent prudentes, la peur leur servant de feuille de route.

J'avoue sans vergogne que j'ai cru que Tasha me narguait par principe. Mais la diablesse s'est défendue, pour ensuite m'abandonner à ma frustration. Une fois de plus, elle m'a désarçonné. Ce qui lui vaudra une bonne fessée avant que je m'enfonce profondément en elle…

– Dax chéri, moi aussi, je sais jouer aux fléchettes, me chuchote Pearl en battant des cils.

Je me raidis, subitement furieux, sans être capable d'analyser cette vague brûlante qui me traverse les chairs. Je saisis le poignet de Pearl et l'entraîne vers l'espace privé qui permet d'accéder aux cuisines, à mon bureau et à l'étage. J'ouvre la première porte, indifférent au bordel qui règne dans cette remise poussiéreuse. Nous entreposons ici le matériel qui sert épisodiquement, comme les tapis de poker, les chaises en surplus ou encore les décorations de Noël.

Je plaque ma partenaire contre une table et remonte sa jupe sur sa taille, insinuant un doigt entre les cuisses fuselées. Pearl est déjà humide. Tant mieux, car je n'ai aucune envie de perdre du temps en préliminaires.

– Bébé, glousse l'idiote en mouvant ses hanches. Oui, c'est trop bon…

– Ferme-la, craché-je.

Cette nana m'indispose, mais j'ai besoin d'apaiser la tension qui me ravage le bas-ventre. Je distingue cette soif au milieu d'un fourmillement qui exige autre chose. C'est pour ne pas m'appesantir sur cet étrange sentiment que je plaque Pearl face contre la table et l'incite à se pencher en avant.

Croupe relevée et dos cambré en une invitation explicite, Pearl me renvoie un coup d'œil aguicheur et se lèche les lèvres. Je devrais me ruer sur ce cadeau si généreusement offert, mais je ne parviens pas à me détacher de l'arrondi exagéré de la bouche.

Putain ! C'est quoi cette mode à la con qui vous fait ressembler à une carpe ?

Et l'analogie avec la poiscaille ne s'arrête pas à ce détail. Pearl me dévore avec des yeux de merlan frit un matin de Noël.

Je me frotte le visage, presque soulagé lorsqu'un poing tambourine de façon inopportune contre la porte.

– Quoi ? aboyé-je en ouvrant le battant sans me soucier des fesses à l'air de Pearl.

– On a des ennuis en cuisine, m'informe Sam, la bouche étirée en un pli dur.

S'il a pris le risque de me déranger, c'est que le problème est du genre sérieux.

– Tate ?

– Occupé. J'ai pensé qu'il valait mieux le laisser décompresser.

– C'est sans doute préférable, confirmé-je. Je m'en charge.

Je sors de la pièce et ralentis à peine quand Pearl pousse un cri indigné.

– Ramène-la dans la grande salle et offre-lui donc un verre, puis rejoins-moi.

– Merci pour la corvée, grommelle Sam entre ses dents.

Je m'éloigne en riant. La cuisine est déserte à cette heure. Le Rush propose un service de restauration rapide uniquement le midi. Le soir, nous avons assez de boulot avec la bière qui coule à flots.

Après un regard prudent autour de moi, j'active le mécanisme pour pénétrer dans notre planque. Jarod est le seul présent pour le moment et il est figé devant l'écran de contrôle qui nous permet d'observer les égouts. En vérité, nous surveillons avec excès tous les accès à proximité, histoire de garantir notre anonymat.

– Jarod?

– On a quelqu'un dans la section 4.

Je me penche sur l'écran et me frotte le front, circonspect. Un seul homme utilise ce dédale de souterrains plus sinueux qu'aucun autre, et je ne vois pas ce qu'il viendrait y fabriquer alors que le moindre faux pas lui coûterait bien plus que sa vie.

Putain! Je vais le massacrer!

– Tu veux que j'envoie quelqu'un pour vérifier? continue Jarod.

– Non, je vais m'en charger avec Sam.

Je n'ai pas besoin de patienter longtemps avant que Sam me rejoigne. Ensemble, nous quittons la sécurité de notre antre pour aller dans le réseau de tunnels.

Nous ne sommes qu'une dizaine à connaître l'existence de ce labyrinthe, mais chacun d'entre nous est capable de s'y repérer les yeux fermés. Par contre, nous ne sommes que cinq à posséder une vision exhaustive des issues.

En garder certaines secrètes est essentiel au regard de ce qui justifie notre job.

– Tu crois que c'est Ted? m'interroge Sam en baissant le ton.

Les galeries génèrent un écho désagréable qui est cependant moins corrosif que l'odeur saumâtre. Cela étant, c'est l'un des aspects qui fait fuir les éventuels intrus. Même les SDF évitent de traîner par ici, rebutés par le parfum âcre et les bestioles qui vadrouillent en nombre.

Mais le véritable danger vient du niveau des eaux usées qui grimpe parfois sans prévenir. Il n'est pas rare que nous ramassions des cadavres le long des travées humides.

– Nous ne devions nous contacter que la veille de la transaction avec Bill Parson, réponds-je. C'est jamais bon quand il ne respecte pas le planning établi.

Mes chaussures s'enfoncent dans une sorte de marasme nauséabond, comme une résonance de mon humeur qui s'assombrit. En huit ans de collaboration, j'ai appris une chose de Ted. Il aime trop les règles pour y déroger sans une excellente raison. C'est l'un des éléments qui fait qu'il n'aurait jamais pu accepter la mission qui est la mienne.

La mission qui nous transforme Tate, Sam, Lou, Jarod et moi en des criminels endurcis alors que nous possédons tous les cinq une plaque aussi luisante que celle de Ted.

Aussi luisante?

Non, ce n'est plus le cas.

Pour arrêter les truands les plus aguerris et les plus intouchables, nous sommes devenus des leurs, plongeant dans un abysse vertigineux où se côtoient délits, vices, et infractions. Nous n'avons pas simplement endossé un costume, nous nous sommes imprégnés de ce qu'il y avait de pire en nous pour nous fondre dans le moule.

Nous ne faisons pas semblant d'être des malfaiteurs et des assassins, nous le sommes vraiment.

La seule différence, c'est que notre but – en plus de développer nos trafics – est de mettre à terre les connards qui restent inaccessibles par les voies légales. Et nous utilisons tous les moyens à notre disposition, même les plus illicites.

Évidemment, il n'y aura pas de retour en arrière possible. Notre existence au sein du FBI est à peine une vague rumeur et elle ne sera jamais reconnue si un jour ça vire au fiasco. Mais nous avons approuvé ce deal, chacun pour des raisons personnelles, sans hésiter.

J'avais 23 ans quand j'ai intégré le FBI et un an de plus lorsque j'ai accepté cette mission jugée suicidaire par beaucoup de mes pairs. La vérité, c'est qu'après avoir découvert le destin misérable de ma mère biologique, j'ai erré pendant six mois dans les rues, incapable de gérer ma culpabilité.

J'ai côtoyé la pauvreté la plus abjecte, celle qui broie sans échappatoire possible, et réalisé qu'aider ceux que je croisais soulageait un peu ma blessure intérieure. Mon père m'a incité à reprendre le chemin de l'université, me serinant que l'unique moyen d'être efficace était d'interagir à un niveau plus fondamental.

Je n'ai jamais perdu cet objectif de vue, pas même quand j'ai dû tuer pour la première fois…

Au sein du FBI, Ted est notre seul contact, le lien qui nous permet de jouir de certains services en cas de besoin.

J'esquisse un sourire torve en me plaquant contre un mur humide et sors mon arme. Sam agit à l'identique et me fait un signe de tête pour m'indiquer qu'il va emprunter un couloir adjacent pour prendre notre visiteur à revers. Je doute qu'un autre que Ted se soit aventuré aussi loin, mais prudence est mère de sûreté, surtout avec les négociations en cours et le jeu à la con des Demonic Snakes.

Je sifflote les premières notes de *Bohemian Rhapsody* et souris, satisfait, lorsque Ted enchaîne avec la suite. Ce souvenir d'une mémorable soirée il y a plus de six ans est devenu une sorte de code en cas de besoin.

Je sors de l'ombre au moment où Sam surgit derrière Ted.

– Sans l'odeur de ton after-shave bon marché, tu aurais réussi à me surprendre, ricane-t-il avant de pivoter vers le marine pour lui serrer la main.

Je sais que les deux hommes ont servi ensemble autrefois, mais cet échange de civilités me fout en rogne. Je croise les bras en une attitude volontairement bravache et toise l'agent propret avec un agacement notable.

– Dax, me salue Ted comme si on venait de se rencontrer au coin de la rue.

– Bordel ! interviens-je. Qu'est-ce que tu fiches là ?

– À cran, vieux ? me titille-t-il.

Je plisse les yeux, conscient que l'homme ne me cherche des noises que quand les choses échappent à son contrôle. Ted Crewey est un modèle de maîtrise de soi qui ne supporte pas les imprévus et, lorsque ça arrive, il a tendance à se montrer provocateur.

Ou suicidaire selon les points de vue…

En l'observant plus attentivement, je note qu'il porte un costume fripé et une chemise ouverte. Pas de cravate ? Ça, c'est mauvais signe !

– Parle ! exigé-je.

Ted n'apprécie pas mon ton autoritaire, mais il capitule dans un long soupir las.

– J'ai eu des problèmes avec la gamine.

– Celle des docks ? demande Sam.

– Nous savons déjà que quelqu'un a essayé de la tuer à l'hôpital, précisé-je. C'est toi, l'agent du FBI qui l'a sortie de là ?

– Ouais. Quand tu m'as prévenu pour l'entrepôt, j'ai jugé nécessaire de me renseigner sur cette gamine. J'ai appelé juste après qu'elle s'est fait agresser. J'en ai déduit qu'elle possédait des informations qui pourraient bien nous être utiles. Alors je suis allé la récupérer pour la questionner.

– Nous sommes arrivés à la même conclusion.

– Ce serait logique. En tout cas, elle représente un danger assez important pour qu'on veuille la tuer. Je l'ai donc mise sous protection, mais ça a mal tourné. Quelqu'un a lâché le morceau pour notre cachette et deux types armés ont débarqué.

– Bordel ! tonne Sam. Qui savait ?

– Je n'ai pas à me justifier pour ce genre d'actions et j'ai choisi une de nos planques les plus sûres. Mais un policier de la ville a fait un barouf pas croyable en criant que j'avais enlevé un témoin potentiel. Du coup, avec les bonnes informations, il était possible de me localiser.

– C'était Rosario, je parie, râlé-je.

– Ce type devient un vrai problème, confirme Ted, sa bouche formant un pli sévère. J'ai réussi à le museler en appelant son capitaine, mais sans lui nous n'aurions pas eu d'ennuis avec la petite.

– Elle a parlé ? l'interrogé-je avec une réelle curiosité.

– Non. Elle n'est pas en grande forme. Elle hurle la moitié du temps dès que je lui adresse la parole, et l'autre, elle reste apathique. Mais avec deux tentatives de meurtre, elle sait forcément quelque chose ! Vu le potentiel d'emmerdes que représentent les Demonic Snakes et Rosario, on doit découvrir de quoi il s'agit.

– Elle est en sécurité ?

– Elle le sera, élude Ted en plantant son regard dans le mien.

Une alarme se déclenche dans ma tête, et je scrute Ted avec une acuité perçante.

– Comment ça, elle le sera ?

– Je pense que le meilleur moyen pour garantir sa sécurité et lui tirer les vers du nez, c'est qu'elle soit… avec vous !

– Tu plaisantes ? m'insurgé-je. Nous ne sommes pas baby-sitters et je te rappelle qu'on doit concentrer toutes nos forces sur Parson.

– Sauf que les Demonic sont déjà sur votre dos, m'assène Ted. Et alliés à Rosario, ils peuvent non seulement faire foirer les négociations en cours, mais aussi vous causer de sérieuses emmerdes…

– Ouais, on sait, lâche Sam comme une leçon bien apprise. Et faudra pas compter sur une aide quelconque si on se fait coincer. On connaît le refrain.

– Bordel ! Ne prenez pas cette histoire à la légère. C'est huit ans de boulot qui sont en jeu, là !

Je ricane, acerbe. Les risques, ce n'est pas Ted qui les endosse, mais nous. Et si nous tombons, ce seront nos têtes qui seront tranchées, pas la sienne.

J'ai beau avoir confiance en lui, nos liens ne sont pas – et ne seront jamais – aussi étroits que ceux qui m'unissent à Tate, Sam, Jarod et Lou. Parce que ce qui a forgé notre amitié va au-delà de ce que l'on peut imaginer. On a tué ensemble, on s'est protégés quand il le fallait et on se soutient lorsque le danger balaie nos certitudes.

– Nous sommes parfaitement conscients des enjeux, éructé-je. Et si Parson est dans votre viseur, c'est grâce à notre boulot. Ça fait quinze ans que vous lui courez après sans succès !

– Votre efficacité n'est pas en cause, Dax. Lorsqu'on a lancé le programme, personne n'aurait parié un kopeck sur vous, mais vous avez explosé les scores.

Je sais que nous ne faisons pourtant pas l'unanimité dans les hautes sphères, du moins parmi ceux qui sont au courant de notre existence. Certains conservent des scrupules à l'idée d'avoir dû former un gang de criminels pour en arrêter d'autres.

Je doute qu'ils aient vraiment des regrets ou un regain de bons sentiments, mais notre puissance croissante inquiète. Rien ne nous empêcherait aujourd'hui de lâcher le programme pour voler de nos propres ailes, étant entendu que nous ne jouerions pas pour les gentils.

– Et la meilleure chance de continuer sur cette lancée, reprend Ted, c'est de mettre les Demonic hors d'état de nuire.

Une réalité qui n'a échappé à personne...

Manque de bol, le club de motards n'est pas novice en matière de magouilles en tout genre. J'imagine que nous ne sommes qu'au début d'une entreprise savamment orchestrée pour nous anéantir.

– Tu ne nous aides pas beaucoup, peste Sam. Tu ne peux pas t'occuper de Rosario au moins ?

– Vous connaissez les règles, nous rappelle Ted, comme si c'était nécessaire. Ce flic vous a dans le collimateur, je ne peux pas interférer sans attirer l'attention sur vous. Personne ne doit jamais faire le lien entre le gang et le gouvernement.

– Ouais, sauf qu'entre nous filer un coup de main et compliquer les choses, il y a de la marge ! noté-je. La gamine, c'est un poids mort. On n'a ni le temps ni les moyens de nous occuper d'elle.

– Eh bien trouvez quelqu'un ! aboie Ted. Sacha ferait bien l'affaire, non ?

Je m'esclaffe, hilare. Sacha est peut-être une femme, mais elle a autant d'empathie qu'une porte de prison. En outre, elle quitte rarement le QG, sauf quand il s'agit de tirer à bout portant sur un ennemi.

– Sacha ? Hors de question, dis-je. D'ailleurs, si on doit garder la fille, ce sera ici. Je refuse de l'emmener au QG sans savoir ce que toute cette histoire cache.

– Je suis convaincu qu'elle pourrait vous aider, insiste Ted, et, vu le contexte, vous ne pouvez pas vraiment faire la fine bouche.

Mes poings me démangent, mais cet abruti a raison. Héberger la petite ne sera pas une partie de plaisir, mais nous devons découvrir pourquoi les Demonic ont décidé de la tuer, osant même attaquer des agents du FBI pour parvenir à leur fin.

– OK, validé-je sans cacher que j'abdique à contrecœur. Où est-elle ?

– Je l'ai laissée un peu plus haut.

– Quoi ? Elle est descendue avec toi ? sursaute Sam.

– J'ai opté pour la solution la plus sûre. Gerald est avec elle, à deux cents mètres d'ici.

Je grogne. J'ai eu l'occasion d'échanger avec le coéquipier de Ted et j'ai du mal avec ce type au regard fuyant. Le savoir dans mes tunnels, même si ce n'est pas à proximité immédiate du Rush, me déplaît souverainement.

– Conduis-nous à elle !

Le parcours jusqu'à Gerald et sa protégée se fait en silence. Le mutisme de Sam est habituel, celui de Ted induit par ma volonté de ne pas lui parler. J'ai besoin de réfléchir au bordel qui semble se profiler à l'horizon.

Bill Parson est une cible suffisamment difficile à gérer sans qu'on ait sur le dos des sangsues comme les Demonic ou Dante Rosario. Si nous échouons, il n'y aura pas de seconde chance et nous risquons de nous griller. Mourir sera le cadet de nos soucis si ça devait se produire…

La soirée avait bien commencé, mais elle vire au cauchemar. Et je suis prêt à rebrousser chemin lorsque j'aperçois la silhouette avachie au pied de Gerald.

– Bordel ! Elle est blessée ? maugrée Sam en exprimant l'écho de mes propres sentiments.

– Non, mais elle est prostrée depuis qu'on a quitté la planque.

– Elle n'a pas arrêté de pleurer depuis qu'on l'a sortie de l'hôpital, fulmine Gerald. Le doc aurait dû nous filer des calmants !

Le doc ? Putain ! C'est peut-être bien la solution.

Un sourire fleurit sur mes lèvres, ressuscitant d'un seul coup ma bonne humeur.

17

Tasha

La caresse est légère, presque aérienne. Les doigts frôlent ma joue, descendent le long de ma mâchoire avant de s'attarder sur mes lèvres. Je soupire avec béatitude, cherchant à accentuer ce contact sensuel, mais ce dernier se disperse dans la brume de mon sommeil.

Je me réveille en battant des cils, vaguement désorientée, jusqu'à ce qu'une ombre se penche sur moi. J'ouvre la bouche pour hurler, mais une main se plaque sur mon visage, me maintenant avec fermeté sur mon oreiller.

– Doucement, Sexy Doc, me susurre une voix amusée. Tout va bien !

J'écarquille les yeux lorsque Dax apparaît devant moi, un sourire lumineux sur les lèvres, comme si sa présence dans ma chambre, aux premières lueurs de l'aube, était normale. Un frisson de peur me parcourt l'échine et je me débats pour échapper à sa poigne de fer.

Mauvaise idée, car Dax se colle contre moi pour me maîtriser, l'œil soudain plus ombrageux.

– Arrête, Tasha ! tonne-t-il contre mon oreille. Je ne vais pas t'agresser, j'ai besoin de ton aide !

C'est censé me rassurer?

Je grogne contre la main qui me bâillonne et râle quand ma tentative de la mordre échoue lamentablement. Dax pèse de tout son poids sur moi et semble s'amuser de la situation.

Pas moi! Je suis peut-être allée trop loin avec lui hier, oubliant un peu vite l'énergumène déchaîné que j'ai soigné il y a plusieurs mois. La peur se diffuse dans mes veines et sur ma peau, au point que son odeur m'agresse les sens.

– Tasha! râle Dax. Je ne vais pas te faire de mal.

Il dégage légèrement sa main et j'aspire de l'air comme si j'en avais été privée. Je sais que c'est la panique qui agit ainsi sur mon corps et je dois faire appel à toutes les aptitudes acquises pendant mes études pour recouvrer un minimum de sang-froid.

– Lâche-moi, formulé-je, la gorge serrée.

– OK, mais promets-moi de m'écouter. J'ai vraiment besoin de toi.

Je me libère avec un rictus acerbe, le drap remonté haut sur ma poitrine. Je dors avec un pantalon de pyjama et un débardeur à fines bretelles, mais au cœur de mon intimité, je me sens mise à nu.

– La majorité des gens frappent à la porte quand ils souhaitent discuter avec quelqu'un, rouspété-je en me sevrant doucement de ma frayeur.

Dax dresse un sourcil indifférent, comme si cette question était accessoire.

– Il est tôt, et je n'étais pas certain que tu m'accueilles avec plaisir. J'ai donc opté pour la solution la plus efficace.

– Tu sais que c'est illégal d'entrer chez les gens par effraction?

– La porte arrière était mal fermée. Bon, on peut discuter maintenant?

J'ouvre la bouche pour hurler sur cet abruti qui trouve normal ce tête-à-tête grotesque, puis j'aperçois une lueur provocatrice dans son regard sombre. Je me tais et crispe les poings plus fortement autour de mes draps.

– Dans la cuisine ! aboyé-je.

J'ai besoin d'un café bien corsé, moi !

Dax me détaille avec lenteur, ranimant le souvenir de ses doigts sur ma peau. Je rougis, ce qui accentue mon ressentiment. Je réprime mon envie de bondir du lit pour l'affronter les yeux dans les yeux. Je suis suffisamment vêtue pour ne pas agiter la carte de la pudeur, mais un reste de peur m'incite à la prudence.

– Attends-moi sur le palier pendant que je m'habille.

J'écope d'un sourire séducteur en retour, mais Dax obtempère et referme la porte de ma chambre sur lui. Je soupire de soulagement, pas bien certaine de ce qui vient de se dérouler. Dax est imprévisible, je le savais, mais il a néanmoins réussi à me décontenancer.

Sans plus hésiter, je sors de mon lit, me déshabille et enfile à la va-vite sous-vêtements, jean et chemisier. Je ne m'autorise pas à m'asperger le visage, ni même à démêler mes cheveux. Je rejoins Dax qui patiente, nonchalamment appuyé contre le mur du couloir.

– Rapide, Sexy Doc, se moque-t-il.

Pas encore complètement remise de mon réveil choc, je lui indique l'escalier et le suis prudemment, la tête bourdonnant de questions. Mon regard s'arrête sur son dos, ou plutôt sur son cuir.

Styx Lions est inscrit au-dessus de la gueule écumante du prédateur pris dans un cœur de flammes…

Je plisse les yeux, sous le choc. Ce gang est l'un des plus actifs à San Francisco, l'un des plus craints surtout. Et j'ai soigné assez de leurs membres ou de leurs victimes à l'hôpital pour deviner que leur réputation n'est pas exagérée.

Je frémis, lucide sur le fait que je me suis fourrée dans une belle merde. Dax n'est pas un « simple » criminel, il appartient à cette catégorie que j'ai fuie, même quand ma période de rébellion me portait vers les mauvais garçons de mon quartier.

J'avais alors 15 ans et les révélations de ma mère sur son job d'appoint m'avaient salement perturbée. Heureusement pour moi, l'obtention de ma bourse d'études m'a très vite remis les idées d'aplomb.

Une fois dans la cuisine, je m'astreins à préparer du café avant de l'interroger. Dax, installé sur un tabouret de l'îlot central, m'observe avec une intensité qui me trouble alors même que je devrais le classer dans la catégorie des inopportuns à bannir de mes relations.

De mes relations?

J'étouffe un gloussement acide. Dax n'est rien de plus qu'une étoile filante et, vu son attitude, j'ai déconné en désirant jouer un peu avec lui. Vérité qui résonne d'autant plus dans ma tête maintenant que je sais qu'il appartient aux Styx Lions.

Pourtant, ma peur se dissipe sous son regard ténébreux, comme si une voix me hurlait que Dax ne me ferait jamais de mal. Ce qui est complètement stupide.

Pour dévier mes pensées, j'ôte la housse de la cage de Captain et ouvre la grille pour que le volatile vaque à loisir. Il s'ébroue, comme s'il sortait d'un profond sommeil, et se hisse sur son perchoir en bout de table.

– Good morning, Vietnam, braille-t-il une fois installé, un rituel matinal auquel il ne déroge jamais.

– Salut, toi, lui répond Dax, un sourire intéressé incurvant ses lèvres. Et comment s'appelle ce garçon bien plus avenant que sa maîtresse?

Avenant?

Dax est quand même entré chez moi par effraction, non? Il s'attend à ce que je remue la queue comme un toutou bien docile?

Imbécile !

J'épelle le prénom du serviable – grrr – petit perroquet, les dents serrées.

– Captain ? Il le...

Merde ! J'ai oublié la règle de base, à savoir prévenir tout nouvel invité – ce que n'est pas Dax, hein ! – qu'il ne faut jamais prononcer son nom devant Captain.

– Ô capitaine, mon capitaine ! scande ce dernier.

– D'où le prénom, rit Dax, son humeur joyeuse agressant la nature d'ange à la gueule de bois que j'affiche au saut du lit.

Débraillée et à peine réveillée, je n'apprécie pas particulièrement de me retrouver face à un adonis dégageant autant de sensualité. Merde ! Comment on peut dégouliner de sex-appeal de si bonne heure ?

Même un Clive Joli-Cœur n'arrivera jamais à la cheville de l'homme qui me considère en ce moment même avec un flegme déroutant vu les circonstances.

– *Carpe diem*, continue notre spécialiste du *Cercle des poètes disparus*.

L'ancien propriétaire de Captain vénérait ce film, ce qui nous vaut d'avoir droit régulièrement aux répliques les plus savoureuses. De bon matin, c'est un plaisir dont je me priverais volontiers.

– La vérité, c'est comme une couverture qui laisse les pieds froids...

Pour bâillonner le petit bavard, je verse une ration de graines dans sa mangeoire et l'observe pendant quelques secondes tandis qu'il trie soigneusement les cacahouètes, le mets qu'il préfère et gobe en premier.

– Fascinant ! intervient Dax en fixant Captain, une lueur d'intérêt manifeste au fond du regard.

Ouais...

Déterminée à jeter mon hôte dehors le plus rapidement possible, je pose deux tasses sur la table avec un peu plus de brusquerie que nécessaire. Le sourire de Dax s'accentue, mais j'oublie tout en avalant une première gorgée de café avec un râle d'extase.

Mon cerveau est enfin prêt à interagir avec le monde.

– Alors ? réclamé-je.

– Fajra est revenue au club.

Je sursaute et croise le regard que j'évite depuis que je me suis installée sur ma chaise. Mes pensées s'embrouillent, puis se réorganisent à mesure que j'intègre les mots.

– Pourquoi n'est-elle plus avec le FBI ?

– Apparemment, elle a lourdé les agents en chemin et est venue chercher refuge chez moi. Elle est morte de peur.

– Évidemment puisqu'on a essayé de la tuer alors qu'elle avait déjà subi plus que son compte d'atrocités. Le FBI peut la protéger.

– Il n'a pas empêché ses assassins de la pister et de la localiser.

– Quoi ?

Je bondis de mon tabouret, renversant au passage ma tasse de café. J'essuie maladroitement la table, le regard rivé sur le visage tranquille de Dax.

Tranquille, mais d'une intensité brûlante. Je me sens mise à nu sous ce faisceau qui ne loupe rien de ce qu'il capte.

– Du calme, Tasha, m'enjoint-il avec une douceur qui me déstabilise un peu plus. Fajra a été secouée et reste en état de choc, mais elle a filé avant d'être plus sérieusement blessée. C'est pour cette raison que j'ai besoin de toi.

– À l'hôpital, elle serait mieux…

– Non ! me coupe-t-il avec fermeté. Le tueur est toujours à ses trousses. Elle doit rester cachée. Mais il lui faut des soins.

Je secoue la tête avec lenteur, confuse.

– S'il te plaît, ajoute-t-il avec un sourire renversant.

Merde ! Je me liquéfie, incapable de raisonner pendant une fraction de seconde. Puis mon cerveau se remet à fonctionner normalement et j'adresse un regard sévère à Dax.

– Fajra est au Rush, c'est ça ?

– Oui.

– Tu peux l'emmener ici ?

– Trop risqué. Il ne t'arrivera rien, Tasha, je te le promets. Je te demande juste de venir l'ausculter et de lui procurer de quoi aller mieux.

Je ne suis pas convaincue, mais je me rappelle l'air apeuré de Fajra à l'hôpital. Cette gamine a enduré l'enfer et je ne peux pas lui refuser mon secours. Quant à Dax, jusqu'à présent, il l'a aidée.

Pourquoi me mentirait-il ? Bon, OK, il vit dans un univers perverti où tous les coups sont permis, mais je ressens quelque chose à son égard… Je sursaute, me surprenant en flagrant délit d'aveuglement.

Dax est un Styx Lion, il représente le pire danger qui soit !

– J'accepte de soigner Fajra, mais je n'ai rien sous la main pour ça. Il faudra s'arrêter dans une pharmacie et si elle va trop mal, je la conduirai à l'hôpital. Et toi, tu ne t'introduiras plus ici par effraction. Je ne plaisante pas, Dax, affirmé-je en distinguant son sourire amusé.

– OK, alors donne-moi ton numéro de téléphone ! rétorque-t-il en essayant de masquer son petit air triomphal. Enfile un blouson, on part à moto.

Génial !

La Tasha avide d'aventures et de fun applaudit des deux mains, renvoyant ma prudence au rôle d'empêcheuse de tourner en rond. Les cinq années à museler ma nature passionnée m'ont laissée affamée…

Et bien trop vulnérable, si vous voulez mon avis. Encore que…

J'écris un mot à Amber avant de quitter la maison, consciente que je mets le doigt dans un engrenage dangereux, mais cette idée ne suffit pas à m'arrêter. Au contraire même, l'excitation commence à l'emporter sur mes craintes. Et quand j'enfourche le monstre de métal de Dax, je m'avoue que je ne me suis pas sentie autant à ma place depuis longtemps.

J'enfile le casque tendu, puis glisse mes paumes sur les hanches de Dax, hésitant une seconde avant de me coller contre son dos. Je n'ai pas roulé depuis une éternité, et l'exaltation me picote les orteils.

Dax fait vrombir le moteur de sa Harley, mais avant de démarrer, il saisit mes mains pour les ramener sur son ventre. Je déplie mes doigts, goûtant au contact de ses muscles fermes, et me laisse porter par les mouvements fluides du bolide.

Nous atteignons notre destination bien trop vite à mon goût. Dax se gare devant un drugstore à deux pâtés de maisons du Rush et je descends de moto, les jambes flageolantes.

Cette rue…

Je ferme les yeux, puis m'oblige à examiner les lieux. Il est encore tôt, mais le quartier s'anime doucement. Mon regard survole les murs sales, d'un gris douteux qui tire sur le noir, et les détritus qui jonchent les caniveaux et les accotements.

Au coin, deux SDF dorment sous un amas de carton, leurs chiens couchés près d'eux. Personne ne s'en soucie, alors que tous les passants évitent le trottoir. Des petites frappes surveillent la rue avec des airs de prédateurs qui flairent le mauvais coup.

C'est étrange, mais tout me semble familier tout en étant très différent de mes souvenirs. Assez pour que ma gorge se serre.

Et je retiens carrément ma respiration lorsque j'avise la façade taguée devant moi. Le magasin de Grady est devenu la boutique d'un prêteur sur gages, bien loin du rôle qu'il a rempli durant mon enfance.

Je ne devrais pas en être émue. Après tout il ne s'agit que d'un spectre de mon passé, mais mon cœur saigne pour Grady. Ce bon samaritain a tellement travaillé pour ce quartier que j'ai de la peine pour lui. Heureusement, il est mort avant de voir l'œuvre de sa vie ainsi pervertie.

– Eh ! m'interpelle Dax. Tout va bien ?

Je reste mutique. Je ne suis pas revenue sur les lieux de mon enfance depuis des années, et les souvenirs remontent à la surface, empreints d'une odeur acide qui me soulève l'estomac. J'ai grandi avec un sentiment de peur chevillé au corps qui ne s'est dissous qu'une fois les amarres rompues, et je déteste l'ombre qui ressurgit, comme un spectre avide de me posséder de nouveau.

Dax se place devant moi et m'oblige, d'un doigt sous le menton, à relever la tête pour croiser son regard.

– Tu ne crains rien avec moi, ma belle, murmure-t-il. Tu sais, les gens ne sont pas plus dangereux qu'ailleurs.

Un petit cri ironique jaillit de mes lèvres. Peut-être que c'est le cas pour un Styx Lion, mais quand on est une femme seule, *a fortiori* une mère célibataire, on ne peut pas vivre en sécurité ici, sauf à se fondre dans la masse pour ne pas attirer l'attention des prédateurs.

Et, même dans ce cas, le pire n'est jamais loin. Je refoule le souvenir le plus détestable de mon enfance, refusant de ressentir les effluves de cette terreur qui m'a laissée muette pendant des semaines.

Grady m'a sauvée… nous a sauvées, ma mère et moi. Sans lui, je suis persuadée que ma mère aurait terminé sur un trottoir. Quant à moi…

Du pouce, Dax me caresse la lèvre, et l'intensité de son regard me ramène au présent.

– Ne les juge pas sur leurs apparences, ajoute-t-il d'un ton qui se fait moralisateur.

– Les juger ? Tu ne sais rien de moi, alors évite ce genre de remarque débile.

– Ce n'était pas une critique, Tasha. Tu as grandi dans un autre monde, c'est normal que tu sois un peu effrayée par l'aspect délabré de ce quartier.

Je lis une telle commisération dans ses iris sombres que je me rejette en arrière pour me dérober au contact de Dax. La colère, alimentée par mes souvenirs, se met à bouillonner dans mes veines.

– Tu vois cet immeuble, là ?

Je lui indique le plus décrépi de tous et, encore, il a subi quelques travaux depuis l'époque où j'y vivais. Si l'intérieur n'a pas changé, il est mangé par l'humidité et la crasse. Certains murs arborent des trous qui abritent une faune impossible à anéantir.

Cela dit, les rats représentent le moindre souci des habitants. Les marches de l'escalier sont défoncées, les câbles électriques pendent du plafond et il suffit d'un coup de pied pour enfoncer les portes. Le chauffage fonctionne mal, mais mieux que l'arrivée d'eau. Quant à l'état des appartements…

Difficile de faire plus glauque, mais ma mère ne pouvait pas payer un loyer plus élevé. Même si ça n'a pas duré…

– C'est ici que j'ai grandi. Du moins, jusqu'à mes 10 ans. Ma mère s'est installée là peu après ma naissance. Sa famille l'a rejetée parce qu'elle est tombée enceinte à 16 ans et elle n'a jamais levé le petit doigt pour l'aider. Pas même quand on s'est retrouvées à la rue quand elle a perdu son boulot. Nous avons vécu dans une voiture pendant deux mois et, crois-moi, ça n'avait rien de drôle. Alors, ne viens pas me dire que ce quartier, c'est le monde des Bisounours.

Dax ne demeure pas longtemps abasourdi. Il réagit en m'attirant de nouveau contre lui, sa main autour de ma nuque. J'ignore s'il s'agit d'un geste de possessivité ou de réconfort, mais ma peau se réchauffe sensiblement. Et j'ai trop besoin de ce soutien pour lutter contre.

Dax...

Sa bouche stagne en apesanteur à quelques centimètres de la mienne, tandis que son regard me sonde avec une violence qui me coupe le souffle.

– Que s'est-il passé ?

Je le dévisage sans comprendre, happée par l'intensité de sa fureur. Quel que soit ce qui l'a engendrée, elle me brûle jusqu'au tréfonds de mon être.

– Tu as dit que vous étiez restées deux mois dans la voiture de ta mère.

– Là-bas, au coin de la rue, il y avait une épicerie. Heureusement pour nous, son propriétaire était un homme dévoué et généreux. Lorsque j'allais acheter du lait ou du pain, il glissait toujours deux ou trois pommes dans mon sac de courses et parfois des conserves de soupe ou de rosbif. Il nous a sauvées.

Ma voix s'altère parce que je ne veux pas me souvenir des détails. Cependant, comme s'ils n'attendaient qu'une occasion propice, les souvenirs surgissent avec une violence qui me renvoie à la terreur de cette nuit de cauchemar.

Alors, au lieu de les bannir dans le coin obscur où je les ai soigneusement enfermés, je les laisse se déverser de ma bouche. Comme si le trop-plein avait atteint son degré de saturation.

– Un soir, des hommes ont suivi ma mère. Ils étaient trois. Trois salopards qui avaient repéré une femme vulnérable et comptaient bien profiter de l'aubaine... Elle a essayé de me protéger, mais elle n'était pas de taille. L'un de ces connards m'a violemment giflée quand j'ai hurlé pour appeler au secours, puis il m'a balancée dans le coffre de la voiture pendant que ses copains immobilisaient ma mère.

Je me souviens des cris, des bruits de lutte et des gémissements. Dans l'obscurité de ma prison, j'ai goûté à quelque chose qui surpasse la peur, un mélange de panique, de terreur absolue et d'impuissance.

– Le gars de l'épicerie est intervenu ? m'interrompt Dax en me ramenant au présent.

– Oui. Grady a fait dégager ces enfoirés. Il maniait bien la carabine.

Lorsque le coffre s'est ouvert sur le visage bouleversé de Grady, je ne l'ai pas reconnu tout de suite. J'étais comme un petit animal affolé et traumatisé. Je me suis débattue contre son étreinte, la bouche grande ouverte sur un cri silencieux. Je suis restée mutique pendant trois semaines, incapable d'exprimer autrement ma rage désespérée.

– C'était un chic type, approuve Dax d'un ton étrangement apaisant.

– Plus que tu ne l'imagines. Après ça, il nous a offert un toit le temps que ma mère se retourne. Grâce à lui, elle a retrouvé un boulot… et sa dignité.

Je me tais, à bout de souffle et le corps tremblant de toutes ces émotions que je tiens d'ordinaire sous contrôle. Je n'aime pas parler de cette époque et encore moins me remémorer ces heures où j'ai dû retenir mes larmes pour ne pas ajouter au fardeau de ma mère.

Ma mère si courageuse dans l'adversité !

Dax me redresse la tête, de façon à ce que nos regards se télescopent. Les traits de son visage sont plus anguleux que jamais, ce qui me rassérène. Je n'aurais pas supporté sa pitié.

– Je suis navré que tu aies vécu ce genre d'épreuve, mais tu t'en es sortie. Haut la main !

Cette affirmation me secoue – dans le bon sens –, mais moins que le fait de m'être livrée autant à Dax. Même Clive ignore ces détails alors que nous avons partagé une intimité significative.

Je ne suis pas certaine de vouloir réfléchir à la singularité de mon comportement.

– Tu es pleine de surprises, Sexy Doc, conclut Dax avant d'écraser ses lèvres sur les miennes.

Je me raidis pendant une fraction de seconde, puis m'abandonne contre le corps masculin, surprise de répondre avec passion à ce baiser imprévu. La langue de Dax investit ma bouche en conquérant, dévorant et réclamant une reddition que je me refuse à lui accorder.

Je l'embrasse d'égal à égal, titillant autant qu'il me titille.

J'oublie la rue, le passé, Fajra… Il n'y a plus que cet homme qui me chavire au-delà de toute logique. Je me liquéfie sur place.

Quand Dax s'écarte de moi, je vacille légèrement et me raccroche à son blouson, déroutée qu'il pose son front contre le mien.

– Ouais, pleine de surprises, répète-t-il avec un sourire coquin.

18

Dax

Recroquevillée dans l'un des studios au-dessus du Rush, Fajra n'a pas meilleure mine que lorsque Ted l'a confiée à nos bons soins. La chevelure emmêlée et les traits tirés, elle me dévisage comme une bête traquée dès que je pénètre dans le minuscule appartement.

Son recul physique me vaut un regard noir de la part de Tasha. Depuis notre baiser torride devant le drugstore, cette dernière me snobe. Et j'avoue que je n'aime pas ça !

Pourtant, pour le moment, il y a plus urgent que les exigences de ma libido. Nos ennuis avec les Demonic doivent rester ma priorité ! Et, pour ça, j'ai besoin que Fajra aille mieux.

Sexy Doc a pris les choses en main dès son arrivée, nous imposant de demeurer dans le couloir. Sauf que ça fait une heure qu'elle est là-dedans et que je commence sérieusement à m'impatienter. Sur le fond, je n'ai qu'une envie, me débarrasser du problème Fajra.

Je me frotte le visage pendant que Tasha chuchote des paroles douces à l'oreille de la gamine. Puis elle lui fait avaler des cachets et l'incite à s'allonger. Je peux flairer la peur de Fajra, pourtant elle obtempère après un dernier coup d'œil anxieux dans ma direction.

– Sortons, m'enjoint Sexy Doc en parvenant à mon niveau.

Je la laisse ouvrir la marche, ravi de pouvoir admirer son petit cul parfait.

Au temps pour moi pour le self-control ! Je suis incapable de dévier les yeux de ce spectacle affriolant et encore moins de recentrer mes idées sur les problèmes de mon gang.

Pas en cet instant du moins. Je devrais en être mortifié, mais je suis trop fasciné par la belle docteure et le balancement de ses hanches.

En vérité, ma queue n'a pas débandé depuis notre baiser devant le drugstore. Je me demande comment Tasha réagirait si je la plaquais contre le mur pour lui dévorer de nouveau la bouche.

Probablement pas bien, vu le regard glacial qu'elle darde sur moi depuis notre arrivée au Rush.

Ce qu'elle m'inspire vire à l'obsession, mais je m'en contrefous. Tout ce que je désire, là, tout de suite, c'est la posséder…

Tasha referme la porte sur nous et m'oppose un visage sombre, loin des frémissements sensuels qui l'ont émaillé tout à l'heure. Ou qui me caressent la peau…

– Alors ? sollicité-je d'un ton volontairement neutre.

Elle soupire en se massant la nuque, signe que j'associe à de la lassitude ou de la tristesse. Je peux comprendre. Fajra n'est qu'une gosse, et la vie l'a déjà salement abîmée.

Je me renfrogne et rentre la tête dans les épaules en croisant les bras sur mon torse. Je ne suis pas troublé, non ! Pourtant, depuis les confidences de Tasha, j'expérimente un sentiment désagréable que je ne m'explique pas.

OK, ses révélations ont établi qu'elle aussi avait subi son lot d'épreuves.

OK, j'ai supposé à tort qu'elle avait grandi dans un milieu privilégié.

OK, elle est l'une des rares femmes à avoir réussi à me désarçonner.

Mais quoi ? J'ai juste envie de la baiser, non ?

Que sa détresse – ou plutôt son courage – m'ait touché ne change rien à l'affaire. Enfin, pas vraiment…

– Physiquement, ça va à peu près, me garantit Tasha. Il lui faudra du temps pour se remettre, mais ses blessures sont en voie de guérison. En revanche, psychologiquement, c'est plus compliqué. Apparemment, Fajra avait… confiance en ceux qui lui ont fait ça.

Je fronce les sourcils. Je ne m'attendais pas à ce que Fajra se livre aussi vite à Tasha et encore moins qu'elle fournisse des informations susceptibles de répondre à mes questions.

C'est plutôt une bonne nouvelle.

– C'est-à-dire ? relevé-je prudemment.

– Elle m'a juste expliqué qu'elle travaillait dans un garage et que c'est le patron, un ami si j'ai bien compris, qui a voulu la punir en l'offrant à des potes à lui, révèle-t-elle sans masquer son dégoût.

Les Demonic Snakes possèdent un garage sur la route de Sausalito. Si Fajra bossait pour eux, ça légitimerait qu'ils en aient après elle puisque, potentiellement, elle pourrait baver sur leur compte.

Cela dit, j'ai du mal à saisir pourquoi ils l'ont livrée aux gars censés nous piéger. Ce n'était pas des membres du club donc c'était la mort assurée pour la petite. C'était certainement le but d'ailleurs. Fajra a dû sérieusement déconner pour écoper d'une punition aussi violente, et les Demonic devaient prévoir qu'elle n'y survivrait pas.

Les connaissant, ils ne lésineront pas sur les moyens pour corriger leur erreur.

– Elle a ajouté autre chose ?

– Non. Elle est encore très perturbée, très fragile. Elle a besoin d'un soutien psychologique. Je peux lui réserver un créneau à l'hôpital pour une séance…

– Impossible ! Si elle sort, elle signe son arrêt de mort.

Tasha me scrute avec une acuité dérangeante, puis elle finit par abdiquer dans un long soupir.

– Je lui ai donné un sédatif pour qu'elle dorme un peu et je vais essayer de lui obtenir un traitement plus adapté pour l'aider à surmonter cette épreuve, même si au bout du compte seul le temps agira.

– Est-ce que tu pourrais revenir la voir, histoire qu'elle ait quelqu'un pour discuter ?

Cette fois-ci, l'attitude de Tasha est empreinte de suspicion et de méfiance.

– Tu comptes la garder ici ?

– Tu préférerais que je la renvoie vers ceux qui veulent sa peau ?

– Je préférerais que Fajra ne soit pas au centre d'un problème entre gangs.

– Ça, Sexy Doc, tu n'y peux rien.

– Non, mais Fajra est ma patiente. Je refuse de cautionner un jeu de pouvoir qui la transformera en monnaie d'échange ou Dieu sait quoi encore.

Les joues rougies de colère et les poings campés sur les hanches, Tasha me défie avec une morgue qui me donne envie de rire. De rire ou de la bâillonner d'un baiser torride…

Ouais, cette option est de loin la meilleure !

J'avance d'un pas, forçant Tasha à lever les yeux pour soutenir mon regard. La température monte d'un cran entre nous, mais la belle ne désarme pas. Son audace, mêlée à son entêtement, accroît mon excitation et mon besoin de la faire mienne.

Je n'ai jamais éprouvé ce type d'attraction irrépressible pour une nana et une voix me braille que je devrais déguerpir, mais je n'ai jamais été du genre à flancher face à un défi.

– Fajra est en sécurité pour le moment, énoncé-je avant de placer mes mains de part et d'autre de la tête de Sexy Doc.

Prisonnière entre mon corps et le mur, Tasha esquisse une moue adorable, même si elle flirte avec la colère. Si j'étais un gars bien, je reculerais d'un pas, mais ce n'est pas le cas.

Au contraire, je me rapproche d'elle, heureux lorsque nos poitrines entrent en contact. La respiration contenue de Tasha attire mon attention une brève seconde sur ses seins, puis je reviens à sa bouche.

Merde ! Je n'aime pas embrasser d'habitude. Immiscer ma queue entre des lèvres pulpeuses, oui, mais pour le reste…

Pourtant, avec Tasha, je découvre un plaisir insoupçonné à lécher, mordre et taquiner cette chair délicieusement rosée et humide. Je crois même que je suis en train de devenir accro…

C'est typiquement le genre de challenge qui m'émoustille au lieu de me faire détaler.

– Et tu ne dis pas ça pour que je vienne tous les jours et qu'on puisse baiser tous les deux ?

– Je ne vois pas de mal à joindre l'utile à l'agréable.

– Et comment ça va se passer ? grimace Tasha, le regard assassin. Je soigne Fajra, puis tu me sautes dans le couloir ?

Je n'apprécie pas vraiment le sarcasme. Pas parce que je n'accepte pas qu'on me dise non, mais parce que Tasha compte plus que les autres, d'une certaine façon. J'ignore pourquoi, et c'est ridicule puisque je la connais à peine, mais je me contrefous de ces détails à la con. Mon besoin immédiat de la posséder chasse toute préoccupation.

J'ai faim d'elle, et notre intermède devant le drugstore a démultiplié ma soif. Dans tous les sens du terme.

Parce que son passé fait écho au mien ?

Si ma mère biologique ne m'avait pas confié à l'adoption à ma naissance, j'aurais partagé bien plus avec Tasha que ce qu'elle imagine. J'ai eu la chance d'être élevé par des parents aimants et attentifs, mais je garde au fond de moi cette blessure qui ne cicatrisera jamais.

D'autant que la culpabilité n'est jamais loin… J'ai appris à vivre avec ça, mais je déplorerai jusqu'à ma mort de ne pas être arrivé à temps pour sortir Mary Grant de la misère.

Je me secoue intérieurement. Ces regrets, j'en ai déjà fait le tour…

Le problème, c'est que le ton narquois de Tasha rouvre cette plaie, comme s'il s'apparentait à un nouveau rejet fondamental. L'un de ceux qui appuient avec exactitude là où ça fait mal…

Ça aussi, c'est ridicule. J'ai fait en sorte que personne n'ait ce genre de pouvoir sur moi.

– Tu en as envie… insisté-je, mon humeur virant à l'orage.

Tasha relève son petit menton déterminé, et, malgré le sang qui bouillonne dans mes veines, je ne peux m'empêcher de l'admirer pour son audace.

– Figure-toi qu'il y a plein de choses dont j'ai envie, et ce n'est pas pour autant que je cède.

– Hier soir…

– J'avais envie de baiser et tu as eu ta chance. Une chance que tu as laissée filer… Et, de toute façon, ça aurait été un coup sans suite.

– Eh ! Je ne te propose pas le mariage. Juste de baiser.

Décidément, j'aurai toujours du mal à comprendre les femmes ! Après m'avoir battu froid, puis allumé, Tasha me scrute comme si je puais. Le nez froncé, elle est l'incarnation de cette bienséance hypocrite que je vomis.

Pourtant, au lieu de laisser tomber – après tout, j'ai l'embarras du choix en matière de nanas prêtes à m'accueillir entre leurs cuisses –, je me rapproche encore et mêle mon souffle au sien. Sexy Doc ne frémit même pas, ce qui est tout à son honneur vu la tête que je dois faire.

– Je ne supporte pas les gonzesses qui se foutent de ma gueule, ma belle.

Un éclat de peur traverse le regard vert, vite remplacé par de la colère. Je sourirais presque devant ce courage si je n'étais pas furax.

– Quoi? me rétorque-t-elle, cinglante. J'ai égratigné la sacro-sainte virilité du mâle? J'ai le droit d'avoir envie de coucher, mais pas de refuser de remettre le couvert? Tu devrais être content qu'une nana t'annonce d'emblée qu'elle ne te courra pas après, non? Mais peut-être préfères-tu être celui qui mène la danse et dit stop? Ça te fiche les boules qu'une fille ne se prosterne pas à tes pieds?

Bordel! Sexy Doc vient de me fusiller sur place.

J'étais convaincu qu'elle me rejetait en bloc – moi, le connard qui me vautre dans l'illégalité la plus noire –, alors que c'est mon offre qu'elle repousse.

Je reste abasourdi. Tasha m'électrise, sans même produire le moindre effort. Quant à son aplomb imprévisible, il m'émoustille au-delà du raisonnable.

Je me suis carrément trompé en la qualifiant de petite bourgeoise, même si elle en affiche toutes les caractéristiques. Cette nana, c'est une alliance de détermination et de toupet, saupoudrée d'une attitude sexy mais classe.

Un mélange détonant qui me rend cinglé…

Néanmoins, le pire vient du fait que c'est la première fois que je suis confronté à une gonzesse qui veut juste tirer un coup et disparaître. Je devrais logiquement me lécher les babines à cette perspective – Sexy Doc a raison, je déteste les filles qui me harcèlent et s'accrochent en dépit du bon sens –, mais ce n'est pas le cas.

Le petit cul de Tasha m'inspire des fantasmes si brûlants que je sais déjà qu'une fois ne me suffira pas. Et je suis convaincu que Sexy Doc me désire avec une ardeur similaire. Même si elle lutte contre cette attirance hors norme.

J'esquisse un sourire rusé et frôle la bouche pulpeuse par provocation. Ma langue dessine les lèvres bien ourlées, puis, des dents, je mordille cette chair qui me captive malgré moi.

Tasha ne bouge pas, mais son souffle s'altère légèrement.

– Aurais-tu peur de devenir accro ? la nargué-je d'un ton volontairement sensuel.

À son infime tressaillement, je réalise que j'ai visé juste. Le sang rugit dans mes veines, balayant la tension qui m'a raidi les épaules. Au-delà de ce soulagement au goût de triomphe, ce constat accroît mon excitation et je le révèle à Tasha en me plaquant un peu plus contre son bassin. Ses pupilles se dilatent, exacerbant la faim que j'ai d'elle.

Je l'embrasse, parce que c'est ça ou exploser. Je dévore son souffle, envahis sa bouche en conquérant et entraîne sa langue dans un ballet torride qui nous laisse, l'un comme l'autre, haletants.

Putain ! C'est bon ! Et j'ai la certitude que Tasha m'appartiendra ! Tôt ou tard…

19

Tasha

Je grommelle entre mes dents pour la énième fois de la journée, m'attirant en retour une grimace amusée de la part de Juan. L'infirmier a supporté ma mauvaise humeur avec une bonhomie qui a fini par me tirer un sourire. Cependant, cela ne suffit pas à éteindre complètement ma rancœur. En vérité, j'aimerais me mettre des gifles !

Je déteste être déstabilisée, mais Dax a réussi cet exploit.

« Aurais-tu peur de devenir accro ? »

Cette phrase tourbillonne en boucle dans ma tête, hurlant une vérité que je m'efforce de nier avec véhémence. Dax représente tout ce que j'exècre, pourtant je ne peux contester que quelque chose en lui m'attire inexorablement.

Quelque chose, en tout cas, qui est parvenu à me délier la langue. Je fulmine encore à propos des confidences que j'ai livrées presque malgré moi. Et c'est bien le « presque » qui me gêne. Parce qu'une part de moi ne regrette rien. Un paradoxe qui m'écartèle puisqu'il chambarde mes repères. Je me suis persuadée que je pouvais jouer avec Dax et assouvir ainsi la faim qui me picote les sens, mais c'est un beau mensonge. Lorsqu'il s'est plaqué contre moi après que j'ai soigné Fajra, j'ai eu le plus grand mal à refréner mon envie de me lover contre lui.

Pourtant, je sais ce qu'il est. Qui il est. Cet homme ne m'apportera rien de bon. C'est même un euphémisme.

Dax Mason, c'est le danger incarné. Le genre de mec qui ne se contente pas de vous utiliser et de vous détruire. Non, il vous suce jusqu'à la moelle jusqu'à ce que vous ne soyez plus qu'une ombre corvéable à merci.

J'ai vu tellement de femmes abandonner – et pas forcément de leur plein gré – fierté et estime de soi pour plaire à ces petits caïds que je ne comprends pas qu'une part de moi ait envie d'onduler contre le corps massif de Dax.

D'autant qu'il a raison, je risque de ne pas me satisfaire d'une seule fois...

J'ai toujours réussi à compartimenter ma vie, ou du moins à faire abstraction des côtés ennuyeux lorsque j'étudiais. *Idem* au boulot. Cette capacité bien pratique m'a permis de valider mes examens alors que je m'inquiétais pour la santé de ma mère ou que j'étais crevée après avoir enchaîné des heures comme serveuse.

Grady riait de mon entêtement à tout mener de front, sans me laisser parasiter. Sauf que cette qualité me fait étrangement défaut quand il s'agit de Dax. Cet homme a remué quelque chose en moi qui refuse de rester confiné à sa place.

Et cela ne concerne pas que mes souvenirs les plus sombres.

Je ne suis pas naïve. Mon échec à m'épanouir dans une existence qui me faisait rêver depuis toujours m'a ébranlée. Ce que j'ignore en revanche, c'est si mon désir pour Dax est une réaction viscérale à cette blessure, une sorte de pansement psychologique – ouais, OK, celui-ci est peut-être pire que le mal initial – ou un fait indépendant qui ajoute au poids sur mes épaules.

En tout cas, je suis assez lucide pour percevoir que céder à mon attirance pour Dax est tout sauf une bonne chose, mais que cela ne suffira pas forcément à me maintenir sur le droit chemin. Je n'ai jamais été raisonnable, hormis lorsqu'il s'agissait de fracasser les barrières sociales, et j'ai déjà prouvé que face à cet homme mes réactions versaient dans l'imprévisible. Voire l'irrationnel.

Néanmoins, en dépit de tout ce que je sais, je ne parviens pas à le regretter. C'est cette vérité inavouable qui me tourmente. Cela ne m'empêche pas de dormir, même si mon intérêt pour Dax vire à l'obsession.

Le speed dating auquel Amber m'a inscrite arrive peut-être à point nommé ! La meilleure façon d'oublier Dax, c'est de me dégoter un autre mec avec qui apaiser les palpitations de ma libido.

Un mec qui me fera jouir sans m'embrouiller le cerveau...

Un mec qui rayera de ma mémoire les baisers torrides du Styx Lion.

Quant à l'étrange réconfort que Dax m'a apporté lorsque je me suis confiée sur mon enfance... Je grince des dents, agacée d'en revenir à ce trouble intérieur qui n'a pas de sens.

– Tasha !

Je sursaute bien involontairement, un peu comme si Clive m'avait prise en flagrant délit d'adultère.

Je m'éloigne du cœur névralgique des urgences. Même si la journée est plutôt tranquille, je n'ai aucune envie d'alimenter les rumeurs qui circulent déjà. La harpie s'est répandue avec force détails lorsque Clive l'a larguée il y a quelques jours.

Résultat, ses copines me fusillent du regard dès qu'elles me voient, comme si j'étais responsable de la décision de mon ex. Et ce dernier n'arrange rien en m'interceptant à chaque fois qu'il descend aux urgences.

Je pivote vers Clive et fourre mes poings dans les poches de ma blouse, pas franchement ravie de ce énième face-à-face.

– Oui ?

Clive n'a jamais été du genre circonspect, mais, là, il hésite en avisant mon visage fermé. Je jubile intérieurement de le voir si mal à l'aise, même si l'arrogant chirurgien recouvre très vite le contrôle de lui-même.

Cependant, il ébranle mon flegme apparent en me saisissant la main pour me caresser le poignet. C'est suffisamment rare et singulier pour que j'en reste sans voix.

– Tu me manques, Tasha.

– Il est un peu tard pour avoir des regrets, non? dis-je en brisant le contact entre nous.

– Écoute, j'ai agi sans réfléchir. J'avais l'impression que nous faisions du surplace, que tu t'investissais moins que moi dans notre couple. Tu refusais de construire une famille et j'ai cru que c'était le signe que tes sentiments à mon égard s'essoufflaient.

– Tu plaisantes? J'ai placé toutes mes économies dans ta maison, Clive. Quant au bébé, je t'ai juste prié de m'accorder un peu de temps. J'aurais dû accepter alors que je n'étais pas prête?

– Nom de Dieu! Je vais avoir 40 ans cette année. C'était le moment idéal, surtout qu'on voulait deux enfants.

On?

– Je ne me souviens pas que nous ayons eu des projets aussi définis, m'enhardis-je en écarquillant les yeux de surprise. Tu comptais me demander mon avis ou m'imposer ta projection de la parfaite petite famille?

– Arrête, Tasha! Bien sûr qu'on en aurait discuté...

Un goût d'amertume m'emplit la bouche. Je réalise que Clive a toujours su amener les choses de façon à ce que je valide son point de vue.

Bon, en vérité, je me soucie peu de certains détails matériels. Une fois mes besoins de base garantis, je ne suis pas du genre à pinailler.

Sauf sur la taille de ton dressing, évidemment... raille une petite voix dans ma tête.

– Ce sujet n'est plus d'actualité, grogné-je.

Clive expire bruyamment, comme à chaque fois que les événements ne vont pas dans le sens qu'il souhaite. Jusqu'à présent, je ne m'étais jamais attardée sur ce tic agaçant, mais je comprends mieux pourquoi Amber le surnomme « Monsieur Grinçant ». Enfin, ça, c'était avant que le dénominatif « connard » soit adopté à l'unanimité !

– Ma mère organise un déjeuner dimanche. Est-ce que tu es libre ?

Une fois de plus, je suis déroutée. Clive ne lâche jamais le morceau avant d'avoir triomphé. Ce changement de sujet est par conséquent étonnant, mais moins que la teneur propre de ses paroles.

– Pardon ?

– Tu sais bien que mes parents t'adorent et ils aimeraient beaucoup que tu sois présente.

Je ricane. Barbra et Thomas Dorset font partie des personnes les plus snobs qu'il m'ait été donné de croiser. Je ne me fais aucune illusion sur ce que je représente pour eux, à savoir un jeune médecin talentueux qui ne dénature pas dans le paysage familial.

Ils seraient peut-être moins accueillants s'ils savaient d'où je viens. Je n'ai jamais tenu à garder mes origines secrètes, toutefois je ne suis pas du genre à les étaler devant des gens qui considèrent la valeur d'autrui à son pedigree de naissance.

Clive est moins hautain que ses parents, mais il n'a jamais cherché à m'interroger sur mon passé, comme s'il avait intégré que les réponses ne lui plairaient pas.

La superficialité de notre relation me saute aux yeux alors qu'elle ne m'avait jamais dérangée jusque-là…

– C'est très gentil à eux, me forcé-je à dire, en revanche je ne trouve pas que ce soit une bonne idée. Nous sommes séparés et…

– Tasha ! C'est l'occasion pour nous de discuter à cœur ouvert et de prendre acte de nos erreurs…

– Nos erreurs ? Je ne t'ai pas trompé, Clive, et je n'ai aucune envie de faire comme si ça n'était jamais arrivé.

– Ce n'est pas ce que je te demande, mais toi et moi avons le droit à une seconde chance, non? Je t'aime toujours. J'ai déconné, OK, mais même les meilleurs se plantent parfois.

Je ricane entre mes dents. L'apparent repentir de Clive me soulève le cœur au lieu de m'apaiser parce que je sais qu'il est mensonger. Le pire, c'est que cet énergumène obtus pense vraiment que je vais me laisser abuser par cette stratégie à la con. Il est tellement imbu de lui-même et convaincu que son intelligence le situe au-dessus du commun des mortels…

Merde! Comment j'ai pu sacrifier cinq ans de ma vie à cet abruti?

– Je n'en vois pas l'intérêt dans la mesure où je n'ai pas l'intention d'accorder une seconde chance à notre histoire.

Un tic nerveux agite le coin de la bouche de Clive. Ce dernier n'a pas l'habitude d'être remis à sa place ou qu'on ignore ses « efforts », d'autant qu'il s'essaie rarement à l'exercice. Cette fois-ci, je ne réprime pas un sourire acide.

– Tu es en colère, je peux le comprendre, rétorque-t-il après un silence inconfortable. Il te faut juste un peu de temps pour réfléchir à tout ça, et je suis sûr que si on en reparle calmement…

– Calmement? Putain… tu sais quoi? J'ai autant envie de poursuivre cette discussion que de me farcir un tête-à-tête avec Charles Manson. En conclusion, va te faire foutre!

Sous l'œil ahuri de Clive et d'une bonne partie du service, je m'éloigne, consciente que cet éclat a un peu libéré de mon amertume. À ce stade, c'est toujours cela de gagné!

20

Tasha

Fascinée par les motifs fuchsia sur fond orange de la cravate de mon partenaire, je réalise que je n'ai pas écouté un traître mot du monologue qu'il a entamé il y a – je décoche un discret coup d'œil à ma montre – trois minutes.

Ce qui signifie que je dois encore tenir le double avant que le signal de fin ne me libère de mon supplice. Autant dire une éternité… Je découvre que six minutes peuvent se révéler un enfer en certaines circonstances ! Je place une main adroite devant ma bouche et mon nez pour masquer un soupir d'ennui.

– Parce que tu vois, je suis un grand romantique. J'ai traversé la ville les bras pleins de roses. Au début, je voulais louer une calèche, mais maman m'a dit : « Mon chéri, gardes-en sous le pied. » Évidemment elle…

Je décroche de nouveau, jurant à voix basse qu'on ne m'y reprendra pas. Pourtant, la soirée a commencé sous les meilleurs auspices. La peau douce comme de la soie après un long bain parfumé et habillée d'une robe au décolleté sensuel, j'étais d'excellente humeur. Détendue.

Je me suis sentie relativement à l'aise dans l'univers feutré des rencontres organisées et minutées. Une réelle surprise ! Et le bar choisi par Amber pour mon baptême du feu possède tous les attributs de l'écrin discret et accessible, ce qui correspond à mes goûts en la matière.

Sous une lumière tamisée, de petits fauteuils avec tables ont été éparpillés de façon à ce que chaque couple jouisse d'une intimité sympa sans se sentir piégé. Des jeux de miroirs et des tableaux à la Andy Warhol habillent les murs et confèrent au lieu une touche de modernité.

En vérité, lorsque je me suis assise, j'étais plus enthousiaste que circonspecte. En tout cas, j'étais *a minima* prête à m'engager dans cette aventure sans *a priori*. Il a suffi d'un attentat aux règles les plus élémentaires en matière de mode pour me rafraîchir les idées.

Ce qui est d'autant plus dommage, c'est que mon premier partenaire ne serait pas déplaisant à regarder s'il ne mariait pas les couleurs de façon abominable. J'ai poussé un soupir de soulagement lorsqu'il a ôté sa veste noire à rayures argent – comment peut-on concevoir pareille horreur ? – pour découvrir une chemise grise plutôt conventionnelle, mais – comble de malchance – avec de larges auréoles sous les aisselles.

Toutefois, le pire s'est produit lorsqu'il a ouvert la bouche. Je suis en train de subir le plaidoyer le plus pitoyable de l'histoire de la drague. Une sorte d'argumentaire censé me prouver la grandeur d'âme d'un homme qui, en fait, vit encore chez sa mère à 45 ans, mange des petits pois au petit déjeuner et construit des maquettes militaires au fond de son garage sur son temps libre.

Je m'ébroue, pas franchement ravie que mon cerveau ait retenu ces détails.

Je lance un regard désespéré à Amber. Assise dans le renfoncement à ma droite, elle discute à bâtons rompus avec un blond au sourire contagieux. Elle a l'air de s'amuser, ce qui accroît ma mauvaise humeur.

Je m'affaisse contre le dossier de mon fauteuil, à bout de patience. Ce relâchement physique et psychique ramène Dax au centre de mes pensées. Une émergence qui me met face à un constat amer : Cet homme m'obsède en dépit de tous mes efforts pour l'oublier.

En dépit de tout bon sens, surtout.

Pourtant, une part de moi soupçonne que Dax n'est pas aussi manichéen que l'image de criminel endurci qu'il renvoie. Il y a chez lui quelque chose de si ambivalent que toutes mes alarmes internes braillent.

Est-ce que c'est cette énigme qui me trouble autant?

Je sursaute en réalisant que mon partenaire a enfin cessé de piailler et qu'il me détaille avec insistance. Le regard rivé au mien, il attend que je réagisse. À quoi? Bonne question!

– Tu ne trouves pas bizarre, toi, qu'on ne voie plus Mélania? répète-t-il.

– Mélania?

– Mélania Trump, dit-il en fronçant les sourcils comme si mon interrogation n'avait pas lieu d'être. Lors des dernières apparitions de Donald, elle était absente. Ma mère est persuadée qu'il y a de l'eau dans le gaz.

J'ignore comment on a sauté des petits pois au couple présidentiel et j'avoue n'avoir aucune envie de le savoir. Un gong discret me dispense par bonheur de répondre.

Mon cavalier quitte son siège, non sans remplir au préalable le billet conçu pour que les personnes qui se plaisent puissent se recontacter et poursuivre l'aventure sous d'autres cieux. Ici, ce sont les femmes qui sont seules maîtresses de la suite. Les messieurs laissent leurs coordonnées, dans l'expectative d'être rappelés ou pas.

– J'espère qu'on renouvellera l'expérience, me souffle-t-il avant de soustraire sa cravate orange à ma vue.

Ouf!

– Salut, moi, c'est Finn.

Avec sa chemise noire et son jean tout simple, Finn marque déjà un point. Je lui adresse un sourire un peu forcé, échaudée par mon premier face-à-face.

– Ça a été aussi pénible que ça? me questionne-t-il avec une lueur d'humour dans le regard.

– Oui, avoué-je sans détour.

– Hum! Une femme qui n'hésite pas à livrer le fond de sa pensée... Vous savez que vous devenez une denrée rare.

– Vous cherchez peut-être mal?

Finn éclate de rire. Deuxième bon point! J'aime les hommes qui osent la dérision. Quant aux fossettes qui apparaissent sur ses joues, je les trouve délicieusement craquantes.

– Je ne cherche pas, c'est plutôt ça le problème, se dénonce-t-il, magnanime.

– Vous êtes ici, pourtant.

– Je ne suis pas fan de ce genre de manifestation, mais je suis venu pour faire plaisir à un ami. D'après lui, je suis trop casanier.

– C'est vrai?

Finn s'accorde le temps de la réflexion, puis hausse les épaules avec un petit quelque chose qui suggère qu'il est au quotidien sûr de lui.

Et, ça, c'est carrément sexy.

– Je suis accro au boulot, pour être sincère. Je suis vétérinaire et mes journées à la clinique sont chargées. Et vous, vous travaillez dans quel domaine?

– Le même que vous, mais mes patients à moi avancent sur deux pattes.

– Eh bien, ça nous fait au moins un point commun!

– En fait, nous en avons deux. C'est aussi une amie qui m'a traînée ici.

Nous rions de concert. Finalement, la soirée va peut-être bien se révéler moins catastrophique que ce que j'ai redouté. Du moins les six prochaines minutes.

Lorsque Finn me quitte sans oublier de noter son numéro de téléphone, je suis à deux doigts d'exulter. Je n'ai pas pensé à Dax une seule seconde !

Pourtant, il est encore là ! raille une petite démone dans ma tête.

– Salut, beauté ! me ramène à la surface une voix plus graveleuse qu'alléchante.

Finn ! Au secours, reviens !

– Alors, moi, c'est Jonathan, 30 ans et toutes mes dents.

J'écarquille les yeux devant le sourire Ultrabrite sûrement là pour confirmer l'allégation assénée avec une effronterie surfaite. Tout chez cet homme, de sa chevelure brillante et gominée aux boucles lustrées de ces mocassins, me file la migraine.

Comment dire ? Trop de trop tue le trop !

Malheureusement pour moi, je ne suis pas au bout de mes peines.

– Je commence toujours ma présentation en annonçant la couleur, reprend Jonathan, le front plissé. Je ne cherche pas le grand amour, mais une partenaire pour passer des moments sympas. T'es d'accord avec ça ?

– Avec votre présentation ou votre philosophie de vie ? susurré-je, ingénue.

– T'es trop cool, toi, glousse-t-il. J'vois qu'on est sur la même longueur d'onde !

Ah ouais ? On ne doit pas suivre la même conversation, alors.

– Et t'es canon en plus.

L'imbécile s'incline vers moi et baisse le ton en examinant les organisateurs qui veillent en arrière-plan.

– Souvent, on tombe sur des gonzesses même pas baisables. T'imagines, on paie vingt dollars et au final, t'as toutes les frustrées du coin. Mais, toi, je suis sûr que t'aimes t'amuser, hein ?

Son regard grivois – le genre à me filer des boutons – s'attarde longuement sur la naissance de mes seins, puis sur mes cuisses. Je frissonne, happée par une mauvaise sensation qui se transforme en sursaut outré lorsque l'homme tend la main vers mon genou.

– On pourrait aller ailleurs, non? me propose-t-il avec un clin d'œil explicite.

– Ça dépend, dis-je, la voix suave comme du miel. Tu mets des préservatifs ou pas quand tu baises?

Cette fois, j'opte pour la même familiarité. Le sourire masculin s'élargit, au point que j'aperçois la glotte de l'abruti. Et ses molaires cariées… Beurk!

– Parce que, tu vois, continué-je en battant des cils, moi aussi je tiens à être claire dès le début. Mon dernier petit copain, il a chopé mon herpès et il a eu plein de vésicules sur la queue et les testicules. C'était pas joli à regarder, crois-moi. Alors, maintenant, je sors toujours couverte. C'est un problème pour toi?

Touché, coulé!

Bellâtre numéro 3 saute sur ses pieds, la mâchoire presque décrochée d'horreur.

– Heu… désolé, mais là, en fait, j'ai un truc à faire. Une prochaine fois, peut-être…

Je suis le fuyard des yeux tandis qu'il se faufile jusqu'à la sortie et me mords les lèvres pour ne pas exploser de rire.

– Tout va bien? m'interpelle Frida, la femme qui nous a énuméré les règles de la soirée.

– Je crois que j'ai fait peur à ce charmant jeune homme, ironisé-je sans remords.

– Ça arrive, m'explique-t-elle avec douceur. Je vais vous trouver un autre…

– Non, ne vous donnez pas ce mal, m'empressé-je de lui répondre. Je vais plutôt aller boire un verre au bar.

Le speed dating, c'est terminé pour moi. Je frôle du bout des doigts le carton où Finn a inscrit ses coordonnées, dubitative. J'ai aimé échanger avec cet homme et il m'a plu.

En d'autres circonstances…

C'est là que le bât blesse. Les circonstances…

Les circonstances ou plutôt *une* circonstance. Une rencontre…

Dax occupe un tel espace dans mes pensées que j'ai le sentiment que je suis saturée de sa présence. Que cette dernière déborde et m'enveloppe dans une toile aux mailles si étriquées que je ne peux m'en défaire.

Pourtant, il n'y a rien de tangible entre nous… Rien qu'une attirance qui nous exhorte à nous défier à chaque confrontation. Là où des hommes comme Finn offrent des perspectives de chaleur et de plaisir, Dax, lui, ne promet qu'une avalanche de problèmes.

Pourquoi, alors, est-ce que je triture le morceau de papier au risque de le transformer en confettis? Pourquoi suis-je tentée de m'abandonner à cette force qui me pousse à aller au bout de mon aventure avec le Styx Lion?

Je le sais, mais l'énoncer m'est pénible. Parce que c'est la première fois…

Je referme le poing sur le bristol, plus chamboulée que je ne l'ai été de toute mon existence à cause d'un homme.

Amber me rejoint au bar quelques minutes plus tard, l'œil taquin. Elle se perche sur le tabouret voisin et se commande une bière, ignorant le rappel des organisateurs.

– Je suis fière de toi! me félicite-t-elle. Tu as tenu trois rounds.

– Deux et demi, le dernier a eu la peur de sa vie.

– Qu'est-ce que tu lui as fait?

– J'ai menacé sa virilité.

– Sa virilité? Merde! Tu n'y es pas allée de main morte.

– C'était un connard.

Je pose ma tête sur l'épaule de mon amie et lâche un soupir qui vient du cœur.

– Ce n'est pas si grave, me souffle Amber, compatissante.

– J'ai rencontré un gars sympa ce soir, avoué-je du bout des lèvres. Tu sais le genre qui, au premier regard, te donne envie de te vautrer nue dans un lit.

– C'est plutôt bien, non?

– Pas cette fois. Tu vois, quand j'étais avec Clive, il m'est arrivé de désirer un autre mec.

– Et alors? Tu ne l'as jamais trompé, s'insurge mon amie en me caressant le bras.

Je mêle mes doigts à ceux d'Amber, comme si ce lien pouvait me sauver du naufrage. Ou du moins, m'épargner certains tourments.

– Non, mais j'ai hésité... une fois ou deux. Je n'ai pas cédé parce que je n'étais pas célibataire, mais aujourd'hui, je suis libre comme l'air. Je devrais avoir envie de ce mec mignon et bien sous tous rapports. J'ai son numéro dans ma poche, et je suis convaincue qu'il pourrait me faire grimper aux rideaux.

– Mais?

Mais je ne le rappellerai probablement jamais...

Je suis une idiote de première. Je suis venue pour dénicher un type avec qui baiser et oublier l'homme qui me retourne la tête, et je repars avec la certitude que lui seul pourra assouvir mon désir.

Mes lèvres bougent pour former un son, mais celui-ci refuse de sortir de ma bouche. Pourtant, il ne s'agit que d'une syllabe, de trois petites lettres...

Dax.

21

Dax

Le vent me fouette le visage et s'engouffre sous mon cuir, battant contre mes muscles tendus. La sensation est grisante et j'accélère, un sourire extatique sur les lèvres. Rouler a toujours eu un effet apaisant sur mon humeur, et j'ai besoin de me libérer la tête.

La Cabrillo Highway étend ses kilomètres le long de la façade pacifique et est parfaite pour une virée à moto. Elle mène surtout à notre QG situé aux abords du parc Sharp. Depuis le temps, j'aurais dû me lasser du panorama à couper le souffle, mais c'est tout le contraire.

L'air charrie des senteurs iodées que je respire à pleins poumons. Rien ne vaudra jamais la vue de l'océan. Pour l'heure, ce dernier ondoie sous les rayons d'un soleil étincelant et est presque turquoise, fonçant à mesure que l'on se rapproche de l'horizon.

Derrière moi, le vrombissement des moteurs m'indique que les gars ne se laissent pas distancer. Nous roulons en meute, occupant les deux voies de la route, captivant ou agaçant selon ceux que nous croisons. J'avoue que j'apprécie d'ordinaire ces réactions qui versent souvent dans une fascination effrayée, même si aujourd'hui je suis trop crispé pour en profiter.

Je me force à détendre mes épaules et hume les effluves de la mer. La perspective de passer la soirée avec mes potes me galvanise. Comme d'habitude, l'alcool va couler à flots et je finirai vautré entre les cuisses d'une des groupies qui font la queue pour être invitées à nos fiestas.

Aucune ne pénètre jamais à l'intérieur de notre fief, mais on ouvre les portes du bâtiment que nous utilisons comme façade. L'établissement était autrefois un bar, ce qui nous permet de jouir d'un intérieur adapté à nos beuveries.

Je tourne la poignée des gaz, pressé de parvenir à destination. Notre QG est une enclave que nous préservons coûte que coûte. Il nous sert de camp de base, mais surtout de lieu de vie. Au milieu d'une clairière verdoyante, nous avons bâti des chalets où logent la plupart des membres du gang.

L'espace est suffisant pour que chacun bénéficie d'une intimité relative, tout en offrant des structures communes comme le centre d'entraînement, la salle de réunion ou la réserve d'armes. L'ancien bar est utilisé comme cantine, en plus de mettre à disposition des chambres pour les célibataires du groupe qui ne souhaitent pas investir dans un bungalow ou résider dans la maison principale.

Tout autour de notre territoire, une clôture a été érigée et fait l'objet de rondes régulières, dissuadant les éventuels curieux.

C'est le prix à payer pour vivre dans une atmosphère relativement sereine, mais ça fonctionne. Depuis notre installation, nous n'avons jamais eu de soucis.

Nous sommes à peu près à mi-parcours lorsqu'un éclat de lumière m'éblouit de façon fugace. Rien d'inhabituel, mais ça m'intrigue assez pour que je m'intéresse aux véhicules qui roulent en sens inverse. En face de moi, deux pick-up s'avancent, se déplaçant sur la voie de gauche alors que celle de droite est libre.

Une alarme vibre dans ma tête, et mon instinct m'incite à ralentir à mon tour. Je n'ai pas besoin de faire le moindre signe à Tate, le premier dans la procession qui me file le train. Mon attitude le pousse à se porter à mon niveau. Je bouge à peine les doigts, mais il comprend instantanément ce qui m'a alerté.

La suite se déroule en une fraction de seconde. Les deux voitures accélèrent d'un coup et des silhouettes émergent au-dessus des habitacles, armes au poing. Je fais une embardée avant même le premier coup de feu, mais je ne peux éviter la chute quand l'un de mes pneus éclate.

Ce n'est pas le seul projectile à faire mouche. Lorsqu'une douleur vive me transperce l'épaule, je jure avec virulence. Je me couche sur la route, emporté par l'élan de ma bécane. Le bruit de ferraille me vrille les tympans, mais moins que la brûlure dans mon flanc droit.

Putain!

Quand ma moto s'immobilise au milieu des voies, je suis à moitié sonné, mais encore conscient. Assez pour entendre les moteurs qui se regroupent autour de moi. Les mecs dressent une haie de protection, et je suppose que certains ont pris les pick-up en chasse.

– Bordel! Dax, me hurle aux oreilles Tate.

– Arrête de brailler, connard! marmonné-je en grinçant des dents.

P'tit Dom et Lou soulèvent ma Harley, m'arrachant un nouveau juron. Je me relève en m'appuyant sur mon bras valide et constate les dégâts. Je m'étrangle de rage en avisant les morceaux de métal épars autour de moi. Ma moto a salement encaissé, même si les dommages paraissent plus spectaculaires que graves. En tout cas, dans l'immédiat, elle ne peut plus rouler.

Ma jambe m'élance et mes côtes sont douloureuses, mais mon jean est à peine déchiré. J'imagine que le frottement du tissu sur ma peau me vaudra de belles brûlures, un bien mince tribut vu ma chute.

Ma main droite, elle, a plus morflé. Non recouverte de cuir ou de quoi que ce soit, elle a ripé sur le sol pendant que je glissais. Je saigne, mais pour le moment, c'est supportable, d'autant que je suppose que le flux rougeâtre est dû en grande partie à ma blessure à l'épaule. Je roule des muscles, histoire de vérifier que tout est en place.

J'écume de rage, plus énervé pour ma moto que par mes propres plaies. J'en ai vu d'autres et des biens pires !

Aucun des autres gars n'est blessé, preuve que l'attaque me visait en particulier. Je soupçonne qu'il s'en est fallu de peu pour que le projectile qui m'a atteint m'explose la tête…

– Tu pisses le sang, me rappelle à l'ordre Tate.

– Une chance, la balle t'a juste effleuré, mentionne Lou en examinant mon épaule. C'est profond, mais au moins t'as évité le pire. Cela dit, faut qu'on t'emmène à l'hôpital.

– Putain ! râlé-je. Je vais trouer la peau de ces connards !

J'inspecte les environs, mais les pick-up sont déjà loin. Des voitures se sont arrêtées derrière nous, et j'ai tout sauf envie de voir débarquer les flics. Avec Rosario sur notre dos, ce n'est vraiment pas le moment.

Je fais signe aux gars de déplacer les bécanes sur le bord de la route et foudroie du regard les badauds qui se sont rassemblés autour de nous. Mon air ombrageux dissuade quiconque d'approcher et les bagnoles redémarrent progressivement, nous abandonnant à nos affaires.

– C'est quoi le plan ? me tance Tate, visiblement furax.

La sueur me dégouline dans le dos, preuve que l'adrénaline déserte mon corps. La douleur, elle, enfle.

– Je suis prêt à parier que c'est un coup des Demonic Snakes, annoncé-je après une courte réflexion. Et Rosario ne doit pas être loin derrière. On rentre au Rush et on épingle les connards qui nous ont agressés.

– Tu as besoin d'aller à l'hôpital, répète Lou.

– Pas d'hôpital ! Tate, tu vas me conduire chez Tasha.

– Sérieux ? Tu penses qu'elle va accepter de te soigner ? Elle avait l'air furieuse après toi l'autre jour, quand tu l'as ramenée pour la petite.

Je ricane entre mes dents. Là, tout de suite, son avis m'importe autant que ma première chemise. J'ai besoin d'un médecin et… elle est médecin, non ?

– Lou, tu t'occupes de rapatrier ma Harley au QG.

– Ouais, je vais appeler Sacha pour qu'elle vienne avec le camion. On commence les réparations ou tu veux t'en charger ?

En temps normal, je n'autorise personne à toucher à ma bécane, mais avec tout ce qui nous tombe sur le dos, je ne suis pas sûr de récupérer ma Harley avant des semaines si j'attends d'avoir l'occasion de m'en occuper moi-même.

– Dis à Teddy d'y jeter un coup d'œil. Mais pas de pièces de récup, hein !

– Je ferai comme pour moi, me garantit Lou.

– Allez, on lève le camp, ordonné-je. On se retrouve au Rush demain en début d'après-midi pour un débriefing.

– OK, mec ! Tu en profiteras peut-être pour nous présenter ta p'tite nana ?

Tate ricane, mais les traits de son visage expriment un agacement palpable. Je me contente de toiser Lou jusqu'à ce qu'il détourne le regard.

– Tate, en selle !

Je monte derrière mon pote, pas franchement ravi de cette position de dépendance. Comme tous les motards, j'aime être aux commandes. Cela dit, je ne suis pas vraiment en état. Je grimace de douleur, conscient que je risque de morfler une fois mes muscles refroidis.

Quand Tate se gare devant la maison de Tasha, je prends le temps de contempler la façade de caractère au lambris rouge. Le pan derrière le porche a été construit un peu en retrait, de façon à mettre en exergue les moulures en bois peintes en blanc. Un balcon surplombe l'avancée, alors que la partie droite arbore de larges et hautes fenêtres où flottent de jolis voilages en dentelle.

L'endroit dégage cette sensation de bien-être qui a autrefois appartenu à mon existence. Je pourrais éprouver des regrets, mais ça n'a jamais été mon genre. Je suis juste happé par le calme des lieux, conscient que des rideaux se soulèvent dans mon dos pour scruter les étrangers que nous sommes.

Je me fends d'un sourire acide et m'engage dans l'allée parfaitement entretenue.

– Rentre au Rush, Tate.

– T'es sûr?

Je m'éloigne sans répondre et frappe à la porte une fois que la moto de Tate a disparu à l'angle de la rue. Si Tasha n'est pas là, je suis bon pour patienter jusqu'à son retour, mais ça ne m'inquiète pas. Dans mon état, j'ai juste envie de me poser et de boire une bière fraîche.

Je songe pendant une seconde à forcer la porte arrière, puis je me rappelle la promesse faite à Tasha. Non pas que je sois du genre à obéir à qui que ce soit, mais je sais d'avance que Sexy Doc ne me pardonnera pas de manquer à ma parole et j'ai besoin d'elle.

Par chance, la porte s'entrebâille sur la jeune femme. Celle-ci m'inspecte de la tête aux pieds et souffle avec emphase en repérant le sang sur mes mains, ainsi que mes égratignures.

Mon regard se fixe sur ses sourcils froncés, et je suis surpris de trouver l'expression de Tasha séduisante, un peu comme le serait un chaton en colère. Est-ce qu'elle ronronne lorsqu'elle est heureuse ? Rassasiée ? Pleinement contentée ? Ma queue tressaute, encline à vérifier par elle-même ce qu'il en est.

À la place, je dresse les épaules, lucide sur le fait que pour le moment je vais devoir batailler pour que Tasha m'accueille chez elle. Une réaction physique qui est tout sauf une bonne idée ! Mon cuir frotte contre ma blessure et m'arrache un grognement contrarié.

22

Tasha

– Entre, l'invité-je en écartant le battant.

Dax me décoche un regard surpris, de sorte que j'émets un ricanement acide. J'ignore dans quel pétrin il s'est fourré, mais il a besoin de soins. C'est l'unique raison pour laquelle je ne lui claque pas la porte au nez…

Qui est-ce que je cherche à convaincre?

Je le dévisage tandis qu'il pénètre dans le hall. Heureusement, Amber est de garde à l'hôpital. Je sais pertinemment qu'elle ne flanquera pas Dax dehors – elle a trop de cœur pour cela –, mais je ne veux pas devoir m'expliquer. Pas maintenant, en tout cas. Je suis moi-même bien en peine de justifier ce qui me pousse à aider de nouveau cet homme.

Dax est dans un sale état…

Le poing masculin est crispé et recouvert de sang, ce qui ne m'empêche pas d'apercevoir les plaies. Mon œil expert repère également que le corps porte sur la jambe gauche, comme si l'autre était blessée. C'est probablement le cas puisque Dax boitille. Le visage, toutefois, reste de marbre.

– Tu es capable de monter des marches? formulé-je avec douceur.

– Tu m'emmènes dans ta chambre? me provoque Dax.

Je secoue la tête, amusée malgré l'incongruité de la situation.

– On va opter pour la salle de bains, mon grand. Qu'est-ce qui t'est arrivé ?

– Une chute à moto.

– Tu aurais dû te rendre à l'hôpital.

Dax ne moufte pas, se contentant de darder son regard sombre et intense sur moi. J'ai beau essayer de maîtriser mes émotions face à lui, une part de moi palpite avec la ferveur d'une midinette.

Brillant. Vraiment brillant !

J'ouvre la marche, consciente que Dax m'emboîte le pas. Sa présence m'enveloppe et j'en ai la chair de poule. J'ai du mal à occulter cet émoi qui transcende ma propre volonté.

Un émoi qui accroît mon obsession à chaque nouvelle rencontre avec Dax…

– J'ai besoin de voir tes blessures, annoncé-je en pivotant vers Dax une fois dans la salle de bains. Déshabille-toi.

– Merde ! Tu n'y vas pas par quatre chemins, Sexy Doc !

– Tu sais que les meilleures blagues sont les plus courtes ? Tu commences à devenir lourdingue, là !

– Je m'en voudrais de faillir à ma réputation de connard.

– Imbécile !

– Peut-être, mais un imbécile craquant, me rétorque-t-il avec un sourire insolent. Craquant et curieux. C'est à toi ces petites choses ?

Je lève les yeux vers l'étagère qui cristallise l'attention de Dax. Évidemment… Amber a aligné au-dessus de la baignoire ses canards. Il y en a une douzaine de toutes les couleurs et de toutes les tailles. Une collection qui tient autant de la bonne blague entre nous que d'une utilisation sensuelle.

– Ça flotte, ces machins ?

– Ce n'est pas exactement ce qu'on leur demande, spécifié-je, taquine.

Dax s'appuie contre la paroi de la cabine de douche, une mèche rebelle barrant son large front, et m'offre une version irrésistible de celui qu'il est.

– Tu me montres ?

– Ça se mérite ça, mon grand ! Allez, sois sage et déshabille-toi !

– Dégonflée !

– Pervers !

Dax rigole, mais il n'ajoute pas un mot. Il se contente de faire glisser sa veste d'un geste habile et expose son bras ensanglanté. Je fronce les sourcils.

– Un accident de moto ?

– Disons qu'on m'a peut-être bien tiré dessus, ce qui a causé l'accident.

– Merde ! Si tu as été blessé par balle, je ne peux rien pour toi ici.

– Du calme, Tasha. Le projectile m'a à peine effleuré.

Je m'approche et palpe scrupuleusement les chairs abîmées. La plaie n'a rien d'une éraflure superficielle, mais elle ne nécessite pas d'intervention chirurgicale. Je soulève le tee-shirt et plisse les yeux en notant les contusions sur le flanc droit. Ces dernières disparaissent sous la ceinture du jean, augurant qu'elles s'étendent le long de la jambe.

– J'ai dérapé sur quelques mètres, me précise Dax.

D'où la main à vif…

– Je vais découper ton tee-shirt et sauf à ce que tu réussisses à enlever ton pantalon, il subira le même sort. Tu as reçu un choc à la tête ?

– Non, et je portais mon casque.

– Assieds-toi sur le rebord de la baignoire. Je vais commencer par examiner ton épaule. Je pense que des strips suffiront.

Dax manifeste une discipline déroutante, même si je lui arracherais bien son petit sourire narquois. J'entaille le tissu, les lèvres pincées. Il me tape sur les nerfs, balayant d'une pichenette mes efforts pour paraître détachée. En représailles, je l'ausculte avec des gestes un peu brusques, négligeant le dessin des muscles parfaitement sculptés.

Je lave la peau égratignée en y mettant plus de douceur, désinfecte les plaies et pose les strips sur l'épaule. Je ne suis pas bien équipée, mais, par chance, les blessures de Dax ne nécessitent pas plus que ce que j'ai à offrir.

Sauf sa main droite…

L'épiderme n'a pas résisté au frottement contre le bitume et des graviers se sont fichés dans les chairs. Je vais devoir les enlever un à un, et ce ne sera certainement pas une partie de plaisir.

– Je n'ai pas d'antalgiques ici, annoncé-je, et ça risque de piquer un peu.

– Ça ira !

– La douleur va s'accroître dans les prochaines heures avant de s'atténuer. Si tu passes à l'hôpital, je pourrai t'établir une ordonnance.

– Je survivrai.

– Évite de prendre n'importe quoi, Dax.

– À vos ordres, docteur !

Mes sourcils s'incurvent en réponse au ton railleur. Dax garde le contrôle, mais je soupçonne qu'il agit ainsi pour ne pas s'appesantir sur sa souffrance physique. Je m'attelle à la tâche, concentrée. Certains cailloux se sont enfoncés profondément et nécessitent que je triture le bord des plaies pour les extraire. Dax tient bon, mais son front ruisselle de sueur.

– Tes tatouages, ils ont une signification particulière ? le questionné-je pour dévier son attention pendant que j'ôte un gravier plus enfoncé que les autres.

– Ouais.

– La croix, c'est parce que tu es croyant?

La poitrine de Dax se soulève par à-coups, et je réalise qu'il contient un fou rire. Il finit par s'esclaffer, plus sardonique que joyeux.

– Non, je suis athée. C'est un pied de nez à tous ces soi-disant catholiques qui brandissent leur foi à tout-va, mais ne connaissent pas le sens des mots *empathie* et *charité*. Ces gens-là me condamnent pour ce que je représente.

Je darde un regard pensif sur Dax. Depuis que je le côtoie, je vais de surprise en surprise avec lui. J'ai connu assez de petites frappes pendant mon enfance pour savoir que ce n'est pas forcément l'intelligence qui les caractérise.

Dax… Dax est différent. L'opinion que je me suis forgée de sa personnalité à l'hôpital ne correspond pas à celle que je découvre au fil des jours. Un autre point qui me perturbe, car cela chamboule un peu plus les barrières qui nous séparent.

De simplement sociales et conjoncturelles, ces dernières basculent dans quelque chose de plus complexe. D'inattendu…

– Et la mention *redeemer angel*?

– Ça, c'est une réponse qui se mérite.

Une réplique boomerang dénuée d'ironie. Connaissant Dax, il pourrait pourtant y avoir un sous-entendu salace, mais ce n'est pas le cas. Je viens de mettre le doigt sur cette part de lui qu'il maintient sous verrou. Je ne suis pas autorisée à partager son intimité.

Je ne devrais pas me sentir mal à l'aise avec cette idée, néanmoins celle-ci m'asticote désagréablement. Peut-être parce que je me suis confiée à Dax sur des aspects de mon passé que je garde d'ordinaire sous clé et que j'ai renoncé à lutter contre mon attirance pour lui…

– Tu peux enlever ton jean? réclamé-je en muselant ma frustration.

Dax hoche la tête et se contorsionne, son visage exprimant douleur et irritation. Je l'aide du mieux que je peux et grince des dents devant les hématomes qui recouvrent cuisses et mollets. Je suis presque étonnée de l'absence de tatouage sur cette partie de son corps.

Cela n'ôte rien au charme masculin, et la puissance des muscles m'assèche la bouche. Je savais déjà que Dax était un spécimen magnifique, mais l'étroitesse des lieux renforce l'aura de virilité qui émane de lui. D'autant que son caleçon noir ne dissimule pas que la nature l'a avantageusement pourvu…

Je balaie une mèche de cheveux derrière mon oreille, la peau soudain brûlante. Heureusement pour moi, le portable de Dax sonne, m'octroyant une échappatoire bienvenue.

– Quoi ? Merde ! J'arrive.

Le regard glacial, Dax se relève avec des gestes brusques. Il récupère son jean et grimace à peine en l'enfilant, comme s'il était trop perturbé pour s'appesantir sur sa douleur. Vu les signaux qu'il émet, je recule d'un pas, surprise de sauter du Dax malicieux au Styx Lion.

Cette version de lui me fiche la chair de poule, littéralement.

– Je dois aller au Rush ! Tu peux me prêter ta voiture ?

Ma Ford Mustang date des années soixante-dix et j'y tiens comme à la prunelle de mes yeux, certainement parce que c'est l'unique bien hérité de ma mère. Je rechigne à la confier à un homme qui file droit vers les embrouilles.

– Je te promets de te la rendre en un seul morceau, me dit Dax en enfilant son cuir sur son torse nu.

– Vu ta tête, je n'en mettrais pas ma main à couper.

– On a des ennuis au Rush, mais je stationnerai ta voiture dans un endroit sûr. C'est urgent, Tasha.

J'abdique dans un grognement exaspéré et entraîne Dax vers le hall où je range mes clés.

– Tu as vraiment intérêt à ne pas me l'abîmer !

Dax s'incline vers moi, son petit sourire tordu sur les lèvres, celui qui me fait tressaillir de la tête aux pieds. Il me caresse la joue puis il effleure ma bouche de la sienne si rapidement que je me demande si je n'ai pas rêvé.

– Je t'appelle, m'annonce-t-il avant de détaler.

Je reste sur le perron, figée de perplexité et d'un sentiment que je me refuse à nommer.

23

Dax

Lorsque j'arrive devant le Rush, les Demonic Snakes ont foutu le camp, mais pas avant d'avoir causé autant de dégâts que possible. Les graffitis sur les murs disparaissent sous une couche noire et huileuse. Je ne sais pas ce qui a été utilisé, mais je suspecte que nous allons galérer à nettoyer cette merde.

Les vitres sont toutes brisées et la porte sort de ses gonds. De la fumée s'échappe des ouvertures béantes et m'annonce d'emblée que l'intérieur n'a pas été épargné.

Putain !

Je vais massacrer Buzz et ses connards de frangins.

Je soupire pourtant de soulagement en distinguant Tate et Sam mêlés à la foule qui se masse devant la façade du Rush. Maintenant que le danger est écarté, la rue s'approprie de nouveau son apparence habituelle.

– Dax, m'appelle Tate en m'apercevant enfin.

Mes deux potes s'éloignent des badauds, mais s'arrêtent sur le seuil du Rush.

– On attend les pompiers, m'explique Sam. Ces salopards ont balancé des cocktails Molotov dans les vitres. Les murs ont tenu bon, le zinc est en morceaux et le plancher est mort. Le feu n'a pas eu l'occasion de s'étendre, mais vaut mieux laisser des professionnels vérifier que tout est OK.

– Fajra ?

– On a eu le temps de la planquer au sous-sol. On a cru que les Demonic venaient pour elle, mais ils n'ont pas tenté de pénétrer dans le bar.

– Je pense qu'on a court-circuité leur plan, formulé-je après un instant de réflexion. Ils imaginaient probablement que le Rush serait désert, vu que j'étais censé crever sous leurs balles.

– On passe à l'offensive quand ? grogne Sam.

– Tiens, tiens ! Comme on se retrouve, s'élève une voix sirupeuse dans mon dos.

Dante Rosario étale sa satisfaction comme une cotte mal taillée. Elle déborde de façon ridicule, mais elle est aussi éloquente que le personnage qu'elle représente. Je me pince l'arête du nez, ravalant la réaction primaire qui ne me vaudrait que des ennuis.

Le lieutenant Reading ou un truc du genre s'interpose et lance un coup d'œil à l'intérieur du bâtiment.

– Y a l'air d'y avoir de sérieux dégâts, constate-t-il comme si ce n'était pas une évidence. Vous savez qui pourrait être responsable de ce bordel ?

– Non.

Ma réponse laconique irrite Rosario qui s'appuie contre le mur pour mieux scruter l'intérieur du bar. Les pouces dans les passants de sa ceinture, il affiche une désinvolture qui s'apparente à une putain de provocation.

Je roule des épaules, déterminé à soulager la pression dans mes muscles. Péter un câble n'est pas tout à fait la réaction indiquée vu le contexte, même si la rage me démange les poings.

– Non ? répète Rosario. Pas même une petite idée ?

– Ce n'est pas votre boulot d'identifier les responsables de cette merde? intervient Sam.

À ses côtés, Tate demeure figé dans une posture qui ne me dit rien qui vaille. Un tic agite sa joue, signe que sa nervosité grimpe en flèche. Il s'en aperçoit de lui-même, car il s'éloigne à grandes enjambées, les poings contractés.

– Ben, c'est certainement un règlement de comptes, déplore Rosario, goguenard. Vous connaissez ça, hein, les règlements de comptes? Chacun marque son territoire et essaie de piquer celui du voisin. C'est ce qui s'est déroulé sur les docks l'autre soir?

– Mon bar vient d'être saccagé, grondé-je, incapable de réprimer complètement ma colère. Je me branle de savoir qu'un entrepôt a cramé sur le port. C'est ici et maintenant que ça se passe!

– Ouais, mais c'est peut-être bien un truc du genre œil pour œil, dent pour dent. Si tu éclairais un peu notre lanterne, Dax. Parce que, tu vois, c'est tellement prévisible avec des petites frappes comme toi. Pas de jugeote, juste un putain de besoin de se venger, hein? C'est ça, la vérité? C'est qu'une question de guéguerre entre gangs?

L'œil aiguisé de Rosario me parcourt avec lenteur, plus fouineur que vigilant, comme s'il cherchait quelque chose de particulier. La preuve que je suis blessé? J'en suis persuadé quand son regard s'arrête sur la bande qui entoure mon poing crispé.

Je me force à détendre mes muscles. Pas question de donner du grain à moudre à ce connard!

Je mettrais ma main au feu que cet abruti sait pour l'attaque des Demonic Snakes. Je ne devrais pas être surpris, mais ça me fiche en rogne, car j'intègre le fait que la menace ne relève pas du hasard. Rosario a été assez malin pour nous prendre de court et je soupçonne qu'il n'a pas abattu ses dernières cartes.

Sa vantardise ne gomme pas l'éclat de haine qui brille au fond de ses yeux. Mon instinct braille une urgence prégnante.

– Lieutenant Rosario, le rappelle à l'ordre son coéquipier.

– Ta gueule, Fealing ! Y a pas de culs à lécher ici !

Le bleu grince des dents, mais gère plutôt bien son envie de coller son poing dans la gueule de son partenaire. Je ne suis pas certain que j'aurais pu résister à cette tentation.

Il se place devant Rosario comme si ce dernier n'existait pas et m'oppose un front lisse.

– On vous convoquera au poste, m'annonce-t-il, pour entendre votre déposition. Le rapport des pompiers ne sera probablement pas d'une grande aide, mais si vous avez des informations à nous communiquer, n'hésitez pas.

La procédure veut que les deux flics réalisent une enquête de quartier, mais personne ne parlera. Même si les Demonic Snakes ne sont pas bien perçus dans le coin, ils représentent une menace trop évidente.

Ça ne me dérange pas. Nous réglons nous-mêmes nos affaires !

– Je note, dis-je, pressé que ces fils de pute se barrent.

Ce qu'ils font, même s'il faut que Fealing s'y reprenne à deux fois pour déloger Rosario. Ce dernier me fusille du regard, puis esquisse un rictus sarcastique, comme s'il sortait victorieux de notre face-à-face.

De nouveau, j'ai le sentiment que quelque chose cloche, mais je ne parviens pas à identifier ce qui me gêne.

– Les pompiers arrivent, m'avertit Sam.

Il faut moins d'une heure à ces derniers pour déterminer que le bâtiment ne représente aucun danger. Les dégâts sont uniquement matériels et, même s'il nous faudra plusieurs jours pour tout remettre en état, je compte bien rouvrir rapidement.

Pour le moment, l'amas de débris me fiche en rogne. Une odeur âcre me saisit à la gorge, relents désagréables de l'incendie. Je marche sur un lit de verre éclaté, juste en dessous du mur où se situait notre étalage de bouteilles de bière. Il n'en reste rien, sinon un parfum aux fragrances puissantes.

Putain ! Quel gâchis !

Tate et Sam ont circonscrit les flammes avant que ces dernières ne se répandent, mais le plancher est foutu. Merde ! Il était d'origine et j'ai bossé pendant des heures avec Tate pour le restaurer quand nous avons acheté les murs.

– Appelle l'assurance, indiqué-je à Sam.

– J'ai réquisitionné P'tit Dom et Jarod pour boucher les ouvertures et surveiller le bar cette nuit.

– Parfait ! Je vais alerter Lou pour qu'il rajoute des tours de garde au QG.

– T'as peur que les Demonic attaquent sur plusieurs fronts ?

– Il y a un truc de pas clair dans cette histoire, marmonné-je. On va prendre des mesures de précaution dans les prochains jours.

– La gamine braille comme un putois, s'invite Tate en émergeant des cuisines. Je ne supporte plus de l'entendre. Je la ramène à l'étage ?

– Non, tant qu'on ne sait pas ce qui nous pend au nez, je préfère la garder en lieu sûr.

Tate acquiesce, puis étire ses doigts jusqu'à ce que ses os craquent. Sa fièvre n'a pas diminué, preuve en est le couteau qu'il a inséré dans la ceinture de son jean. La lame brille sous l'éclat de l'unique applique murale qui a résisté au carnage.

– Les gars sont prêts à buter ces connards de serpents ! m'indique-t-il. On part quand ?

Je me gratte le menton, conscient que cette hésitation ne me ressemble pas. Lorsqu'un groupe adverse nous cherche des ennuis, on réplique. C'est un principe de base essentiel, du moins si on veut survivre dans cet univers de violence.

Rosario a raison, c'est œil pour œil, dent pour dent. Et c'est bien ce qui me gêne…

– Quoi? aboie Tate.

– Rosario jubilait tout à l'heure. On aurait dit un chien de chasse à l'arrêt, résolu à sauter à la gorge de sa proie. On est dans son collimateur, et cette série d'attaques des Demonic est inhabituelle.

– Ils veulent nous foutre la pression, c'est tout! enrage Tate. Ils louchent sur notre territoire et sont prêts à tout pour l'obtenir. S'ils t'avaient buté…

– Ils vous auraient désorganisés, mais pas abattus.

Tate et Sam fulminent, mais je ne fais qu'énoncer une simple vérité. Nous sommes préparés au pire des scénarios, et chacun de nous sait que la mort est un risque potentiel.

Je suis à la tête de notre structure, mais Tate est capable de me remplacer au pied levé. Malgré son instabilité mentale, il a gagné la confiance et la loyauté de chacun des gars du gang.

– Dis pas de conneries, m'engueule Sam.

– J'essaie juste de comprendre. Rosario bosse avec les Demonic, ne l'oubliez pas. S'ils n'ont pas terminé le boulot ici en tuant Fajra, c'est qu'ils ont un plan B.

– Comme quoi?

Tate se pince l'arête du nez et respire un grand coup. L'adrénaline lui a obscurci les idées, et il s'efforce de recouvrer le contrôle. Je lui accorde le temps nécessaire, conscient que la défection de son frangin a altéré son habituelle maîtrise de soi.

Difficile de le lui reprocher quand on sait que c'est lui qui a élevé Vic après le décès de leurs parents.

Le regard de Tate s'éclaircit à mesure qu'il se calme. Je peux presque voir les rouages de son cerveau se mettre en branle tandis qu'il sort sa lame et la plante dans un morceau de bois.

– Ta mort, scande-t-il en plissant les yeux. Ils nous déstabilisaient et éparpillaient nos forces. Donc la suite du plan, c'était de viser le Rush. Soit ils ratissaient tout et récupéraient Fajra, soit ils faisaient le plus de casse possible…

– Dans tous les cas, leurs agressions appelaient des représailles, terminé-je en déchiffrant enfin ce qui m'a perturbé face à Rosario.

– C'est un piège, achève Tate. Putain ! Les flics espèrent qu'on va réagir pour nous coffrer !

– Nom de Dieu ! maugrée Sam, blême. On fait quoi alors ? On va quand même pas s'écraser ?

– Non, tonné-je, déterminé. Il faut juste que nous soyons plus malins qu'eux. Tate, tu actives tous nos contacts. On va frapper là où ils s'y attendent le moins.

Un rictus diabolique se dessine sur les lèvres pleines de Tate.

– Ça me plaît, valide-t-il. Mais on fait quoi de la gamine ?

– Elle sait des choses, il faut vraiment qu'on réussisse à lui faire cracher ses secrets.

– Bon courage ! Elle braille dès qu'elle voit l'un d'entre nous.

– Je vais appeler Tasha. Avec elle, elle est plus calme.

Sam se fend d'un sourire qui pour autant qu'il soit acide reste un événement suffisamment rare pour nous étonner, puis il croise les bras sur son torse.

– Elle a accepté de te soigner ?

– Ton coup de fil nous a interrompus, mais elle s'est occupée de mon épaule.

– Juste de ton épaule ? me charrie-t-il.

– Cette nana t'apportera que des emmerdes, prédit Tate, maussade.

– Déconne pas, insiste Sam. Un doc, ça doit connaître plein de trucs coquins.

– C'est un médecin, pas une pute, réplique mon second en secouant la tête avec véhémence.

– Mec, une gonzesse qui est capable de t'enfiler un tuyau dans la queue en sait forcément plus que nous sur la mécanique de Popol.

La logique de Sam stupéfie Tate – et moi aussi si je dois être honnête –, mais elle a le mérite de le dérider. Il arrête même de larder le morceau de bois devant lui.

– Moi, je dis que Dax est un sacré veinard! termine Sam avec un sourire plus retors encore que le précédent.

– Tant qu'il n'oublie pas que toutes les chattes se valent… ronchonne Tate en reprenant son martèlement.

– Ouais, enfin, certaines plus que d'autres. Moi, celle-là, je signe tout de suite.

Une onde glaciale serpente le long de ma colonne vertébrale, réveillant en moi un besoin de cogner… ou de grogner comme un putain d'ours.

– Je ne partage pas, riposté-je sans dissimuler mon irritation.

– C'est nouveau, ça? m'interroge Sam, volontairement provocateur.

Ça l'est et il est hors de question que je me justifie. Sexy Doc est à moi et je ne permettrai à personne de la toucher.

24

Tasha

La harpie trébuche juste devant moi, un sourire machiavélique sur les lèvres, et un jet d'urine trempe ma blouse. Merde ! Cela fait une semaine que cette conne m'en fait voir de toutes les couleurs, s'amusant à me provoquer. Et comme je ne réagis pas, elle a décidé de passer au niveau supérieur…

– Oh ! Je suis navrée, minaude-t-elle en écartant le broc encore à moitié plein.

– Pourquoi tu t'excuses ? s'invite sa copine. Tu ne l'as pas fait exprès, ma chérie. Le docteur Wilson ne peut rien te reprocher…

L'idiote me défie du regard de contester sa version des faits. Je déteste répondre à ce genre de provocations, mais je commence à en avoir ras le bol de subir la jalousie de Kim. Je compte bien clarifier les choses, sauf que contrairement à elle, je règle mes problèmes en direct.

Je me rapproche de la harpie, empiétant volontairement sur son espace personnel. Je n'aime pas les conflits, mais j'ai grandi dans un quartier où apprendre à se battre était une nécessité. Même si j'ai laissé cette violence derrière moi, elle a tendance à rejaillir depuis peu. Et, pour une fois, je ne la bride pas.

Kim semble légèrement déstabilisée. J'en profite pour la jauger avec une sévérité réfrigérante.

– On va arrêter ça, tout de suite! clamé-je d'un ton dur. Parce que je te promets que si je réplique à mon tour, je ne vais pas simplement me contenter de tes petits jeux à la con.

– Je ne vois pas de quoi…

– La ferme, Kim! Tu as voulu me piquer mon mec, bravo, tu as réussi à l'attirer dans ton lit. Maintenant, si ça t'énerve qu'il t'ait virée comme une malpropre, tu gères ça avec lui. À l'avenir, si tu m'emmerdes de nouveau, je ferai en sorte que tu le regrettes. Et on ne parle pas de tes minables petites blagues.

– Tu t'imagines que tu me fais peur?

Je ricane doucement. Kim a beau paraître bravache, elle se dandine sur place. La lâcheté s'accommode mal des retours directs.

– Je ne crois rien du tout. Je te préviens juste. Jusqu'à présent, j'ai été cool, mais ma patience a des limites. Règle tes problèmes avec Clive et laisse-moi en dehors de ça!

– Sinon quoi?

Je lève les yeux au ciel, atterrée que l'idiote en rajoute une couche.

– C'est marrant, je pensais que tu serais un peu plus maligne.

Je n'en dis pas plus.

– Je ne vois pas de quoi tu parles!

Probablement pas. Kim doit certainement s'imaginer plus futée que la moyenne. Rien n'est moins faux et elle va l'apprendre à ses dépens. Le chef des urgences nous a informés hier qu'elle était dans le collimateur de la direction et que nous devions la tenir à l'œil autant que possible. Kim a fait quelques remplacements au service de gériatrie et la rumeur a très vite couru qu'elle influençait les patients pour récupérer certains bijoux de valeur. Un motif de licenciement sans indemnités…

Je m'éloigne sans un regard en arrière et file vers les vestiaires.

Ma garde est terminée et j'avoue que je n'en suis pas mécontente. J'adore mon boulot, mais j'ai eu du mal à me concentrer aujourd'hui.

La faute à Dax qui s'impose dans chacune de mes pensées…

Si j'ai fini par admettre l'impétuosité de mon désir pour cet homme dangereux, je m'en veux de ne pas être en mesure de maîtriser cette attirance. Céder à l'appel du sexe avec lui m'excite, mais je me refuse à perdre le contrôle de mes sens. Or, c'est exactement ce qui est en train de m'arriver.

Et ça, c'est une première pour moi!

J'ai l'impression d'être prise dans les flots tourbillonnants d'un torrent, inaptes à remplir mes poumons. Mes émotions, elles, font le yo-yo, m'entraînant vers des abysses de contradictions.

Là, tout de suite, je suis morte d'inquiétude pour Dax, consciente que mes réactions suite à son « accident » expriment quelque chose de bien plus intime que ce qu'engendre une relation basée sur du sexe.

Pestant contre ma bêtise, je me débarrasse de ma blouse souillée et attrape des vêtements propres dans mon casier. J'ai besoin d'une bonne douche!

– Tu rentres, ma belle? me surprend Amber en débarquant d'un seul coup.

– Oui. J'ai rendez-vous avec Dax sur le parking pour récupérer ma voiture.

Amber m'adresse une moue perplexe. Depuis mes confidences à la soirée speed dating, elle montre une certaine prudence dès que le prénom de Dax est prononcé. Je ne peux pas le lui reprocher.

– Je n'aime pas ça. Et si tu rappelais ce flic, celui qui t'a convoquée?

– Pourquoi?

Ma question sidère Amber qui roule des yeux. Je rirais bien, mais l'inquiétude de mon amie est sincère. Elle a trouvé drôle de draguer Dax et ses copains l'autre soir, mais elle fait partie des gens qui évitent Tenderloin le reste du temps. À raison d'ailleurs puisque ce quartier est l'un des plus dangereux de la ville...

Mais je gage que c'est surtout mon comportement face au Styx Lion qui engendre ses craintes.

– Tu ne crois pas que Fajra serait plus en sécurité avec la police ?

– Tu sais, j'ai grandi dans un coin où les flics n'étaient pas forcément mieux considérés que les gangs. Et le lieutenant Rosario ne m'a pas fait une très bonne impression.

– Peut-être, mais...

– Amb, arrête de te tracasser pour moi.

– Écoute, c'était rigolo l'autre soir, mais ce Dax croise tout le temps ton chemin et je ne trouve pas ça rassurant. D'autant qu'il t'obsède. Merde ! C'est la première fois que je te vois aussi chamboulée par un mec.

Amber se rapproche de moi et baisse d'un ton lorsqu'elle reprend la parole.

– Je me suis renseignée sur les Styx Lions. C'est l'un des gangs les plus connus de la ville et surtout l'un des plus violents. Ils baignent dans le trafic de drogue et d'armes, et j'ai lu qu'ils étaient suspectés de chantage.

– Dax ne s'intéresse à moi que parce qu'il a envie de me sauter. Ça lui passera vite.

– Tu vas coucher avec lui ?

Évidemment, et je n'ai pas besoin de le préciser pour qu'Amber l'intègre. Elle affiche une moue chagrinée, mais elle me connaît assez pour savoir que rien de ce qu'elle dira ne me fera changer d'avis.

– Merde ! Tash ! Il est dangereux !

– Oui, mais il suffit qu'il me regarde pour que je sois sur des charbons ardents. Aucun mec ne m'a jamais fait un effet pareil.

Et comme ce n'est que du sexe, je ne vois aucune raison de me priver de ce plaisir…

– Appelle le Finn du speed dating. Tu m'as dit qu'il te plaisait bien.

Je gonfle mes poumons et reste en apnée quelques secondes.

– C'est Dax que je veux, Amb. Les autres mecs me paraissent insipides quand je pense à lui. Une fois que j'aurai baisé avec lui, cette fascination pour lui me passera.

– Et si lui n'est pas d'accord pour arrêter?

Je ris à cette idée, tant elle est ridicule.

– Je suis l'attraction du moment, Amb. On se débarrassera l'un comme l'autre de notre addiction en jouant à la bête à deux dos.

– Traiter le mal par le mal, ricane Amber avec fatalisme. Ouais, je comprends ta logique.

– Il y a pire comme punition. Et puis c'est ça ou crever de frustration, confessé-je, un sourire mi-figue, mi-raisin sur les lèvres.

– Il te reste l'option Godefroy.

– Le rêve de toute femme! On écrira sur ma tombe: « Ci-gît Tasha Wilson, accro à un pénis monté sur piles. »

– OK, la version Dax est plus alléchante. Mais ce type, c'est comme manger du fugu. Le moindre faux pas et tu es morte!

L'image n'est pas tout à fait mauvaise. D'ailleurs, par moments, Dax continue de m'inspirer une peur primaire qui me paralyse. Seulement, celle-ci n'est pas assez puissante pour combattre le désir qui ondoie entre nous. Grady et ma mère m'auraient probablement traitée d'idiote, mais ils ne sont plus là pour tempérer mon impulsivité.

Je vérifie l'heure à ma montre.

– On en reparle à la maison, tu veux bien. J'ai besoin d'une douche et je vais être en retard si je traîne encore.

– OK. Mais tu ne feras rien d'irréfléchi entre-temps, hein?

– Jamais !

Je file vers la douche en rigolant et, moins d'une demi-heure plus tard, je sors sur le parking de l'hôpital, cherchant du regard l'homme qui me perturbe et fait crépiter mes terminaisons nerveuses. Rien qu'à l'idée de le revoir, j'en ai la chair de poule…

– Tasha !

Merde ! Décidément, c'est ma journée ! Là, tout de suite, j'ai envie de tout, sauf d'une nouvelle confrontation avec Clive. Je dresse les épaules et pivote sur mes talons. Vêtu d'un jean et d'un polo hors de prix, mon ancien amant est l'archétype du beau gosse apprêté. Il est splendide et conscient de sa séduction, son sourire dégageant une confiance en soi presque arrogante.

J'ai toujours apprécié chez lui cette apparence de maîtrise et cette propreté irréprochable. Avec lui, j'ai eu le sentiment de bannir une bonne fois pour toutes mon passé et de me lover dans un confort rassurant.

Seulement, j'ai oublié que je détestais tout ce qui est surfait et lisse.

– Clive.

– J'ai appris que tu as eu des soucis avec Kim.

– Des soucis ? Non, je ne vois pas.

Les sourcils de Clive se rejoignent en une ligne contrariée.

– Je peux intervenir, tu sais.

– Je gère, merci !

– Tout pourrait être différent, Tasha, soupire-t-il comme s'il s'adressait à une enfant particulièrement têtue.

Je reste muette. Il n'y a rien qui pourrait arranger les choses, plus maintenant.

Clive comble la distance qui nous sépare et me déconcerte en plaquant une main derrière ma nuque pour m'attirer à lui.

– Je t'aime, me susurre-t-il. Dis-moi ce qu'il faut que je fasse pour que tu me pardonnes. Je suis prêt à tout pour te reconquérir.

Il pose sa bouche sur la mienne et m'enlace avec une ferveur qu'il a rarement montrée en public avec moi. Je savoure pendant une brève seconde ces lèvres que j'ai embrassées jusqu'à plus soif, puis, les deux mains appuyées sur son torse, je le repousse avec douceur. Je lis l'incompréhension dans son regard, et même une certaine souffrance.

– Non.

Clive essaie de me retenir, mais je m'écarte résolument. Pas question de laisser planer le moindre doute. Mon ex est champion dans l'art d'utiliser les failles de ses adversaires.

– Tasha ! Est-ce que tu…

Clive se tait d'un coup et écarquille les yeux comme s'il venait d'apercevoir le yeti.

Je réprime un sourire amusé lorsqu'une main ferme se plaque sur ma hanche gauche et qu'un corps solide empiète sur mon espace vital en se collant contre la droite.

– Tout va bien, bébé ?

25

Dax

Le bellâtre en face de moi se redresse, comme s'il avait la moindre chance de m'impressionner. Avec ses cheveux gominés et son air de tête d'affiche, il entre dans la catégorie des types que j'abhorre. Et celui-ci a décroché la timbale quand il a embrassé Tasha.

Bordel !

Mon sang bouillonne toujours à l'idée que les lèvres de ce connard se sont posées sur celles de Tasha. Je n'ai jamais été exclusif, c'est même tout l'inverse, et Sexy Doc n'est techniquement pas à moi, mais j'ai réagi comme un mec… jaloux !

Moi, jaloux ? Le pire, c'est que je suis presque surpris que de la fumée ne me sorte pas des narines. J'ai l'impression d'être en feu.

Je resserre mon étreinte autour de la taille fine de la jeune femme, pas complètement calmé malgré l'attitude accommodante de Tasha. Au lieu de ruer dans les brancards, elle s'appuie nonchalamment contre moi, exacerbant mon envie de la goûter. À pleine bouche.

Je me contente d'effleurer ses lèvres, gardant à l'œil le mec qui me fusille du regard.

– Tu ne nous présentes pas ? demande-t-il, son sourire Ultrabrite virant à celui, grinçant, d'un clown grotesque.

Je ne sais pas qui est ce mec, mais il m'agace avec ses airs de perfection pétrie d'arrogance. Comme s'il était le meilleur de nous deux !

Et le fait qu'il pense avoir des droits sur Tasha n'arrange pas les choses. Je dois me contenir pour ne pas lui mettre mon poing dans la gueule, simplement parce qu'il regarde Tasha comme s'il la connaissait intimement.

Je réalise que mes doigts se contractent brutalement sur la hanche de Tasha quand elle appuie une main ferme sur mon torse. Ça m'apaise assez pour que je recommence à respirer normalement. Et que je relâche mon étreinte de fer...

– Dax, voici Clive. Clive, Dax.

– Docteur Clive Dorset, précise l'imbécile. Tasha et moi sommes...

J'avance d'un pas, clairement menaçant. L'abruti ne recule pas, mais il n'en mène pas large.

– ... rien du tout, le coupé-je. Tu étais celui qui baisait avec elle, OK, mais maintenant c'est terminé, vieux, alors pas la peine de te faire des idées. Tu as laissé filer ta chance, tant pis pour toi.

– C'est une blague ? Tasha, tu ne sors pas avec cet... ce...

Monsieur Parfait bégaie, les yeux écarquillés de stupeur.

– Retourne à l'intérieur, Clive, lui répond Tasha, à bout de patience. Allez, Dax, on part.

Je jubile comme un con et sifflote en m'éloignant. Sexy Doc me gratifie d'un regard meurtrier qui me rappelle que cette femme sait me chatouiller mieux qu'aucune autre. Seulement, je m'en tamponne royalement. C'est avec moi qu'elle part et, même si ça ne signifie rien, je fanfaronne comme un gamin qui vient de remporter le gros lot.

– Donne-moi les clés, m'enjoint-elle.

– Je vais conduire.

– Non! Tu crois que je n'ai pas remarqué que tu t'appuyais sur ta jambe gauche?

Machinalement, je frotte ma cuisse droite, conscient que je vais payer mon exhibition virile devant le connard.

Mes muscles sont durs comme de la pierre et la douleur se propage sous forme de vagues le long de mes terminaisons nerveuses.

– C'est vraiment ton ex, ce sale petit morveux? demandé-je au lieu de confirmer que je morfle.

– C'est un truc de mec de toujours vouloir comparer la taille de sa queue?

– Bébé, crois-moi, je le bats à plate couture.

– Tu pourrais être surpris, dit Tasha pour me provoquer.

– Par ce minus vantard? Aucune chance. Et puis s'il était aussi bon au pieu que ça, tu ne l'aurais pas laissé en plan.

– Tu déformes les faits.

Je me campe devant Tasha et l'accule contre la voiture, ravi de constater que ses pupilles s'élargissent. Le désir est toujours là, vibrant d'une attente qui nous excite tous les deux.

Je caresse sa bouche du pouce et me penche vers elle jusqu'à ce que nos souffles se mêlent.

– Parce que tu comptes te remettre avec ce connard?

– Évidemment que non. Clive m'a trompée et je n'ai pas l'intention de lui pardonner.

– C'est bien ce que je dis, ce type est un enfoiré. Il baise d'autres gonzesses et il est persuadé que tu es encore à lui.

– Que je suis à lui? ricane Tasha. Tu sais, on est au vingt et unième siècle. Les femmes ne sont plus des possessions que les hommes se disputent.

J'effleure les lèvres pulpeuses de Tasha, ma langue s'attardant sur leurs rondeurs. Je rêve de m'immiscer dans cette bouche, mais j'apprécie de faire durer le plaisir.

La poitrine de Tasha se soulève, m'indiquant que ma compagne réagit favorablement à ces stimuli. Tout mon sang reflue vers ma queue. Quand Tasha soupire doucement, je la goûte enfin, savourant chaque seconde de cet intermède délicieux.

– Mais peut-être que c'est tout l'inverse, que ce sont les femmes qui mènent les hommes par le bout du nez en leur laissant croire qu'ils gèrent.

– Est-ce une façon polie de me dire que tu ne m'aurais même pas regardée si je ne t'avais pas provoqué ?

J'éclate de rire, profitant de l'occasion pour caler mes hanches contre celles de Tasha. Mon érection est douloureuse, juste assez pour que mon plaisir en soit décuplé.

– Faux, Sexy Doc. Je t'ai remarquée dès le premier jour… Quand tu t'es plaquée contre moi à l'hôpital et que tu m'as ordonné de me calmer… Ma queue me faisait mal tellement je bandais… Comme aujourd'hui.

– Et cette démonstration sensuelle n'a rien à voir avec le fait que Clive nous observe ?

– Eh ! Ce n'est pas mon genre, triché-je sans aucun scrupule.

Tasha rigole doucement, puis s'abandonne au baiser suivant.

– Maintenant, file-moi mes clés, réitère-t-elle avec un sourire lumineux quand je la relâche.

– Je vais conduire.

– Non. Tu vas rester tranquille sur le siège passager et avaler les cachets que je t'ai ramenés. Sans une plainte, Dax !

– Tu sais que ton côté autoritaire m'excite carrément.

Je m'engouffre dans la voiture, une moue extatique – et peut-être bien niaise – sur les lèvres. Depuis que j'ai intégré les Styx Lions, mon quotidien s'apparente à une course effrénée qui concède peu de place aux futilités. Le sexe est un exutoire satisfaisant, mais rien ne m'a paru aussi exaltant que de jouer avec Sexy Doc.

Cette nana me chamboule à un niveau que je ne comprends pas, mais je n'ai pas le temps – ni l'envie – d'analyser cette bizarrerie. Je sais juste qu'en ce moment elle m'est aussi essentielle que l'air que je respire. Cette dépendance devrait me rendre fou, mais, au contraire, ça m'excite encore plus.

Je gobe les comprimés qu'elle me tend avant qu'elle ne démarre. Je peux fanfaronner autant que je veux, mon flanc droit se rappelle à mon bon souvenir au moindre geste. Je soupçonne que la nuit à venir ne va pas être des plus reposantes…

– Tu peux me déposer au Rush ? indiqué-je.

– Et si tu commençais par m'expliquer pourquoi tu m'as laissée en plan ce matin ?

– Des connards ont décidé de canarder le Rush avec des cocktails Molotov…

– Merde !

– Les dégâts sont impressionnants, mais moins graves qu'il n'y paraît, énoncé-je d'un ton neutre qui dissimule parfaitement ma colère. Ces fils de pute s'y sont pris comme des pieds.

– Avec des cocktails Molotov ? ironise Tasha.

– Apparemment, ils n'ont pas réussi à envoyer tout leur stock. Ils ne s'attendaient pas à ce qu'il y ait du monde au bar.

Tasha crispe les mains sur le volant et reste muette pendant un instant, concentrée sur la route. Ce silence n'est pas gênant, mais je devine que les questions s'accumulent derrière le front de ma belle conductrice. Un pli soucieux barre la peau d'ordinaire lisse, rapprochant les sourcils d'une façon plutôt canon.

Un pli que j'ai envie d'aplanir du bout des doigts jusqu'à ce qu'il disparaisse…

Je ne souhaite pas mêler Tasha à mes emmerdes et surtout pas lui en révéler plus que nécessaire, mais j'ai besoin de son aide avec Fajra. La gamine devient hystérique à chaque fois qu'on essaie de lui soutirer des informations, sauf quand c'est Tasha qui s'y colle. Si j'arrive à comprendre ce que les Demonic lui veulent, je risque de gagner un temps précieux et Dieu sait que ce ne sera pas du luxe !

– Il y a un lien avec ton accident de ce matin ? m'interroge-t-elle enfin.

– Possible.

– Ça, c'est de la réponse ou je ne m'y connais pas, me raille-t-elle.

– Je ne crois pas que tu aies vraiment envie de savoir.

Tasha ne riposte pas, me confirmant qu'elle n'a aucun désir de se mêler de ma vie. Bizarrement, ça m'agace.

– J'aimerais que tu viennes parler avec Fajra, formulé-je en bannissant toute autre pensée de mon esprit.

– Elle a été blessée ?

– Non, mais elle est secouée. Elle n'arrête pas de pleurer et nous ne parvenons pas à la calmer. En fait, il n'y a qu'avec toi qu'elle se montre tranquille.

– Elle a été violée, normal qu'elle ne saute pas de joie à l'idée de se retrouver face à des hommes qu'elle sait dangereux.

La pointe d'accusation dans la voix m'irrite à la manière d'un morceau de papier ponce qui s'enfoncerait profondément dans ma chair.

– Mes gars et moi ne sommes pas des anges, mais on ne force pas les nanas. Ça n'a jamais été notre came.

– C'est quoi exactement, votre came ?

Aucune femme ne pose jamais cette question. Parce qu'elles savent toutes qu'un Styx Lion ne se confie qu'à ses frères d'armes. Je devrais rembarrer sèchement Tasha, mais une boule me comprime la gorge.

Le souvenir de mes parents remonte à la surface. Ils témoignaient d'un attachement si viscéral que j'ai toujours cru que rien ne les séparerait jamais. Ma période de rébellion a failli pourtant les éloigner l'un de l'autre… Ils ont résisté avec la certitude que leur amour en valait la peine, refusant d'abdiquer comme de nombreux couples avant eux.

Je les aime profondément, pour cette force et pour le soutien qu'ils m'ont accordé depuis le jour où ils m'ont recueilli, mais je n'ai jamais imaginé que j'envierais un jour leur relation ou cette confiance absolue qu'ils semblent se vouer malgré les années et les aléas.

Tate a raison, Tasha est bien plus dangereuse qu'il n'y paraît. Cependant, rien ne m'empêchera de la posséder. Pas alors que tout mon corps se consume de désir…

Un désir qui n'occulte pas la fascination que j'éprouve face à sa personnalité singulière. Malgré la peur, Tasha ne courbe pas l'échine devant moi, allant jusqu'à me provoquer. C'est bien la première fois que j'interagis avec une femme qui me regarde dans le blanc des yeux, tout en assimilant ce que je suis.

– Des choses et d'autres… Les trucs habituels, quoi.

Tasha grimace, mais vu qu'elle a grandi à Tenderloin, elle est bien placée pour appréhender de quoi je parle. Son attention est rivée à la route, de sorte que je ne peux saisir ce qu'elle pense. Depuis que nous nous connaissons, Tasha ne m'a pas épargné les jugements à l'emporte-pièce, et ça me picote toujours autant.

Comme si son avis importait plus que d'autres…

Comme si j'avais honte de ce que je suis ou des choix que j'ai faits.

Rien n'est moins faux. Je suis là où se situe ma place, là où je suis le plus utile. Chaque connard arrêté grâce au boulot de mon gang représente une victoire impérative.

Quand nous arrivons devant le Rush, j'indique à Tasha un stationnement libre. Elle hésite pourtant à se garer, une bande de jeunes à l'aspect inquiétant étant présente.

– Ta voiture ne risque rien ici.

Ce n'est pas tout à fait la vérité, mais mon statut offre certains avantages. Je sors et interpelle les ados qui louchent sur la carrosserie de la Ford Mustang avec un intérêt évident. Keans débarque en tête du groupe, sa silhouette dégingandée se balançant à un rythme censé intimider les passants.

Il redresse le menton une fois en face de moi et détaille Tasha avec une expression avide. Je me poste devant elle, le regard glacial, et croise les bras sur mon torse, conscient d'accentuer ainsi mon attitude agressive.

Keans ne se déballonne pas, mais hoche la tête pour me signifier qu'il a saisi le message. Ce gamin est une putain de tête de mule, cependant il est assez intelligent pour intégrer où sont les limites. Du moins, avec moi.

– J'ai besoin que vous surveilliez cette voiture, indiqué-je.

– Eh ! Pas de problème, ricane un petit roux au visage grêlé d'acné. File-nous les clés et on s'occupe de ce bijou. D'la petite dame aussi si besoin…

Je m'avance d'un pas, agacé par ce crétin qui, en plus de me provoquer, reluque Tasha, la main sur son entrejambe. Keans s'interpose et fusille son copain du regard.

– Dégage, Freddy, ordonne-t-il.

– Quoi ? J'proposais juste de s'amuser un peu.

– Putain ! T'es trop con, râle Keans en le bousculant. Va glander ailleurs, mec, avant que tu te manges une balle entre les deux yeux.

Il pointe son flingue vers la tête de son pote, lequel perd brutalement son sourire narquois. L'abruti jure entre ses dents et finit par s'éloigner, ses chaussures raclant le sol avec vigueur.

– Désolé, c'est un nouveau, m'explique Keans. Il est con comme ses pieds, mais il est capable d'ouvrir n'importe quelle porte. J'vais le briefer avant qu'il nous attire des emmerdes ! Allez, j'vais la surveiller, ta bagnole. Mettons que ce sera ma façon de payer ma part pour le terrain de basket. OK ?

– Ouais, m'sieur Dax, intervient le bras droit de Keans, un gars à la peau mate et aux yeux bridés. C'est trop bien comment vous avez rénové le terrain ! Il est nickel maintenant et les gosses peuvent jouer sans se casser la patte dans ces putains de trous qu'y avait partout.

J'acquiesce avec simplicité. Les gamins du quartier ont peu d'occasions de s'amuser, et le terrain de sport mis à disposition par la ville était rempli de nids-de-poule. Personne ne s'y aventurait plus, le risque de se blesser étant élevé.

J'ai payé pour rénover la surface abîmée et ai fait changer les paniers. C'est un geste anodin pour moi, quoique important pour la communauté. Cloys, le frère de Keans, fait partie des espoirs de son école, mais ses parents n'ont pas les moyens de lui offrir des cours. Le terrain de basket du quartier est l'unique endroit où il peut s'entraîner sérieusement, ce qui lui ouvre des perspectives différentes de celles de son aîné.

J'œuvre à un niveau infinitésimal, mais si ça sort un seul gamin du merdier dans lequel il vit, ce sera toujours ça de gagné !

– Marché conclu, Keans, validé-je en comprenant que ce dernier refuse d'être redevable envers qui que ce soit. On y va, Tasha.

Je pose une main au bas des reins de la jeune femme et la guide vers l'arrière du bâtiment. Tasha ne bronche pas, mais je sens son regard perplexe sur moi.

Jarod garde la porte de service et nous accueille d'un frémissement de la bouche à peine perceptible. Je pénètre dans la cuisine, vérifiant d'un coup d'œil circulaire que personne ne traîne par là. Depuis l'attaque, je suis à cran et plus parano que jamais.

– C'est quoi cette histoire de terrain de basket? me demande Tasha une fois le battant refermé derrière nous.

– Rien d'important.

– Vraiment?

Je me frotte le visage, exaspéré par ce que je devine derrière la question. Et je suis encore plus irrité contre moi d'éprouver cette brûlure acide dans la poitrine, celle qui me rappelle que j'ai un jour été un gars très différent. Un gars comme ce Clive machin-chose qui est autorisé à afficher ses prérogatives sur Tasha sans avoir à rendre des comptes à la société.

Il n'y a qu'une seule façon de soulager ces picotements désagréables. Je plaque Tasha contre le mur et saisis son visage en coupe, louchant sur sa bouche.

Une bouche que je n'ai pas le droit de désirer… Pas comme je rêve de me l'approprier…

– Ça te rassurerait que le méchant criminel que je suis dissimule un bienfaiteur? Ça rendrait notre attirance moins condamnable? murmuré-je contre son oreille.

– Quoi?

Les yeux écarquillés et la bouche entrouverte, Tasha est plus belle que jamais. Je n'ai jamais eu autant envie de la baiser…

Fort!

Brutalement!

Je grince des dents. C'est quoi cette merde dans ma tête? L'accumulation, peut-être? Ou le sentiment que cette femme m'électrise au-delà du raisonnable et que cette jalousie qui ne me ressemble pas cache quelque chose que mon subconscient sait néfaste pour moi ?

– Ma queue n'aura jamais le goût aseptisé de ton tocard d'ex, cinglé-je, plus à l'aise dans ce registre agressif.

Tasha me considère pendant un long moment en silence, son regard semblant percer mes défenses. Puis elle colle sa bouche sur la mienne, forçant le rempart de mes lèvres pour caresser ma langue. Je grogne en lui cramponnant les cheveux, faisant basculer sa tête en arrière. J'ai besoin de savourer chaque seconde de ce baiser. Besoin de me rassasier de cette femme.

Je la libère, à bout de souffle.

– Je n'ai jamais aimé ce qui est aseptisé, Dax, et je n'ai pas honte de te désirer.

– Pourtant tu refuses de partager mon lit…

Tasha m'accorde un sourire taquin. Je reste en apnée devant la petite veine qui bat dans son cou et je disjoncte pendant une seconde, rêvant de coller ma bouche sur cette zone sensible. Puis je réalise que rien ne m'empêche de le faire. Je suçote la peau, ravi des couinements féminins.

– Pourquoi, Tasha ?

– J'ai envie de toi, mais je te l'ai dit, je n'ai pas de temps pour autre chose qu'une brève aventure et je ne suis pas certaine que…

– Une nuit ne nous suffira pas, la coupé-je, et tu le sais. J'aime le sexe, mais avec toi, c'est du hors catégorie. Je bande comme un malade rien qu'en imaginant te baiser.

J'appuie mes propos en insérant un genou entre les jambes de Tasha et frotte doucement ma cuisse contre son pubis. Ma queue durcit un peu plus. Putain ! Je suis à deux doigts de la renverser sur la table derrière nous pour la prendre sauvagement.

J'assouvis en partie ma faim en pétrissant un sein charnu, mais ce n'est pas assez. Je relève le chemisier et palpe la peau mise à nu en m'immisçant sous la dentelle de son soutien-gorge. Je m'incline, ignorant la douleur qui se réveille dans mon épaule, et lèche un mamelon rosé avant de le mordiller et de l'aspirer avec vigueur.

Tasha se cambre pour m'offrir un meilleur accès à sa poitrine et j'en profite en émettant des grognements satisfaits.

Là encore, ça ne me suffit pas. Son désir est évident, mais j'en veux une preuve plus manifeste. Plus flagrante.

Histoire d'oublier ce Clive de malheur qui a tout obtenu d'elle?

Je caresse sa cuisse, mes doigts s'insinuant sous l'ourlet de sa jupe. Tasha écarte d'elle-même les jambes et je frôle le tissu qui recouvre encore son sexe.

Merde!

Elle est trempée.

Délicieusement mouillée.

– Tu es prête pour moi?

Tasha ne répond pas, mais se frotte contre ma main. Si je n'étais pas en vrac, je serais déjà à genoux pour la goûter à pleine bouche. Je rassasie ma faim en faufilant un doigt entre les lèvres humides et titille le bourgeon sensible du pouce. Les chairs sont si fondantes que mon désir s'intensifie. Jusqu'à ce que je sois plus qu'à l'étroit dans mon jean et qu'une douleur bienvenue m'éperonne.

La bouche de nouveau collée sur celle de Tasha, j'étouffe ses halètements de plaisir en accentuant le rythme de mes caresses. J'ai les reins en feu, mais j'oublie ma propre jouissance pour me focaliser sur la sienne. Lorsque les muscles de son vagin se resserrent sur mes doigts, je m'écarte d'elle pour capter l'expression de son visage.

Entre vanité et fascination, je frôle la courbe de sa mâchoire.

– Je ne dérange pas, j'espère, nous interrompt une voix flegmatique.

Je sursaute et toise Sam avec fureur. Dans un geste protecteur instinctif, j'enroule les bras autour de Tasha pour la dissimuler au regard de mon pote le temps qu'elle se rajuste.

– Sam !

– La petite a recommencé à brailler, je voulais juste te prévenir. Salut, doc, vous allez bien ?

– Oui, merci, réplique Tasha en s'écartant de moi, les joues plus écarlates que jamais. Eh bien, allons la voir. Dax ?

– Oui, oui, bien sûr, dis-je avant de me rapprocher d'elle pour qu'elle soit seule à entendre la suite. Mais toi et moi, on n'en a pas terminé.

26

Tasha

Fajra est agitée. Je soupire quand elle se recroqueville sur elle-même, refusant de répondre à mes questions. Par chance, elle a avalé sans rechigner les gélules que j'ai glissées dans sa main. Consciente que je n'en tirerai rien de plus, je rejoins Dax dans le studio voisin.

Tate et Sam sont attablés avec lui autour d'une bière. Si Sam me lance un clin d'œil malicieux – probablement en souvenir de la scène qu'il a surprise un peu plus tôt –, Tate me dévisage avec une sévérité réfrigérante.

– Une bière ? me propose Dax.

J'acquiesce, une main rabattant mes cheveux derrière mes oreilles, et me rue sur ma bouteille. J'ai la gorge desséchée et suis irritée de ne pas être un meilleur soutien pour Fajra. J'ai pitié de cette pauvre gosse bringuebalée dans un tourbillon de violences.

– Comment va la gamine ? me demande Tate.

– Elle s'est complètement renfermée. Elle est morte de peur. Elle ne cesse de répéter qu'ils vont réussir à la tuer.

– Ils ?

– Elle qualifie ses agresseurs de démons. Je n'ai pas pu tirer plus de précisions.

Cela semble cependant conforter les trois hommes puisqu'ils échangent un regard entendu. J'avale une nouvelle gorgée de bière, déterminée à ne pas poser de questions. Je ne veux pas savoir de quoi il retourne.

– Tu fais ton maximum pour l'aider, me réconforte Dax en effleurant mon poignet.

– Au moins, elle chiale plus, constate Tate, aigre.

Je sursaute lorsqu'il sort un long couteau et commence à entailler la table. Dax tente de me rassurer d'un regard confiant, mais je ne peux refouler des frissons d'appréhension.

– Elle devrait dormir toute la nuit, précisé-je pour combler le silence. Elle m'a demandé un somnifère et vu son état, j'ai jugé que c'était une bonne chose qu'elle profite de quelques heures de repos.

– Putain ! On va pouvoir pioncer tranquille, se réjouit Tate, la cadence de sa lame s'atténuant un peu.

– Allez, je te ramène, m'annonce Dax.

– J'ai ma voiture, lui rappelé-je.

– Je sais.

Dax m'entraîne au rez-de-chaussée, entrelaçant ses doigts aux miens. Ce geste me désarme, au point que mes idées s'embrouillent.

– Je voudrais te montrer un endroit, m'informe Dax en s'arrêtant dans la cuisine.

– Ta chambre, ironisé-je gentiment.

Dax serre ma main plus fortement, et son regard devient plus chaud, presque caressant. Je tressaille sous l'intensité de ce faisceau qui pétille comme une nuit étoilée.

– Presque, me rétorque-t-il, taquin. Je souhaite t'emmener chez moi, dans ma maison.

– Ta maison ? Tu ne vis pas au Rush ?

– J'ai un appart au-dessus, oui, mais c'est juste un pied-à-terre.

– Et où habites-tu ?

– Aux abords du parc Sharp.
– Ce n'est pas vraiment la porte à côté.
– S'il te plaît, Tasha.

Je considère la proposition avec un sérieux qui lutte contre mon besoin de m'abandonner. J'ai choisi de succomber à mon attirance, OK, mais ce que me suggère Dax va au-delà des limites que je me suis fixées.

Des limites que j'ai déjà franchies, si j'y réfléchis bien…

Que je le veuille ou non, si Dax m'inspire un désir brûlant, il y a aussi et surtout chez lui une aura de mystère qui attise ma curiosité. Vérité qui renvoie aux orties l'idée qu'il n'y a entre nous qu'une appétence sexuelle.

Et c'est bien ce qui me pousse à hésiter. Sauf que sous son regard ombrageux, je me révèle faible…

– OK. Mais j'ai besoin de m'arrêter à la maison pour récupérer quelques affaires et prévenir Amber.
– Ça me va.

Après avoir remercié la bande d'avoir veillé sur ma Mustang, Dax s'installe sur le siège passager sans même essayer de négocier pour conduire. Vu les cernes sous ses yeux et la crispation de sa mâchoire, je soupçonne la douleur de revenir en force. Si je ne m'inquiète pas vraiment pour son épaule, je sais que je vais devoir vérifier l'état de sa main et de son flanc droit.

– Tu me laisseras examiner tes blessures ?
– Je ne suis pas contre l'idée que tu m'inspectes sous toutes les coutures.

Sous les paupières paresseuses, le regard noir me scrute avec une telle sensualité qu'elle ravive mon excitation. Je détourne la tête, gênée par l'intensité du désir de Dax. Parce que je ne suis pas certaine d'être capable de maintenir les remparts que j'ai dressés entre cet homme et moi.

Pourtant, je ne recule pas. Je démarre avec le sentiment pernicieux que la balade que je m'apprête à vivre va m'entraîner beaucoup plus loin que prévu.

Trop loin ?

La Mustang avale les kilomètres dans un silence religieux. Dax s'est assoupi juste après notre arrêt chez moi, et je ne peux m'empêcher de reluquer son profil. La tête abandonnée en arrière, il dévoile une beauté virile qui n'a pas besoin d'artifice pour irradier. Pourtant, le pli entêté de la bouche et les tatouages qu'il arbore avec fierté hurlent une dangerosité primaire.

À un mile du parc, Dax se réveille et s'étire avec une grimace. L'image d'un fauve me traverse l'esprit, le grognement contrarié jaillissant de la gorge masculine exacerbant cette impression.

– Tu veux reprendre un antalgique ?

– Non.

– Mais tu souffres !

– Je survivrai.

Un sourire plus sévère qu'avenant sur les lèvres, Dax m'indique une route qui remonte vers le parc.

– Prends celle-ci.

Dax me pilote jusqu'à une voie secondaire qui serpente entre une roche rouge et une végétation rare mais verdoyante. Après une quinzaine de minutes, j'aperçois un large décroché sur la droite. Une bâtisse a été construite là et abandonnée telle une verrue au milieu de nulle part.

Les fenêtres sont condamnées par des planches et la peinture de la façade a été rongée par le vent et la chaleur. Une pancarte bringuebalante me signale que les lieux ont autrefois servi de bar. Je me demande quelle clientèle cet endroit pouvait bien attirer… Peut attirer puisque cinq voitures sont stationnées sur le parking.

J'obtiens une réponse partielle en discernant une bande de filles perchées sur des escarpins vertigineux et habillées de robes ultra-courtes.

– Ne t'arrête pas, me précise Dax. Il y a un chemin sur la droite de la bâtisse. Prends par là.

Je n'aperçois pas tout de suite le passage étroit. Celui-ci est caché derrière une série de garages et n'est pas visible de la route. Il mène à une forêt compacte, mais est bloqué par une solide barrière en fer.

Un type, mitraillette sanglée sur l'épaule, veille depuis une petite guérite. J'ai beau ne pas vouloir manifester ma consternation, elle doit s'afficher sur mon visage, car Dax pose une main rassurante sur mon genou. Il s'incline vers ma fenêtre et adresse un clin d'œil au vigile qui me jauge avec un rictus mauvais.

– Dax ! s'exclame ce dernier en se déridant un peu. Putain ! On s'faisait d'la bile ! T'as pas l'air trop amoché.

– J'ai le cuir épais. Rien à signaler ?

– Non. Lou a doublé les tours de ronde, et on conserve les deux yeux ouverts. Personne passera, c'est moi qui t'le dis !

Le garde saisit son arme et l'agite sous mon nez, comme une preuve qu'il est prêt à recevoir n'importe quel ennemi. Puis il s'appuie nonchalamment contre ma portière et me dévisage avec une curiosité gênante.

– Alors c'est elle, le p'tit lot qui t'démange la queue.

– Ta gueule, Ross, rétorque Dax, un sourire dans la voix. On file chez moi, avertis Lou que je ne veux pas être dérangé.

Je démarre en ignorant l'air satisfait de Dax.

Le territoire des Styx Lions se révèle une surprise déroutante.

Entre les arbres, un immense chalet se dresse au milieu de guirlandes d'ampoules de toutes les couleurs. La nuit n'est pas encore totalement tombée, mais la pénombre commence à nimber les lieux. Un barbecue a été installé près d'un auvent qui accueille de longues tables où trinque joyeusement une bande survoltée.

La scène est banale. C'est le genre de rencontres conviviales qui se multiplient dès que le temps le permet. Le spectre des rues nauséabondes de la ville s'éloigne un peu plus.

– C'est notre QG, m'explique Dax en agitant le bras vers ses amis. Je te présenterai une autre fois. Continue par là et tourne à gauche au prochain carrefour.

Le chemin est un bandeau d'asphalte parfaitement entretenu. De petits chalets apparaissent de-ci, de-là, leur intimité préservée par une nature généreuse, et je m'arrête devant une façade en bois à la demande de Dax.

– Sois la bienvenue chez moi, mentionne-t-il en m'invitant à le suivre.

J'oublie l'aspect ordinaire de la bâtisse dès la porte d'entrée franchie. La pièce principale qui comprend salon et cuisine s'ouvre, grâce à une immense baie vitrée, sur un large balcon avec vue sur le lac qui s'étale en contrebas.

L'obscurité extérieure n'empêche pas d'apercevoir le reflet de la lune sur la surface lisse des eaux. Je suis à ce point fascinée par le spectacle qu'il me faut plusieurs minutes avant de détailler l'intérieur.

Dax aime la simplicité et l'ordre. Le parquet est impeccable, et il n'y a pas de bazar apparent. Les meubles sont fonctionnels, mais de bonne facture. Un comptoir muni de volets coulissants sépare le coin cuisine du reste de la pièce.

Une pièce qui doit être baignée de lumière la journée…

Seul luxe, un immense écran plat qui fait face à un canapé en cuir vieilli qui accuse les ans. Le renfoncement de l'assise me permet de supposer que Dax s'installe souvent sur la partie droite.

– J'ai besoin d'une douche, m'annonce mon hôte. Il y a de la bière et des sodas dans le frigo, sers-toi. Pareil si tu as faim, même si je ne garantis pas qu'il reste quelque chose de mangeable.

– OK !

Je déambule dans la pièce, attirée par la paroi vitrée. Le panorama est à couper le souffle, d'autant que le balcon tient plus de la terrasse que du simple agrément. Le lac est à environ cent mètres, mais un effet d'optique donne l'impression que l'on pourrait directement plonger dans les eaux sombres.

J'admire le paysage pendant quelques minutes avant de me diriger vers la cuisine. J'ai la gorge sèche et mon estomac crie famine. J'ai loupé le déjeuner alors j'espère que Dax aura de quoi me nourrir. Je me fige à mi-parcours, éberluée de ne pas avoir remarqué avant la grande bibliothèque aménagée dans une sorte de renfoncement. Un vieux fauteuil a été disposé au centre de l'alcôve, près d'une guérite pourvue d'une lampe en métal.

Je m'approche des étagères qui tapissent le mur du sol au plafond, et ma perplexité augmente d'un cran en lisant le nom des auteurs répertoriés : Jack Kerouac, William Faulkner, Ernest Hemingway, Francis Scott Fitzgerald, John Steinbeck… Quelques écrivains étrangers et contemporains complètent cette collection éclectique. Je suis troublée par ce que cela semble révéler de Dax.

Une fois de plus, mes repères volent en éclats…

Renonçant à démêler mes sentiments et le charivari dans ma tête, je me replie vers la cuisine. Dax n'a pas menti. Le frigo est rempli de bouteilles de bières et de cannettes de soda. J'opte pour un thé pétillant et invective mentalement Dax en répertoriant les aliments présents.

Un morceau de fromage desséché sur les bords côtoie une salade flétrie et un paquet de jambon qui, par chance, n'est pas périmé. J'espère que Dax a du pain parce qu'à part un sandwich, je ne vois pas quoi tirer de ces denrées.

– Tu trouves ton bonheur?

Je fais volte-face et mon cœur s'emballe *illico*. Dax porte une serviette enroulée autour des reins et a encore les cheveux humides. Je déglutis, incapable de refréner la vague de désir qui me lèche les terminaisons nerveuses. Et même si je sais que ma présence en ces lieux tient de l'acceptation de ce qui va suivre, je me focalise sur les blessures de Dax.

– Si tu as du pain, on pourra se préparer des sandwichs, mais je préfère t'examiner avant.

– Je suis tout à ta disposition.

Un programme que je ne refuserai pas, mais qui devra attendre. Je m'approche de Dax en mode investigatrice. Les strips sur l'épaule sont parfaitement en place, au contraire de la bande autour de sa main. Je change le pansement après avoir vérifié les lésions apparentes.

– Tu porteras des gants, la prochaine fois, râlé-je.

– Je n'oublierai pas, me promet Dax avec malice.

– Soulève ton bras droit, s'il te plaît.

L'abrasion cutanée sur le flanc s'étend de la moitié du buste jusqu'à mi-mollet et a bien mordu dans l'épiderme. La douche n'a pas dû être un moment de plaisir…

– J'ai apporté de quoi te soulager, annoncé-je, mais ça risque d'être douloureux pendant que j'applique la pommade.

– Je pense que je survivrai.

– Tu es un vrai dur à cuire, c'est ça, me moqué-je.

– Y a de ça, ouais.

Pendant que je dévisse mon tube de crème, Dax relâche sa serviette et la maintient d'une main de chaque côté de sa hanche. Il me dévoile ainsi l'entièreté de sa blessure, mais aussi un peu plus de son corps parfaitement sculpté. Une petite voix sournoise me signale que je n'aurai pas assez d'une vie pour me repaître du spectacle.

– Plus? me provoque-t-il.

– Imbécile!

Je reçois un sourire en retour et commence à étaler l'onguent sur la peau abîmée. La douleur va diminuer progressivement, mais d'ici là, mon massage va accroître la sensation piquante. Pourtant, Dax ne moufte pas. Si ce n'était la raideur de sa nuque, je serais bien incapable de deviner qu'il souffre.

– Alors, dis-je pour détourner son attention, comment on intègre un gang comme les Styx Lions?

Dax reste silencieux si longtemps que je finis par penser qu'il ne me répondra pas. Puis il relâche son souffle, comme s'il avait retenu sa respiration jusque-là.

– Comme beaucoup des nôtres. J'ai déconné quand j'étais ado et j'ai terminé dans un centre de redressement. C'est là que j'ai rencontré Tate. Il est devenu mon meilleur pote. On a recommencé nos conneries lorsqu'on a été libérés, ce qui nous a valu un bref séjour, en prison cette fois. Nous y avons croisé le chemin de Luis Lopez, le chef des Styx Lions.

– Luis? Il vit ici lui aussi?

– Non, il est mort. C'était un malade. À l'époque, le gang tenait plus de la bande de petits délinquants, et ce salopard régentait tous ceux qui tombaient sous sa coupe. Il n'y a pas eu grand monde pour le pleurer quand il s'est pris une balle. J'ai assuré le relais parce qu'il n'y avait pas d'autres candidats et que je n'avais pas de projet plus intéressant.

Je me statufie en intégrant les paroles de Dax. Ce dernier affiche un air calme, mais la sueur dégouline le long de son front et la jointure de ses poings a pâli.

Preuve qu'il n'est pas aussi insensible à la douleur qu'il veut bien l'admettre.

– Tu es le chef des Styx Lions ?

– Tu l'ignorais ?

Oui, et j'en reste bouche bée.

– Ça te fait flipper, Sexy Doc ?

– Putain ! Arrête de m'appeler comme ça !

– Tu éludes ma question, Tasha.

Le ton de Dax est empreint d'un sérieux qui m'agace. Quoi répondre à ça ? J'ai fui tout ce qu'il représente et je m'enfonce un peu plus à chaque révélation.

– Quand j'étais petite, je rêvais d'une autre existence. Peut-être parce que j'avais tout le temps peur… D'ailleurs, l'agression de ma mère n'a fait que me persuader que je devais quitter Tenderloin si je voulais avoir une chance de vivre, et pas seulement survivre.

Je me tais, un goût amer au fond de la gorge, puis je lève les yeux vers Dax. Ce dernier me scrute avec cette intensité qui me transperce. Mon cœur s'affole.

– Et je te ramène à ce passé que tu détestes, synthétise Dax, plus perspicace que je ne l'aurais souhaité. C'est pour ça que tu voulais juste tirer un coup et te barrer, n'est-ce pas ?

– Il me semble que nous étions d'accord sur le sujet, non ?

Dax m'oblige à lui faire face, un sourire tordu sur les lèvres. Il me confronte à cette part de lui qui éveille en moi une peur primaire qui n'occulte pourtant pas le désir. C'est à n'y rien comprendre…

J'ai toujours mené ma vie tambour battant, refusant de m'attarder sur ce qui me faisait stagner ou reculer. C'est en grande partie pour cela que mes relations sentimentales n'ont pas compté avant Clive. Je n'ai jamais laissé un homme m'atteindre et, avec mon ex, je n'étais pas en danger.

Dax, lui, c'est tout l'inverse. Et j'ignore comment gérer les émotions qu'il génère en moi. Parce que ce qui me pousse vers lui est plus fort que la raison ou le bon sens…

Mes pensées n'échappent pas à Dax. Il rajuste sa serviette autour de ses hanches, puis soulève mon menton d'un doigt et plonge son regard déterminé dans le mien. Un frisson me remonte le long de l'échine, ravivant les picotements dans mon ventre.

– Une nuit ne suffira pas, m'assène-t-il d'un petit ton arrogant. Ni pour moi ni pour toi. Le truc débile, c'est que tu luttes contre cette évidence. Tu veux maîtriser quelque chose qui nous dépasse tous les deux. Je n'ai pas pour habitude de m'intéresser plus de trois minutes aux gonzesses que je croise, mais avec toi, c'est différent. Tu vois, on est à armes égales.

Dax se penche vers moi et esquisse un sourire sardonique avant de poser sa bouche sur la mienne. Quel crétin ! Pourtant, je m'abandonne sans résister. À cette seconde, j'éprouve le besoin vital de le sentir contre moi. De le toucher et de me rassasier de lui…

J'incline la tête pour mieux savourer ce baiser au goût de soufre. Le contact de ses lèvres est frais et brûlant à la fois, et je gémis lorsque Dax approfondit son baiser. Cet homme m'embrasse comme s'il désirait me marquer, alternant douceur avide et possession brute. Je me cramponne à ses épaules et bondis en arrière quand Dax jure entre ses dents.

– Merde ! Ta blessure !

– Ce ne sont pas quelques petits bobos qui vont m'empêcher de te faire l'amour, Tasha. Reviens là !

– Tu as besoin de repos, objecté-je en utilisant un ton professoral.

– J'ai besoin de ta bouche autour de ma queue, riposte l'imbécile en attirant mon attention sur la bosse qui déforme sa serviette.

– Ça aussi, ça se mérite, mon grand.

Le grondement qui émerge de sa gorge est rauque et empreint d'un désir primaire. Le son se répand sur ma peau, touchant mes terminaisons nerveuses comme si Dax m'avait réellement effleurée. Mes tétons durcissent sous le tissu de mon soutien-gorge, appelant des caresses plus tangibles.

Je déglutis avec difficulté, me raccrochant aux cernes qui assombrissent le regard de Dax et à son front encore luisant de sueur. Malgré son apparence nonchalante, il souffre.

– Tu vas commencer par écouter ton médecin, intimé-je d'un ton sans appel. Tu dois te reposer et éviter les exercices trop physiques pendant deux ou trois jours.

Mes recommandations le font ricaner, évidemment. Il allonge le bras pour me ramener à lui, mais je m'écarte, par jeu autant que par résolution. Son grognement contrarié provoque une réaction épidermique délicieuse chez moi, laquelle ondule jusqu'à mon entrejambe.

– Pas de sexe, Dax. Tu risques d'aggraver tes blessures.

– OK, mais tu vas faire quoi pour ça?

D'un geste ample et théâtral, il détache sa serviette et expose sans complexe son pénis dressé. J'ai l'habitude de l'anatomie masculine, mais celle de Dax me fait saliver. Littéralement…

Malgré les circonstances, mon intimité palpite d'un besoin urgent de l'accueillir en elle. Pourtant, je demeure stoïque, consciente que le jeu exacerbe la tension sexuelle.

– Pourquoi est-ce que ça devrait être à moi de m'en occuper? le provoqué-je.

– Tu es médecin et tu as décidé que j'étais ton patient. Donc, doc, si je suis tes conseils, je dois rester tranquille. Avec une érection pareille, je risque de souffrir… non?

J'éclate de rire devant l'air coquin de Dax. Je suis incapable de résister à la version espiègle, certainement parce que je ne me suis pas autant amusée depuis longtemps.

Quant à Dax, il chamboule tous mes repères, assez pour qu'une part de moi ait envie d'en découvrir plus sur cette personnalité complexe.

– Si tu acceptes d'aller te coucher sans râler, je peux éventuellement t'accorder un massage… thérapeutique.

Dax médite mes paroles pendant un bref instant, puis se fend d'une grimace délurée. Il s'humecte les lèvres en saisissant son sexe et se branle avec des gestes brusques, sans jamais me lâcher du regard.

Je referme légèrement les cuisses, consciente que mon entrejambe est trempé. Je me rapproche, fascinée par les mouvements réguliers, et mordille ma lèvre inférieure lorsque Dax courbe la tête en arrière, le visage tendu du plaisir qu'il se procure.

Je ne résiste pas à la tentation et touche du bout des doigts le gland où perle une goutte translucide. Dax émet un son ténu qui me galvanise un peu plus. Ma main s'enroule autour des testicules et je frôle l'intérieur des cuisses, là où la peau est aussi douce que du velours. Je griffe légèrement son épiderme, ravie d'entendre un râle d'extase jaillir de la gorge masculine.

– Marché conclu si tu passes la nuit dans mon lit, lâche-t-il enfin d'une voix étouffée.

– Pour dormir et rien d'autre, insisté-je.

Dax se redresse d'un coup et m'empoigne par la nuque, de façon à ce que nos souffles se mêlent. Son regard est brûlant, mais moins que le baiser qu'il me donne. Je me liquéfie un peu plus.

– Profites-en, Sexy Doc, parce que la prochaine fois, je te baiserai jusqu'à ce que tu t'écroules de fatigue.

– Méfie-toi, mon grand, je pourrais bien te rappeler cette promesse.

Évidemment, Dax me dédicace un sourire suffisant où frise une sensualité impérieuse. Il sait exactement comment m'échauffer et ne s'en prive pas. Mais je n'ai pas dit mon dernier mot, moi non plus.

D'une main appuyée sur son torse, je ris en l'incitant à reculer jusqu'au fauteuil sous l'alcôve. Dax s'assied en faisant peser tout son poids sur son flanc gauche et étouffe une infime grimace de douleur. C'est pourtant bravache qu'il m'indique le large accoudoir.

– À moins que tu ne préfères te mettre à genoux?

– Dans tes rêves! répliqué-je en m'installant le plus confortablement possible.

Je surplombe légèrement Dax, de sorte que ma poitrine se retrouve au niveau de son visage. Il se tient comme un sale gosse et enroule sa main valide autour de ma taille pour me rapprocher de lui.

– Tu portes trop de fringues, Tasha, énonce-t-il. Vire-moi le haut.

– Rassure-moi, ce ton dominateur, ça marche, d'habitude?

– Si tu veux tout savoir, les nanas se déshabillent sans que j'aie à demander quoi que ce soit.

Je lève les yeux au ciel, puis enfouis les doigts dans l'épaisse chevelure brune, entamant un massage lent et appuyé. La sensation de soie contre mes paumes est presque jouissive, prémices qui me mettent l'eau à la bouche. Je devine que Dax s'attend à ce que je m'incline sur la hampe dressée contre son ventre, mais j'ai besoin de plus qu'un simple contact sexuel.

Je ravale un gloussement ironique. Bravo pour la fille qui fuit toutes les implications émotionnelles!

– Putain! Tu as des doigts de fée, susurre Dax, le visage contre mes seins.

Son souffle chatouille mon épiderme sensible, mais pas assez à son goût puisqu'il essaie de faire sauter les minuscules boutons en nacre qui l'empêchent d'aller plus loin. Avec sa main bandée, c'est peine perdue.

Je glousse d'amusement.

– Putain ! Tasha !

En réponse, j'accentue mon massage sur le cuir chevelu, n'hésitant pas à racler sa peau de mes ongles. Dax geint de plaisir et s'étire comme un chat contre moi.

Un chat ?

En vérité, il tient plus de la panthère que du petit félin apprivoisé…

– Tu te rappelles que le but est de t'apaiser, pas d'accroître ton excitation ? lui susurré-je à l'oreille.

– Il est hors de question que je sois le seul à prendre mon pied, gronde-t-il en retour. On ne peut pas baiser, OK, mais je veux te toucher.

J'empoigne le sexe érigé et je me lèche les lèvres pendant que ma main coulisse sur la peau de velours. Je masse, caresse, taquine, griffe, alternant mouvements lents et rapides. Chaque gémissement émis par Dax augmente mon propre désir et nos baisers, de plus en plus avides, m'enchaînent à lui. Je serre les cuisses pour contenir mon excitation.

– Enlève ce truc, murmure Dax en tirant sur mon chemisier, ou je le déchire.

L'impatience qu'il exprime me prête à sourire, mais je meurs d'envie que Dax me touche. Un frisson d'anticipation me traverse en imaginant sa bouche sur ma peau et je déboutonne quelques rangs, les doigts tremblants. Mon épiderme est en feu, et cette sensation s'accroît lorsque je croise le regard affamé de Dax.

De sa main valide, Dax décroche mon soutien-gorge, libérant ma poitrine.

– Une merveille, souffle-t-il en effleurant mes seins du bout de la langue.

Je tressaille.

Dax ne me procure pas simplement le sentiment que je suis belle, mais aussi et surtout que je suis unique. Une sorte de trésor qui n'a pas de prix.

C'est la première fois que j'éprouve ce sentiment qui me réchauffe de l'intérieur. Et la peur qui continue de pulser dans un sombre recoin de mon esprit n'est pas assez forte pour lutter contre cette déferlante.

Sans me quitter des yeux, Dax lèche mon bourgeon durci, me renvoyant des frissons dans tout le corps. Je me cambre, portée par la nécessité impérieuse qu'il m'offre bien plus. Il s'exécute dans un éclat de rire étouffé, lapant, mordillant et tétant avec une ardeur incomparable.

J'émets un gémissement ténu avant d'empoigner de nouveau le sexe érigé. Je ne milite pas seulement pour que nous soyons à égalité face à ce tsunami de sensualité, j'éprouve le besoin viscéral que Dax s'abandonne sous la pression de mes doigts comme je succombe sous ses coups de langue.

Le reste n'a plus aucune importance…

27

Dax

La voiture s'éloigne lentement, soulevant derrière elle un nuage de poussière ocre. Je réprime un mouvement d'humeur, conscient que ça en révèle beaucoup sur la place que Tasha est en train de s'attribuer dans ma vie. Après une soirée sous le signe de la sensualité et une nuit à l'étreindre, le réveil a aligné les frustrations. Entre l'appel urgent de Tate et l'obligation de Tasha de se rendre à son boulot, nous avons à peine pu échanger quelques baisers.

Rien qui ne satisfasse ma faim d'elle en tout cas…

Je jure à voix haute, le corps raidi d'un manque que je ne peux pas soulager pour l'instant.

– Ta nana est partie ? m'interpelle Jarod.

– C'est une vraie bombe, ricane Bruce, une sentinelle novice à la langue trop bien pendue. Je comprends pourquoi il la cache. T'as peur de la concurrence, boss ?

Je rejoins mes potes sous l'auvent bâti juste devant le chalet principal et toise méchamment Bruce. Ce crétin est excellent à son poste, mais il est incapable de garder sa queue dans son froc dès qu'une gonzesse apparaît dans le paysage.

Même quand il s'agit des femmes de l'un d'entre nous.

Et vu le nombre de raclées qu'il s'est déjà prises, je doute qu'il change un jour. Son comportement a tendance à me faire de moins en moins rire, car les tensions générées au sein du gang se multiplient. Aujourd'hui, en tout cas, j'ai juste envie de lui foutre mon poing dans la gueule.

– Dégage, ordonné-je d'un ton sans réplique.

– Quoi? J'mange mon p'tit déj tranquille. Me casse pas les couilles!

Bruce est suicidaire ou les coups l'ont abruti. Je ne tolère pas le manque de respect, pour la bonne et simple raison qu'il induit une faiblesse dangereuse. La plupart des gars me sont loyaux, mais il existe toujours des prédateurs avides qui rêvent de détrôner l'alpha. Bruce en fait partie, même s'il n'a pas l'étoffe d'un leader.

Je lui cramponne la nuque et, d'une poigne ferme, je l'oblige à quitter son siège, indifférent à la vaisselle qui valse sur la table.

– Évite de me provoquer, connard, énoncé-je sans relâcher ma prise alors que Bruce est à genoux. Et ne t'avise pas de lorgner ma nana, c'est chasse gardée!

– Putain! Merde! Je déconnais.

– Pas moi! Dégage!

Cette fois-ci, Bruce détale sans demander son reste, les poings crispés de colère.

– Il va falloir qu'on l'ait à l'œil, proclame Jarod en le suivant du regard. Sacha l'a encore surpris en train de l'épier derrière ses fenêtres.

– Il devrait éviter de s'attaquer à elle, ricane Tate. Elle est capable de lui arracher les couilles.

– Peut-être, mais tu oublies par quoi elle est passée. Notre territoire, c'est son havre de paix. Si elle peut plus se balader chez elle sans avoir à vérifier que quelqu'un l'espionne, elle va péter un câble. Et ce ne sera pas beau à voir!

– On va envoyer Bruce monter la garde au Rush, décidé-je. Il fera moins de dégâts là-bas, en attendant de trouver une autre solution. Si Bruce n'est pas capable de respecter nos règles, on va devoir envisager de le foutre dehors.

– Bordel ! C'est un bon pisteur, déplore Jarod. L'un de nos meilleurs.

– Il est ingérable et il nous cause trop d'ennuis, sanctionne Tate. On peut pas se permettre de perdre du temps avec des gars comme ça alors qu'on a les Demonic Snakes et les flics sur le dos.

Tate a raison et me rappelle par la même occasion que nous avons un autre paquet d'embrouilles sur les bras. Fajra ne peut pas rester au bar, vu les circonstances.

Je me verse une tasse de café en maugréant. Cette journée promet d'être merdique de bout en bout !

– Lou, Jarod, emmenez Bruce à la grange et essayez de lui faire entrer dans le crâne qu'on lui laisse une dernière chance. Il n'y aura pas d'autres rappels. La prochaine fois qu'il déconne, il dégage. Sam, tu le conduiras au Rush ensuite et tu ramèneras la gamine, aboyé-je.

– Tu es sûr que c'est une bonne idée ?

– Fajra n'est pas en sécurité là-bas pendant les travaux et il faut qu'on découvre ce qu'elle nous cache.

– Elle est hystérique ou complètement mutique, grommelle Tate. Pas moyen de la faire causer. C'est une plaie, cette gonzesse.

– Elle parle à Tasha, rectifié-je.

– Voilà une excellente raison de réinviter ta nana, nous objecte Jarod avec malice.

Tate se renfrogne, mais ne moufte pas. Seul le martèlement de sa lame s'accélère.

– Et on fait quoi pour les Demonic Snakes ? questionne Lou, en frappant du poing sur la table. Si on ne réagit pas à leur provocation, on va passer pour des faibles.

– T'inquiète, vieux, ricane Tate, soudain plus joyeux, même si son sourire verse dans le diabolique. J'ai la solution. On ne peut pas atteindre Buzz, mais on a une autre option. Diaz, le vice-président du club, tringle une petite bourgeoise et se rend chez elle tous les mercredis soir quand le mari est absent. Comme il ne tient pas à ébruiter cette liaison, il y va seul et son escapade est réglée comme du papier à musique.

– Voilà une excellente nouvelle, le félicité-je, ma mauvaise humeur se dissipant enfin. On est mercredi donc on s'occupe de ce connard dès cette nuit. Buzz va recevoir un message auquel il ne s'attend pas.

Les gars éclatent de rire, savourant avec moi la perspective de notre vengeance.

– OK. À quelle heure on décolle d'ici ce soir ?

– Vingt-trois heures, annonce Tate. Diaz débarque chez sa nana vers une heure du matin, quand tout le quartier dort. Il ressort vers deux heures, moment auquel on pourra l'intercepter sans se faire remarquer. C'est OK pour tout le monde ?

– Oui, clame Jarod en se levant. Allez, Lou, on va s'occuper de notre petit perturbateur ? Sam, tu suis ?

– Ouais, faut que je prépare le transfert de la gamine. Bordel ! Tu parles d'une journée de merde. À plus, les mecs, lance-t-il en s'éloignant.

– J'aime pas trop l'idée qu'elle débarque ici, râle Tate.

– Moi non plus, avoué-je, mais on n'a pas les moyens d'assurer sa protection là-bas. Et, entre notre transaction avec Parson, l'insistance de Rosario à nous mettre sous les verrous et les attaques des Demonic Snakes, on ne peut pas s'éparpiller plus.

– Diaz hors course, les Demonic devraient nous lâcher les baskets.

Je décoche à Tate une œillade médusée. Il ne croit quand même pas que ça va suffire à stopper Buzz ? Ce connard a trop investi sur notre disparition pour s'arrêter en si bon chemin. La mort de Diaz risque de le foutre de mauvais poil et de picoter sa fierté, mais elle ne l'empêchera pas de nous emmerder.

Le but est surtout d'illustrer que nous ne sommes pas des proies faciles et que nous rendons coup pour coup. Message qui transitera jusqu'à Rosario !

– Ouais, bon, OK. Mais, bordel, on peut rêver, non ? s'exclame Tate.

Mon sourire, plus tordu qu'engageant, est une réponse en soi. Il y a bien longtemps que j'ai appris que la réalité tient souvent plus du cauchemar que d'autre chose. Pour apercevoir une lueur d'espoir, aussi fragile soit-elle, il faut lutter.

C'est ce pour quoi je me bats. Offrir aux innocents – ou aux aveugles – la chance de baigner dans cette douce lumière. Je n'éradiquerai jamais le mal – c'est une mission impossible –, mais je contribue à rendre le monde moins sombre.

Dans cette réalité, les jeunes femmes de 16 ans qui tombent enceintes et sont jetées à la rue par leurs familles ne finissent pas sur les trottoirs, droguées jusqu'à l'os. Et elles ne meurent pas d'overdose avant même d'avoir pu serrer leur fils dans leurs bras. Pourtant, ce sacerdoce qui vise les étoiles m'a conduit dans les ténèbres…

Et, jusqu'à Tasha, je n'avais pas assimilé que la lumière me manquait, ou du moins sa chaleur. Je sais que je ne pourrai jamais faire machine arrière – d'ailleurs, je ne le souhaite pas –, mais je fantasme soudain sur une existence où je pourrais me réchauffer sous l'éclat brillant du soleil.

De temps en temps…

Peut-être…

– Tu vas faire quoi ? m'interrompt Tate dans mes rêveries.

– À quel sujet ?

J'écope d'un regard ombrageux, presque venimeux.

– Je te parle d'elle !

– Je vais la garder… tant qu'elle voudra de moi !

– Nom de Dieu ! Dax ! Y a pas de place pour ça dans nos vies. La baise, oui, mais pas ça ! Et puis, tu sais bien que les gonzesses nous attirent que des ennuis.

Je soupire en me frottant le visage et grogne quand, pivotant sur moi-même, la douleur dans mon flanc droit se réveille.

Tate a raison et ça me fout en rogne. Cependant je ne renoncerai pas à Tasha. Plus maintenant… Le lien qui existe entre nous est fragile comme les ailes d'un papillon et, néanmoins, aussi réel et solide que de l'acier. Je n'ai aucune envie de lutter contre cette vérité, bien au contraire…

Je n'ai pourtant pas vu le coup venir. Pas même pensé que je pourrais souhaiter un jour partager mon quotidien avec une femme. Cette vie-là, l'ancien Dax aurait pu y prétendre.

Mais celui que je suis devenu… non !

J'ai renoncé à ce droit lorsque j'ai accepté de rejoindre les Styx Lions. J'ai cru que je ne regretterais pas ma décision, mais à 24 ans, j'étais plus à cran que lucide. Cela dit, jusqu'à Tasha, je n'ai même jamais songé à ce que je perdais.

Cependant, la nuit dernière, alors que Tasha m'obligeait à m'abandonner à ses bons soins, j'ai subitement compris que je n'avais pas envie d'une simple aventure avec elle.

La garder, voilà ce que je désire. Même si ça tient du délire ! Elle fuira au premier signe d'attachement. Pourtant, je compte bien profiter de chaque seconde qu'elle m'accordera.

– Tu ne peux pas lui parler de nous ! insiste Tate.

– Je sais, vieux, mais c'est plus fort que moi. Je la veux ! Je vais prendre tout ce qu'elle me donnera et je ferai tout ce que je pourrai pour qu'elle reste le plus longtemps possible. Cette fille, c'est…

– … des emmerdes à la pelle, achève Tate en plantant violemment son couteau dans la table.

28

Tasha

– Bon sang, Tasha, tu as assez bu ! Viens, je te ramène chez toi avant que tu ne sois complètement soûle.

Je renifle avec dédain et ignore superbement Clive. Cet imbécile a réussi à se faire inviter alors qu'il n'a jamais apprécié les soirées organisées par Pete et qu'il les a boycottées tout le temps où nous étions en couple.

En vérité, cela m'arrangeait bien. Faire la fête avec lui a toujours eu un goût aseptisé désagréable. Clive aime ce qui reste sous contrôle et prône la mesure en toutes circonstances. Je réalise qu'en cinq ans, je ne l'ai jamais vu soûl, ou même légèrement grisé.

– Fous-lui la paix, maugrée Amber. On est en train de gagner notre pari.

Pete et Zach, son meilleur pote, ont encore deux rangées de verres devant eux alors qu'Amber et moi venons d'entamer la dernière ligne. À ce jeu, nous sommes imbattables, un détail que Pete ignorait avant de nous défier. Je ris sous cape et vide mon mojito, consciente que je suis déjà à moitié ivre.

Je m'essuie la bouche d'un revers de la main et lève la preuve de mon triomphe avec un panache ridicule. Je m'en contrefous. Ce soir, j'ai juste envie de boire et d'oublier le chambardement de ma vie.

– C'est stupide, insiste Clive. Si l'hôpital vous appelle en urgence, vous ne serez pas en état de répondre.

– Nous ne sommes pas de garde, ronchonne Amber en lui balançant un regard mauvais.

– Nom de Dieu ! Vous êtes médecin, non ? Vous connaissez les risques à ingurgiter autant d'alcool.

– C'est un rigolo, ton ex, ricane Zach.

Le beau pompier me drague depuis que je suis célibataire et, ce soir, il prend un malin plaisir à asticoter Clive. J'avoue qu'avant Dax j'aurais volontiers croqué dans cette pomme aux pectoraux appétissants.

Mon cœur se met à tambouriner contre mes côtes, comme à chaque fois que je pense à Dax. Quant au frémissement dans mon ventre, je peux me leurrer autant que je veux, ce n'est pas que du désir. En fait, il a suffi d'une nuit et de quelques caresses pour me prouver que je suis dans de sales draps.

Une conviction qui m'encourage à vider le verre suivant et à éluder, en toute mauvaise foi, le fond du problème.

– Tasha ! rugit Clive, probablement agacé que je n'intervienne pas.

– Écoute, je suis venue ici pour passer une bonne soirée, riposté-je enfin. Et là, tu es en train de me la gâcher. Va donc faire un tour dans le salon et discuter avec les autres invités. Amuse-toi, quoi !

D'une main fébrile, Clive ébouriffe sa chevelure impeccablement peignée. Ainsi décoiffé, il me rappelle l'homme dont je suis tombée amoureuse, celui qui osait, dans l'intimité, se départir de sa sévérité naturelle. Je réalise qu'il y a bien longtemps qu'il n'a pas pointé le bout de son nez.

– Et te laisser déconner ? s'insurge-t-il.

– Merde ! réagit Amber en haussant le ton. Tu n'es ni son père ni son mec, alors lâche-la !

– C'est à cause du type de l'autre soir que tu fais n'importe quoi?

– Quel type? relève Zach, les sourcils froncés.

– Vous êtes en train de perdre, les gars, annoncé-je en vidant un nouveau verre cul sec.

– Qui est ce mec, Tasha? insiste Clive. Tu réalises qu'il a tout du criminel? Tu vas au-devant de problèmes en fréquentant ce genre de connard.

– Dax possède un bar, le Rush, c'est pas non plus un minable, rétorque Amber, décidée à clouer le bec à mon ex.

Je la fusille du regard. Quand elle est bourrée, Amber a tendance à bavarder un peu trop, et je n'ai aucune envie que Clive en apprenne plus que nécessaire sur Dax.

D'ailleurs, vu ce qu'elle pense de Dax, je suis surprise qu'elle se rallie à sa cause. Mais, face à Sexy Bomb, le roi des connards n'a aucune chance de l'emporter.

– Le Rush? siffle Zach entre ses dents. Tu sais que ce bar est le repaire des Styx Lions?

Trois paires d'yeux se braquent sur moi, distillant dans l'air incrédulité et inquiétude. Amber appuie une main sur sa bouche lorsqu'elle réalise qu'elle en a trop dit. Cette réaction à retardement ressemble tellement à Amber que j'éclate de rire.

Ivre, elle est la reine des bourdes.

– Merde! Tu déconnes plus que ce que je supposais, fulmine Clive en ébouriffant un peu plus ses cheveux. Tu veux me punir, c'est ça?

– Ou peut-être qu'elle souhaite juste baiser avec un mec qui la fait grimper aux rideaux? intervient Amber sans pouvoir s'en empêcher.

La tête inclinée sur le côté, mon amie examine Clive comme s'il était un insecte répugnant coincé sur la lame de son microscope. Le mouvement innocemment sensuel de sa langue sur sa lèvre inférieure n'échappe à aucun des hommes présents, mais ce spectacle ne suffit pas à distraire mon ex plus de quelques secondes.

Contrairement à Pete qui bave de désir et de frustration.

– On n'a jamais eu de problèmes à ce niveau-là ! rectifie-t-il d'un ton sec et sérieux. Allez, Tasha, j'ai compris le message. Est-ce qu'on peut rentrer pour discuter de tout ça en privé ?

– Quel message ? l'interrogé-je, perplexe.

– Je t'ai trompée, et tu m'as rendu la pareille. Nous sommes quittes maintenant, il est temps d'aller de l'avant.

Bouche bée pendant une fraction de seconde, je finis par glousser. Un rire qui devient incoercible lorsque j'avise la mine estomaquée de mon ex. Mon costume de la parfaite compagne, ce qui incluait une discrétion absolue en public, se disloque sous ce raz-de-marée.

– Tu te trompes complètement, énoncé-je en m'essuyant les yeux. Comme je te l'ai dit, toi et moi, c'est terminé. Ce que je fais de ma vie désormais ne concerne que moi.

– Tu couches avec un criminel, Tasha ! Ce n'est pas possible, tu n'as plus toute ta raison. Tu devrais consulter parce que ton comportement est irrationnel.

– Je n'irais pas jusque-là, ajoute Zach, mais les Styx Lions sont de notoriété publique des salopards de première. Tu devrais laisser tomber, ma belle. Et puis, tu sais, je suis prêt à te consoler si tu as besoin.

Je m'amuse du regard lénifiant du pompier, tandis que Clive s'étrangle de rage. C'est de bonne guerre. Il n'a jamais eu à lutter pour me conquérir et me garder parce que je suis sans faux-semblants. Et j'ai toujours pensé que la passion qui nous liait – confortée par une admiration réciproque – suffisait.

La harpie m'a prouvé que non…

– Merci, Zach, pour cette… offre alléchante, mais je gère parfaitement.

Je pivote vers Clive et me crispe devant son attitude inhabituelle. Bras croisés sur son torse, il me jauge d'un air implacable.

Ouah !

Mes terminaisons nerveuses apprécient cette déferlante de domination, même si mon esprit refuse de s'y attarder. J'en déduis, entre soulagement et douleur, que je n'éprouve plus le moindre sentiment pour cet homme.

Au fond, je ne suis même plus certaine d'avoir été réellement amoureuse de lui. Oui, je l'ai admiré, ce qui est encore le cas au niveau professionnel. Oui, il m'a éblouie avec son flegme indéfectible, même lorsqu'il tendait vers un froid glacial. Oui, il m'a séduite par ses manières irréprochables et tellement conventionnelles.

Mais est-ce cela l'amour ? J'en doute de plus en plus.

Clive, lui, est persuadé que je me noie et que je ne cherche qu'à attiser sa jalousie. Comment pourrait-il en être autrement ? Il est riche et brillant, Dax n'est… rien. Du moins à ses yeux.

– Dax n'est pas le premier criminel avec qui je couche, indiqué-je d'une voix volontairement sensuelle. J'ai grandi à Tenderloin, alors crois-moi, je sais exactement où je mets les pieds. Et, en l'occurrence, je n'ai besoin d'aucune excuse ou blessure secrète pour baiser avec lui. Amber a raison, il me fait grimper aux rideaux comme personne. Cerise sur le gâteau, le service est sans rendez-vous et non-stop !

Amber pouffe contre sa main, tandis que Clive se décompose.

– Putain ! Mais, moi, je t'aime, bafouille-t-il, livide.

– Tu m'aimes ? Vraiment ?

Cette fois-ci, c'est la colère qui s'empare des prunelles de Clive, une émotion inhabituelle chez lui qui me pousse à enfoncer le clou.

Amber se bidonne à mes côtés, pas fâchée de voir mon ex-fiancé s'enliser dans ses conneries.

– Qu'est-ce qui te fait croire que tu es amoureux de moi, hein? Tu m'as trompée, non? Il y a mieux comme preuve d'amour...

– Nom de Dieu, Tasha! Tu n'as quand même pas oublié comment on était bien tous les deux? Notre vie était parfaite!

Parfaite? Le pire, c'est que j'en étais convaincue il y a encore quelques mois. Pourtant, cette existence m'a desséchée de l'intérieur, me laissant affamée et avide de quelque chose qui me ramène à un besoin primaire et inexplicable.

– Dis-moi, Clive, pourquoi es-tu tombé amoureux de moi?

Je suis on ne peut plus sérieuse malgré ma légère euphorie. Et très curieuse d'entendre la réponse.

– Viens, qu'on en discute tous les deux, me propose-t-il en toisant les deux hommes qui pavoisent en se foutant de lui.

– Réponds ou barre-toi! lui intimé-je durement.

Mon ex-fiancé se renfrogne, mais, contrairement à ce que je pensais, il ne détale pas.

– Tu es intelligente, avoue-t-il du bout des lèvres. Douée dans ton boulot et investie à cent pour cent. J'adore ça chez toi. Énormément. Et, évidemment, tu es belle. Le genre de femme que n'importe quel homme rêverait d'avoir à son bras.

C'est à peu près ce que j'aurais pu dire à Clive s'il m'avait posé la même question. Une réponse qui accentue ma mauvaise humeur sans que je sois capable de me l'expliquer.

– Ce n'est pas de l'amour, ça, intervient Zach en me dévisageant avec une intensité tout sauf innocente. C'est de l'opportunisme amoureux.

– Quoi? s'insurge Clive, les yeux exorbités. Qu'est-ce que tu racontes?

– Tu exprimes tes sentiments avec la partie rationnelle de ton cerveau, mec. T'es carrément à côté de la plaque! Parce que, tu vois, l'amour, en vrai, ça ne s'explique pas. Ceux qui cherchent des arguments pour justifier leurs sentiments se fourrent le doigt dans l'œil. On ne tombe pas amoureux d'un esprit, d'un corps ou de valeurs. Je ne dis pas que ces choses-là ne comptent pas, entendons-nous bien, mais on ne se lance pas dans l'aventure comme on va au supermarché, liste d'achats en main.

Bien qu'il s'adresse à Clive, Zach est entièrement concentré sur moi. Je me trémousse, légèrement mal à l'aise. Pas à cause de l'homme. Non! Ce sont ses mots qui me déstabilisent.

Parce qu'ils me percutent avec une vigueur déroutante... Et qu'ils appuient sur cette part de ma psyché que je garde sous clé.

– Aimer, continue-t-il, c'est être balayé par un truc tellement fort qu'on succombe alors même qu'il n'y a pas de raison véritable ou valable. C'est un tsunami des sens et du cœur. Pourquoi lui ou elle? On n'en sait rien et, pourtant, on sait. Parfois ces sentiments existent en dépit de tout bon sens. Parce que c'est ça, l'amour... Ou du moins, ça devrait être ça, un truc insensé et fébrile. Une folie à l'état pur qui nous donne envie de succomber alors que l'autre peut devenir source de déception ou de trahison. Toi et Tasha, vous étiez ensemble pour des raisons logiques.

– Et alors? Quel mal y a-t-il à ça?

– L'amour, c'est pas ça. L'amour embrase. Il te fait brûler d'un feu qui te tiendra chaud au milieu de l'hiver. En somme, l'amour doit remplir ta vie d'étoiles et de licornes.

Zach est plutôt fier de lui, au contraire de Clive qui s'étouffe de rage. Le spectacle est assez savoureux, je l'avoue.

Moi, je suis... perplexe. Indécise. Les mots de Zach m'ont réellement touchée. Je ne suis pas d'une nature romantique ou rêveuse, mais le beau pompier vient pourtant d'émettre une vérité qui me transcende.

Je ne crois pas au prince charmant, mais j'aspire à rencontrer un homme qui me donnera le sentiment d'être spéciale, même les jours où je serai fatiguée ou en rogne. Même les jours où j'aurai envie de lui arracher les yeux.

Un homme qui mettra de la couleur dans ma vie et qui aura besoin de moi pour enluminer la sienne.

– Des licornes ? répète Clive, l'air plus estomaqué que jamais. Bon sang, vieux, tu as pété un plomb ou quoi ?

Zach se contente de me dévisager et j'ai le sentiment qu'il lit en moi comme dans un livre ouvert. Du moins en ce qui concerne le trouble qu'il a semé en moi.

Et le petit sourire arrogant qui fleurit sur ses lèvres me signale qu'il est plutôt fier du résultat.

– Tasha ! insiste Clive en s'interposant, la jalousie gonflant ses joues. Allez, viens, on discutera dans un endroit un peu plus privé.

Il essaie de me saisir la main, mais je le repousse. J'en ai fini avec lui ! Avec lui et avec la douleur qui m'a accompagnée ces derniers mois.

J'esquisse une moue féline à mille lieues du visage raffiné que je lui offre d'ordinaire et m'enfile l'ultime mojito de notre défi. Le rictus de Clive vire à la réprobation.

– Dommage, les garçons, clamé-je d'une voix volontairement lascive, vous avez perdu !

– *We are the champions, my friends*, entonne Amber. *And we'll keep on fighting 'til the end. We are the champions. We are the champions. No time for losers. 'Cause we are the champions of the world.*[5]

Je reprends le refrain et, entraînée par une Amber déchaînée, saute de mon tabouret pour me trémousser. Bras levés au-dessus de la tête, je balance mon bassin dans un geste sensuel qui attire Zach comme un aimant. Il se colle dans mon dos, mimant un rythme plus lénifiant que les braillements qui jaillissent de nos bouches.

5. « We are the Champions », Queen. Paroles : Freddie Mercury.

– Barbra, monte le son, crie Pete en riant.

La musique qui pulsait en arrière-plan envahit soudain la cuisine. Je souris en reconnaissant la chanson et m'abandonne à la cadence, oubliant Clive et son regard pétrifié.

« I'm only human
I'm only, I'm only
I'm only human, human
Maybe I'm foolish
Maybe I'm blind
Thinking I can see through this
And see what's behind
Got no way to prove it
So maybe I'm blind
But I'm only human after all
I'm only human after all
Don't put your blame on me
Don't put your blame on me »[6]

Zach pose les mains sur mes hanches et réduit la distance entre nos deux corps. Son souffle caresse ma nuque telle une promesse de satiété. Ivre et en manque de sexe, je devrais sauter sur l'occasion. Cependant, comme le soir du speed dating avec Finn, je reste de marbre.

C'est un autre homme que je veux contre moi.

Un homme qui m'obsède au point que je me sens vide en son absence…

Un homme qui me perturbe parce qu'il accumule les paradoxes…

Un homme qui me tente comme personne, en dépit de ce qu'il est…

---

6. « Human », Rag'n'Bone Man. Paroles : Rag'n'Bone Man et Jamie Hartman.

Un homme qui est simplement celui que je désire…

Les mots de Zach tourbillonnent inlassablement dans ma tête. Sa conception de l'amour…

Je ferme les paupières, fauchée par une vérité que j'occulte depuis bien trop longtemps. Comme je l'ai compris, il est trop tard pour m'éloigner de Dax. Mais je me suis trompée sur ce que je pensais devoir fuir. Parce que c'est mon cœur qui est en péril…

La peur n'évite pas le danger, proclamait autrefois Grady lorsque je menaçais de me laisser submerger par ce sentiment.

À ses yeux, chaque épreuve de l'existence servait à mettre en évidence notre force intérieure. « Dieu ne t'impose rien que tu ne peux surmonter », me répétait-il de sa belle voix grave. Sa foi lui était aussi nécessaire que l'air qu'il respirait, probablement parce qu'il avait perdu sa femme et sa fille unique dans une fusillade de quartier et qu'il était vital pour lui de donner un sens à cette douleur fondamentale.

Au fond, Dieu, Krishna, Bouddha ou le voisin d'à côté, nous avons tous besoin d'une référence ou d'un cadre qui tient debout, car l'absence de sens est le pire néant qui soit, une sorte d'abysse d'indifférence et de silence.

Si, pour ma part, je ne crois pas en l'existence d'un créateur tout-puissant ou d'un chemin tout tracé, j'ai toujours pensé que c'était notre propre volonté qui induisait nos destinées, même s'il y a une part d'imprévus.

Des imprévus que je me suis efforcée de ramener à l'état de petits obstacles gênants, mais négligeables.

Dax… Dax me prouve que ce n'est pas aussi simple. Que parfois, malgré toute la détermination du monde, on ne s'aperçoit que l'on est au-dessus d'un précipice qu'une fois qu'il est trop tard.

Et cette réalité m'effraie au-delà du raisonnable, car, comme naguère lorsque je vivais à Tenderloin, j'ai le sentiment que je perds les rênes de ma vie. Pourtant, je sais déjà que je ne renoncerai pas à ce qui frémit entre Dax et moi.

C'est au-dessus de mes forces, comme si la vérité sur le lien qui nous poussait l'un vers l'autre annihilait mon opiniâtreté habituelle. Comme si elle détruisait tout sur son passage, tel un raz-de-marée dévastateur.

Mais n'est-ce pas la définition de l'amour?

Et je suis prête à y succomber, même s'il est inévitable que je me brûle les ailes…

29

Dax

– Bordel de merde !

J'arrache mon bandage, agacé lorsqu'il se coince une nouvelle fois dans le passant de mon ceinturon. Une chance que je sois gaucher, car ma mauvaise humeur flirte déjà avec des sommets.

Merde !

Je déteste me sentir diminué.

– Mec, t'aurais dû rester au QG, me lance Lou. Le doc t'a conseillé d'y aller mollo, pas vrai ?

Posté à l'arrière du pavillon résidentiel où Diaz s'est engouffré il y a deux heures, Lou se roule une cigarette, l'œil malicieux. Je monte la garde avec lui pendant que Tate et Sam surveillent la façade avant.

– Mêle-toi de tes affaires ! grondé-je.

– Ben dis donc, en principe, baiser te met de meilleure humeur que ça.

– Putain ! Pourquoi faut toujours que tu causes ? On est en mission, là !

– Et alors ? s'étonne Lou avec un sourire qui s'accentue. On a du temps à tuer et c'est pas près de changer si on en croit les cris que pousse la bourgeoise de Diaz.

Je ricane. La nana de Diaz a la jouissance bruyante, c'est le moins qu'on puisse dire. Sauf que ça me rappelle que je pourrais être ailleurs en ce moment. En tant que chef des Styx Lions, il était hors de question que je rate cette expédition, mais ça n'efface pas ma frustration. Ma faim de Tasha s'est encore accrue après la nuit où nous avons dormi ensemble.

La tenir contre moi...

Merde ! Je n'en reviens pas du sentiment de plénitude qui m'a cueilli au réveil quand j'ai ouvert les yeux sur son visage ensommeillé.

– Je n'ai pas envie de parler.

Lou coince sa cigarette derrière son oreille, appliquant un principe simple de sécurité. Ici, nous sommes des fantômes et nous ne laisserons aucune trace de notre passage. Les Demonic Snakes sauront que c'est nous qui avons agi, mais la police sera incapable de nous relier au meurtre de Diaz.

– Pourquoi ça m'étonne pas ? Mais, Dax, c'est la première fois que tu amènes une nana au QG, dans ton chalet en plus, alors les gars sont curieux de la croiser.

– C'est juste de la baise, râlé-je, furieux de me cacher derrière ce mensonge éhonté.

– Ouais, c'est ce que je disais aussi avec Dria.

Dria...

Qui aurait parié que la petite institutrice timide réussirait l'exploit de mettre Lou à terre ? Pas moi.

Lou, c'est le genre de type baraqué qui effraie plus qu'il ne rassure, même s'il a le sourire facile. Il y a néanmoins chez lui quelque chose de sombre qui se révèle lorsque l'on croise son regard implacable.

Lou a intégré les Styx Lions il y a cinq ans, une fois que ma position de leader a été bien consolidée. À cette époque, j'ai jugé, avec Tate et Ted, que nous avions besoin de renfort pour asseoir et développer nos projets.

Lou nous a rejoints en même temps que Jarod et Sam. Âgé alors de 29 ans, il faisait partie des agents de terrain du FBI et végétait à un poste inintéressant à cause d'une propension à ne pas suivre les règles. Il rêvait de s'investir dans une mission qui mettrait ses aptitudes à contribution et n'a pas hésité à intégrer le programme. J'y ai gagné une recrue qui, sous des dehors de bonne humeur, masque un esprit incisif.

Le seul inconvénient, c'est que Lou est curieux et se mêle de tout. Cela dit, comme il joue le rôle de régulateur au sein du gang, ça me va.

– Rien à voir.

– Non ?

– Non !

Mon regard noir, corrosif, ne suffit pas à le museler. C'est l'une des qualités – ou défauts selon les points de vue – de Lou, ce qui fait que sa présence au sein du groupe le définit comme un aîné respecté et écouté.

Lou ne lâche le morceau que lorsqu'il estime avoir fait le tour de la question, mais, jusqu'à aujourd'hui, je n'avais jamais fait les frais de ses « bons soins ».

– Pourquoi ?

– Merde ! Pourquoi il devrait y avoir une raison particulière ?

– Parce qu'il y en a nécessairement une, vieux.

Je pourrais envoyer Lou bouler, mais une part de moi s'y refuse. Je me frotte le visage, irrité par ce constat qui me ressemble si peu.

– Tasha n'est pas le genre à s'acoquiner avec un mec comme moi.

– Dria ne l'était pas non plus. Pourtant, elle est toujours là. Tu sais, parfois, ce qui compte ce n'est pas ce qui est le mieux, mais ce qu'on veut.

– Amen, ricané-je.

– Fais le malin tant que ça te chante, Dax, mais si cette nana représente quelque chose pour toi, ne passe pas à côté de ça, OK? On a peut-être opté pour un choix de… carrière difficile à assumer, mais on reste des hommes.

– Ce qui signifie?

– Qu'on a le droit d'avoir une femme à aimer, et je ne te parle pas des gonzesses que tu baises entre deux portes.

C'est pourtant mon quotidien depuis sept ans. Sept ans que je n'ai pas foulé le sol de Quantico. Sept ans que je limite mes contacts avec ma famille au strict minimum pour ne pas trahir celui que je suis devenu. Sept ans que je baigne dans une violence primaire et sans pitié…

Mon intégration au sein du FBI, c'était un rêve qui se réalisait et je n'ai pas hésité lorsqu'on m'a parlé du projet d'infiltration. À l'époque, je n'avais pas conscience du prix à payer. J'étais même convaincu que ça importait peu que je brade mon âme. Que ma place était dans les ténèbres.

Je n'ai donc jamais pensé à mon avenir en dehors de ma mission.

Les femmes… eh bien, elles occupent un rôle dans ma vie, mais rien qui ne mette en péril mon équilibre ou mes objectifs.

Tasha…

Tasha est la première à émoustiller cette part de moi que j'ai gardée cadenassée à double tour sans même m'en apercevoir. Aimer, ça n'a jamais été dans mes plans, pas même en rêve. Il y a trop de fantômes et de fautes qui s'accrochent à moi…

Alors pourquoi ai-je envie de posséder Tasha et de la marquer intimement, comme si je souhaitais proclamer à tous qu'elle m'appartient?

Je peux mentir à mes potes, ou à moi, mais la vérité, c'est que, où que ça me conduise, je vais aimer cette femme. La caresser et la prendre en laissant s'exprimer la puissance du désir lancinant qu'elle m'inspire, jusqu'à ce qu'elle en oublie son nom.

Parce que c'est la seule voie possible…

Parce qu'avec Tasha, j'ai la sensation de pouvoir être cet homme qui n'a plus de passé.

Parce que je n'ai pas à faire semblant.

Pourtant, je sais déjà qu'elle finira par disparaître de ma vie avant même que j'aie réussi à la saisir vraiment…

J'émets un grondement qui roule dans ma gorge à la vitesse d'un char d'assaut. Merde! Les nanas, c'est bien mieux quand elles se contentent de te faire bander!

– OK, énonce Lou, j'abandonne… Ça y est, il y a de la lumière dans la cuisine.

Je me déplace comme une ombre, gagnant la clôture des voisins, Lou sur les talons. La palissade nous garde à l'abri des regards indiscrets, mais nous offre une vision parfaite sur le recoin où Diaz a garé sa moto.

Le quartier est calme et je soupçonne que l'éclat du jour ne changera pas cette réalité. L'endroit est d'un conformisme qui flirte avec la perfection.

Comme si c'était possible…

Le silence de la nuit est total, si ce n'est le bruissement du vent dans les feuilles. Quelques minutes après nous être mis en position, le pas de Diaz résonne dans l'allée gravillonnée. L'abruti sifflote, exhalant la satisfaction du mâle qui a obtenu ce qu'il est venu chercher.

J'agite la main sous le nez de Lou et m'élance vers la silhouette furtive. Diaz réagit avant même que je parvienne jusqu'à lui. Il déploie son bras armé et frappe au hasard. J'évite de peu la lame et balance mon poing vers son visage.

Je le manque, mais j'enchaîne avec une pirouette qui me place dos contre son torse, ce qui me permet d'asséner un violent coup sur son poignet. L'abruti lâche son couteau et riposte en enroulant un bras autour de mon cou. Je bascule en avant, de sorte que Diaz percute le sol, le souffle coupé.

– T'es mort, beugle l'imbécile en se relevant d'un bond souple.

– Dans tes rêves, connard.

Le corps-à-corps qui s'ensuit est de nature à étancher ma frustration et mon besoin de relâcher les rênes. J'écrase mon poing sur la mâchoire de Diaz et crache des injures quand il me frappe sur le flanc droit.

Putain ! Je siffle entre mes dents et balaie ses mollets d'une rotation adroite de la jambe. Diaz s'écroule de nouveau, et je n'ai pas le temps d'intervenir que Lou le ceinture en l'étranglant.

– Tu aurais dû me le laisser, pesté-je.

– Tu as dit qu'il fallait le neutraliser le plus vite possible, ricane Lou, son coude s'enfonçant plus profondément dans la gorge de Diaz pour le maintenir immobile. Et m'est avis que Tasha ne va pas apprécier de te récupérer avec de nouveaux bleus. J'ai arrangé le coup !

– Tu fais chier !

– Vieux, si tu as besoin de te défouler, une partie de jambes en l'air devrait régler ton problème, non ?

– Tu n'abandonnes jamais, hein ?

– Pas quand je suis sûr d'avoir raison, jubile Lou. Allez, appelle ta nana et baise-la jusqu'à ce qu'elle soit accro à ta queue.

– C'est comme ça que tu retiens Dria ? le questionné-je, ironique.

La trachée écrasée par le bras de Lou, Diaz se trémousse désespérément sous le corps musculeux, mais mon pote conforte sa prise sans un regard pour notre prisonnier.

– Ben, tu sais, ce genre de stratégie, c'est à double tranchant, me révèle-t-il, goguenard. Je suis aussi accro à sa chatte qu'elle à ma queue. Mais j'irai pas me plaindre, hein.

– Eh ! Qu'est-ce que vous foutez, les mecs ? chuchote une voix dans notre dos. Il s'étouffe, là, non ?

Je hausse les épaules, vérifiant avec un désintérêt manifeste le teint violacé de Diaz. Ce connard n'en a plus pour longtemps à vivre, mais pas question qu'il crève avant d'en avoir salement bavé.

Tate nous examine avec une lueur d'amusement au fond des yeux. La perspective d'utiliser sa lame le transporte assez pour tranquilliser ses démons.

– On l'embarque, ordonné-je.

– Jarod a rapproché la camionnette, nous précise Tate.

Je hoche la tête pour valider le transfert. Lou ne perd pas cette occasion de se la jouer et assomme Diaz d'un violent coup sur la nuque. Lui et Tate portent le corps inerte jusqu'à la rue, pendant que je surveille les environs avec Sam.

– On va où ? se renseigne Jarod lorsque je m'installe à côté de lui.

– Roule vers Sausalito. Sacha nous attend sur la route de Bunker. Et lève le pied, tu veux.

Le silence revient dans l'habitacle, alourdi par une note d'excitation. Cette dernière répand une odeur saumâtre dans l'air et me brûle la peau, comme si des flammes léchaient mes terminaisons nerveuses. Je suis en train de céder aux ombres. Je me suis abandonné à cette noirceur quand j'ai accepté de revêtir le costume d'agent infiltré.

Le souvenir du premier homme que j'ai tué remonte à la surface de ma mémoire. Aujourd'hui encore, je ne parviens pas à éprouver le moindre regret ou remords.

Je suis devenu un assassin tout en ayant la conviction que je faisais le bien, aussi blâmable soit mon geste pour la société. Peut-être que ça m'a aidé à franchir ce cap, ou pas… Dans tous les cas, je n'ai jamais pressé la détente avec autant de plaisir que ce jour-là.

Luis… Il m'a permis d'intégrer le gang des Styx Lions, mais il était aussi et surtout le pire salopard que j'ai croisé. Une enflure qui violait les gamins qui tombaient sous sa coupe…

Lui mettre une balle dans la tête m'a soulagé, révélant en moi une part d'ombre que j'avais déjà eu l'occasion de discerner sans comprendre qu'elle me constituait fondamentalement.

Aujourd'hui, je sais…

Et il n'y aura pas de retour en arrière.

30

Tasha

Un marteau-piqueur s'est logé entre mes oreilles et pilonne mon crâne avec l'intention évidente de le fracturer en un million de morceaux. Je grogne, relevant avec difficulté le menton lorsqu'un écho retentit en face de moi. Amber se tient la tête entre les mains, ses coudes posés sur la table de la cuisine.

– Merde ! Rappelle-moi pourquoi on a autant picolé hier soir ? formule-t-elle en émettant une plainte sifflante.

Je fronce les sourcils, mon cerveau peinant à ordonner ses idées. Je ne me suis pas pris une cuite comme ça depuis… je ne m'en souviens même plus.

La bouche pâteuse, je déglutis laborieusement. Je dédaigne pour une fois la cafetière et me traîne jusqu'à la bouilloire pour me préparer un thé. Mon mal de crâne empire à chaque geste, mais si je n'étanche pas ma soif, je vais finir roulée en boule sur le canapé jusqu'à ce que mort s'ensuive.

– C'est la faute de Zach, fulminé-je en offrant une tasse à Amber.

Le propre son de ma voix me blesse les tempes, et je tempête contre mon inconscience.

– Il nous a défiées, terminé-je en baissant le ton. Et puis Clive s'est pointé.

– Le connard, chuchote Amber. Il a un sacré culot quand même. Tu aurais dû embrasser Zach pour l'emmerder.

Je m'abîme dans la contemplation de mon thé, songeuse. La seule paire de lèvres qui me fait fantasmer appartient à un dangereux fauve…

– Tu penses encore à Dax, toi.

– J'ai trop mal au crâne pour qu'on aborde le sujet maintenant.

– Moi aussi, en fait, réfléchit Amber à haute voix en s'avachissant sur la table. Merde ! J'ai la tête comme un melon. Une chance que je ne bosse pas aujourd'hui, je vais pouvoir comater.

– Programme alléchant et approuvé, accordé-je.

– Tu n'es pas de garde ce soir ?

– Non, Bennett m'a tannée pour que je solde une partie de mes congés. J'ai quinze jours de repos devant moi.

Une perspective qui me désolerait presque. Ces congés devaient me permettre de partir en vacances en Australie avec Clive, et je n'ai pas encore décidé ce que j'allais faire de ma nouvelle liberté. Au fond, j'aurais bien aimé prévoir un voyage avec Amber, mais mon cher patron ne m'a pas laissé le choix. C'était m'absenter maintenant ou perdre mes jours.

– Veinarde !

– Ouais ! On en reparlera quand je te taperai sur les nerfs à force de tourner en rond comme une lionne en cage.

– Tu es la seule fille que je connaisse qui n'apprécie pas les vacances, déplore Amber avec une grimace lorsqu'elle touche son front. Il nous reste de l'aspirine ? Putain ! Ça craint, non, des médecins qui n'ont même pas une pharmacie digne de ce nom ?

– J'en ai dans mon sac. Tu nous prépares un autre thé pendant que je vais la chercher ?

– Faut encore que j'arrive jusqu'à la bouilloire… Tu crois que Captain m'en voudra si je ne le libère pas tout de suite ?

La cage est toujours recouverte de sa housse de protection et j'avoue qu'à la perspective d'affronter les braillements du perroquet, ma migraine s'accroît.

– On s'accorde une heure de répit ? proposé-je.

– Une heure ou deux, ouais… agonise Amber. Bonne suggestion !

Je me dirige jusqu'au hall d'entrée, les idées un peu plus claires grâce à l'infusion. Un « mieux » qui ne dure pas. Un violent coup frappé à la porte réactive la douleur dans ma boîte crânienne. Je maugrée lorsque l'inopportun que j'ai décidé d'ignorer tambourine contre le battant avec plus d'insistance.

– Oui, oui, pesté-je en ouvrant. Pas la peine de réveiller tout le quartier.

– Madame Wilson.

Merde…

– Lieutenant Rosario.

Le thé vert, l'aspirine ou je ne sais quoi encore, rien n'est aussi efficace pour la gueule de bois que la visite de bon matin d'un inspecteur au sourire condescendant et acerbe.

Un frisson serpente le long de ma peau et je m'accroche à la porte comme si ce simple geste pouvait me prémunir de l'aura ténébreuse de cet homme intimidant. Dax mesure facilement une tête de plus, mais je n'éprouve pas de crainte à ses côtés… Ou plutôt j'ai cessé de redouter ce qu'il est.

– Je peux entrer ? J'ai des questions à vous poser.

– Je suis navrée, mais je ne suis pas présentable et…

– C'est important !

Le lieutenant s'appuie contre le chambranle et croise les bras sur son torse, de façon à se rendre plus impressionnant. Ou à m'empêcher de lui claquer la porte au nez…

Une sensation de malaise se répand dans mon ventre, mais je refuse d'y céder. Il y a quelque chose chez cet homme qui m'ébranle assez pour que j'écoute la petite voix alarmiste qui beugle dans ma tête.

Un avertissement qui réveille la fillette toujours sur ses gardes d'autrefois... Et comme jadis, je me fige, prête à me défendre bec et ongles s'il le faut.

– Posez vos questions, lui dis-je.

– Dax Mason.

– Dax Mason ? marmonné-je, lasse de l'obsession de mon vis-à-vis.

– Vous savez que mentir à un policier est condamnable ?

– Mentir ? Que je sache, je n'ai pas encore ouvert la bouche. À quel moment aurais-je pu mentir ?

– La dernière fois, vous m'avez spécifié que Dax Mason n'était qu'un ancien patient pour vous.

– C'est le cas.

Les lèvres masculines s'étirent en un pli impitoyable, en même temps que l'homme se penche en avant. Ma taille l'empêche de remplir l'espace comme il le souhaiterait, mais la volonté de m'intimider est flagrante. Je tressaille sous l'œil sombre, pas franchement à l'aise sous ce faisceau redoutable.

– Un témoin affirme que Dax Mason est votre amant.

– Qui ?

– Votre ex, le docteur Dorset.

J'en reste bouche bée. Puis la colère m'embrase, dissipant les derniers effluves d'alcool. Clive risque de ne pas me reconnaître quand je lui tomberai dessus ! L'abruti !

– Vous comprendrez que cet élément remet en cause votre précédente déposition.

Le piège est grossier, mais je soupçonne que Rosario s'en fout. Il traque Dax comme un pitbull, avec acharnement et sans pitié. Je dresse les épaules et affronte le regard hostile avec froideur.

Mon cerveau fonctionne à plein régime, réfléchissant à la meilleure réponse possible. Rosario ne se contentera pas d'un déni outré et, du reste, Clive m'a claqué cette porte au nez.

Bon sang ! Je ne l'aurais jamais cru capable d'aller baver chez les flics par pure jalousie. Pourtant, le connaissant, j'aurais dû deviner qu'il n'encaisserait pas le fait que je m'intéresse à un type qu'il considère comme un rebut de la société.

De là à estimer qu'il était de son devoir d'intervenir, il n'y a qu'un pas que Clive a allègrement franchi.

Je l'ai peut-être bien un peu trop asticoté hier soir...

– Dax Mason n'est pas mon amant, inspecteur Rosario. Bien que cela ne vous concerne pas, je n'ai rien à cacher. J'ai effectivement revu M. Mason ces dernières semaines. Je l'ai croisé à la sortie du commissariat quand vous m'avez convoquée et j'ai eu l'occasion de boire un verre dans son bar. Rien qui ne justifie vos doutes ou ceux de mon ex-fiancé. En conclusion, je n'en sais pas plus aujourd'hui qu'hier sur l'incendie de l'entrepôt sur les docks.

– Dites-moi, c'est votre mère qui vous a appris à mentir avec autant de facilité ?

– Pardon ?

Je m'immobilise sous le coup d'une attaque que je n'ai pas anticipée. Que vient fabriquer ma mère là-dedans ?

– Votre mère était une tête dure, elle aussi. Deux arrestations pour racolage sur la voie publique, et elle n'a jamais voulu livrer le nom de son mac. Couvrir des criminels, c'est héréditaire dans votre famille, non ?

L'enfoiré !

Je crispe la main sur la porte pour ne pas exposer les tremblements de rage qui courent le long de mes doigts. Ma gorge se contracte face à cet homme qui piétine mon enfance et les choix occasionnels que ma mère a été contrainte de faire. Je ne laisserai personne la salir et surtout pas un flic qui ressemble à un chacal.

– Vous avez un sérieux problème, lieutenant, si vous en êtes réduit à ce genre d'approche pour impressionner vos témoins potentiels.

Rosario pose sa main à plat contre la porte et pousse le battant pour me surplomber. Son visage, tout en lignes dures, n'exprime plus qu'une implacable détermination. Je me force à ne pas bouger, mais je sens le serpent de la peur ramper sur ma peau moite.

Mon estomac déjà bien malmené est à deux doigts de se soulever et je déglutis péniblement pour refouler la bile acide qui m'agresse les papilles.

– Allez dire ça à Fajra Rava ! Votre inconscience frise la bêtise. Votre silence risque de la condamner à mort.

– J'ai du mal à vous suivre. Fajra est sous la protection du FBI, non ?

– Vous cherchez les ennuis, docteur Wilson.

– Non, ça, c'est vous. Si vous continuez de me harceler sans motif valable, je vais porter plainte. Maintenant, je vous invite à me ficher la paix !

J'essaie de claquer la porte au nez de ce crétin arrogant, mais Rosario a prévu le coup et inséré un pied dans l'interstice. Un sursaut de peur me muselle *illico*.

– Vous avez tort de rejeter mon aide, siffle-t-il. Vous pourriez bien devenir une cible pour tous ceux qui veulent atteindre Dax.

– C'est une menace ?

Rosario recule enfin et insinue les pouces dans les passants de sa ceinture, comme un mâle sûr de sa puissance. Il expose ensuite ses dents blanches au travers d'un sourire qui affole les battements de mon cœur. Je suis terrifiée, happée par le sentiment diffus que cet homme me promet le pire pour l'avenir…

Même si je n'arrive pas à déchiffrer ses motivations.

Même si je ne parviens pas à comprendre ce qui m'alarme autant.

Pourtant, la sensation, âpre et détestable, se distille jusqu'à me geler les os.

– Je vous préviens juste. Vous êtes une proie facile pour les ennemis des Styx Lions.

Cela fait des années que mon instinct de survie s'est mis en sommeil, mais il s'ébroue avec vivacité à l'énoncé de cette menace implicite. Mes idées s'embrouillent pendant une fraction de seconde, et ma gorge s'assèche. Il me faut une minute pour que mes anciens mécanismes de défense se réactivent et libèrent mes muscles.

Sans ajouter un mot, je referme la porte, le dos trempé de sueur, et croise le regard écarquillé de stupeur d'Amber. Je rirais bien de son air ébahi si j'avais la moindre raison de me réjouir de ce face-à-face.

– Merde ! C'était quoi ça ? bafouille-t-elle. Ce flic t'a menacée ?

– Il semblerait.

Je m'empare d'une des tasses qu'Amber cramponne et me faufile jusqu'à la verrière pour me vautrer dans l'une des méridiennes recouvertes d'épais coussins colorés. La nausée qui m'assaille n'a plus rien à voir avec l'alcool, mais plutôt un sentiment de dégoût mêlé de peur.

Gribouille vient se lover sur mes genoux, pressant son museau contre mes doigts pour que je le caresse. Le ronron qui s'élève allège un peu la charge mentale qui me contracte les épaules.

– Ce type me fait froid dans le dos, m'avoue Amber en s'asseyant face à moi. Qu'est-ce que tu vas faire ?

– Rien pour le moment.

Amber secoue la tête, le regard sévère. J'adore quand ses fossettes creusent ses joues alors qu'elle s'essaie aux gros yeux, comme si tout son être s'insurgeait contre cette austérité apparente.

– Tu plaisantes ?

– S'il revient, je déposerai plainte pour harcèlement, mais là il voulait juste m'effrayer.

– Ben, à moi, il a réussi à me filer les chocottes.

À moi aussi… Et si la partie rationnelle de mon esprit ne cesse de me seriner que Rosario a seulement souhaité me terrifier, une autre, plus instinctive, s'égosille pour m'enjoindre de fuir…

31

Tasha

– Eh ! Pas si vite !

Devant moi, Amber se faufile entre les voitures avec l'agilité d'une gazelle. Je me sens glorieusement moins habile, les bras entravés par des sacs de courses qui pèsent aussi lourd que le poids sur mon estomac.

Au fond, c'est une bonne chose que nous ayons dû sortir pour remplir le frigo vide, car je serais restée à me morfondre dans mon coin.

Et que Dax ne m'ait pas encore rappelée n'y est pas pour rien. Il a réussi à pulvériser mes défenses, m'incitant à goûter à cet interdit que j'ai autrefois banni.

Non, pas banni…

Je n'ai jamais eu l'occasion d'en arriver là. En vérité, je ne me souviens pas d'un seul homme qui soit parvenu à me séduire de façon aussi primaire. Aussi urgente.

Quant au besoin prégnant de comprendre cet homme complexe…

Perdue dans mes pensées, je pile net, manquant d'entrer en collision avec Amber lorsqu'elle s'immobilise soudainement. Elle relève ses lunettes de soleil, le temps de jurer violemment.

– Merde ! C'est vraiment notre journée ! s'exclame-t-elle pendant que je me déporte sur le côté.

Je constate à mon tour que les deux roues arrière de ma voiture sont à plat.

Deux pneus… Quelle probabilité y a-t-il que cela puisse arriver ? Soit je me suis levée du pied gauche, soit…

Je fouille les alentours du regard, le ventre noué. Le parking du supermarché est loin d'être comble, mais quelques clients s'attardent dans les allées, plus concentrés sur leur chariot ou leur liste de courses que sur leur environnement.

Rien que de très normal, finalement…

La pointe dans mon sternum ne disparaît pas pour autant.

– C'est bizarre, énoncé-je du bout des lèvres.

– Il devait y avoir des éclats de verre sur le sol, note Amber avec exaspération. C'est dingue ces gens qui laissent tout traîner par terre. Merde ! Il y a des poubelles tous les dix mètres !

Indifférente au bavardage d'Amber, je dépose mes paquets dans le coffre et tends la main pour refermer le battant.

– Tu as des roues de secours ?

– J'en ai une seule. Je vais devoir appeler une dépanneuse et…

Un coup sec retentit bien trop près de mon oreille et la vitre de ma Mustang explose en un millier de morceaux. Je réalise en un quart de seconde que quelqu'un vient de nous tirer dessus.

– Amber ! À terre !

Je plonge vers le sol, les mains plaquées sur ma tête, juste à temps pour éviter une nouvelle rafale. Les projectiles plombent la carrosserie de mon véhicule, et je ravale un hurlement tandis que des fragments de verre continuent de pleuvoir sur le bitume. Et sur moi !

Amber s'est écroulée à un mètre de distance et pendant un infime instant…

Ma gorge se contracte, m'empêchant de respirer normalement. Je lâche un cri silencieux, une douleur sourde s'emparant de chacune des fibres de mon corps. Comme autrefois quand je me suis retrouvée enfermée dans le noir et impuissante.

Je me mets à trembler jusqu'à ce que…

La poitrine d'Amber se soulève… une fois… deux fois…

Merci mon Dieu!

J'ouvre la bouche et réussis à avaler une profonde goulée d'air. Une part de moi est terrifiée, l'autre m'enjoint à appliquer des exercices simples d'ancrage pour ne pas perdre le contrôle.

Ce sont des sanglots qui me déchirent finalement le sternum. Je roule sur le dos afin de faciliter l'apport d'oxygène dans mon corps. Le bleu du ciel accroche mon regard, comme un repère immuable qui m'aide à poser ma respiration. Pendant un instant qui dure une seconde ou une minute, il n'y a plus que cette immensité au-dessus de moi.

Quand j'émerge, je suis presque choquée qu'un silence effroyable succède à la tempête. Le temps se suspend, comme si le pire me tendait les bras. Je hoquette, paralysée par cette peur que je ne peux chasser. Une onde glaciale me dégouline le long de l'échine.

Un, deux, trois… respire! Un, deux, trois… respire!

Les battements de mon cœur s'apaisent progressivement. Je capte de nouveau les sons alentour, des chuchotements à peine audibles si ce n'est la sirène qui hurle au loin.

Les secours…

Ignorant les débris épars autour de moi, je me retourne sur le ventre et rampe vers Amber, tirant sur les manches de ma veste pour ne pas m'abîmer les mains.

– Amber! l'appelé-je doucement.

Je me tracte vers elle et me cale dans son dos. Amber est consciente, mais sous le choc. Sa peau grisâtre est froide et secouée de tremblements.

– Tout va bien, ma belle, lui chuchoté-je en l'entourant de mes bras. Je suis là.

– Tash… j'ai… mal.

Les yeux d'Amber se mettent soudain à virer et sa bouche se tord, comme pour mimer une douleur qu'elle ne peut exprimer autrement. Toute couleur se retire de mon visage lorsqu'elle élève une main écarlate devant elle.

Du sang, il y a beaucoup trop de sang…

32

Dax

Je déteste les hôpitaux. Contrairement à beaucoup, ce n'est pas l'odeur qui me révulse. Au contraire, même…

Moi, c'est ce qu'il y a derrière, tapi sous les effluves de médicaments et de produits ménagers, qui me hérisse le poil. La senteur des chairs abîmées ou putréfiées, du sang frais et de la mort, voilà ce qui m'indispose à chaque fois que je franchis les portes des urgences.

Et ces dernières années, c'est arrivé trop souvent…

À chaque fois qu'un de mes gars a été blessé ou tué, j'ai traîné dans le coin, histoire de vérifier que tout se déroulait bien pour lui. Qu'il était correctement soigné et protégé des dangers extérieurs. C'est l'un des aspects fondamentaux de mon job, à mes yeux. Au fil du temps, le gang est devenu une seconde famille pour beaucoup de mes recrues, voire la seule qu'ils n'aient jamais connue.

C'est l'une des choses que j'ai découvertes après la mort de ma mère biologique. Ma fuite en avant à cette époque m'a conduit dans les rues de New York, parmi ces laissés-pour-compte que la société préfère ignorer. Fermer les yeux est facile, d'autant que le problème semble immuable. Même pour ceux qui brandissent les billets verts comme preuve de leur valeur.

Et pourquoi changeraient-ils?

Il y a toujours eu des gosses jetés sur les trottoirs ou tout simplement paumés, parce qu'issus de foyers disloqués. La pauvreté induit des maux qui frappent sans distinction d'âge ou de sexe. Certains sont plus fragiles, certes, mais la misère grignote même les plus téméraires. Sortir de cet enfer, hormis en plongeant dans les facilités du vice, devient une gageure presque insurmontable.

C'est à ce destin que ma mère m'a arraché en me confiant à l'adoption. C'était à ses yeux la seule option possible. Les mots qu'elle m'a écrits pour me l'expliquer sont ancrés à jamais dans mon esprit…

Néanmoins, si elle a su me protéger, elle n'a pas pu se sauver elle-même. Livrée au bon vouloir d'une noirceur dévorante, elle a sombré corps et âme. Est-ce pour supporter les hommes qui payaient pour la baiser qu'elle a commencé à se droguer ou s'est-elle prostituée pour s'offrir le moyen d'échapper à ce bourbier sordide?

Je ne le saurai jamais, mais durant les six mois pendant lesquels j'ai erré dans la rue, j'ai réalisé qu'elles étaient nombreuses à s'être égarées sur cette voie. À mourir sans n'avoir jamais connu l'étreinte réconfortante d'une personne qui ne cherchait pas à profiter d'elles.

Et, de ce côté-là, la vermine était au rendez-vous, promettant monts et merveilles pour, au final, exploiter ces gosses à peine sortis de l'enfance…

Dans le centre d'accueil où je me suis fait embaucher, j'ai rencontré un tas de gamins qui se vendaient ou cédaient aux chimères de monstres abusifs pour survivre dans un monde qui les rejetait avec violence. Il m'a fallu quatre mois pour comprendre que je luttais en vain pour les aider, que les moyens à ma disposition n'étaient pas de nature à modifier leur avenir.

Pas assez en tout cas pour que j'aie le sentiment de rembourser ma dette…

C'est pourtant à ce moment que j'ai su ce que je désirais faire de ma vie. La chance dont j'avais bénéficié enfant, je souhaitais l'offrir à d'autres !

C'est mon père qui, après avoir retrouvé ma trace, m'a convaincu de reprendre mes études. J'étais, avant ma fuite, en droit à l'université et je me serais certainement orienté vers le droit social si je n'avais vécu sur le terrain. Mais j'ai vu de mes yeux les travailleurs sociaux et les associations combattre avec des armes qui ne pouvaient surpasser celles des dealers et proxénètes.

C'est à cette perversité que je souhaitais me frotter ! Et je n'ai jamais trahi ce rêve…

– Dax ! m'apostrophe une voix étouffée.

Tasha s'avance vers moi, plus pâle qu'à l'accoutumée. Je balaie rapidement des yeux son corps pulpeux, cherchant la trace qu'elle a été blessée. Elle m'a certifié que ce n'était pas le cas lorsqu'elle m'a téléphoné, mais j'ai besoin de le vérifier par moi-même.

Les taches de sang sur son chemisier me font disjoncter direct. J'agrippe Tasha par le bras et l'attire devant moi, de façon à pouvoir plonger dans son regard.

– C'est quoi ce sang ? m'étranglé-je.

– C'est celui d'Amber.

– Merde ! Elle a été blessée.

– Elle est en salle d'opération. Elle s'est pris une balle dans le ventre, mais son pronostic vital n'est pas engagé.

Tasha se tord les mains, manifestant une angoisse prégnante. Je les recouvre avec douceur, puis l'enlace. Je n'avais pas conscience d'être tendu comme un arc, mais quand elle se coule entre mes bras, je me relâche d'un coup, soulagé au-delà des mots.

– J'ai l'habitude de dire ces mots aux familles pour les rassurer. Mais tu sais quoi? Ça ne fonctionne pas vraiment, déplore-t-elle dans une plainte douloureuse. Pourtant, elle est entre de bonnes mains et aucun organe vital n'a été touché, mais…

– C'est ta meilleure amie, c'est normal.

Je l'étreins un long moment, simplement heureux qu'elle soit en vie. Je n'ai jamais eu peur d'expirer mon dernier souffle, peut-être parce que ça finira forcément par me tomber dessus. La mort est un spectre familier pour tous ceux qui subsistent par la violence. Pourtant, elle ne m'a jamais autant effrayé qu'en cet instant.

– Il faut que tu me racontes dans les détails ce qui est arrivé, réclamé-je en entraînant Tasha dans un coin en retrait de la salle d'attente des urgences.

Tasha se mordille la lèvre inférieure, puis se frotte les mains comme si elle avait froid. Sa veste est légère, mais je suppose que c'est surtout le choc qui gèle ses membres. Je m'installe sur l'un des bancs et l'attire sur mes genoux, enroulant les bras autour d'elle.

Lorsqu'elle se pelotonne contre moi avec un abandon total, une chaleur irradie dans ma poitrine, me donnant envie de sourire bêtement. C'est idiot, mais je ne me suis pas senti aussi bien depuis longtemps.

– Parle-moi, Tasha.

Elle se redresse légèrement, de façon à croiser mon regard, et pose une main délicate sur ma joue. Je me fige, subjugué par la confiance que je lis sur son visage et qui me picote le ventre.

Je ne lui refuse pas le baiser qu'elle réclame, mais je m'astreins à la goûter avec plus de douceur que de passion. Je garde ça pour cette nuit…

– Je n'ai pas tout raconté à la police, me confesse-t-elle en retenant son souffle.

– Pourquoi ?
– C'était… bizarre.
– Quoi donc ?
Tasha secoue la tête, ses longs cheveux caressant sa mâchoire. Je replace une mèche derrière son oreille et dépose un tendre baiser sur le bout de son nez, conscient que je suis en manque de son sourire lumineux.

En vérité, je suis ensorcelé par chacun des frémissements de ses lèvres, obnubilé par sa beauté, mais aussi et surtout par sa force. Je sais ce qu'il en coûte de naître à Tenderloin et je suis admiratif du courage et de la pugnacité qu'il a fallu à Tasha pour s'en sortir. Cette femme a franchi les obstacles un à un, sans jamais renoncer.

Sans jamais trahir ses rêves non plus… Une part de moi – mon cœur ? – succombe un peu plus face à cette prise de conscience.

– La journée a mal commencé. Je me suis levée avec une gueule de bois phénoménale et…

– Tu as fait la fête sans moi, Sexy Doc ? lui reproché-je sans pouvoir réprimer une pointe de jalousie.

Tasha n'est pas dupe et me décoche un demi-sourire amusé, un rictus qui ne se réverbère pas jusqu'à son beau regard vert.

– Rien de trépidant, mais j'avais besoin de me détendre.
– En baisant ?
Mauvaise option ! J'écope d'une œillade noire, furibonde, et je dois raffermir mon étreinte pour que Tasha ne bondisse pas sur ses pieds.

– Ne sois pas idiot. J'ai juste bu un peu plus que de raison et ce matin, je n'étais pas en grande forme. Alors je n'étais pas ravie quand Rosario s'est pointé pour me faire son sale petit numéro d'intimidation.

– Rosario ? Merde ! Qu'est-ce qu'il voulait exactement ?

– Savoir si nous couchions ensemble et me mettre en garde. Il m'a balancé que je risquais de devenir la cible de tes ennemis. C'est ça qui est bizarre. Il me sort cet avertissement, et trois heures plus tard…

Tasha se raidit de nouveau et je devine qu'elle revit la fusillade.

– Reste avec moi, ma belle, lui susurré-je à l'oreille.

Je n'ai jamais vu Tasha déstabilisée ou à cran et ça ne devrait pas me plaire, mais j'aime assez la façon dont elle cherche du réconfort, se raccrochant à moi comme si j'étais son roc.

Cette idée…

Et je me délecte carrément lorsque ses poings cramponnent mon tee-shirt et que sa poitrine se presse contre mon torse. Désir et bonheur n'ont jamais été aussi intrinsèquement liés.

– Docteur Wilson? nous interrompt une petite femme replète. Je viens d'avoir le bloc. Le docteur Freeman est en salle de réveil. Tout s'est bien déroulé.

Je rechigne à libérer Tasha, mais ne la retiens pas quand elle se lève en frottant son visage, comme si elle émergeait d'un mauvais rêve. Je lâche un infime soupir de satisfaction lorsqu'elle s'appuie d'instinct contre moi.

– Merci! murmure-t-elle d'une voix étranglée.

– Le docteur Dorset m'a également chargée de vous dire que tout ira bien. Vraiment.

Le corps de Tasha se relaxe, à la limite de vaciller, et j'enroule un bras autour de sa taille pour la soutenir. Elle tremble, mais rien que de très normal si on considère les circonstances. Tant qu'elle reste contre moi, je suis prêt à massacrer tous ses démons.

– Merci, Debbie. Je vais aller la voir.

– OK, mais après je te ramène chez moi, mentionné-je.

– Chez toi? Mais Amber a besoin de moi et…

Je me campe devant Tasha et soulève son menton d'un doigt. Sa bouche est étirée en un pli frondeur qui me donne envie de la mordiller. Et de la lécher… Je remballe mes fantasmes avant que ma queue ne se mette au garde-à-vous.

– Elle doit surtout récupérer, et toi aussi.

Mais pas chez elle. Pas alors qu'un sérieux péril plane au-dessus de sa tête.

Hors de question cependant d'affoler Tasha en lui confiant mes doutes. Néanmoins, je suis convaincu que Rosario et les Demonic Snakes sont derrière la fusillade.

Je crispe les poings de rage, mais ne me départis pas de mon sourire apparent. Pourtant, s'il le faut, je chargerai ma belle insoumise sur mon épaule pour l'emporter chez moi. Dans ma chambre… Dans mon lit… Là où est sa place !

Les sourcils froncés, Tasha ne semble pas tout à fait d'accord. Qu'à cela ne tienne ! La faire changer d'avis, c'est le genre de challenge qui ne m'effraie pas.

– Amber n'a plus de famille, m'explique-t-elle avec un air de maîtresse d'école qui met à mal mon self-control. Je ne peux pas la laisser toute seule.

– Elle est dans les vapes, et j'ai vu assez de mes gars après ce genre d'opération pour savoir qu'elle va dormir pendant un bon moment. Va lui rendre une petite visite, si ça te rassure, mais après on file.

– Tu oublies Captain, Gribouille et Charlotte.

– Tu n'as pas un voisin qui pourrait s'en occuper pour un soir ?

– Si, mais je ne…

J'appose un doigt sur la bouche qui m'inspire les fantasmes les plus brûlants. Avec un peu de chance, je pourrai en réaliser certains cette nuit…

– C'est toi qui omets un détail. Tu dois vérifier mes blessures, argumenté-je avec un sourire coquin.

Tasha campe les poings sur ses hanches sublimes et me toise avec irritation. Je distingue pourtant une lueur lascive au fond de son regard, la preuve que ma proposition n'est pas pour lui déplaire. Je me lèche les lèvres, conscient que je ravive le souvenir de ma bouche sur ses seins.

Pas de doute, ça produit son effet ! J'étouffe un ricanement pétri d'arrogance toute masculine et croise les bras sur mon torse.

– Je ne te laisserai pas seule, Tasha, enchaîné-je rapidement. Tu as failli mourir et je veux être certain que tu seras à l'abri cette nuit.

Je sais que j'en dévoile beaucoup trop et que je donne du grain à moudre à l'esprit affûté de ma belle insoumise, mais, à ce stade, c'est ça ou revêtir mon costume d'homme de Neandertal. Même si ça ne me dérange pas, j'ai dans l'idée que ce genre de pratique n'est pas compatible avec une nuit enfiévrée.

Du moins si je me réfère aux traits pincés de Tasha… Dommage ! Quoique je peux certainement me révéler persuasif sur le sujet.

– Dans ton lit ?

– Si je gagne, oui. Je te propose l'issue de la soirée aux fléchettes, la provoqué-je, heureux de voir les plis soucieux disparaître de son visage.

– La dernière fois ne t'a pas servi de leçon ?

– Eh bien, j'ai tendance à me montrer plus doué au strip-fléchettes…

Tasha arrondit les yeux.

– Un strip-fléchettes ?

– Tu y as déjà joué, ma belle ?

– Non, mais il y a une première fois à tout.

J'éclate de rire et dépose un baiser sur les lèvres tentatrices, incapable de résister à mon envie de mordiller la chair humide.

– File et reviens vite, chuchoté-je.

– Tu vas perdre, me garantit Tasha avec une moue insolente.

– Ne compte pas là-dessus ! Cette nuit, tu seras tout à moi.

33

Tasha

– Réveille-toi, ma belle, nous sommes arrivés.

Plutôt que de céder à l'appel de la voix suave, je me frotte contre la main qui me caresse la joue. Je crois que je me mets même carrément à ronronner lorsque les doigts agiles me pétrissent la nuque, balayant la raideur qui s'y est installée.

– Allez, Tasha !

Des lèvres taquines assurent le relais, parsemant une pluie de baisers sur ma mâchoire et ma bouche. Dieu, quel plaisir ! Je me blottis contre le torse musclé, réclamant davantage, et gémis quand j'obtiens satisfaction. La langue de Dax joue avec la mienne avec une certaine paresse, goûtant et savourant sans se hâter. Je fonds littéralement.

– Dax, grommelé-je lorsqu'il me relâche.

Son rire déclenche une nouvelle série d'étincelles dans mon ventre et je me résigne à entrouvrir les yeux. Dax, incliné sur moi, m'observe avec une lueur avide qui se répercute dans tout mon corps. Du bout du pouce, il frôle ma bouche encore gonflée et sourit franchement lorsque je le mordille.

– Tout à l'heure, ma belle, me promet-il. Pour l'instant, il faut que tu te nourrisses !

– Je n'ai pas faim !

– Menteuse ! Ton estomac grogne depuis un moment déjà.

Et comme pour lui donner raison, un énorme gargouillis brise le silence. Je plaque une main agacée sur mon ventre et jure entre mes dents. Je suis affamée, pas moyen de prétendre le contraire, mais cela me désarçonne que Dax s'en soucie.

Il y a bien longtemps que cela ne m'était pas arrivé. J'exclus Amber de cette pensée, puisque notre lien nous pose plus comme des sœurs de cœur qu'autre chose. Forcément, nous prenons soin l'une de l'autre…

Amber dormait profondément lorsque je me suis penchée au-dessus de son lit. Ses constantes étaient plus que satisfaisantes et Clive a veillé à me refaire un bilan complet, en bon chirurgien qui se respecte. Je soupçonne qu'il n'a jamais autant traîné avec la « famille » d'un de ses patients, mais, pour le coup, j'ai apprécié qu'il use d'un peu de son précieux temps pour me rassurer. J'en ai même oublié de l'enguirlander pour sa visite au lieutenant Rosario.

– Si ton frigo est aussi vide que la dernière fois, la question va être vite réglée.

– J'ai fait le plein en prévision de ta présence, mais, ce soir, nous allons dîner avec mes amis. Je tiens à te présenter à eux avant qu'ils ne débarquent tous pour savoir pourquoi je te cache.

Je reste bouche bée, incapable de saisir si cette perspective me plaît. La réalité de ce qu'est Dax ne sera que plus prégnante si je le vois interagir avec les siens. En même temps, qu'est-ce que cela changera ? Rien, puisque j'ai pris ma décision le concernant.

Je sors de ma voiture en gonflant mes poumons au maximum. J'ai besoin d'évacuer les restes de tension qui me picotent encore la peau et de bannir les derniers frémissements de ma sieste impromptue. Je m'étire avec délectation, savourant la vue du décor végétal qui m'entoure. Quant au lac en contrebas du chalet, il m'attire comme un aimant.

– Je dépose ton sac à l'intérieur et on y va, m'informe Dax avant de disparaître.

J'apprécie finalement l'idée de m'installer chez lui pour quelques jours, même si je me refuse à abandonner Amber. Dès demain, je serai à son chevet !

J'admets en mon for intérieur que je serai cependant soulagée de revenir ici ensuite. Je n'ai jamais eu peur de demeurer seule, mais l'ombre de Rosario et le souvenir de la fusillade me laissent un goût amer au fond de la gorge.

Peut-être à cause de la réaction de Dax…

Non !

J'étais inquiète avant même de lire sur son visage les prémices d'une colère ravageuse. Évidemment, il a étouffé cette émotion sous un sourire rassurant, mais je devine que Dax ne m'a pas tout dit. Qu'il en sait beaucoup plus sur le lien que je suppose exister entre Rosario et l'attaque du supermarché.

À cette idée, un frisson se répand sur ma peau, réveillant le sentiment de panique que j'ai éprouvé en apercevant la main ensanglantée d'Amber.

Je n'ai plus envie de réfléchir à tout cela. Je suis épuisée et pas encore complètement remise de cette journée de terreur. Je veux juste me fondre contre Dax pour oublier.

Je déambule sur quelques mètres pour détendre mes jambes et hume les odeurs qui m'entourent. Je n'ai jamais vécu en dehors de San Francisco et j'ai toujours supposé que je ne supporterais pas l'isolement et le silence. C'est tout l'inverse. Je me sens incroyablement bien, comme si ici rien ne pouvait m'atteindre.

– Voilà ! Prête ?

J'acquiesce d'un bref signe de la tête. Dax m'agrippe la main et mêle ses doigts aux miens avant de m'entraîner le long d'un sentier qui serpente sur le côté de son chalet.

La nature croît dans un joyeux désordre qui me ravit un peu plus à chaque pas et je m'extasie carrément lorsque nous parvenons sur les berges du lac. Vue de près, la nappe qui frissonne sous la caresse du vent tient plus du vaste étang. Cela ne lui ôte rien de son charme.

J'en délimite les contours avec l'envie d'en faire physiquement le tour et souris, simplement heureuse de profiter de l'instant.

– Le terrain au-delà du lac vous appartient aussi ?

– Oui, notre territoire s'étend sur cinq hectares. On aime être tranquilles. Allez, viens, c'est par là.

Dax me guide le long de la rive avec l'aisance de celui qui connaît bien les lieux. La nuit n'a pas encore grignoté le jour, mais la pénombre s'installe progressivement. Une guirlande d'ampoules trace notre chemin, renvoyant sur les eaux des lueurs troubles qui se répercutent sur plusieurs mètres.

Une fois de plus, je suis déroutée entre ce que je vois et la réalité de ce que j'ai expérimenté à Tenderloin. Pas un seul des gangs à l'époque ne possédait un tel trésor, sorte d'enclave pacifique, voire paradisiaque. C'est à ce point à l'opposé de leur mode de vie que cela en est incongru.

Les questions s'accumulent, mais je me mords la langue lorsque des bruits de voix me parviennent. Près d'un ponton en bois, un auvent a été dressé pour protéger une dizaine de tables de pique-nique.

Plus haut, un barbecue a été installé en plein air, juste à côté d'un abri en tôle. Comme sur la rive du lac, des guirlandes diffusent une lumière éparse, conférant au lieu une atmosphère chaleureuse.

Même si c'est inhabituel de dîner dehors en cette saison, je comprends le plaisir qu'il y a à profiter de cet extérieur calme. Une chance, il fait relativement doux ce soir et je suis bien couverte avec mon pull et ma veste en jean.

Heureusement pour moi, le nombre des personnes présentes reste raisonnable, une seule table est occupée. Je relâche mon souffle, sans avoir eu conscience pourtant de m'être inquiétée.

– Eh ! Dax, l'interpelle l'un des hommes, un énorme gaillard au sourire contagieux. Tu te décides enfin à nous présenter ta nana !

Une femme qui paraît minuscule à ses côtés lui assène un coup dans le ventre et le gronde d'une voix si fluette que le contraste relève les coins de ma bouche. En représailles, son compagnon se penche vers elle, la soulève dans ses bras musculeux, puis plaque un baiser sonore sur ses lèvres, ignorant la masse de boucles rousses qui balaie son visage.

– Tasha, je te présente Lou et Dria. Ensuite, tu as Tate et Sam que tu as déjà eu l'occasion de croiser au Rush.

Si Sam me salue d'un bref signe de la tête, Tate darde sur moi un regard glacial. Je ne m'en formalise pas, l'absence de couteau renforçant mon sentiment que je ne suis pas en danger. Toutefois, la main de Dax s'enroule autour de ma taille, comme un rempart à l'attitude de son ami.

– Et là tu as Sacha, Jarod et Ross.

Je reconnais Ross. C'est le garde qui nous a accueillis la première fois que je suis venue. Grand et mince, il arbore des tatouages tribaux sur son crâne lisse et assez de piercings pour faire hurler d'angoisse tout bon radiologiste qui se respecte. Conséquence d'une journée merdique ou pas, il est beaucoup plus impressionnant ce soir.

Jarod, lui, semble plus abordable. Il est de taille moyenne et a tout du surfeur sympa, mèches blondes comprises. Pourtant, je mettrais ma main à couper que ce n'est qu'un leurre, que derrière le sourire il y a un prédateur aux aguets.

Cela étant, si je devais donner mon avis, je parierais que c'est Sacha la plus dangereuse des trois. Le regard bleu acier charbonneux, elle affiche le physique élancé d'une sportive. Je distingue le dessin des muscles sous sa peau dorée et quelques cicatrices sur ses bras et son cou. Mon œil aguerri identifie des plaies mal soignées. Qui que soit cette femme, c'est clairement une survivante, et son rictus me glacerait presque si je ne percevais pas cette réalité sous-jacente.

– On est ravis de t'accueillir parmi nous, commence Dria. Et tu tombes à pic, car Lou nous a préparé ses fameuses brochettes marinées. Tu vas voir, c'est un vrai délice.

Dax me guide vers la table et s'installe à mes côtés, une main possessive posée sur ma cuisse. Que ce soit à cause de son geste ou tout simplement du fait que je suis nouvelle, tous les regards convergent vers moi. Je résiste à un besoin furieux de me trémousser, trop lasse pour supporter d'être observée comme un insecte sur la lamelle d'un microscope.

La seule chose dont j'ai véritablement envie, c'est d'un Dax, son magnifique corps nu pressé contre le mien. Un programme que mon ventre renvoie aux calendes grecques en se rappelant bruyamment à mon souvenir.

– C'est l'heure d'allumer le barbecue, s'esclaffe Lou. Bébé, sers donc à boire à nos tourtereaux.

– Bière ou soda? me propose aussitôt Dria.

– Je vais éviter l'alcool, ce soir.

– La dernière fois que je me suis fait canarder, riposte Ross en ricanant, j'ai picolé et baisé pendant deux jours d'affilée.

– Ça, c'est dans tes rêves, le refroidit Sacha. Tu étais tellement soûl que tu étais incapable de te souvenir de ton prénom. Alors, te servir de ta queue…

– Eh! Déconne pas, j'assure royal dans toutes les situations. D'ailleurs, je te le prouve quand tu veux!

Le grognement de gorge de Sacha est aussi rêche que du papier ponce, mais moins impressionnant que son œillade réfrigérante. Pourtant, Ross ne s'en formalise pas et s'assied à ses côtés comme si de rien n'était.

La complicité... C'est ce qui caractérise ces hommes et ces femmes alors que j'aurais d'emblée supposé que le sens intrinsèque de ce mot leur échappe. Merde ! Je recommence à juger à tout-va, aveuglée par mes souvenirs d'autrefois.

Un coup de fouet qui m'oblige à réaliser que mon enfance ne recèle pas que des zones d'ombre. Même après son agression, ma mère s'est évertuée à rendre notre quotidien agréable, par petites touches qui me faisaient oublier la plupart du temps que nous n'avions pas le strict minimum.

Et quand Grady est entré dans nos vies, les éclats de rire se sont imposés chaque jour un peu plus.

C'est la pauvreté et ce qu'elle engendre que j'ai fui, occultant au passage que l'amour et la compassion ont également contribué à forger celle que je suis. Pourtant, j'ai tout enterré, comme si l'obscurité n'avait jamais révélé la moindre étincelle de lumière.

Comme si rien ne méritait d'être sauvé.

Ou que je n'avais pas le temps de trier mes souvenirs.

Ces morceaux de moi que j'ai cadenassés à double tour émergent de nouveau depuis que je connais Dax et, curieusement, ce n'est pas aussi douloureux que je le supposais.

– Soyez gentils, les enfants, intervient Lou sans manifester autre chose que de la bonne humeur. Tasha a eu une journée difficile et elle est ici pour se détendre.

– Tu es plutôt en forme, note Tate en me lançant un regard qui me met mal à l'aise.

– Je n'ai pas été blessée. J'imagine que sans mes deux roues crevées, j'aurais été moins sur mes gardes, mais...

– Quelqu'un t'a crevé tes pneus ? relève Tate, cette fois-ci perplexe. Ça sent le piège gros comme une maison…

– Tate ! le houspille Dax.

– Quoi ? répliqué-je, libérant ces questionnements qui me taraudent depuis la fusillade. Ce n'est pas ce que tu as pensé quand je te l'ai raconté et que je t'ai expliqué que ce maudit Rosario m'avait menacée.

– Bordel ! Rosario t'a menacée ? répète Tate.

– T'as avalé un perroquet, ce matin ? se moque Ross. Bon, OK, j'ai rien dit…

Il lève les bras, signant sa reddition sous le joug d'un œil tempétueux.

– Vaut mieux, ouais, grogne Tate sans détourner son attention de ma personne. Qu'est-ce que ce fils de pute t'a balancé ?

Malgré l'air irrité de Dax, je ne vois pas de raison de mentir. D'autant que j'ai des questions à lui poser. Difficile de ne pas associer les intimidations de Rosario aux événements qui ont suivi. Au contraire même, j'ai le sentiment qu'un message a été subtilement adressé. Pas à moi, évidemment, puisque j'aurais pu mourir, mais à Dax. Cela me paraît cohérent.

Le policier qui a recueilli mon témoignage à l'hôpital a insinué que la fusillade résultait d'une guerre entre gangs. Sauf que, hormis des passants ou clients du supermarché, il n'y avait pas de cible dans les parages.

Ces constats m'embrouillent encore plus les idées, car ils induisent un lien entre Rosario et des criminels. Impossible ? Pas lorsque je me remémore mon sentiment d'angoisse face au lieutenant.

Mon Dieu ! Je n'ose formuler, même si ce n'est que mentalement, les déductions qui s'imposent.

Mais pourquoi ?

– Que fréquenter Dax pourrait faire de moi une cible pour vos ennemis.

Un sifflement s'élève dans le silence de la nuit. Quant aux regards qui s'échangent…

Je déglutis nerveusement, un élan de panique remontant à la surface. J'ai eu si peur cet après-midi que je ne crois pas oublier de sitôt la morsure de ce sentiment corrosif.

La main de Dax presse les muscles de ma cuisse, alternant caresses légères et contractions plus fortes. Mon envie de sexe revient me titiller et je suis encore assez lucide pour y déceler un besoin viscéral de dissoudre sous une vague de sensualité les sombres émotions qui m'agitent.

– Rosario est un salopard d'enfoiré, ma petite, énonce Lou d'une voix plus rocailleuse que tout à l'heure. Ne te bile pas, c'est surtout une grande gueule qui aime effrayer ses proies.

Sauf que je n'ai pas l'intention de devenir sa proie !

Et que je ne remettrais pas en doute l'assertion de ce Popeye au sourire lumineux si je n'avais pas été mitraillée quelques heures après avoir entendu Rosario formuler ses menaces.

– Eh bien, ironisé-je avec sarcasme, soit les instigateurs de la fusillade ont des antennes et se sont dit : « Tiens, c'est le jour idéal pour réaliser les rêves de Rosario », soit je suis dans la merde.

Dax plaque une main sur ma nuque et m'oblige à affronter son regard. Je frémis sous sa sévérité apparente, percevant une détermination assassine.

– Je ne le laisserai pas te faire de mal.

J'avale ma salive, espérant faire disparaître le nœud dans ma gorge. J'ai envie de m'appuyer contre Dax, terriblement envie de céder à la force de ses convictions.

– Ils ont failli tuer Amber… Ma meilleure amie aurait pu mourir parce qu'elle m'a accompagnée faire des courses.

– Quoi? tonne Sam en bondissant de son siège. Ta copine a été blessée?

– Oui… Amber a reçu une balle, balbutié-je, fronçant les sourcils d'incompréhension face à la réaction de l'homme.

– Rassieds-toi, Sam, l'enjoint Dax. Elle va bien. Elle a été opérée et il faut juste qu'elle récupère.

Propos qui ne rassurent pas du tout Sam. Il enfouit une main fébrile dans ses cheveux, le regard meurtrier. Je saisis à la pression de la main de Dax sur ma cuisse que son comportement est inhabituel et le déroute autant que moi.

– Sam? le hèle-t-il de nouveau.

– Elle est à l'hôpital? dit-il pour toute réponse.

– Où veux-tu qu'elle soit? Évidemment qu'elle est à l'hôpital.

– Sans protection?

– Elle n'était pas la cible, si tant est qu'il y en ait eu une, essaie de le ramener à la raison Tate.

– Tu n'en sais rien! J'y vais!

Hein? Je scrute l'homme au regard aussi profond que l'enfer, incapable de saisir ce qui l'anime avec autant de force. Puis je me souviens de son attitude au bar, comme si Amber le fascinait, mais qu'il refusait de manifester ce genre de faiblesse.

Cela me fait flipper. Son comportement est trop irrationnel et intense pour être… normal. Oui, c'est exactement cela. Sa réaction est incompréhensible et me donne envie d'éloigner Amber le plus possible de cet homme qui tient finalement plus du prédateur que de l'être civilisé.

– L'hôpital ne t'autorisera pas à entrer, c'est la nuit, l'avertit Lou du ton conciliant qu'on utiliserait pour calmer un enfant.

– M'en fous! J'y vais!

Le corps raide comme la justice, Sam détale sans ajouter un mot, un silence stupéfait succédant à son éclat insensé.

– C'était quoi ça ? demandé-je d'une voix étranglée.

– Ne te tracasse pas, me souffle Dax à l'oreille. Sam est un protecteur dans l'âme. Il est parfois un peu bizarre, mais il ne touchera pas à un cheveu de ton amie. Il va peut-être monter la garde devant la porte d'Amber si on lui permet d'arriver jusque-là, mais il ne l'importunera pas.

Pourquoi n'en suis-je pas persuadée ? La seule chose qui me tranquillise, c'est que je doute que Sam puisse s'introduire dans l'hôpital à cette heure.

– Sam ne supporte pas que des innocents deviennent des victimes collatérales, ajoute Lou.

Je manque d'avaler de travers et tousse comme une damnée tandis que Dax me tape dans le dos.

Sans rire ? Ce genre de principes n'est-il pas incohérent avec la nature même de Sam ? Mais les Styx Lions ne sont pas à cela près, si ? D'ailleurs, Dax lui-même est un vrai paradoxe ! Un paradoxe qui se complexifie à chaque fois que je crois venir à bout de l'une des épaisses couches qui emmitouflent Dax.

Je lui dédie un coup d'œil suspicieux, mais comme souvent, Dax me gratifie d'un petit air provocateur. Je commence à soupçonner que cet homme pourrait prétendre aux Oscar sans difficulté et je ne suis pas forcément à l'aise avec cette dualité qui m'apparaît tout en demeurant insaisissable.

Je dois être détraquée, car, secret ou pas, cela ne me détourne pas de lui…

– Mets ton joli cerveau en pause, ma belle, préconise Dax en reprenant ses cajoleries au bas de mes reins. Nous sommes là pour profiter d'un bon repas et après… j'espère que tu es d'attaque, car je compte bien gagner notre petit duel ce soir.

– Ça reste à voir…

Cette provocation me vaut une caresse plus affirmée sur les fesses.

– Je vais te dévorer toute crue.

– Eh ! Pas de messes basses à table, nous réprimande Tate au moment où Dax se penche vers ma bouche.

Et il ne plaisante pas ! J'ignore pourquoi, mais je ne suis pas en odeur de sainteté avec lui.

– Laisse-les, le sermonne Lou.

– Merde ! gronde Tate avec une moue de dégoût. Ils vont quand même pas baiser ici.

– Comme si ça t'dérangeait d'habitude, glousse Ross. J'me souviens d'avoir aperçu tes fesses au dernier rassemblement, tu sais quand tu sautais la greluche avec les cheveux roses.

– Elle avait un très joli cul.

– Le tien n'est pas mal non plus, Tate, pouffe Dria. J'ignorais que tu avais un tatouage sur la fes…

Le regard assassin, Lou plaque une main sur la bouche de sa compagne et se renfrogne davantage lorsqu'elle éclate de rire contre sa paume. Je me mords les lèvres, amusée malgré moi. Popeye se fait mener par le bout du nez par Clochette !

– Le seul cul qui doit t'intéresser, c'est le mien, la réprimande-t-il avant de l'embrasser goulûment.

– Et voilà, c'est reparti, grommelle Tate en ébouriffant ses cheveux d'un geste nerveux. J'vais aller faire un tour au bar, tiens.

– À cette heure, tout le monde baise, l'avertit Ross, sarcastique.

– Pas comme ça, crache-t-il en montrant du doigt le couple enlacé.

J'ignore ce qu'il veut dire, mais personne ne relève ou ne s'offusque. L'atmosphère se détend imperceptiblement cependant lorsque Tate s'achemine entre les arbres, sa main tapant sa cuisse par saccades.

Un intéressant cas de psychiatrie… Tate est clairement le genre de type qu'il vaut mieux éviter de croiser au détour d'une ruelle sombre.

– Il est plus nerveux que d'habitude, non? s'étonne Dria en le suivant des yeux.

– C'est Tate, sanctionne Sacha d'un haussement d'épaules. Vic lui manque. Une fois qu'il aura évacué, il redeviendra… lui-même. Et puis soyons honnêtes, il n'a jamais été très équili…

Wouaf! Wouaf!

Un énorme chien jaillit des fourrés, une surprise pour tous vu les mines ébahies autour de moi, et se précipite sur la table pour finalement piler à deux mètres de nous. La langue pendante, il incline la tête de côté, comme s'il nous jaugeait, puis se met à courir en rond en aboyant.

– Merde! C'est à qui ce clébard? s'exclame Ross.

Si cela m'avait échappé jusqu'à présent, je reconnais sans erreur possible l'accent des rues de mon enfance. J'ai du mal à évaluer l'âge de Ross, mais il me semble à peine plus jeune que moi. Cela ne signifie pas que nous nous soyons croisés. Je traînais rarement dehors.

– Dojo!

La voix de Sacha claque comme un fouet, réprobatrice et agacée, et le chien s'arrête enfin. Je me mords l'intérieur de la joue en le voyant de nouveau pencher la tête de côté et nous offrir une version plutôt réussie du « pauvre toutou malheureux ».

– Sacha, tu as adopté un clébard? s'étonne Lou.

– Non, ça s'est pas vraiment passé comme ça, lâche-t-elle avec une grimace. Vous vous rappelez Moshin?

– Le vétéran qui crèche sur la plage? relève Dax. De mémoire, il possédait un berger allemand.

Dojo est un magnifique boxer au pelage marron clair et aux oreilles aussi noires que son museau.

Une bouffée de nostalgie m'assaille au souvenir d'un autre chien qui lui ressemblait comme deux gouttes d'eau. Tempête était encore un chiot lorsque ma mère et moi avons emménagé chez Grady et nous sommes, tous les deux, très vite devenus inséparables. Le jour, il gardait l'entrée de la boutique de Grady, la nuit, il dormait au pied de mon lit.

Et comme avec Tempête, il est difficile de résister à l'air faussement triste de Dojo. Je tends la main vers lui et souris lorsqu'il s'approche et me lèche le bout des doigts.

– Bon chien, le flatté-je doucement.

– Moshin a adopté Dojo il y a un an à peu près, continue Sacha. Il l'a trouvé sur le bord de la route, attaché à un piquet et presque mort de soif. Il a décidé de s'occuper de lui.

– Alors comment a-t-il atterri ici ? l'interroge Dax tout en me tirant en arrière. Attention ! Il est peut-être dangereux.

Dojo le contredit en venant poser sa tête sur mes genoux, levant vers moi son regard éploré. Je fonds littéralement et lui gratte le dos.

– Dojo est très sociable comme tu peux le constater, confirme Sacha. Il aime même les chats, c'est tout dire. Et il est seul maintenant. Moshin est décédé la semaine dernière…

– Merde ! s'exclame Lou. C'était un brave type, un peu allumé, mais un gars courageux. Tu as adopté son clébard, alors ?

– Dojo a été confié à une association quand Moshin a été hospitalisé. Le vieux devait le récupérer, mais il avait laissé des instructions au cas où il mourrait.

– Et il a pensé à toi ? s'étonne Ross. Merde ! Il était plus fou que je l'imaginais.

– Quoi ? s'énerve Sacha. Je suis capable de m'occuper d'un chien, bordel !

Ross ricane en levant les yeux au ciel, ce qui lui vaut un coup dans l'épaule.

– Ça doit pas être bien difficile, continue Sacha à voix basse. Tu le sors, tu le nourris et basta !

– C'est un vrai pot de colle, râle Dax en essayant de me ramener contre lui.

Mission impossible!

J'éclate de rire.

Dojo s'est dressé sur ses pattes arrière et a glissé sa tête dans mon cou. Il pèse de tout son poids contre moi et soupire comme s'il relâchait la pression. Certains pensent que les animaux n'éprouvent pas de sentiments, je suis persuadée du contraire. Dojo a perdu son maître et ses repères, il est logiquement en manque de câlins.

– Tu ne veux pas l'appeler? insiste Dax.

– Il ne m'obéit pas, avoue piteusement Sacha. Allez, viens là, Dojo. Dojo!

Celui-ci ne bouge pas et appuie sa truffe humide contre ma peau. Je ris un peu plus fort, amusée par l'air contrarié qui se peint sur le visage de Dax.

Il est… jaloux d'un chien?

– Dojo, assis! dis-je d'un ton autoritaire.

– Merde! Comment tu as fait? s'exclame Sacha lorsque Dojo obtempère.

– Brave toutou! le récompensé-je d'une caresse. J'ai eu un chien qui lui ressemblait beaucoup quand j'étais petite. Tempête était adorable, mais c'était une vraie tête de mule. Il fallait être ferme avec lui si on souhaitait qu'il obéisse.

– Tempête? J'ai connu un clébard qui s'appelait comme ça, intervient Ross. Il appartenait à l'épicier de mon quartier et chipait des pommes en douce.

Je ris, me remémorant ce détail que j'avais oublié. Tempête se faufilait entre les allées du magasin dès que Grady était hors de vue et il allait se planquer dans la réserve pour dévorer son larcin. Les semonces de son maître n'y ont jamais rien changé.

– On parle du même, je pense. Grady a fini par mettre son étal de pommes en hauteur.

– Putain ! C'est vrai ? Tu connaissais Grady et Tempête ? Mais, attends, t'es la Tasha de Grady ?

La formulation me désarçonne, mais elle n'est finalement pas très éloignée de la vérité. Ma mère et moi étions ses protégées. Par un malheureux hasard de l'existence, j'ai enterré les deux à huit mois d'intervalle, perdant d'un coup les piliers de ma vie. Tempête, lui, était déjà parti depuis trois bonnes années.

Y penser a toujours été douloureux, parce que rien n'a jamais pu combler le vide, mais aujourd'hui, c'est curieusement moins pénible, comme si les souvenirs transformaient le chagrin passé en quelque chose de plus serein.

Je suis assez lucide pour saisir que la présence de Dax à mes côtés n'est pas étrangère à ce constat, mais j'ignore encore si cela m'irrite ou me réconforte.

– La Tasha de Grady ? relève Lou, goguenard. Qui est Grady ?

– Grady tenait une épicerie à Tenderloin et c'était un sacré personnage, s'enflamme Ross. Il avait le physique d'un catcheur et, pourtant, tout le monde le voyait comme un ange gardien. Il faisait peur aux caïds du quartier et aidait les plus vulnérables. Il a trouvé du travail à mon père lorsque j'étais gosse et il faisait bosser ma mère dans son magasin de temps en temps. Il avait toujours des petits biscuits à nous distribuer quand on sortait de l'école, probablement parce qu'il savait que nos parents n'avaient pas les moyens de nous acheter un goûter.

La gorge nouée, j'acquiesce de la tête pour valider cette description. Grady était un bon samaritain qui se dévouait pour la communauté. La mort de sa femme et de sa fille l'avait profondément meurtri et l'aide qu'il apportait aux autres lui permettait de conférer un sens nouveau à sa vie.

Il aurait pourtant pu quitter Tenderloin pour profiter d'une existence tranquille.

– À Noël, il rajoutait un verre de lait, précisé-je.

– Ouais ! s'exclame Ross, le visage illuminé d'une joie presque enfantine. Alors c'est bien toi ! Merde ! C'est carrément bizarre. Tu t'souviens de ma mère, Martha Ponters ?

– Oui, évidemment. Je donnais des cours de soutien à ton frère, Simon.

– C'est grâce à toi qu'il a appris à lire. Il était dyslexique et les profs en avaient royalement rien à foutre de lui. Ma mère a pleuré de joie la première fois où il lui a lu ses lignes. Merde ! Vraiment, j'arrive pas à y croire. Ma mère va être folle quand j'vais lui raconter et Simon encore plus. Tu sais, il est plombier aujourd'hui et il a créé sa propre boîte. Ça marche bien pour lui.

Le débit de paroles de Ross m'amène à sourire, d'autant que son style le porte plutôt à des échanges moins conviviaux. Idée reçue ? Oui, probablement, mais il est le genre de gars que les gens regardent à deux fois avant de s'éloigner d'un pas pressé.

Pourtant, cela me fait plaisir de discuter avec lui, plaisir de me rappeler ces souvenirs que j'ai cru nécessaire de refouler. Je suis surtout heureuse de constater que Grady n'a pas seulement marqué mon existence à moi. Qu'il reste dans les mémoires, c'est le meilleur hommage qu'on pouvait lui rendre. Rien que d'y songer, j'ai la gorge serrée…

En vérité, et cela a vraiment de quoi me méduser, je me sens étrangement bien au milieu de ces gens que j'aurais volontiers fuis il y a encore quelques mois. Et c'est sans aucune retenue que je m'adosse contre le torse de Dax lorsqu'il m'attire contre lui.

Des lèvres me parcourent la nuque, mais ce sont les caresses de la main qui s'introduit sous mon pull qui me filent des frissons de plaisir.

– Et si on lançait le barbecue ? propose Dax. Ce n'est pas qu'on s'ennuie, mais Tasha a besoin de repos.

– De repos ? Ouais, c'est ça, ricane Lou.

34

Dax

Maudit cabot ! Je claque la porte au nez du sac à puces qui colle Tasha comme si elle était le nouveau centre de son univers. Non pas que je n'aime pas les animaux, mais hors de question que je cède la place, pas même à une boule de poils au regard suppliant.

– Va retrouver ta maîtresse, grogné-je en écho.

Bras croisés devant sa poitrine – un spectacle carrément bandant –, Tasha me considère avec un petit air réprobateur qui me file des envies de la renverser *illico* sur la table de la cuisine.

Bordel ! La nuit va être chaude.

– Tu n'es quand même pas jaloux d'un chien ? me réprimande-t-elle. Dojo a perdu son maître, il cherche juste un peu d'attention.

– C'est Sacha qui l'a recueilli. Pourquoi il te suit à la trace ?

– Il faut croire qu'il m'aime bien. Il paraît que j'ai des atouts… percutants !

Un constat qui s'assortit d'un sourire aguicheur et d'un roulement de hanches sensuel. Tasha porte peut-être un pull large qui m'empêche de profiter pleinement de ses courbes affriolantes, je sais ce qui se cache sous la laine épaisse.

Quant au côté sexy, il est indéniable dans l'épaule à moitié découverte, parée d'une bretelle en dentelle noire.

Je m'approche pour effleurer l'épiderme dénudé et me satisfais du soupir ténu qui s'écoule des lèvres rosées. Bientôt, très bientôt, il n'y aura pas un centimètre de peau de cette femme que je ne connaîtrai pas sur le bout des doigts et de la langue.

Une perspective qui m'échauffe le sang…

– Et si tu me montrais ?

Une plainte résonne derrière moi, sapant mon petit effet.

– Putain ! Il va brailler comme ça toute la nuit ?

– Laisse-le rentrer, Dax. Il a juste besoin d'un coin au chaud pour dormir.

– Ce chien a l'habitude de rester dehors et…

– Ne sois pas méchant ! Tu as bien une vieille couverture, non ?

La soirée vire à la quatrième dimension. Pourtant, à l'air obtus de Tasha, je réalise que je n'aurai pas droit à mon dessert si je m'entête à ignorer le maudit clébard qui gratte contre ma porte.

Putain ! Je ne plie devant personne, et c'est un chien qui va me dicter sa loi sous mon propre toit ?

Y a pas à chier, c'est juste du délire !

– Sacha va le chercher partout !

– Tu sais très bien que non. Elle était ravie qu'il nous suive.

Je me note d'avoir une petite discussion avec Sacha. Dojo est SON chien, merde !

– OK, mais prépare les fléchettes et les bières pendant que je m'occupe de ce cabot de malheur. Je n'oublie pas notre pari, ma belle.

– Tu es si pressé de te prendre une dérouillée ?

– Crois-moi, cette fois, je ne me laisserai pas abuser par ton sourire angélique. Celle qui finira nue, c'est toi !

Tasha éclate de rire, moqueuse. C'est de bonne guerre. Je l'ai sous-estimée ce soir-là au Rush, mais ça n'arrivera plus. Et je me sens de taille à remporter le challenge haut la main.

Ma queue durcit en imaginant ma belle docteure simplement vêtue d'une parure de dentelle noire. Quant au moment où elle l'ôtera…

Je m'acquitte de ma tâche en pressant le pas, appâté par l'enjeu. Je récupère un vieux plaid et rejoins le salon au moment où Tasha ouvre la porte. Je n'y connais peut-être pas grand-chose en chien, mais je suis persuadé que Dojo jubile en pénétrant chez moi. Et le mouvement rapide de sa queue me confirme la provocation.

Ne m'en déplaise, la technique est la bonne, puisque Tasha s'agenouille devant lui et le caresse avec entrain. Le traître en profite pour lui lécher les mains.

Attachez-vous bien, les mecs, pectoraux parfaits ou pas, il suffit d'une boule de poils au regard implorant pour qu'elles se dandinent toutes…

Je suis aussi transparent que la plante verte que je n'ai pas.

– J'ai la couverture, aboyé-je pour signaler ma présence.

– Super! Tiens, on pourrait l'installer dans ce coin. Tu aurais un bol d'eau? Il faudra également prévoir des croquettes.

– Je te rappelle que ce petit malin nous a chipé un steak tout à l'heure.

Tasha se redresse en levant les yeux au ciel, me prend le plaid des mains et attire Dojo vers l'alcôve. Elle pose la couverture au pied de mon fauteuil et sourit, ravie lorsque Dojo s'enroule sur le sol d'un air satisfait.

Je me répète, mais quand même. Maudit chien!

– Il aura de nouveau faim demain.

– Demain, il retourne chez sa maîtresse.

– Si tu le dis.

– Ouais, je le dis et je te garantis que ça se passera comme ça.

Le sourire suffisant devrait exacerber ma contrariété, mais il réactive surtout mon désir. Un désir qui menace de m'exploser les couilles si je ne lui lâche pas la bride très bientôt. J'assouvis un peu cette faim en agrippant la nuque de Tasha pour la ramener contre moi.

Elle m'abandonne ses lèvres en riant, et je savoure la cascade perlée dans ma bouche avant de partir à l'assaut de sa langue. Notre baiser est dévorant, passionné et presque brutal, mais j'ai besoin de ça pour modérer le feu dans mes veines.

Aussi excitée que moi, Tasha me cramponne les épaules et griffe ma peau au travers de mon tee-shirt, décuplant encore mon désir. Néanmoins, lorsque je m'immisce sous son pull, elle bloque mes poignets, l'œil taquin.

– Tu oublies notre marché ?

– Nous finirons dans tous les cas à poil dans mon lit, ma belle.

– Ah oui ? Eh bien voyons voir si tu as raison. Parce que si tu perds…

La phrase reste en suspens, menace que je compte bien pulvériser dans les prochaines minutes. Cette fois, c'est moi qui vais bluffer ma jolie adversaire.

Tasha saisit les fléchettes et m'en propose un jeu.

– Explique-moi les règles du strip-fléchettes.

– Il y a deux versions : la courte et la longue. Ce soir, on va utiliser le raccourci. Un tir pour un tir et le plus grand score l'emporte. Le vainqueur choisit le vêtement qui tombe, jusqu'à reddition complète.

– Si je perds, je finis donc nue et dans ton lit ?

– C'est le deal, accordé-je avec un sourire carnassier.

Tasha ne se dégonfle pas, ce qui m'aurait déçu de sa part, et se colle contre moi. Elle humecte ses lèvres, tentatrice encore et toujours, et érafle mon téton gauche au travers de mon tee-shirt. Un frisson de plaisir transite jusqu'à mon sexe, le durcissant un peu plus.

– Et si je gagne ? me chuchote-t-elle.

– Tu termines nue dans mon lit.

Elle s'accorde un temps de réflexion, mordillant cette bouche que je rêve de posséder de toutes les façons possibles.

Patience ! Bientôt…

– C'est un gage peu équitable, ça !

– Sauf que je te promets plusieurs orgasmes, ma belle.

– Mon vibromasseur est tout aussi capable de m'en procurer.

En revoyant mentalement l'étal de canards, j'éclate de rire. C'est bien la première fois qu'une femme me compare à des *sex-toys* en plastique.

– Crois-moi, tu ne pourras pas confondre !

Je faufile une main sur le fessier rebondi et plaque un peu plus Tasha contre moi, histoire qu'elle mesure le calibre de la marchandise, mais elle me repousse d'un geste autoritaire.

– Si je gagne, je reste aux commandes, m'annonce-t-elle avec son petit ton professoral que j'adore.

– Là, ma belle, je ne suis pas certain que ce soit possible. Pas ce soir, en tout cas ! J'ai les couilles si dures que je vais être incapable de la jouer dans la retenue.

Tasha décoche sa première flèche et m'invite à lancer la mienne. J'obéis sans chercher à faire mieux qu'elle. Pas encore…

– Qui parle de retenue ? m'objecte-t-elle en récupérant les projectiles.

Oh, putain !

– Enlève tes chaussures, mon grand.

Je m'exécute, et pour ce qui suit, à savoir chaussettes et tee-shirt. C'est maintenant que les choses vont se corser, et je compte bien profiter du regard gourmand qui s'égare sur mon torse nu. Je bande mes muscles et frôle Tasha en me plaçant face à la cible.

– Tu t'es fait tatouer l'emblème de ton gang sur le dos, remarque-t-elle.

Son doigt dessine le contour du lion encré dans ma peau, distillant des frissons le long de ma colonne vertébrale. Je crispe mes abdominaux, avide d'en obtenir davantage.

– C'est un passage obligé pour nos membres, une distinction qui se mérite.

Les gars ne gagnent cet honneur qu'après avoir fait leurs preuves, et je suis intransigeant en la matière. Ce tatouage, c'est un signe d'appartenance que nous exhibons jusqu'à la mort. Pas question d'en dévoyer le sens.

– J'aime beaucoup. Vraiment beaucoup.

Tasha me l'illustre en déposant plusieurs baisers entre mes omoplates, puis dessine le pourtour de mon tatouage du bout de la langue.

Merde ! Ma main se met à trembler. Je vais avoir du mal à recouvrer le contrôle si elle continue de me titiller ainsi.

– Tu triches, ma belle.

Des dents assurent le relais, éraflant mes muscles tendus. Je ne me souviens pas qu'une nana m'ait autant excité, pas même quand je n'étais qu'une boule de testostérone en ébullition.

Je découvre chez Tasha une partenaire qui n'hésite pas à user de toutes les armes à sa portée et j'aime son audace, laquelle me prouve une fois de plus qu'elle n'a pas peur de moi. Avec elle, je suis libre d'être moi, même si une petite voix me hurle que je lui mens pourtant sans scrupule.

– Tasha, sifflé-je.

– Hum…

– Bas les pattes ! C'est à ton tour de jouer.

– Je prends juste un peu d'avance.

– Qui vend la peau de l'ours, maintenant ?

– Ce n'est pas moi qui suis presque nue, Mason.

– Peut-être bien, mais je n'ai pas dit mon dernier mot. Allez, tire.

Je m'adosse contre le canapé, bras croisés sur mon torse, conscient que Tasha ne rate pas une miette du spectacle. Quant à la trajectoire de sa flèche… Oui! Mission sabotage réussie.

– Enlève ton pull, ma belle.

– Mon pull?

– Ouais, ton pull. C'est le gagnant qui choisit, tu n'as pas oublié?

L'air faussement contrarié de Tasha qui comprend sourcils froncés et bouche en O m'électrise presque autant que celui qu'elle arbore quand elle joue au professeur ou à la sylphide séductrice. L'effet sur ma libido est en tout cas le même. Mon sexe se gorge de sang et pulse contre ma cuisse, jusqu'à flirter avec l'inconfort physique.

– J'y suis allée plus doucement, je te signale, me réprimande-t-elle.

– Pas ma faute si tu es une fétichiste des pieds. Moi, mon centre d'intérêt se situe un peu plus… haut.

– Une fétichiste des pieds? Figure-toi qu'à mes yeux, il n'y a pas pire que le look caleçon et chaussettes. C'est un véritable tue-l'amour. J'ai réglé ce problème en te les ôtant dès le début.

– Tu as eu tort.

Tasha gratifie mes épaisses chaussettes noires d'un haussement de sourcils éloquent et soupire d'agacement.

– Je ne crois pas, non.

– Et si je te disais, ma belle, qu'il n'y a aucun risque que tu me surprennes un jour en caleçon et chaussettes. Je ne porte jamais de sous-vêtements.

– Menteur! Tu portais un caleçon quand je t'ai soigné après ton accident.

– Je protège le matos pendant mes virées à moto, mais, le reste du temps, je préfère être libre comme l'air.

La respiration de Tasha s'accélère tandis qu'elle me dévisage avec une intensité nouvelle. Je suis plutôt fier de mon coup, même si c'est un pari osé.

– Donc, résume-t-elle en s'humectant les lèvres, il ne te reste que ton pantalon…

– Ça se pourrait, ouais. Ton pull, Tasha !

Ma belle indocile s'accorde tout le temps nécessaire pour faire passer son haut par-dessus sa tête, révélant avec lenteur un débardeur à fines bretelles. Merde ! J'avais misé sur l'absence de ce petit artifice. Et à la moue triomphante de Tasha, je suppose qu'elle a intégré mon infime réaction de dépit.

Profite, Sexy Doc, ça ne va pas durer !

Je gagne les deux duels suivants, enchanté de pouvoir continuer l'effeuillage de Tasha. Son débardeur termine au sol, et je salive devant les globes laiteux emprisonnés dans une dentelle noire aussi sexy que je l'avais imaginée.

– Ton soutien-gorge, annoncé-je, mon sourire s'accentuant devant le regard d'orage de ma ravissante concurrente.

Je n'aurais jamais cru que Tasha était du genre mauvaise perdante, mais il n'y a aucun doute à avoir. Elle fulmine entre ses dents, jusqu'à ce que sa combativité reprenne le dessus.

Avec des gestes volontairement lents et sensuels, elle frôle les bretelles de son soutien-gorge, puis triture le petit lacet entre ses deux magnifiques seins. L'ouverture frontale lui permet de me faire saliver pendant quelques secondes avant qu'elle lâche le vêtement.

Je suis la trajectoire du morceau de tissu, fasciné, avant de me focaliser sur le dessert que je compte bien savourer jusqu'à plus soif. J'ai encore le goût des mamelons sur ma langue, mais je n'en ai pas profité à satiété.

L'autre soir était à peine une mise en bouche…

J'ai le sentiment au plus profond de moi que je ne serai jamais rassasié de ce corps que je n'ai possédé que dans mes rêves. Un non-sens pour un type qui fuit les engagements, mais je suis plutôt à l'aise avec cette idée. Tasha bouscule tous mes repères.

Je ravale mon envie d'exulter, obnubilé par cette chair qui se dresse avec insolence sous mon nez. Tasha se cambre, histoire de bien m'exciter, puis caresse et pince brièvement son téton droit.

Merde ! Ma stratégie se retourne contre moi… Et je m'en mords les doigts lorsque Tasha recule d'un pas tandis que je m'avance vers elle, déterminé à obtenir un acompte sur mon dessert.

– C'est toi qui as dit que nous ne devions pas tricher, me sermonne-t-elle, un fond d'espièglerie dans la voix.

– Je crois que j'ai changé d'avis, mentionné-je en essayant une nouvelle fois de l'attirer contre moi. Viens là, ma belle.

– Ça te coûtera ton jean, mon grand.

Un prix qui signera ma capitulation, mais ma fierté s'en accommodera parfaitement tant que je pourrai profiter à loisir du splendide petit corps qui se trémousse devant moi…

Alléché par le balancement sensuel de ses seins voluptueux, j'accule Tasha pour qu'elle continue de bouger et d'agiter sa poitrine sous mon nez.

Elle pousse un cri indigné en réalisant que je la dirige adroitement vers ma chambre.

Puis, fidèle à sa réputation d'impulsivité, elle pivote sur elle-même et se réfugie au milieu de mon lit, les reins creusés et les bras repliés sous la tête. Sa poitrine pigeonne merveilleusement.

Divine vision !

– Enlève ton jean, beau gosse, et viens me faire jouir.

– C'est dans mes cordes, énoncé-je en m'exécutant.

Tasha se lèche les lèvres devant le spectacle. Je n'ai pas le souvenir de m'être senti autant désiré et cette impression n'est pas pour me déplaire. Les femmes avec qui je couche d'habitude me convoitent, évidemment, mais jamais avec cette lueur avide au fond des yeux qui mêle admiration et sincérité. C'est le Styx Lion qui les intéresse, pas l'homme.

Tasha… Tasha est différente. Le côté mauvais garçon a plutôt tendance à la faire détaler, mais l'attirance que nous éprouvons l'un pour l'autre transcende cette vérité. Et, au lieu de se la jouer autruche – ce que je ne pourrais pas lui reprocher –, elle s'offre à moi avec une ardeur passionnée.

Cette part de moi que j'ai cadenassée à double tour rugit un peu plus fort. La bête n'a jamais été aussi proche d'anéantir les barreaux de la cage où j'ai emprisonné mes sentiments et mon passé. Et je suis bien incapable de contenir ses élans, sans savoir si je dois le regretter ou m'en réjouir.

Hier, la réponse aurait été simple. Aujourd'hui…

Je m'assieds au bout du lit et saisis la cheville droite de Tasha pour lui retirer sa chaussure, un escarpin à brides. Les orteils se recroquevillent contre ma paume, comme s'ils souhaitaient disparaître. Je les caresse doucement, puis masse la voûte plantaire. Le soupir ténu que j'arrache à Tasha augmente mon besoin de me jeter sur elle, mais j'aspire à quelque chose de plus fondamental.

Ça, également, c'est nouveau, comme à peu près tout ce qui touche à ma relation avec Tasha. Et ce besoin de l'aimer – de vraiment l'aimer, comme on câline et apprivoise une femme que l'on veut faire sienne non pas pour une nuit, mais pour… une éternité – me paraît aussi essentiel que l'air que je respire.

Il s'en faut de peu pour que Tate et ses sarcasmes s'invitent, mais je repousse les alertes de mon ami. Je me suis juré de profiter de tout ce que Tasha avait à m'offrir et je ne compte pas lui concéder moins que ce qu'elle me donne.

Je m'attelle au pied gauche avec les mêmes attentions et grogne lorsque Tasha essaie de me retirer son pied.

– Tu n'apprécies pas mon massage ?

– Je n'aime pas mes pieds, surtout.

– Pourquoi ? Ils sont parfaits.

– Pour des péniches, oui.

J'embrasse l'objet du délit et m'accorde le droit de remonter le long de la cheville fine, léchant la peau délicate.

– Tu as de merveilleuses péniches. Les plus belles que j'aie jamais vues. Déboutonne ton jean, j'ai besoin de te toucher.

Tasha soulève les hanches tandis que je tire sur le bas de son pantalon. La culotte en dentelle met ma résistance à mal, mais je reprends ma lente exploration une fois les jambes dénudées. Tasha est ultra-sensible, gémissant à chaque baiser, coup de langue ou mordillement.

Je m'attarde sur l'arrière de ses genoux, avant de caresser la peau extrêmement douce à la jointure des cuisses.

– Tu aimes?

– Tu es… imprévisible, me rétorque Tasha d'une voix étouffée.

Le souffle court et les joues rougies, elle est plus belle que jamais, incarnation parfaite de mes fantasmes les plus secrets.

Ma propre respiration se bloque et des frétillements brûlants se répandent dans ma poitrine. Cette fois, j'ai bien l'intention de la goûter et de la savourer jusqu'à plus soif.

– Tu pensais que j'allais te sauter dessus? plaisanté-je pour masquer ces émotions qui me chambardent.

– Hum… oui. J'ai cru avoir signé pour l'option « baiser vite et fort ».

Mes doigts se faufilent jusqu'à l'ultime barrière de tissu et la parcourent avec paresse. Tasha est déjà toute mouillée, prête à me recevoir. Elle se cambre un peu plus, avançant les hanches pour en obtenir davantage.

– Tu auras ce que tu es venue chercher, lui affirmé-je. Je vais te faire jouir comme jamais.

Une phrase qui me râpe douloureusement la gorge, jusqu'à ce que Tasha se redresse sur ses coudes et me scrute, incertaine.

– Je ne sais pas ce que je suis venue chercher, Dax.

35

Tasha

Pourquoi ai-je dit cela ? J'ai le mec le plus sexy au monde à mes pieds, prêt à me baiser avec la passion qui le caractérise, et je lui parle un langage qui fait détaler la plupart des hommes. Parce qu'il y a autre chose que du sexe, un questionnement intérieur que je ne suis pas disposée à partager.

– Oublie ça, grommelé-je en basculant en arrière.

Le bruit d'un sachet qu'on déchire me fait pourtant jeter un nouveau coup d'œil vers l'extrémité du lit.

Agenouillé au-dessus de mes pieds, Dax enfile un préservatif. La vision de ses mains sur son sexe gonflé et de la mèche de cheveux qui balaie son front de manière incroyablement sexy me donne envie de ramper jusqu'à lui pour le lécher de la tête aux pieds.

Je n'ai pas le temps de mettre en œuvre ce fantasme. Un sourire satisfait sur les lèvres, Dax remonte le long de mon corps, sa bouche dessinant un chemin de feu sur ma peau. Il finit par me surplomber avec l'assurance de celui qui a tout ce qu'il désire à portée de main. Pour me le prouver, il caresse mon flanc droit jusqu'à mon sein. La légère torsion de mon mamelon m'arrache un gémissement.

– Moi, je sais ce que je ne veux pas, me signale-t-il, le regard plus intense que jamais. Ce n'est pas un simple coup d'un soir, Tasha.

Je sursaute, heurtée par cet aveu qui a toujours flotté entre nous. Et c'est bien là que se situe mon dilemme. Cela étant, c'est presque un soulagement d'entendre Dax prononcer ces mots. Cela ne me rassure pas, loin s'en faut, mais je me sens moins seule. Moins perdue…

Cependant, par réflexe, je détourne la tête pour me soustraire aux yeux sombres. Je refuse d'afficher ma vulnérabilité devant un homme qui pourrait, je le devine, me blesser plus qu'aucun autre.

Dax me saisit le menton pour me ramener à lui et se baisse pour m'embrasser. Tendrement. Lentement. Suavement.

Je me liquéfie et me cambre vers lui pour que nos épidermes se touchent. À cet instant, j'ai besoin de le sentir contre moi, en moi, d'oublier tout ce qui me taraude nous concernant. Mais Dax en a décidé autrement. Il se redresse et me jauge avec un sérieux qui me déstabilise.

– Je suis bien incapable de prédire l'avenir, ma belle, et je ne sais pas où nous allons tous les deux, mais je suis sûr d'une chose, il y a un « nous ». Et ce « nous » mérite d'exister. Je ne te promets rien et n'exige rien non plus de ta part, sauf d'accepter de nous laisser une chance de découvrir où ça nous mène. Tu crois que c'est possible ?

La nudité physique n'est rien comparée à celle de l'âme. Pour preuve, la demande de Dax résonne en moi comme une mise à nu de ce que je possède de plus intime. Je déglutis avec difficulté, oscillant au bord d'un précipice d'indécision. Puis je réalise que je me suis déjà engagée sur ce chemin tortueux.

J'acquiesce d'un simple geste de la tête, incapable d'exprimer autrement ce saut dans le vide.

Dax accueille ma reddition d'un petit sourire tordu. Un voile d'excitation mêlé à un sentiment plus profond de satisfaction se répand sur ma peau.

– Bien ! J'aurais usé de tous les arguments possibles pour te convaincre dans le cas contraire et j'avoue que l'idée de te ligoter à mon lit ne m'aurait pas déplu.

Je ris, soulagée de revenir au mode jeu. Et je me lèche les lèvres en visionnant Dax, les bras relevés au-dessus de la tête et liés au montant du lit.

– Même pas en rêve, me susurre-t-il à l'oreille tout en me mordillant le lobe.

– Je n'ai rien dit, me rebellé-je, taquine.

– Pas besoin, j'ai lu dans tes beaux yeux verts l'idée qui t'a traversé l'esprit.

– Hum… je n'ai plus qu'à la laisser faire son chemin alors.

Pour me punir de mon insolence, Dax me plaque les mains en arrière. Toujours en appui sur l'un de ses bras, il me dévore le cou et distille sous ma peau des éclairs qui transitent jusqu'à mon sexe.

Je suis mouillée, brûlante et avide d'être physiquement possédée et comblée. À ce stade, l'éloignement de son corps se révèle une frustration douloureuse. J'ai beau me trémousser pour l'inciter à se coller contre moi, Dax continue de me butiner comme si le temps ne comptait plus.

– Dax !

– Quoi ?

Le ton est volontairement paresseux, vibrant d'une sensualité qui exacerbe ma faim. Merde ! Ce salopard fait exprès de m'échauffer !

Et cela fonctionne du tonnerre. Mon corps est avide de son contact et brûle de noyer sous une déferlante de plaisir le stress et la peur éprouvés dans la journée.

– Abrège les préliminaires, tu veux.

– Pressée, ma belle?

Accroissant un peu plus le jeu, Dax insère un genou entre mes cuisses et exerce plusieurs poussées contre mon entrejambe. Je me cabre et bouge les hanches pour affirmer mes désirs.

L'enfoiré augmente la pression par petites secousses, puis se retire dès que le balancement de mon bassin s'adapte à son rythme, me laissant frustrée et avide. Seul réconfort, sa langue continue de tracer un sillon de feu dans mon cou et fait courir de délicieux frissons sous ma peau.

Je n'ai jamais été aussi électrisée par un corps-à-corps, et si une part de moi s'en inquiète, l'autre est prête à suivre cet homme en enfer.

– J'ai besoin de t'avoir en moi, Dax, soufflé-je.

Quelque chose dans mon ton doit alerter Dax, ou peut-être n'a-t-il plus envie de me torturer – de *se* torturer –, car il se couche sur moi, les coudes repliés de chaque côté de mon visage pour ne pas m'écraser.

Je soupire de plaisir, incapable de nier ce besoin viscéral que j'ai de lui, et enfouis une main dans ses cheveux pour exiger un baiser. Dax me l'accorde dans un petit rire qui sonne très « mâle » à mes oreilles.

Brûlant et passionné, notre baiser me laisse pantelante. Un autre suit, puis un autre encore…

Plaquée au lit par un corps lourd et musclé, je prends tout ce que Dax me donne, mais cela ne me suffit pas. Je finis par protester en remuant autant que cela m'est possible et m'attire un grognement réprobateur en retour.

– Merde! On est là pour baiser, tu te rappelles? le provoqué-je.

– C'est ce que tu veux? Baiser?

J'affronte un regard tempétueux. La colère de Dax est presque aussi vibrante que son désir. Je ne frémis pas, refusant d'inviter la peur dans mon lit, mais une part de moi résiste à cette déferlante de possessivité qui suggère une intimité flagrante.

Jusqu'à ce que je réalise que c'est exactement ce que j'attends de cet homme…

– Je veux tout, répliqué-je, le menton relevé.

– Tout ! répète Dax en s'enfonçant en moi d'un puissant coup de reins. Et c'est ce que je vais te donner. Tout !

J'accompagne le va-et-vient rapide et profond, le souffle erratique. Dax a abandonné la douceur et la tendresse pour une partie de jambes en l'air débridée. Pourtant, dans son regard qu'il garde cramponné au mien, je décrypte une détermination qui n'assouvit pas uniquement ma faim physique.

Je tente de m'y soustraire, mais une part cachée de ma volonté se refuse à rompre le contact. Je gémis, entre désespoir et espoir, et griffe les biceps de mon amant, résolue à le punir pour ce qu'il éveille en moi.

L'amour…

Un sentiment brûlant et dévastateur qui m'emplit jusqu'au tréfonds de mon âme et nourrit chaque particule de mon être.

Un sentiment qui n'a rien de comparable avec la tiédeur de ce que j'ai connu avec Clive.

Je m'arc-boute contre Dax, toujours plus avide de lui. Comme s'il avait entendu ma prière muette, il relève mes jambes sur ses épaules et me pénètre plus profondément. Mon cœur palpite avec frénésie, tel un animal qui se débat pour se débarrasser des dernières velléités de sa résistance.

Comme si je n'avais pas déjà perdu cette bataille…

Pas perdu, me susurre une petite voix.

Peut-être…

Je ne sais plus et je suis incapable de me rappeler pourquoi tomber amoureuse de Dax est une bêtise innommable.

Dax se penche sur moi et ramène mon visage vers le sien. Son regard est d'une intensité ardente et possessive, et je renverse la tête en arrière en une ultime tentative de fuite.

– Regarde-moi, Tasha, exige-t-il.

Lorsque je m'exécute, Dax capture ma bouche pour un baiser vorace, puis ses mains s'enfoncent dans la chair tendre de mes hanches lorsqu'il se redresse sans jamais rompre notre lien visuel.

Je me sens submergée et hoquette en prenant conscience d'une vérité effrayante. Mon cœur tressaute toujours, mais il ne lutte plus. Il est à sa juste place, plongeant dans le feu de la passion sans plus craindre de se brûler.

L'amour...

Libérateur et pourtant déstabilisant.

Mon sexe palpite à chaque nouvel assaut et je sens mes muscles se resserrer autour de la verge qui s'enfonce avec toujours plus de vigueur en moi. J'agrippe les draps puis j'abdique, submergée par l'ivresse qui se déverse dans mes veines.

Je gémis, déterminée à enfouir mes sentiments sous ce déluge sensoriel. Une résolution qui trouve un ancrage dans la vision des muscles luisants et du visage contracté de passion de mon amant. Pourtant, Dax se contrôle encore trop à mon goût. Je griffe alors le torse bandé et m'arc-boute pour accroître le contact de nos deux corps. Un mouvement qui provoque un grondement de plaisir chez Dax.

Son petit sourire tordu sur les lèvres, ce dernier me caresse les cuisses avec volupté, puis plante ses doigts dans ma chair en rugissant sauvagement tandis qu'il accélère la cadence. Je me liquéfie un peu plus sous son regard fou.

Les mouvements déchaînés du bassin de Dax m'emportent vers les étoiles et lorsque ses doigts se fraient un chemin jusqu'à mon clitoris, j'explose littéralement.

Quand il retombe sur moi, le front moite et le corps encore agité des soubresauts de la jouissance, je l'étreins entre mes bras, consciente que je viens d'accepter l'inévitable.

***

J'ignore combien de temps nous restons ainsi enlacés, mais quand je repousse une mèche humide du large front de Dax, celui-ci roule sur le côté en m'attirant tout contre lui. Je me niche dans ses bras et soupire de bien-être.

Je n'avais pas conscience de ma solitude avant Dax. Une solitude qui n'a rien à voir avec le nombre de personnes qui m'entourent. Ne dit-on pas que l'on peut se sentir seule au milieu d'une foule ?

C'était exactement mon cas… sans que je l'intègre.

Après la mort de ma mère et de Grady, je me suis repliée sur moi-même et me suis concentrée sur mes objectifs professionnels. Je n'ai pas cessé d'interagir avec le monde extérieur, mais j'ai fermé la porte aux relations sérieuses qui induisent un attachement fort. Comme si ces dernières pouvaient m'éloigner de mon but…

Je crois surtout que j'ai renoncé aux émotions les plus intimes parce qu'elles sont une source de souffrance quand elles se brisent. Et, à ce niveau, j'ai largement eu mon quota de pertes. Je me suis blindée car je voulais éviter ce sentiment de vide qui vous laisse K.-O. lorsque le pire survient.

Étouffer aussi la plainte qui divulguait que mon cœur était morcelé en un millier de larmes.

Amber est l'exception qui confirme la règle, une fausse exception puisqu'elle était déjà dans la place. En vérité, lorsque je repense à la terrible année de mes 18 ans, je réalise que sans ma meilleure amie, j'aurais certainement craqué.

Amber a été là à chaque fois que la colère ou la tristesse menaçaient de m'entraîner vers le fond. Elle était la mieux placée pour comprendre ma détresse. Nous étions amies, nous sommes devenues des sœurs de cœur. .

Quant à Clive, il n'a pas non plus brisé cette dynamique, puisque ce qui nous liait tenait plus de la raison que du cœur. Zach a vu juste.

Les sentiments n'étaient pas absents de notre relation, mais ils étaient parfaitement maîtrisés. Au fond, notre fonctionnement préservait cette part de moi qui désirait garder les autres à distance.

Cela n'a pas été possible avec Dax. J'ignore comment il s'y est pris, mais cet homme a pulvérisé ma cuirasse avec son petit sourire tordu. Et ce qu'il est ne change rien à cette vérité.

Je redresse légèrement la tête et suis le contour de la mention *redeemer angel* du bout du doigt. Le paradoxe Dax me perturbe toujours et c'est même pire maintenant que j'ai admis mes sentiments pour lui. J'éprouve le besoin irrépressible de donner du sens aux questions qui me triturent les méninges.

– *Redeemer angel*, chuchoté-je. Alors, c'est quoi l'histoire de ce tatouage ?

Dax se raidit contre moi, mais il n'esquive pas mon regard. Je reste en apnée parce que ce qui va suivre est déterminant. Une sorte de test qui confirmera – ou pas – que notre relation peut dépasser le cadre du plan d'une nuit.

Mes certitudes vacillent devant l'indécision de mon amant. L'amour, c'est sympa, mais j'ai les nerfs à fleur de peau, lucide sur le fait qu'il n'y a pas de demi-mesure. On gagne ou on perd ! Mon esprit use d'une parade loufoque pour annihiler mon stress naissant et me joue le thème des *Dents de la mer*.

Quoi ? Captain déteint sur moi.

Dax bascule un bras derrière sa nuque, soudain lointain, puis plaque une main sous mes fesses pour me ramener contre lui.

Je ne résiste pas au plaisir de le cajoler, frôlant de mes lèvres ses muscles durs.

– Il y a quelques années, j'ai traîné dans un centre d'accueil pour jeunes en situation de rupture familiale. J'avais la fâcheuse tendance à fourrer mon nez dans les affaires des autres. J'essayais toujours de trouver un moyen de les sortir de là. Il y avait un gosse, Bryan, un fan de BD. Il ne possédait presque rien, tout juste quelques vêtements, mais son sac était rempli de Marvel. Il dessinait à longueur de temps et il était plutôt doué. Un de ses hobbies consistait à nous affubler de surnoms ridicules, à la sauce des héros qu'il admirait, et de nous croquer sous des traits imagés.

– C'est lui qui t'a baptisé *redeemer angel*?

Dax semble perdu dans ses souvenirs et un demi-sourire incurve sa bouche. Il me caresse le bras d'un geste machinal, me maintenant serrée contre lui comme s'il avait peur que je m'échappe.

Aucun risque…

– Tu connais *Touched by an Angel*[7] ?

– Heu… oui.

– C'était la seconde passion de Bryan. Je crois qu'il en pinçait pour l'actrice, une jolie brune qui parlait toujours avec douceur, même quand elle était furax.

– Roma Downey, oui, je me souviens. Un choix étonnant pour un gosse dingue de Superman et d'Iron Man.

– Bryan aimait l'idée que des anges protecteurs veillaient sur nous. Il disait que, comme eux, je donnais une seconde chance aux déchets de la société et qu'à ce titre, je ne pouvais qu'en être un. Évidemment, tous les gamins ont adoré la métaphore et ils ont tous repris ce surnom.

Un rire sec jaillit de la gorge de Dax.

---

7. Série américaine datant de 1994.

C'est une autre sorte de tension qui l'habite désormais et les fantômes de son passé se reflètent dans les méandres de son regard.

– Moi, un putain d'ange? Sacrée blague!

– En ange déchu, tu es plutôt crédible, mentionné-je en traçant des cercles autour de l'un de ses tétons.

Sous mes doigts, mon bel amant se détend. J'accentue mes caresses et lèche la peau dorée, taquine et déterminée à chasser les ombres dans ses yeux. Dax est si énigmatique que ses quelques confidences me procurent le sentiment de compter réellement. Pour l'instant, je n'ai pas besoin de plus.

– Tu sais ce dont j'ai envie, là, maintenant? me demande-t-il.

– Dis-moi.

Un mystère qui n'en est pas un! Je ris lorsque le drap se soulève au niveau du bassin de Dax. Je saisis son sexe dressé et le caresse avec une lenteur exagérée.

J'aime lire le désir dans ses yeux et capter l'altération de son souffle. Des réactions physiques, j'en suis certaine, qui se refléteraient dans un miroir si je me contemplais dans l'instant.

– Chevauche-moi, Tasha. Je veux voir ton joli petit corps bouger au-dessus de moi et admirer ta magnifique poitrine tressauter sous mon nez.

– Je vais finir par croire que mes seins sont la seule chose qui t'intéresse chez moi, le nargué-je.

J'étouffe un cri lorsque Dax me soulève pour que je l'enserre entre mes cuisses. Je ris en basculant contre son torse et récolte un long baiser vorace en guise de récompense.

– J'aime tout chez toi, me susurre Dax à l'oreille. Tes seins, ta bouche, tes pieds…

– Mes pieds? m'insurgé-je avec une moue d'horreur.

– Tes pieds, me confirme-t-il en déposant un baiser rapide sur mes lèvres. Ils sont parfaits, comme tout le reste de ta personne.

– Ouais, ça sent la tentative de corruption à plein nez, ça. Tu sais que tu n'as pas besoin de me flatter pour que je succombe à ton charme.

Punition ou récompense, les dents de Dax taquinent ma lèvre inférieure. C'est délicieusement douloureux, presque aussi électrisant qu'un baiser. Je frotte mes seins contre le torse athlétique et me rengorge du soupir que je cueille sur ma peau.

– Et si tu me montrais à quel point tu es déterminée à me chevaucher, Sexy Doc.

Cette fois, c'est moi qui mords Dax, juste sous son téton gauche. Il s'empare de mes cheveux et les tire pour ramener ma bouche contre la sienne.

Je ne me souviens pas d'un seul homme qui m'ait embrassée avec une telle dévotion. Dax transforme chaque baiser en une expérience sensorielle extraordinaire. Je gémis, puis m'arrache à son emprise.

– C'est à mon tour de m'amuser, lui rappelé-je en lui griffant le torse.

– Comme si j'allais oublier ce détail, ricane l'imbécile.

Dax croise les bras derrière sa nuque, ses biceps saillant de plus belle, et m'examine de nouveau avec son petit sourire tordu, celui pour lequel je me damnerais sans sourciller.

Je me repais de la vision de son corps bardé de tatouages tous plus sexy les uns que les autres. L'homme derrière cette apparence complexe l'est tout autant et je suis résolue à faire voler sa tranquille assurance.

À prendre tout ce qu'il m'a promis.

Cette fois-ci, c'est moi qui déroule le préservatif sur la verge bandée, m'attardant un moment sur les bourses au toucher soyeux. Je ris de malice lorsque Dax se tend pour en obtenir davantage.

Et je n'ai pas l'intention de le priver de ce qui se révélera forcément un plaisir partagé.

Je m'agenouille au-dessus de lui et empoigne son sexe pour m'y empaler lentement. La hampe dressée me remplit, écartelant mes chairs humides.

C'est bon, tellement bon !

Je bascule la tête en arrière et ferme les yeux pendant une brève seconde. Mais je les rouvre presque aussitôt. Je ne veux pas perdre une miette des émotions qui transparaissent sur le visage de Dax.

Du plus profond de mon âme, j'ai besoin de me nourrir de la plus infime de ses réactions pendant que je le chevauche.

36

Tasha

En franchissant la porte des urgences de l'hôpital, je retrouve avec plaisir l'effervescence coutumière et l'odeur si particulière qui règnent dans les couloirs. Les lieux ont toujours symbolisé pour moi une sorte de second foyer, un endroit où je me sens en sécurité.

Ce n'est plus tout à fait vrai aujourd'hui.

Est-ce la conséquence de la fusillade ou le fait qu'Amber soit allongée au troisième étage dans un lit aux draps blancs? Impossible de démêler ces deux émotions, si ce n'est que j'ai eu du mal à quitter le chalet de Dax.

Le souvenir de la nuit me lèche la peau, réveillant un besoin qui n'est pas que physique. C'est une sensation nouvelle pour moi, mais je commence à m'y habituer. À aimer ce fourmillement dans ma poitrine lorsque je songe à Dax.

– Docteur Wilson?

– Bonjour, Debbie. Pas de répit pour les braves, à ce que je vois, sanctionné-je en embrassant du regard la salle d'attente pleine.

– La soirée a été calme, en fait, mais il y a eu un accident sur la 101. On a accueilli les blessés les plus graves et, du coup, on n'a pas pu traiter le tout-venant, mais ça devrait aller maintenant que le rush est terminé. Le docteur Bennett a rappelé deux vacataires pour pallier l'absence de médecins.

– J'avais un peu peur qu'il annule mes congés.

La moue de Debbie m'indique que le sujet a été abordé. Pourquoi cela ne m'étonne pas? Bennett est un opportuniste dont le seul objectif est d'intégrer le comité de l'hôpital. Il n'a pas encore compris que jouer la carpette n'est pas l'une des qualités requises, même s'il faut savoir trouver le parfait équilibre entre léchage de bottes et position affirmée.

– Il y a pensé, mais les grands chefs ont estimé qu'après la fusillade, vous aviez besoin plus que jamais de vos congés. Ils ont débloqué les fonds pour les remplacements sans râler pour une fois. Vous rendez visite au docteur Freeman? J'ai appelé là-haut et on m'a informée qu'elle s'était réveillée ce matin.

– Oui, Amber est encore groggy, mais les résultats de ses examens sont bons.

– Dieu soit loué! Nous avons eu si peur hier quand vous avez débarqué en ambulance.

– Je viendrai vous donner des nouvelles à mon départ.

Le soulagement de Debbie est manifeste. Je sais qu'elle a une tendresse particulière pour Amber depuis que cette dernière a sauvé la vie de son neveu *in extremis*.

– Merci. Dites-lui que je passerai la voir demain matin.

Amber ne supporte pas la solitude et le silence. Elle devient folle si elle n'a pas son quota quotidien de discussions, étant entendu qu'elle est capable d'alimenter la conversation pendant des heures sans faiblir. À ce jeu, il lui arrive même de pondre les questions et les réponses.

Un sourire fleurit sur mes lèvres à cette idée. Après le décès de ma mère, j'ai quitté Tenderloin sans regret, mais le cœur débordant de chagrin. C'est grâce à Amber que j'ai surmonté cette épreuve. Sa grand-mère louait des chambres à des étudiants et c'est tout naturellement que j'ai atterri chez elle. J'occupais la même chambre qu'aujourd'hui.

Toutes les deux, nous avons passé des heures dans le salon d'été à bavarder à bâtons rompus, à réviser nos cours, à rire à gorge déployée de nos bêtises ou à palabrer sur ces gars qui nous faisaient fantasmer sans que nous ayons matériellement l'opportunité de nous lancer dans des plans drague.

Les études de médecine, croyez-moi, c'est la meilleure ceinture de chasteté qui existe. Plus de temps pour baiser et un tue-l'amour en période d'examens. Les canards ont été une alternative satisfaisante…

– Elle sera ravie, dis-je en m'éloignant.

Je pénètre dans la chambre d'Amber, le sourire aux lèvres, et me fige, alertée par la posture de mon amie. Amber est adossée à un épais oreiller, la bouche pincée. Sa peau est légèrement grise, ses yeux cernés, mais la lueur qui brille dans son regard – mélange d'agacement et d'incertitudes – est tout ce qu'il y a de plus vif.

Il me faut une seconde pour réaliser que nous ne sommes pas seules. Sam est à demi avachi sur l'unique fauteuil de la pièce, ses grandes jambes croisées devant lui. Malgré l'attitude nonchalante, je perçois d'instinct le fauve aux aguets. Un putain de fauve qui nous observe avec une acuité dérangeante au travers de ses paupières lourdes.

– Sam? l'interrogé-je, la bouche sèche.

– Il ne te répondra pas, peste Amber. Il refuse de me dire pourquoi il est là et il refuse aussi de bouger.

Les yeux noirs me suivent tandis que je me faufile jusqu'au lit, déposant au sol le sac qui contient vêtements et livres.

– Tu n'as pas appelé la sécurité?

Une blague qui n'est pas du goût de Sam. Il émet un bruit rauque, réprobateur, plus proche du grognement animal que de la semonce humaine.

– Tu es en meilleure forme que ce à quoi je m'attendais, ma chérie.

– Je me suis juste pris une balle, grimace Amber. Putain ! Ça fait un mal de chien, crois-moi.

Je m'assieds à ses côtés et lui saisis la main pour la presser, consciente que ma peur de la perdre se dissipe seulement maintenant que je la vois bien vivante. Merde ! Amber est l'unique famille qui me reste et elle a failli mourir parce qu'un abruti a estimé que j'étais une cible parfaite pour atteindre les Styx Lions.

Au fond, j'ai du mal à intégrer ce dernier point. Ma vie vire peut-être au cauchemar, pourtant c'est Dax qui m'obnubile. Lui et les émotions naissantes qui font battre mon cœur plus vite.

– Je veux bien te croire. Il est là depuis quand ? l'interrogé-je à voix basse.

– Il est arrivé à l'heure d'ouverture des visites. Bon Dieu, il m'a fait une peur de tous les diables en déboulant comme une tornade. Il était trempé, m'a regardée comme s'il allait m'étrangler, puis il s'est installé dans le coin, et tout ça sans un mot. Il est timbré, non ?

Sam porte pourtant une normalité tranquille sur son visage. Malgré son air taciturne et intense – ou peut-être justement à cause de cela –, il est plutôt beau, son héritage asiatique accentuant la noblesse de son profil. Quant aux tatouages qui se dévoilent sur ses bras musculeux, ils représentent des symboles tribaux aux lignes épurées qui renforcent le mystère autour de cet homme peu bavard.

– Dax dit que c'est un protecteur.

– Merde ! Tu insinues qu'il est là pour veiller sur moi ?

– Apparemment, il en a fait une affaire personnelle. Tu lui as peut-être tapé dans l'œil?

Amber hausse les épaules, sceptique, puis se frotte le front de fatigue. Son teint est plus crayeux qu'à mon arrivée, un signe qui m'incite à la vigilance. Mon amie a le sourire facile, mais c'est une entêtée de premier ordre.

– Tu viens juste d'être opérée, Amber, tu dois te reposer. Allonge-toi, s'il te plaît.

– Non, ça va et...

– Il faut écouter le doc, la coupe Sam.

Le beau brun n'a pas fait le moindre bruit en se déplaçant, mais il campe au pied du lit, l'œil sévère. Je ne suis pas dans son viseur, pourtant mes orteils se rencognent sur eux-mêmes dans mes chaussures. Être un Styx Lion n'est pas qu'une affaire de titre. Tous ceux que j'ai croisés dégagent cette aura de dangerosité qui implique, pour leurs ennemis, de se soumettre ou de trépasser.

Sauf qu'Amber n'a jamais été du genre à capituler devant qui que ce soit. Elle est morte de trouille, c'est une évidence, mais elle redresse fièrement son petit menton, déterminée à tenir tête à son étrange garde du corps.

– Amber, couche-toi, répété-je d'un ton plus impératif. Tu viens juste de reprendre conscience, tu dois te ménager. Vraiment!

Les médecins sont parmi les pires malades que je connaisse. Entre ceux qui veulent te dicter ta façon de les ausculter et ceux qui font leur propre automédication, j'ai eu droit au cours de mes années d'exercice à tous les spécimens possibles. Mais le top du podium, ce sont ceux qui sont en plus des amis.

– Amber!

– OK, OK! abdique-t-elle.

– Elle est mignonne quand elle obéit, déclare Sam.

Les coins de sa bouche frémissent et je réalise que Monsieur Porte-de-prison est en train de .. sourire!

– Il va la boucler, bougonne Amber, déjà à demi dans les vapes.

– Dors, ma chérie.

Amber m'agrippe la main, et son regard s'affole en cherchant le mien.

– Ne pars pas…

– Bien sûr que non! Je serai là à ton réveil, alors maintenant ferme les yeux et repose-toi.

La respiration d'Amber s'apaise en quelques minutes. Je reste un long moment à admirer son profil parfait. La vie tient à peu de chose, mais c'est toujours douloureux de réaliser que ce n'est pas qu'une charmante maxime que balancent de soi-disant philosophes lorsqu'ils n'ont pas d'autres conneries à débiter.

– J'ai besoin d'un café, formulé-je à voix haute. Je vais en chercher un. Je t'en ramène un, Sam?

– La pisse de chaussettes qu'ils servent ici devrait pas porter ce nom.

– On est d'accord, mais je bosse dans cet hôpital, tu te rappelles. J'ai accès à une vraie cafetière.

– Dans ce cas, oui. Un noir bien corsé.

– Tu restes pour veiller sur elle?

Un simple hochement de tête de sa part me suffit. J'ai besoin d'être rassurée alors que ma vie emprunte un cours inattendu.

Je ne m'attarde pas dans la salle de pause des urgences. Juste le temps de saluer mes collègues et de donner quelques nouvelles. Je repars avec une bouteille isotherme pleine à ras bord et des carrés de sucre dans mes poches.

La seule chose qui me manque et dont je meurs d'envie en cet instant, c'est du chocolat. Je m'arrête au distributeur, achète un assortiment varié de tout ce qu'il y a de plus déraisonnable – mes papilles vont apprécier, mes hanches moins – et m'empresse de rejoindre Amber.

Je m'immobilise à l'angle du couloir, incapable de donner du sens à ce que je vois. Sur le seuil de la chambre d'Amber, Sam est en grande discussion avec un homme que j'ai déjà croisé. Mon cerveau peine à se remémorer le nom qu'il m'a fourni l'unique fois où nous nous sommes rencontrés.

Ted Crewey… L'agent du FBI Ted Crewey…

Que fout un agent fédéral avec un Styx Lion ? Une question purement rhétorique puisqu'il n'y a pas quinze mille explications possibles. Et celles qui me viennent à l'esprit sont grotesques.

Dangereuses.

Presque autant que la perspective d'un lieutenant à la solde de criminels…

Ted Crewey et Sam…

La problématique est forcément plus large que ces deux seuls individus. Certaines pièces du puzzle commencent néanmoins à s'emboîter lorsque je songe à la présence de Fajra au sein des Styx Lions alors qu'elle est censée être sous la protection du FBI. Dax m'a expliqué qu'elle s'était enfuie après une nouvelle agression et qu'elle était venue se réfugier au Rush. De beaux mensonges, oui !

Ce n'est pas Ted Crewey et Sam, c'est Ted Crewey et les Styx Lions.

Pourtant, ma perplexité l'emporte sur ma colère. Dax me dissimule une part de lui depuis le début, mais qui suis-je pour le lui reprocher ? D'autant que l'agent du FBI appartient au genre de secrets qu'il est préférable d'enterrer profondément. Dans la rue, les balances inspirent au mieux le mépris, au pire ils attirent la mort.

Mon cœur bat la chamade dans ma poitrine et je m'avachis contre le mur, le souffle altéré.

Merde ! Ted Crewey, Fajra, les Styx Lions, la fusillade… Et si tous ces éléments n'étaient qu'une partie d'un tout, que des personnes et des événements étaient reliés entre eux par un fil rouge ?

– Docteur Wilson !

Je me redresse dans un bond disgracieux, bouche bée devant l'homme que j'espionnais encore une seconde auparavant.

– Agent Crewey, vous vous souvenez ?

– Oui, oui, bien sûr, bafouillé-je en empoignant maladroitement la main tendue.

– J'ai appris pour la fusillade. Je suis heureux que vous n'ayez pas été blessée.

– J'ai eu plus de chance que mon amie. Vous êtes ici pour une enquête ?

Ted Crewey m'adresse un sourire indéchiffrable.

– Simple coïncidence, me rétorque-t-il.

Et moi je suis la reine d'Angleterre !

Quand un hasard vous paraît étrange, c'est que ce n'en est pas un. Et je suis évidemment prête à parier que cela s'applique à l'agent fédéral qui me dévisage avec une curiosité dérangeante.

Est-ce qu'il sait que j'ai revu Fajra ? Que je couche avec Dax ? Probablement, si j'en juge à son petit air narquois.

– Tenez, ajoute-t-il en tirant une carte de visite de son portefeuille.

– C'est votre carte ?

– Vous pourriez en avoir besoin. Ces temps-ci, les événements semblent échapper au contrôle d'un peu tout le monde, vous ne trouvez pas ?

Je hoquette tandis que Ted Crewey s'éloigne, incapable de savoir s'il vient de me mettre en garde ou de me menacer.

37

Dax

Je raccroche, excédé, et me rejette contre le dossier de mon fauteuil en jurant à voix haute. Bill Parson est un crétin arrogant de première, mais il nous tient par les couilles. Si on veut concrétiser notre partenariat, il va nous falloir accepter ses exigences grotesques.

Une partie de plaisir à ce stade !

Parson est le plus gros trafiquant d'armes que nous ayons réussi à intéresser, et notre première affaire vise à instaurer un climat de confiance entre nous. Le point de départ d'une collaboration plus poussée qui nous permettra d'obtenir des informations de première main sur son groupe.

Chaque mission est différente. Une plongée dans l'inconnu qui peut se solder par le pire des scénarios pour nous…

Parfois, l'objectif est uniquement d'approcher le camp adverse d'assez près pour récolter les preuves nécessaires pour arrêter les malversations des criminels ciblés. C'est ce que Ted attend de nous dans le cas de Parson. Cet enfoiré est un trop gros bonnet pour qu'on règle la question à la manière forte. Et il a trop d'alliés disséminés sur tout le territoire pour que nous courions ce risque.

Avec les groupuscules aux dimensions plus modestes, nous optons souvent pour une solution plus agressive et radicale.

Nous épurons purement et simplement. Pas de pitié ni de demi-mesure.

– Parson cause des problèmes? m'interroge Tate depuis le seuil de mon bureau.

Je lève les bras, enfouis les deux mains dans mes cheveux et reste les coudes en apesanteur pendant quelques secondes. J'expire lentement, jusqu'à ce que je recouvre mon calme.

– Il refuse l'idée qu'il y ait potentiellement une taupe chez lui, mentionné-je. Du coup, à peu près toute son équipe est au courant des nouvelles modalités de transfert.

– Je me doutais qu'il nous la jouerait « enfoiré de première ». La livraison est prévue pour demain soir, ce qui offre largement le temps au traître d'organiser une riposte. Putain!

Tate s'assied face à moi et sort son couteau pour se curer les ongles. Il prend finalement plutôt bien la nouvelle, un calme apparent qui me laisse souvent plus perplexe que ses éclats de folie.

D'autant qu'il sait aussi bien que moi que rien ne garantit que le problème de fuite ne vienne pas de nos rangs…

– Toujours pas de Demonic Snakes autour du lieu de livraison? me renseigné-je, même si nous avons abordé ce point il y a moins d'une heure.

Selon la rumeur, Buzz a pété un plomb lorsqu'il a découvert le corps de son vice-président dans une benne à ordures à deux rues de son repaire. Tu m'étonnes! Nous avons fait en sorte que le spectacle soit… distrayant

Putain de Diaz! Malgré tous nos efforts pour l'amener à divulguer les plans de Buzz, il n'a pas lâché un seul mot. J'aurais presque été admiratif si l'enjeu n'avait pas été aussi important.

Buzz, lui, a complètement disparu de la circulation. Ce n'est pas une surprise, il doit préparer un nouveau sale coup avec Rosario. En collaboration avec la taupe qui menace notre prochaine transaction?

Je suis persuadé que oui.

– Non, mais s'ils sont malins, ils se montrent juste plus précautionneux. La dernière fois, on les a grillés en cinq minutes.

– C'est la merde ! Si ces connards débarquent pendant l'échange, Parson nous massacrera.

– Les Demonic, Rosario et Parson… D'après toi, lequel va arriver en premier pour nous buter si on foire ce coup ? ironise Tate.

– Ben, je dirais… Ted !

– Merde ! Ouais, je l'avais oublié, celui-là. Sûr qu'il va nous botter le cul si on plante son beau programme. On fera des heureux, au moins. Tous ceux qui préféreraient qu'on n'existe pas pourront sabrer le champagne.

Une simple vérité qui n'échappe à aucun d'entre nous. Au début du projet, nous n'étions que des pions, interchangeables qui plus est. Ça a évolué lorsque le gang s'est développé et a gagné son autonomie financière.

C'est peut-être ce qui emmerde autant les pontes de Washington. Aujourd'hui, nous sommes hors de contrôle.

– En attendant, ça va nous coûter un bras, cette histoire. Parson a augmenté les prix.

– L'enfoiré de fils de pute ! En même temps, il aurait pu tout annuler.

– Je connaissais les risques en lui parlant de la taupe, mais il n'aurait pas accepté un changement de lieu sans avoir des explications. J'ai eu le tort de penser que le magot qu'on va lui filer suffirait. En fait, il s'est persuadé qu'on gérait mal la pression et qu'on voyait des problèmes là où il n'y en avait pas. J'ai dû rallonger l'offre de départ pour que le contrat ne capote pas.

– Il demande combien en plus ?

– Vingt mille.

Tate siffle entre ses dents, indigné. Si autrefois nous jouissions d'une enveloppe spéciale pour ce genre de marchés attribuée par ce cher oncle Sam, ce sont aujourd'hui nos propres deniers qui servent aux transactions, et la somme exigée par Parson aurait été mieux employée ailleurs.

Nous ne manquons pas d'argent, nos affaires sont lucratives et le Rush représente un investissement plus que rentable, mais Cracker et Murder sont des comptables pointilleux.

– Laurel et Hardy vont te mener la vie dure, sanctionne Tate, pince-sans-rire.

– Arrête de les appeler comme ça !

Je ne suis pas particulièrement charitable envers le duo de choc, mais les blagues sur le sujet mettent Murder de mauvais poil. Ce dernier n'a pas choisi son surnom au hasard. Il se rêve dans la peau du Joker, le pire méchant du monde à ses yeux, mais la référence à une asperge maladroite égratigne légèrement le mythe.

– Ben quoi, ils leur ressemblent, non ? Et Cracker s'arrondit de plus en plus. Il ne lui manque que la moustache.

J'explose de rire, libérant un peu de la pression qui me raidit les épaules.

– On décide quoi pour Parson ? demande Tate en me ramenant au présent.

– On paie. Il nous faudra plus d'une transaction pour gagner la confiance de ce connard et on ne peut plus reculer. Parson alimente toute la côte Ouest avec sa drogue de synthèse, et son trafic d'armes prend une ampleur alarmante ces derniers mois. Si on ne l'arrête pas, le nombre de ses victimes va crever le plafond.

– Ouais, je sais. Pour les Demonic, je suggère qu'on prenne les devants…

C'est la devise des Styx Lions. Frapper les premiers… et fort !

– Tu proposes quoi ?

– Il y a quatre-vingt-dix-neuf pour cent de chance que ces salopards bossent avec notre taupe, sinon comment expliquer qu'ils se soient baladés sur le site que nous avions choisi pour la livraison des armes ? Donc ils seront là demain soir. Sauf si on s'arrange pour les occuper ailleurs. Sam a reçu un nouveau stock d'explosifs.

Je me gratte le menton, pensif. L'idée est bonne, mais dangereuse.

Trop dangereuse ?

Ce plan signifie scinder mon équipe en trois groupes : un qui récupérera la marchandise, un autre qui gérera les Demonic et enfin un dernier qui assurera la sécurité de notre territoire. Le Rush restera à découvert, parce que je ne peux pas me permettre de nous priver d'hommes supplémentaires.

– On a connu pire, me rappelle Tate.

Peut-être, mais les enjeux n'ont jamais été aussi importants. Aussi sensibles…

Je dévisage mon ami, conscient qu'il lutte contre cette part de lui qui le dévore à petit feu. Ses mains tremblent et enserrent le manche de son couteau comme s'il s'agissait d'un grigri aux pouvoirs avérés. Pour le moment, Tate se contente de frotter la lame sur sa cuisse, mais je devine que ça ne va pas durer.

Or, j'ai besoin de savoir s'il tiendra le choc. Demain soir, nous n'aurons pas de seconde chance.

– Est-ce qu'il y a un moyen d'éloigner Vic ?

– Aucun. Mon frangin est tellement mordu qu'il est persuadé d'avoir trouvé sa place dans ce bas monde. Buzz est son nouveau dieu.

L'amertume est perceptible dans la voix de mon pote. Tate n'encaissera jamais que son cadet lui ait tourné le dos, surtout pas dans ce déferlement de violence qui les a transformés en farouches adversaires.

– On finira par le ramener à la raison, vieux.

– Vic est têtu, autant que notre paternel.

– Écoute, pour demain…

– Je serai opérationnel, Dax, se renfrogne Tate. Vic… a fait ses choix et moi les miens. On peut pas revenir là-dessus !

Ouais, tu parles ! Tate ne renoncera jamais à extirper son frère du merdier dans lequel il s'est fourré.

– OK, validé-je néanmoins.

Une réponse qui ne semble pas tranquilliser Tate. Il se met à marteler l'accoudoir de son siège avec la pointe de son couteau, créant de nouvelles encoches bien visibles. Un matin, je découvrirai à la place du vieux fauteuil lardé une chaise flambant neuve, patinée à la main.

Tate façonne toutes sortes de meubles dans le petit appentis qui jouxte son chalet, un passe-temps qui tempère sa nature tourmentée.

– Ta nana vient d'arriver, me signale-t-il d'un ton rogue.

Je pivote vers la fenêtre, mais n'aperçois que le chemin et les arbres. Tasha a dû rouler jusqu'à chez moi, et l'idée qu'elle m'attende là-bas, dans ma maison, me file un coup au cœur.

– Merde ! T'es vraiment mordu, hein ?

– Tate…

– Non, mec ! Tu sais bien qu'on peut pas vivre une vie normale.

Je l'ai toujours cru, mais il n'y a que les imbéciles qui ne changent pas d'avis, non ? Parce que, nom de Dieu, Tasha me donne envie d'envoyer valser tout ce que je pensais savoir.

Mériter aussi…

– Ça réussit pourtant bien à Lou.

– C'est sa queue qui le gouverne depuis qu'il a rencontré Dria. Quand on leur donne ce pouvoir, les nanas te sucent jusqu'à la moelle. Et, une fois que tu es à sec, elles détalent pour se dégoter une nouvelle victime. Dria finira par partir, comme Tasha !

J'en suis parfaitement conscient, mais ça ne change rien. Il y a des choses qui sont inévitables, comme des morceaux de destin auxquels on ne peut pas se dérober, quels que soient nos choix.

Et puis, être avec Tasha, c'est un peu un avant-goût de paradis. Je ne crois pas en Dieu et n'ai donc jamais imaginé que mon âme pourrait être un jour lavée de ses crimes, mais c'est pourtant exactement ce que je ressens aujourd'hui.

Et cette légèreté qui éperonne mon être est en train de me devenir aussi indispensable que l'air que je respire. Tasha a réveillé en moi cette part de lumière que j'ai sciemment étouffée, et je suis incapable d'y renoncer.

Pas de mon plein gré en tout cas.

Alors je vais être égoïste. Tout prendre et exiger plus encore. Pour que, quand les ombres reviendront, je garde dans un recoin secret de ma psyché ces souvenirs qui n'auront été qu'une parenthèse volée à la fatalité...

– Et si ça en valait la peine ?

La grimace de Tate est une réponse en soi, mais ses mots me percutent néanmoins avec la force d'un semi-remorque lancé à pleine vitesse.

– Tu as quelque chose à perdre aujourd'hui, Dax. Et, ça, mon vieux, ça t'affaiblit, pas l'inverse. Regarde dans quel état tu étais quand tu as appris pour la fusillade. Tu aurais été capable de nous massacrer si on t'avait empêché de la rejoindre. D'ailleurs, si on y réfléchit, il y aurait pas eu de fusillade si Tasha n'était pas avec toi. Les Demonic l'ont prise pour cible à cause de toi et tu serais prêt à te mettre en danger pour la sauver. D'oublier le gang même. Alors, moi, je dis que cette fille est nocive et toi aussi, tu es un poison pour elle. Donc je vois pas bien de quelle façon ça pourrait valoir le coup !

38

Dax

Tasha est occupée à préparer le dîner lorsque je la rejoins au chalet. Un spectacle qui me laisse sans voix pendant une minute et ravive l'impression de chaleur dans mon torse. Un sourire taquin sur les lèvres, je m'appuie contre le comptoir de la cuisine et dévore la belle du regard.

Tasha me tourne le dos. Pieds nus et les cheveux relevés en un chignon lâche, elle découpe des tomates, son bassin se mouvant au rythme lancinant de *Lost On You* de LP. Dans sa robe noire qui sculpte magnifiquement sa silhouette, elle irradie de sensualité.

Et d'un quelque chose que je suis inapte à nommer, mais qui hurle dans ma tête que c'est ma femme.

Ma femme… Deux petits mots qui sonnent juste ! Trop juste…

Je m'approche à pas de loup et empoigne les hanches rondes, ma bouche effleurant la courbe de son cou. Tasha sursaute au premier contact, puis se détend dans mes bras et s'appuie contre mon torse.

– Tu sais que tu es mon invitée, murmuré-je. Tu n'es pas obligée de cuisiner.

– J'avais envie d'une pizza alors j'ai fait les courses en rentrant. Et rien ne t'empêche de m'aider.

– J'ai les mains déjà prises.

Des mains qui s'enroulent autour de la taille fine pour plaquer Tasha plus étroitement contre moi. La senteur de son parfum, un mélange frais et fleuri, me chatouille les narines et je me délecte de sa saveur sur sa peau.

Il n'y a pas un centimètre carré de Tasha que je ne veuille pas posséder. De toutes les façons possibles. Comme si elle et moi étions deux parties d'un tout capables de se fondre l'une dans l'autre.

Sauf que cette proximité nous est interdite, me serine une petite voix qui ressemble à s'y méprendre à celle de Tate. Quels que soient mes désirs, mes secrets m'éloigneront toujours de Tasha. Pire, ils la mettent en danger…

Je pourrais faire semblant, devenir, même à ses yeux, cet autre que j'ai façonné pour me couler dans le rôle du Styx Lion, mais c'est Dax que je veux lui montrer.

Le vrai Dax.

Un vœu idiot !

Un vœu auquel j'aimerais prétendre pourtant…

Malgré les risques. Malgré l'épée de Damoclès qui menace.

Mes lèvres forment une ligne dure tandis que je chasse les sombres présages de Tate. Des mots intraitables qui ne devraient pas avoir de fond de vérité, mais qui braillent au contraire une authenticité absolue.

Oublier… Faire semblant… Rien de bien compliqué *a priori* !

– Comment allait Amber aujourd'hui ?

– Vu les circonstances, elle s'en sort bien. Elle a beaucoup dormi pendant que j'étais avec elle, mais le reste du temps, elle était égale à elle-même, preuve qu'elle récupère bien. Sam squattait sa chambre.

Pourquoi je ne suis pas surpris ? L'obsession de Sam à veiller sur Amber me déroute, mais pas sa détermination à atteindre son objectif.

– Je ne pensais pas qu'ils l'autoriseraient à entrer.

– Il a attendu l'heure des visites et, après, pas moyen de le déloger.

– Tu veux que je m'en charge?

Tasha soupire, puis pivote dans mes bras, de façon à me faire face. Son regard me sonde avec une intensité à laquelle se mêle de la perplexité.

– Non. Je suppose qu'il est préférable qu'il y ait quelqu'un pour veiller sur elle. Ted Crewey était à l'hôpital.

Putain! Qu'est-ce qu'il foutait là-bas?

Oublier... Faire semblant... Ça se complique!

– Crewey? répété-je comme si le nom ne me disait rien.

L'agacement tord la bouche de Tasha et colore ses joues d'une délicate touche de rose. Un bien joli spectacle, néanmoins annonciateur d'un orage...

J'aimerais repousser cette tempête par ma seule volonté, car j'intègre parfaitement que les dégâts risquent d'être irréversibles. Cependant, ce n'est pas en mon pouvoir.

Oublier et faire semblant n'est plus une alternative...

– Arrête, Dax. Il s'agit de l'agent du FBI qui assurait la sécurité de Fajra. Elle ne s'est pas enfuie, n'est-ce pas?

Malgré les nuages à l'horizon, j'hésite pendant une fraction de seconde à continuer de mentir, même si je soupçonne que c'est trop tard.

Et c'est Tasha qui est en face de moi, une femme intelligente et loyale. Une femme que je rêve de posséder sans ces putains de barrières qui nous séparent.

C'est impossible! chantonne la petite voix dans ma tête. Sauf à en faire la dépositaire d'une vérité qui la dépasse – et qui ne m'appartient pas en propre de toute façon – et qui serait à court ou moyen terme responsable de sa mort.

Une alternative inenvisageable!

Tate a raison. Il y aura toujours un connard pour prendre Tasha comme cible, parce qu'elle est mon unique faiblesse. Et je ne suis pas prêt à la sacrifier au regard d'une relation qui est vouée, de toute manière, à l'échec.

La seule chose que je peux lui offrir, si je ne peux pas lui divulguer mes noirs secrets ou lui accorder une place sécurisée dans ma vie, c'est de ne pas la traiter comme une idiote et de ne pas faire traîner l'inévitable.

– Écoute, ma belle, il y a des sujets qui restent tabous entre nous. Celui-ci en fait partie. Et ce n'est pas parce qu'on baise ensemble que ça t'autorise à me poser ce genre de question.

Je n'aime pas la hargne qui transparaît dans ma voix, mais elle est nécessaire. Ce n'est pas seulement une fin de non-recevoir, c'est une menace qui joue sur la peur primaire que les Styx Lions inspirent.

Ma stratégie prouve *illico* toute son efficacité. La confiance de Tasha à mon égard est fragile comme les ailes d'un papillon. D'une infime bourrasque, je la réduis à néant. Même si je connais son passé et sa défiance naturelle envers tout ce qui s'y rapporte, ça me dévaste de constater que c'est aussi simple.

Que quelques mots suffisent à pulvériser le fil ténu qui nous relie.

Je lis en Tasha comme dans un livre ouvert. Colère et stupéfaction se disputent à l'envi. Certainement parce que le coup est brutal et soudain.

Je croise les bras, raffermis ma posture indolente et affiche mon plus bel air de connard.

– Donc, le « tout » dont tu parlais hier concerne uniquement le sexe, me tance-t-elle. Pour le reste, on la joue quoi? Potes? Simples connaissances? Plan cul?

À mon corps défendant, un grondement jaillit de ma gorge. Je saisis le chignon à pleine main et incline la tête de Tasha pour l'embrasser. Durement.

La petite peste me mord la lèvre et se dérobe à mon étreinte. Échevelée et furieuse, elle est plus belle que jamais.

– Quoi ? me crache-t-elle, le souffle court. Ce n'est pas toi qui proclamais que tu voulais plus qu'un plan d'un soir ? Tu as changé d'avis ou, maintenant que tu m'as baisée, tu peux te reposer sur tes lauriers et profiter de mes fesses quand ça te chante ? Navrée de te dire que je ne suis pas l'une de tes poupées gonflables.

Je m'avance d'un pas, émoustillé par la lueur de défi que je distingue dans le regard émeraude. Une excitation qui monte d'un cran lorsque Tasha recule pour maintenir une distance de précaution entre nous.

Je vais lui rendre sa liberté, mais pas avant de l'avoir baisée une dernière fois.

– Je n'apprécie pas vraiment les poupées gonflables, ma belle. Je préfère les bouches qui émettent des petits couinements lascifs. Et sauf erreur de ma part, je n'ai pas encore profité de tes jolies petites fesses.

Ma queue se dresse au souvenir des gémissements de Tasha. En vérité, je ne suis pas féru des gonzesses qui piaillent au lit. J'aime qu'elles jouissent, ça oui, bordel. Mais pour le reste, moins elles l'ouvrent, mieux c'est. Sauf si c'est pour me sucer évidemment.

Pourtant, cette nuit, j'ai guetté le moindre halètement, le plus petit soupir de contentement, la plus infime trace d'altération dans le souffle de Tasha. Et lorsqu'elle a explosé, bruyamment, ça a été l'apothéose émotionnelle. Ma queue n'avait jamais bandé aussi durement.

Alors je compte bien réitérer l'expérience... Et me gaver d'elle autant que possible !

– J'imagine que tes conquêtes habituelles se feront un plaisir de te donner satisfaction. Moi, je passe mon tour !

– Je ne crois pas, non.

Poings sur les hanches, Tasha me détaille comme si j'étais un abruti de première. Je fixe sa bouche pulpeuse, puis la petite veine qui palpite à la base de son cou.

– Tu me désires, ajouté-je.

– Autant que sauter du Golden Gate, me garantit-elle, le sourcil érigé de dédain.

J'avance d'un pas. Elle recule.

Le prédateur en moi se manifeste en m'ordonnant de bondir sur ma proie. Je compte bien m'abandonner à cette pulsion, mais pas avant que Tasha se soit rapprochée du mur.

– Je mets ma main au feu que tu es déjà toute mouillée et d'ici une minute je vais glisser mes doigts dans ta chatte pour le vérifier. Après, je te lécherai… jusqu'à ce que tu jouisses.

– Tu as de jolis projets, mon grand, mais il faudra te trouver une poupée corvéable à merci pour les exécuter.

– Alors que tu es là, tout excitée et prête à me recevoir?

Tasha me fusille du regard. Elle me désire, c'est une évidence, mais elle est surtout en colère. Je le suis autant qu'elle.

Contre ses questions auxquelles je ne peux répondre.

Contre elle pour me les avoir posées.

Contre moi qui pense que la baiser nous fera oublier l'espace d'un instant ce qui nous sépare.

Contre Tate parce qu'il a raison et que le bout du chemin est déjà en vue.

– On n'a pas toujours ce que l'on souhaite dans la vie, me défie-t-elle, son petit menton dressé.

Je me fends d'un sourire torve et bondis en avant. Tasha n'a pas le temps d'esquiver mon attaque. Elle émet un cri avant que je la plaque contre le mur, soulevant ses hanches pour me placer entre ses cuisses.

Ce n'est pas encore assez!

D'un geste fébrile, je relève le bas de la robe et hisse Tasha plus haut, jusqu'à ce qu'elle soit exactement là où je le désire. Chair brûlante contre chair brûlante.

Tasha n'a d'autre choix que d'enrouler ses jambes autour de moi, et ma queue durcit en réponse à ce contact étroit.

Ce n'est toujours pas assez !

Ma bouche s'écrase sur la sienne, autoritaire et implacable. Je brise la barrière de ses lèvres et m'engouffre entre elles pour me repaître à satiété de son odeur et de son goût. Je ne mens pas en proclamant que je désirais tout posséder d'elle. En vérité, je voudrais bien plus, alors que je suis conscient que j'exigerais d'elle plus que ce que je ne pourrais lui rendre.

Un marché de dupes ! Voilà ce que je propose à Tasha.

Pourtant, je n'ai aucun remords. Aucune envie de renoncer. Pas maintenant ! Pas ce soir ! Pas encore !

Tasha…

Elle est la première femme qui refuse de se contenter de ce que j'ai à lui offrir…

La première qui voit au-delà des apparences et qui me met en danger de la façon la plus fondamentale qui soit…

La première que je dois obliger à me quitter justement à cause de ce péril qui touchera mes frères de cœur si je m'obstine à la garder…

J'ai besoin de la punir pour ça, et notre baiser se révèle un véritable duel de volontés, ma belle révoltée ne capitulant pas devant mon désir brut. Au contraire, même, elle me rend coup pour coup. Ses ongles griffent ma nuque, ses dents mordent ma peau, sa langue me dévore…

Toujours aussi affamé, j'écarte la barrière de tissu qui dissimule le sexe de Tasha et gémis lorsque mes doigts entrent en contact avec sa chair fondante. Il me suffit de quelques va-et-vient rapides pour que ma queue tressaute, si bandée que ça en est douloureux.

Je réalise, à demi surpris, que je ne tiendrai pas longtemps. La colère a amplifié mon excitation de façon inédite et je suis déjà au bord de la jouissance.

Comme si elle l'avait deviné, Tasha insère une main entre nous et s'attaque aux boutons de mon jean. La violence de mon désir se reflète dans ses yeux et renvoie des signaux explosifs dans tout mon corps.

Pressé par une urgence viscérale, je soulève les hanches de Tasha, facilitant ainsi la libération de mon sexe tendu. Je ne cherche pas plus loin. Je sors le préservatif caché dans la poche arrière de mon jean et l'enfile rapidement. Puis je repousse la culotte de Tasha et m'enfouis en elle d'un puissant coup de reins.

Le fourreau brûlant m'enserre dans un gant étroit, si étroit que c'en est presque trop, une expérience extraordinaire lorsque l'on est déjà au bord du lâcher-prise. Je m'immobilise une seconde, pose mon front contre celui de Tasha et remplis mes poumons au maximum.

– Putain! Tu me rends fou.

– Oh! Alors j'imagine que je suis une poupée gonflable de remplacement acceptable.

– Arrête, Tasha.

Le menton se dresse de nouveau, provocant et crispé de colère. Cette dernière continue de flamboyer dans les iris émeraude, mais je distingue aussi autre chose, une sorte de vulnérabilité qui me déroute.

Qui me hurle que je suis en train de perdre – et de blesser – la seule femme à avoir jamais réussi à atteindre mon cœur. Cette prise de conscience m'envoie un uppercut dans le ventre et me laisse groggy.

Je n'ai pas vu le coup venir, pas même imaginé que j'en arriverais à ce stade un jour. Mes choix m'éloignaient de ce genre d'émotions ou de tout espoir de vie traditionnelle.

Sans regret.

Pourtant, Tasha a changé cette vérité.

Sans regret, là aussi, même si je vais morfler lorsqu'elle va partir.

Mais pas ce soir ! Ce soir, il nous reste du temps… Un minuscule instant volé au sein d'une existence entière, mais un instant d'éternité à mes yeux.

– Pourquoi ? raille Tasha. Ça te gêne que je me compare à tes autres conquêtes ? Quelle importance ? On est juste ici pour baiser, toi et moi, non ? Nos petits jeux sensuels, c'était du vent, hein ! C'est comme ça que tu dragues les nanas qui ne te tombent pas *illico* dans les bras ? Je suis le numéro combien ? Profite bien, mon grand, parce qu'après je me barre !

Tasha me désire, mais sa détermination est sans appel. Elle m'anéantit un peu plus alors que j'ai tout fait pour arriver à ce résultat. J'ai néanmoins le sentiment d'avoir tout foiré.

Je suis doué pour aboyer des ordres, expliquer mes décisions et convaincre, mais, en amour, j'ai l'impression d'être un inculte de base. Enfin, pas complètement. Mais mes souvenirs datent d'une autre époque et tiennent plus de la drague gentillette que de la passion dévorante. La seule chose que j'avais à perdre, c'était mon temps et parfois un peu de fierté.

Rien d'irréparable, en somme.

Là, les mots s'étranglent dans ma gorge. Parce qu'ils ne seront jamais assez forts pour exprimer ce que je ressens ? Ou parce qu'ils vont à l'encontre de tout ce qui constitue mon présent ? Ou bien encore parce qu'ils ne pourront jamais changer ce qui est ?

Ma queue soubresaute, furieuse que je me perde en atermoiement alors qu'elle tremble de s'abandonner à la jouissance, et me souffle une réponse que je juge acceptable.

Ce ne peut pas être pire de toute façon.

Je relève les bras de Tasha au-dessus de sa tête et l'oblige à arquer un peu plus le dos, de sorte qu'elle soit à ma totale merci. Sa poitrine pigeonne, ses tétons visibles sous le tissu léger de sa robe. Je lèche la courbe de son cou, mordille le lobe de son oreille, puis reprends sa bouche.

– Tu te décides à me baiser ou pas? me nargue-t-elle.

En réponse, j'entame une danse lente et paresseuse. J'ai besoin de plus qu'une jouissance explosive. Beaucoup plus…

Et puisque le temps presse et que les mots me manquent, je laisse la parole aux actes. À ces gestes que je n'ai jamais offerts – et n'accorderai plus – à une aucune autre.

– À quoi tu joues, bordel? glapit Tasha en essayant de remuer les hanches pour accélérer la cadence de nos ébats.

J'immobilise ses poignets de façon plus contraignante et bloque le moindre de ses mouvements. Puis je lui assène un nouveau coup de boutoir. Mon être entier tressaille de cette possession. Je hurle silencieusement mon besoin de la marquer, de la museler dans une explosion d'émotions plus que de sensations.

Guidé par mon seul instinct, je valse à un rythme lénifiant, presque surpris que ce dernier m'arrache des frissons de plaisir.

Le visage de Tasha se colore de frustration, de désir et de colère, un mélange qui n'empêche pas son cœur de battre à l'unisson du mien. Dans cette bulle qui n'appartient qu'à nous, il n'y a plus ni mensonge, ni secret, ni au revoir, juste une femme et un homme en parfaite harmonie.

Je savoure pendant une seconde, mais le feu dans mes veines me rappelle à l'ordre. J'ai atteint mes limites et mes hanches s'activent de leur propre volonté, plongeant entre les cuisses avec cette ardeur que réclame Tasha.

J'abandonne toute douceur, toute langueur. La passion recouvre ses droits et me retire tout self-control. La pièce se remplit du claquement de nos deux corps l'un contre l'autre et de nos respirations altérées, jusqu'à l'explosion finale.

Je vacille, mais ne relâche pas mon étreinte. J'en suis incapable. Tasha est tel un papillon qui n'aspire qu'à s'envoler loin de moi. Je ne peux me résoudre à la libérer. Pas encore, pas alors que j'ai livré la part la plus authentique de moi.

Je l'entraîne dans ma chambre, tire sur la couette pour ensuite la rabattre sur nous, nous lovant dans un cocon étroit. Tasha est intimement calée sous mon corps, prisonnière comme une seconde auparavant.

– Tu es lourd, râle-t-elle en gigotant.

Je me soulève légèrement sur les coudes, mais refuse de me déporter sur le flanc et lui rendre par la même occasion sa liberté. Il me faut un instant pour identifier ce qui coule dans mes veines, à savoir de la peur.

J'ai souvent éprouvé ce sentiment dans ma vie. L'inverse aurait été d'une stupidité sans nom. Mais, au fond, je n'ai jamais craint quoi que ce soit me concernant personnellement. Jusqu'à il y a peu, j'étais même persuadé que la mort ne m'effrayait pas. Que je l'accueillerais avec une certaine sérénité le moment venu.

En vérité, c'est pour les autres que je m'inquiète la plupart du temps. Pour mes gars. Pour ces gosses qui arpentent les trottoirs comme on défile sur une corde raide.

Moi… eh bien, j'ai largué les amarres il y a si longtemps que j'ai la conviction que ma vie – ou mon trépas – ne changerait pas grand-chose. Je ne suis qu'un infime élément de l'univers, une broutille qui n'aurait pas dû voir le jour.

Même au sein du projet Styx Lions, je suis remplaçable.

Cependant, face à Tasha, cette réalité se pare aussi de mensonges, comme si un voile se déchirait sous mes yeux. Ma vie se transforme en une entité tangible. Non pas qu'elle n'ait pas eu de sens auparavant, mais c'était un sentiment tiède, fadasse, là où Tasha brandit l'ardeur du feu.

J'ai faim de tout ce que je me suis refusé ces dernières années, et cette voracité pourrait bien me détruire. Pas parce que Tasha va finir par me quitter, mais parce que je l'ai déjà perdue…

Ou peut-être qu'elle n'a jamais vraiment été à moi?

Les flammes qu'elle me réserve n'ont rien à voir avec celles que, moi, je lui destine si je laisse mon égoïsme suppléer ma raison. Je suis un Styx Lion, et mon monde ressemble à s'y méprendre à l'antichambre des enfers. Là où Tasha m'apporte la beauté de la lumière, moi je la condamne à la damnation éternelle.

Le Styx Lion n'a aucun moyen de la garder sans la détruire, et l'homme qui se dissimule derrière ne pourra jamais être honnête avec elle. Tate m'a ouvert les yeux, mais ça n'en est pas moins douloureux. Je me suis leurré, envisageant un avenir là où il n'y a qu'une terre sèche et aride.

J'embrasse Tasha avec toute la passion contenue dans mon désespoir, puis je me force à rouler sur le côté.

À la dévisager avec indifférence.

À redevenir celui que j'ai choisi d'incarner, pour le pire et le meilleur.

À la blesser si profondément que je colorerai nos souvenirs d'une amertume impossible à assainir.

– Tu es une poupée extraordinairement bandante, énoncé-je avec un sourire flegmatique. Du genre à occuper le haut du podium.

Tasha jaillit de mon lit comme une furie, et j'admire une dernière fois ses jambes fuselées et ses fesses rebondies avant qu'elle ne fonce vers le salon, sa robe toujours remontée sur ses hanches.

Je lui emboîte le pas après une seconde d'hésitation. Figée devant la baie vitrée ouverte, elle s'est rajustée – une vision qui me fait regretter de ne pas l'avoir complètement dévêtue quand je l'ai possédée –, ses longues mèches ondoyant dans son dos. Ses épaules arborent une posture raide, alors que je m'attendais à un éclat de rage tempétueux. Tasha a pourtant capté ma présence derrière elle.

Je crispe les poings pour ne pas la ramener contre moi et lui promettre tout ce que je ne pourrais jamais lui accorder.

– Je vais dormir sur le canapé et je partirai demain matin, mentionne-t-elle d'un ton glacial.

Ça, c'est impossible. Tant que le problème des Demonic n'est pas réglé, Tasha ne sera en sécurité que sous ma protection.

– J'ai besoin que tu me rendes un service.

– Un service? répète-t-elle, acide.

– Fajra.

Un argument imparable. Le seul susceptible de retenir Tasha alors que je l'ai meurtrie.

– Fajra est installée dans le bâtiment principal. Il était hors de question que je la laisse au Rush avec les dégâts occasionnés, alors je l'ai conduite ici. Mais je suis inquiet pour elle. Elle demeure fragile, et j'ai besoin que tu veilles sur elle jusqu'à après-demain dans la matinée.

Tasha s'avance sur la terrasse, sans même me décocher un coup d'œil. Elle cramponne la balustrade, bascule la tête en arrière et hume à pleins poumons l'air frais de ce début de soirée.

Devant elle, le lac miroite sous les dernières lueurs du jour. Un spectacle qui m'a toujours rasséréné. C'est en grande partie pour cette vue que j'ai bâti mon chalet à cet emplacement.

– Et après? me demande-t-elle enfin. Fajra a besoin d'être entourée de personnes proches ou de professionnels capables de la soutenir dans l'épreuve qu'elle traverse. Son état ne s'améliorera pas par magie.

– Nous lui avons trouvé une place dans un centre d'accueil spécialisé pour femmes violées.

– Et les hommes qui la poursuivent?

Je maugrée entre mes dents, détestant m'adresser à un mur. Pourtant, c'est moi qui ai créé cette situation. Ce qui n'empêche pas que j'aie des regrets.

– On s'en charge.

– Un des points qui ne me concernent pas, j'imagine, dénonce-t-elle.

J'aimerais lui fournir plus d'explications ou justifier mes choix, mais ça ne servirait à rien. Tout a été dit.

– Tu resteras pour Fajra? Je te demande juste de reporter ton départ d'une journée, Tasha. Et tu ne m'auras pas dans les jambes, je serai absent demain et la nuit prochaine.

Un soupir résonne dans le silence, puis le claquement sec de talons sur le bois du sol tandis que Tasha se dirige vers l'escalier qui mène aux berges du lac.

– OK, souffle-t-elle dans le vent en dégringolant les marches au pas de course.

L'éclat de sa chevelure capte mon regard au milieu des arbres, tandis qu'elle s'enfonce dans les buissons qui fourmillent en contrebas. Je me penche à mon tour sur la balustrade, le cœur battant d'un agacement qui me vrille le ventre.

– Merde! Tasha, où est-ce que tu vas?

Tasha s'immobilise à l'orée du bois, puis lève un poing, redressant avec une lenteur exagérée son majeur. Le message est limpide, une fin de non-recevoir explicite.

Putain! Qu'est-ce que j'ai foutu?

Exactement ce qu'il fallait, me dit cette part de moi que j'aimerais étrangler.

39

Tasha

Le galet ricoche sur la surface lisse du lac et dessine des cercles concentriques qui se perdent à l'infini. La nuit avale les derniers frémissements des ondes, me renvoyant à un sentiment de solitude tel que je n'en ai pas ressenti depuis longtemps.

Je me frotte les bras, transie de froid. Comme une imbécile, je suis sortie sans ma veste et il est hors de question que je fasse demi-tour. Des larmes me picotent les yeux, symptomatiques de mon état d'énervement et de détresse. Je les essuie avec rage.

Merde ! Je suis ridicule. Une pauvre idiote qui pleure après un type qui n'en vaut même pas la peine…

Qu'est-ce qui m'a pris de me laisser abuser par les belles paroles de Dax ? Ce n'est pas la première fois que je croise le chemin d'un mec capable de mentir comme un arracheur de dents pour séduire une femme, mais en général je le repère à des kilomètres à la ronde.

Avec Dax, je me suis méfiée, mais j'ai commis l'erreur de focaliser mes doutes sur le Styx Lion. L'homme ne m'inquiétait pas puisque j'étais persuadée qu'une nuit étancherait mon désir. Un coup en passant sans implications émotionnelles.

Tu parles, ouais !

Wouaf! Wouaf!

Dojo déboule de la forêt comme une tornade, l'œil joueur. Je n'ai pas le temps de l'esquiver qu'il se rue sur moi. Je bascule sur les fesses dans un cri de surprise et me mets à rire lorsqu'une langue râpeuse me lape les joues.

Voilà une vérité incontestable dont je ferais bien de me souvenir à l'avenir: quand les hommes désertent, les animaux restent nos plus fidèles alliés. Eux et les canards, cela va sans dire!

– Dojo! l'appelle une voix agacée.

Une Sacha pantelante émerge des arbres et s'arrête, une grimace de soulagement sur le visage, lorsqu'elle m'aperçoit avec son chien. Un spectacle délectable, j'imagine, puisque j'ai les quatre fers en l'air et un molosse couché sur moi.

Sacha se plie en deux, mains campées sur ses genoux, et aspire l'air par de grandes inspirations.

– Bordel! Il va finir par me tuer, ce maudit cabot, grommelle-t-elle en levant un œil agacé.

Je me relève et époussette mes vêtements devant un Dojo chagrin.

Dieu! Quel comédien!

– Il a de l'énergie à revendre.

– Comment tu arrives à le faire tenir tranquille? Avec toi, on dirait un autre chien!

– C'est un bon chien, dis-je en lui caressant la tête.

Dojo, assis sur son arrière-train, lâche un jappement enthousiaste, comme s'il m'approuvait.

– Qui ne m'obéit pas, proteste Sacha. J'ai tout essayé, mais rien n'y fait. Et depuis que Dax me l'a ramené ce matin, il pleure à ma porte. Il est parti comme une flèche quand j'ai ouvert. Apparemment pour suivre ta piste.

Un rictus mi-figue, mi-raisin accompagne ce constat.

– Dax va péter un câble si Dojo te colle les baskets et s'installe chez lui.

Je ramasse un bâton et l'expédie à plusieurs mètres. Dojo démarre au quart de tour. Je le suis des yeux jusqu'à ce qu'il disparaisse dans l'obscurité, puis m'abîme dans la contemplation du lac.

Le bruissement du vent dans les feuilles ressemble à une mélopée au charme envoûtant et anesthésie la douleur qui irradie dans ma poitrine. J'ai cru souffrir lorsque Clive a rompu, je me suis leurrée.

Ce que je ressens maintenant est mille fois pire, comme si des centaines d'aiguilles lacéraient mon cœur. J'ai beau respirer avec lenteur, le mal ne s'atténue pas.

– Aucun risque, formulé-je, même si cela me ravage de l'avouer à voix haute. Je serai partie après-demain.

Sacha me scrute avec une acuité dérangeante. Effrayante presque.

– Querelle d'amoureux?

Je tique sous le regard acier. Cette fille est bien plus perspicace que ne le suggèrent ses apparences de guerrière. Cette mise à nu, en tout cas, m'indispose. Je suis trop fragilisée pour m'exposer devant une inconnue.

– Rupture, bafouillé-je.

– Merde! Tu déconnes? Tu es la première nana que Dax amène ici alors on a tous cru que…

– Vous vous êtes trompés. C'était juste du sexe et la date de péremption était ultra-courte.

Ma voix tremble à cet aveu. Néanmoins, au lieu de déguerpir, je suis encore là. Pour Fajra…

Qui est-ce que je cherche à duper? Je ne suis pourtant pas du genre à me voiler la face. Du moins jusqu'à ce que je tombe amoureuse d'un homme qui se barricade derrière des murs si hauts que je ne pourrai jamais l'atteindre. Et la part de lui qu'il m'a révélée n'était que mensonges.

Un bordel infâme règne dans ma tête, mais j'ai au moins une certitude. Si je compte m'occuper de Fajra avant de partir, je ne veux plus croiser le chemin du connard qui m'a embobinée avec un talent remarquablement pervers.

Mon cœur pleure et ma fierté en a pris un sale coup. Voilà à quoi on s'expose lorsque l'on oublie les leçons du passé.

Dojo surgit à temps pour me détourner de ces pensées douloureuses. Je me force à le caresser pour le féliciter et lance de nouveau le bâton, un sourire tremblant sur les lèvres.

– Ah! Vous êtes là, nous hèle Dria. Tout le monde va bien?

Son regard est chargé de compassion et met à mal ma détermination à ne pas flancher devant des inconnues.

– Dax et Tasha se sont engueulés, rétorque Sacha en soutenant mon œillade assassine.

– C'est bien ce que je pensais. J'ai croisé Dax qui filait au repaire des dévoyés.

Sacha sourcille avant de m'offrir une pitié qui m'égratigne la peau. Peut-être parce que cette fille ressemble à une triste caricature avec son sourire rempli de commisération. Une émotion qu'elle ne doit pas souvent exprimer.

Je me fous de sa pitié. Je veux juste comprendre ce que me vaut cette douceur amère.

– Le repaire des dévoyés, c'est le bâtiment sur le bord de la route?

– Oui, c'est ça. Les gars s'y regroupent le soir pour picoler en toute tranquillité et s'amuser un peu, m'explique Dria d'un ton gêné. C'était un bar avant, mais maintenant il ne nous sert plus qu'à nous.

Je me remémore la première fois où je suis venue, les filles qui avançaient bras dessus, bras dessous, aussi peu vêtues que des strip-teaseuses.

– J'imagine que par amusement, tu entends alcool et sexe.

– Disons que ce n'est pas le genre d'endroit où Lou emmène Dria pour boire un verre, concède Sacha. D'où son nom, le repaire des dévoyés. Les gars s'ennuient s'ils n'ont pas un peu de compagnie. On est assez isolés ici comme tu as pu le remarquer et ils s'échauffent à force de tourner en rond. Et puis les nanas font la queue pour baiser avec un Styx Lion. Certaines venaient fureter à la nuit tombée et essayaient de pénétrer sur notre territoire. Dax a fini par les autoriser à accéder au bar. Ça satisfait tout le monde.

– Tu sais, Dax est certainement allé dire un mot aux gars. Il va boire un verre et rentrer.

Je remercie cette tentative d'apaisement d'un vague geste de la main, mais je ne suis pas dupe. Difficile quand votre corps gémit de douleur et de frustration.

Le mal d'amour n'endommage pas que les cœurs, il ravage jusqu'à la plus infime parcelle de votre être. Je sais que je suis physiquement en parfaite santé, néanmoins, je n'ai jamais été aussi dévastée de ma vie. Mes muscles, mes tendons, mes nerfs, tous hurlent d'une souffrance qui n'est pourtant pas tangible.

Dax ne m'a pas seulement séduite. Il m'a amenée là où je ne voulais jamais retourner.

Parce que j'étais prête à succomber à l'embrasement de nos sens et que ce semblant de reddition diminuait l'impact du jeu?

Parce que je représentais un putain de défi à ses yeux et qu'il me désirait à sa totale merci?

Ce connard a remporté la mise haut la main. J'ai engagé mon cœur dans la bataille et renoncé à lutter contre notre attirance mutuelle. J'aurais mieux fait de me casser une jambe, tiens!

Parce que rien n'altérera cette simple vérité. Dax m'a éjectée de son existence en un claquement de doigts et il enfonce le clou en reprenant le cours de sa vie. Sans moi, mais en baisant la première venue.

Une pointe s'acharne dans ma poitrine, et je renverse la tête en arrière, yeux mi-clos et bouche ouverte pour libérer un cri silencieux.

Les douleurs intimes n'ont pas de voix. Elles t'anéantissent dans un mutisme vicieux, tels des monstres avides qui se nourrissent à ton pouls après t'avoir hypnotisée. Tu sais que tu meurs, mais tu es incapable de remuer le petit doigt.

– Écoute, me suggère Sacha, on pourrait aller chez moi descendre quelques bières.

Je cligne des yeux, ramenée à la réalité par cette proposition qui tombe à pic. M'anesthésier en m'enivrant n'est peut-être pas la solution, mais cela fera l'affaire pour ce soir.

– Tu n'as rien de plus fort? demandé-je, résolue à finir soûle.

Sacha me regarde, le visage de marbre, puis elle acquiesce.

– Si, mais je te préviens, mon canapé est défoncé, alors si tu prévois de dormir chez moi, ne t'attends pas à un grand confort.

– Je survivrai!

Un mantra auquel je me raccroche, parce qu'en cet instant, c'est la seule chose qui compte.

40

Dax

La main sur la poignée de la porte, je renonce à rejoindre mes potes et pars au pas de course vers le terrain d'entraînement. J'ai besoin de me défouler. Une bonne suée me sera plus profitable qu'une cuite vu mon état d'énervement. Et, surtout, je n'ai pas envie de me faire chambrer. Pas envie de me justifier.

Nos installations sportives se situent à cinq cents mètres du chalet principal dans une large clairière bordée de chênes majestueux. La vieille grange qui était déjà là lorsque j'ai acheté le terrain a été retapée pour se transformer en maison de l'horreur.

C'est ainsi que les gars l'ont surnommée depuis que Sam l'a aménagée en une sorte de piège géant qui nous oblige à suer sang et eau dès que l'on franchit son seuil. Entre murs d'escalade, tunnels plongés dans l'obscurité, cages de contention et autres instruments de torture, nous souffrons à chacun de nos essais pour dominer ce monstre qui se réinvente régulièrement. Sam veille à nous désorienter et modifie son agencement sans prévenir.

Ce serait moins drôle dans le cas inverse, non?

À l'extérieur, Sam a installé d'autres petits jeux… Sous la lumière douce des guirlandes d'ampoules, les structures paraissent inoffensives, tout le contraire de ce qu'elles sont.

Pas un seul d'entre nous n'a échappé à leur sanction sévère.

La plupart des gars ont rigolé lorsque j'ai missionné Sam pour bâtir cet espace. Ils n'en voyaient pas bien l'intérêt, allant même jusqu'à hurler qu'ils n'étaient pas des putains de soldats. Moi, j'avais besoin de créer un endroit qui me ressemblerait plus que l'ancien fief choisi par Luis.

Besoin de gommer tout ce qui se rattachait à ce salopard.

La zone d'entraînement a parfaitement rempli cet office. Luis était un gros tas qui végétait dans un canapé nauséabond pendant qu'il vomissait ses ordres. Les seuls moments où il bougeait son cul, c'était pour ses petits jeux sadiques. Il encourageait ses hommes à se droguer, conscient que c'était la meilleure des laisses.

Ça et la peur qu'il inspirait. Luis ne lésinait jamais sur les moyens pour tourmenter les pauvres gosses qui tombaient sous sa coupe. À ce niveau, il jouissait même d'une inventivité démoniaque.

Pour les Styx Lions, tout a changé après sa mort. Et je suis fier du chemin accompli. De la façon dont le gang a su se sortir du caniveau. De miséreux, nous sommes devenus forts et puissants.

Je me frotte le front, lucide sur le fait que ce bilan ne gomme pas la pointe d'amertume qui me picote le thorax. J'enlève mon tee-shirt et m'élance vers la première série d'obstacles. Les muscles bandés, j'escalade le mur en bois et me réceptionne au pied d'une enfilade de poutres de hauteurs différentes. Les deux mains posées en travers, je bondis avec l'agilité d'un habitué. Je m'entraîne matin et soir, dès que je suis ici.

Le filet à la suite me donne du fil à retordre, car les mailles sont étroites, trop pour que mes pieds me servent d'appui. Je me hisse à la seule force de mes bras, la sueur commençant à couler le long de mon cou et de mon dos. Je me sens dans mon élément, débarrassé de mes tracas du jour.

J'oublie tout, si ce n'est l'effort à produire. Cette clairière me rappelle la rigueur de Quantico, mais c'est surtout un bon moyen d'entretenir le potentiel du gang. Même ceux qui décriaient les parcours viennent se frotter régulièrement à ces créations diaboliques, peut-être parce que les gars ont un esprit de compétition qui se marie bien avec le jeu.

J'atterris avec souplesse sur le sol, prêt à défier la grange infernale.

– Il n'est pas un peu tard pour se lancer à l'assaut de la bête, me charrie Jarod depuis l'orée de la forêt.

Adossé contre un tronc d'arbre, il se roule une cigarette.

– Et toi, qu'est-ce que tu fiches ici? éludé-je.

– Je me balade, ça se voit, non?

Ma bouche frémit à mon corps défendant. Jarod est toujours là où on ne l'attend pas. Il est l'allié des ombres et se déplace comme un serpent, sans bruit. C'est ce qui fait de lui la meilleure de mes sentinelles, mais aussi un gars dangereux malgré son air de surfeur. Ou alors c'est justement à cause de son apparence. En fait, on filerait le bon Dieu sans confession à cet enfoiré.

– Ben on est deux.

– Sans déconner? ricane-t-il. Tu as une nana brûlante dans ton lit et toi, tu te paies une promenade de santé au lieu de la baiser. C'est l'excuse la plus foireuse de l'histoire, mec. La lune de miel est déjà terminée?

– On t'a dit que tu jacassais trop?

– Un paquet de fois, mais ma gueule d'ange m'absout de tous les crimes.

– Ça fonctionne avec les gonzesses, ça?

– Eh oui! Ce n'est pas le cas pour toi?

– Tu cherches la bagarre, Jarod?

Mon pote ne se départ pas de sa tranquille assurance et allume sa cigarette avant de me scruter avec le petit sourire narquois qui est sa marque de fabrique. À son intégration au sein du clan, combien de gars l'ont provoqué parce qu'ils supposaient que Jarod se foutait d'eux? Son caractère volcanique n'a cependant jamais altéré ses aptitudes, et il a toujours relevé haut la main les défis. Depuis, il a gagné la confiance de ses pairs, ainsi que leur respect.

– Moi, non. Mais toi, oui.

Je ne démens pas. Mes poings me démangent et mon sang bouillonne. D'une rotation de la tête, je fais craquer les os de ma nuque, puis me concentre sur la silhouette de la grange.

Dans la poche de mon jean, mon portable n'a jamais pesé aussi lourd. La faute aux deux messages en attente que je n'ai pas pu me résoudre à effacer. Mon père ne capitulera pas, je le sais, et je vais devoir le rappeler, énoncer une autre série de conneries pour justifier mon absence à l'anniversaire de ma mère.

Ça fait sept ans que je n'ai pas rendu visite aux miens. Pas embrassé ma mère ou mes sœurs. Pas joué une partie d'échecs avec mon père. Les revoir est au-dessus de mes forces, car ça signifierait leur mentir en les regardant dans les yeux. Je ne peux m'y résoudre.

Pour mes parents, je bosse au FBI et je suis trop occupé pour échanger avec eux autre chose que des appels téléphoniques. Mon père me serine néanmoins chaque année pour que je participe aux fêtes d'anniversaire et à Thanksgiving. En vain…

Ces derniers mois, mes excuses l'ont excédé, raison pour laquelle je retarde mon prochain coup de fil. Connaissant mon père, il est capable de me pister pour me rapatrier par la peau du cou à la maison. Comme il l'a fait autrefois lorsque j'ai fui ma famille pour me perdre dans les bas-fonds de New York.

Jarod me ramène à mes préoccupations actuelles en me rejoignant. Son profil n'a plus rien de frondeur. Au contraire même, il affiche un sérieux déroutant.

– Tu sais que ce n'est pas en restant ici que tu vas arranger les choses ?

– Tu as décidé de te reconvertir au courrier du cœur ? me moqué-je à mon tour, d'un ton acide.

– Je dis juste qu'on survit à l'échec, Dax, c'est dans notre nature. On tombe et on se relève, parfois en boitant ou en trébuchant, mais on reprend la route. Toujours. C'est l'essence intrinsèque des Styx Lions. On est des durs à cuire qui continuent d'avancer coûte que coûte. Mais les regrets, mecs, eux, ils te dévorent de l'intérieur jusqu'à ton dernier souffle. Certains jours, ça t'empêche même de respirer. D'autres jours, alors que tu as l'impression que tu as tourné la page, ça te revient dans la face comme un boomerang. Donc, parfois, il faut oublier la colère et essayer de recoller les morceaux.

La voix de Jarod reste neutre, mais, pour la première fois en quatre ans, je devine la douleur au fond de son petit discours.

Nell Osborne… La prometteuse petite avocate dont le père est juge à la cour fédérale.

Cette femme a surtout été la nana de Jarod. Pendant des mois, ils ont partagé bien plus qu'un lit, ce qui n'a pas empêché la belle de rompre lorsqu'elle s'est rendu compte que sa liaison mettait en péril sa carrière. Jarod n'en parle jamais. Du jour où Nell est partie, il a cessé de prononcer son prénom.

– Il n'y a rien à recoller, mon vieux, rétorqué-je, en ne sachant plus trop qui je cherche à convaincre.

– Ouais, c'est ça ! Allez, on se joue la maison des horreurs au meilleur chrono ?

J'approuve la suggestion et m'élance vers la grange en remisant au placard Tasha et mes parents. Dans les deux cas, les dés sont jetés.

41

Tasha

Lorsque je pousse la porte du QG des Styx Lions, Dria et Dojo sur les talons, je ne suis pas loin de rendre mon tablier et de filer finir de comater sur le canapé miteux de Sacha. Celle-ci n'a pas menti en me promettant une nuit d'enfer, mais l'alcool aidant, je ne me suis rendu compte de mon inconfort qu'au petit matin quand Dojo, couché en travers de mes jambes, m'a réveillée d'un coup de langue.

Résultat, je suis fourbue et j'ai la bouche pâteuse, malgré la cafetière avalée. Vive les mojitos, tiens !

Sacha avait déjà quitté son chalet lorsque j'ai émergé, me laissant seule avec Dria. Sa compagnie est plus discrète que celle de Sacha, mais pas moins intéressante. Je suis même fascinée par cette femme minuscule et indubitablement intelligente qui se frotte sans sourciller à un homme tel que Lou, capable de la briser d'une seule main.

Erreur de casting ou pas, le couple semble fonctionner à merveille. Un constat amer pour moi, bien que je ne sois pas jalouse.

– Fajra loge dans l'une des chambres à l'étage, m'explique Dria. C'est moi qui lui apporte ses repas la plupart du temps. Au début, elle se méfiait, mais je crois que j'ai réussi à établir un lien de confiance. Assez en tout cas pour qu'elle accepte de sortir un peu.

Je sanctionne ces progrès d'un signe de la tête. Si Fajra interagit de nouveau avec le monde extérieur, c'est très bon signe. J'avoue avoir hâte de constater par moi-même cette évolution.

La bâtisse qui m'accueille n'a rien d'une habitation sommaire. Le hall dessert un escalier en bois et s'ouvre sur une immense pièce baignée de lumière. Comme chez Dax, la cuisine se situe derrière un comptoir surélevé doté de tabourets. Le salon est rustique mais confortable et équipé de toute la technologie actuelle. Une grande cheminée de pierre et des tapis aux couleurs chaudes réchauffent l'atmosphère.

Dojo semble trouver l'ensemble à son goût et file s'allonger devant l'âtre froid sans se soucier de nous.

– Au rez-de-chaussée, il y a aussi une salle de réunion et les bureaux de Dax, Lou et Tate. Mais Lou est le seul à travailler ici régulièrement. Dax passe le plus clair de son temps au Rush.

Je dois afficher une drôle de tête à l'évocation des mots *bureau* et *travail*, car Dria lâche un petit rire gêné.

– À l'étage, continue-t-elle, toutes les pièces ont été réaménagées en chambres. On a quelques novices qui y logent, mais la plupart sont vides depuis que Dax a eu l'idée des chalets.

Dria m'entraîne dans la cuisine d'un pas alerte. Cette fille ne paie pas de mine à première vue, mais elle est pétillante et enjouée, une fois la glace brisée. Et sûr que sur ce dernier point, une bonne cuite est un excellent moyen de dégeler les relations…

– Je propose qu'on déjeune ici et qu'on invite Fajra à se joindre à nous, suggère-t-elle. Après, on pourrait aller se promener un peu.

– OK pour moi. Je dois juste appeler l'hôpital. Il faut que je prenne des nouvelles de mon amie. Et il faut que j'ausculte Fajra et fasse un bilan avec elle sur son état émotionnel, mais rien ne vaut le grand air pour se changer les idées. Elle en a bien besoin.

Et moi aussi…

– Le frigo est plein, mais j'avoue que je n'ai pas très envie de cuisiner. Steak et salade, ça te va?

– Parfait! Si tu as des pommes de terre, je peux préparer des pommes sautées en accompagnement. Sans oublier le café pour finir!

– Marché conclu! valide-t-elle avec enthousiasme.

La demi-heure suivante se passe dans un silence bienveillant. Je savoure la caresse du soleil à travers les vitres et m'efforce de détendre les muscles raidis de mes épaules. En vérité, j'ai hâte d'être à demain matin. Une fois loin de Dax, je pourrai peut-être de nouveau respirer sans que cette fichue pointe ne m'écorche la peau.

– Sacha se joindra à nous ou pas?

Le portable de Dria bipe avant que je n'aie fini ma question, et la jeune femme se rue sur l'écran avec une fébrilité que je n'avais pas perçue jusqu'à présent. Je l'observe pendant sa lecture puis lorsqu'elle repose son téléphone, et prends conscience de la tension qui l'habite. Derrière le sourire d'apparence, Dria dissimule une inquiétude dont je ne saisis pas le sens, mais qui m'alerte.

– Non, réplique-t-elle, les lèvres légèrement pincées.

– Un problème?

Dria secoue la tête, dans un effort vain pour recouvrer sa sérénité. La ride d'anxiété sur son front se creuse un peu plus.

– Non, soupire-t-elle après un long moment. C'est juste que Lou est en mission aujourd'hui. Il ne rentrera pas avant le milieu de la nuit et je n'aime pas le savoir dehors dans ces conditions.

– Dax est avec lui, n'est-ce pas? Il m'a expliqué qu'il ne dormirait pas chez lui cette nuit.

– Dax participe à toutes les sorties.

Je ne devrais pas chercher à en apprendre plus, mais c'est plus fort que moi. La peur qui plante ses griffes dans mon ventre est trop puissante pour que le silence l'apaise.

– Quelle sorte de mission?

– Je ne pose pas ce genre de question.

Les mains plongées dans l'eau pour laver la salade, Dria se perd dans ses pensées, puis elle se secoue et m'octroie un coup d'œil pénétrant. Derrière la façade de douceur, je perçois une détermination sans faille.

La conviction profonde d'une femme qui a opté pour un choix difficile et s'y tient envers et contre tout.

– Je ne suis pas naïve, je sais que Lou ne part pas pour une virée à moto cette nuit. Au début de notre relation, j'étais terrifiée à chaque fois qu'il s'absentait, mais il se renfermait quand j'essayais de l'interroger. Une vraie porte de prison. Alors j'ai voulu le quitter. Tu vois, avant lui, j'étais mariée à un salopard qui me trompait dès que j'avais le dos tourné et qui me mentait sans ciller. Je refusais de revivre ça. Évidemment, je n'avais pas beaucoup de soutien. Mes amies étaient catastrophées à l'idée que je couche avec un Styx Lion. Elles pensaient que je finirais sur le trottoir ou droguée…

– Pourtant, tu es restée.

– Je l'aime. Je n'aurais jamais cru possible de m'éprendre d'un homme comme lui. Comme quoi, il ne faut jamais dire fontaine, je ne boirai pas de ton eau.

Dria se met à rire avec la douceur qui la caractérise. Le bruit perlé cascade telle une musique basse et sensuelle. Difficile de ne pas capter l'amour qu'elle voue à Lou en la voyant ainsi, les joues empourprées et les yeux rêveurs.

– La première fois que je l'ai aperçu, j'ai failli m'évanouir. J'enseignais au neveu d'un gars du clan, et le petit avait été frappé par plusieurs camarades qui l'avaient pris en grippe. Lou avait décidé de leur faire une démonstration de force, histoire de bien les effrayer.

Vu la stature à la Popeye de Lou, nul doute de l'efficacité d'une telle stratégie. Je pouffe de rire en imaginant la scène et écope en retour d'un regard sévère. Dria agite un doigt sous mon nez, parfaite en institutrice fâchée.

– On ne gère pas les conflits comme ça, s'insurge-t-elle. J'ai pris mon courage à deux mains et je suis allée lui dire ma façon de penser.

– Et? demandé-je, curieuse.

– Il m'a examinée de la tête aux pieds, comme si j'étais un insecte, puis il est parti avant de se raviser et de revenir m'inviter à boire un verre. J'étais tétanisée, mais incapable de décliner. Je…

Dria se met soudain à trifouiller dans le tiroir à couverts, comme si elle cherchait à se donner une contenance. Ce sont ses joues, écarlates, qui la trahissent.

– Tu le trouvais hyper-sexy? deviné-je en riant de plus belle.

– Il est carrément canon, oui! Après mon divorce, je m'étais promis de ne plus succomber aux belles paroles d'un homme, mais Lou n'a jamais joué dans ce registre. Avec lui, c'est cash. Il m'a dit qu'il me voulait et… j'ai été incapable de résister. Je suis tombée amoureuse avant même de réaliser ce qui m'arrivait.

Dria se redresse, un joli sourire sur ses lèvres fines.

– Tu vois, si on considère la façon de vivre de Lou, je sais que ça peut s'arrêter demain, alors je prends tout ce que la vie m'offre. Lou n'est pas l'homme parfait de mes rêves d'adolescente, mais il est exactement celui que je désire. Il ne m'a jamais menti. Une partie de son existence m'est interdite, mais sinon il me donne tout. Avec lui, je me sens aimée. Vraiment aimée. Il est exigeant dans presque tous les domaines, ce qui induit une possessivité féroce, mais… j'adore cet aspect de sa personnalité. Alors oui, je sais qui il est, comment il vit et plus encore, et je sais que je ne pourrai pas le changer, mais je n'essaie pas. Je continue de hurler quand il roule trop vite, de l'engueuler lorsqu'il pose ses bottes sales sur la table basse du salon, de trembler quand il s'absente pour les affaires du gang…

Dria se tait, et la rougeur sur ses pommettes s'accentue. Pourtant, derrière la fragilité apparente, la force de caractère est plus visible que jamais. Et j'ai l'impression d'être soumise à une inspection en règle lorsqu'elle me scrute de nouveau.

– On ne peut pas les changer, Tasha. Il faut les accepter comme ils sont… ou partir.

Je me raidis, surprise par ce renversement de cible et pas franchement ravie de devenir le centre de notre discussion.

– Je rentre à San Francisco demain, me braqué-je.

– Et tu es sûre que c'est le bon choix?

– Ce n'est pas le mien, Dria, donc il n'y a rien à ajouter sur le sujet.

Ces mots ont vocation à clore le débat, mais mon air buté ne la désarçonne pas. Elle campe ses poings sur ses hanches étroites et relève son menton en signe de défi.

– Donc, contrairement à moi, tu n'es pas du tout inquiète de savoir Dax Dieu sait où.

La bouche tremble, manifestant cette tension que Dria s'efforce de dissimuler alors qu'elle suinte par tous les pores de sa peau.

– On devrait aller chercher Fajra, éludé-je.

– Comme tu préfères, soupire Dria avec une grimace qui proclame que je suis une pauvre idiote.

Elle semble pourtant vouloir ajouter quelque chose, puis se ravise en pinçant les lèvres.

Je me renfrogne, agacée d'être ainsi mise sur le gril. Merde! Ce n'est pas moi la responsable de ce bordel. Moi, je n'ai rien demandé. C'est Dax qui m'a entraînée dans un jeu sournois en pipant les dés.

J'apprécie Dria, mais, là, j'ai besoin de m'aérer la tête. De m'éloigner de son regard pénétrant et plus intrusif que je ne le souhaiterais. Pour le moment, je rêve de solitude et de me terrer pour panser mes plaies.

Comprendre ce que Dax – ou plutôt l'idée que je m'étais faite de lui – a changé dans ma perception de la vie. Depuis que j'ai perdu ma mère, j'ai avancé sans me retourner, persuadée que mon salut tenait à une simple vérité, me sortir de la pauvreté et investir ce monde que je contemplais autrefois avec des yeux d'envie.

Côtoyer Dax m'a obligée à m'examiner à la lumière crue de la franchise et à intégrer que, ces dernières années, j'ai évalué mes pairs au regard de mes *a priori*. Le mécanisme était subtil, camouflant sa perversité sous une épaisse couche de bienséance. J'avais tellement l'impression d'être dans une juste appréhension des choses que je ne voyais pas que je me leurrais.

Convenances et intelligence rimaient avec respectabilité.

Les jolis mots, les pensées philosophiques et les métaphores pleines de poésie nourrissaient cette part de moi qui imaginait que cela me rendait meilleure. Un peu à la manière d'un vernis brillant qui masquerait les bosses et les défauts.

Parce que moi, avec mes origines, j'en étais pétrie. Je n'envisageais pas cela comme une imperfection, mais plutôt comme un frein à mon désir d'ascension sociale. Sans cet enduit de façade, ce que j'exposais au monde me classait dans la catégorie des cas sociaux, et je ne voulais pas de cette étiquette.

Je souhaitais au fond que l'on me dévisage sans ces airs de commisération que certains m'allouaient à la faculté parce que je travaillais pour payer mes études. J'ai lutté pour ce droit et je l'ai remporté haut la main, oubliant au passage que les apparences, aussi brillantes soient-elles, ne sont que des trompe-l'œil.

La simplicité ne cautionne pas la pauvreté de l'esprit, mais plutôt une expression éclairée de soi. C'est lorsqu'on arrive à ce stade de réflexion que l'on est vraiment libre d'être soi-même.

Je soupçonne que mon attachement pour Clive contribuait à ces mensonges et y puisait même sa source. Je l'aimais, mais ce que j'appréciais surtout chez lui, c'est cette capacité à peindre en or les murs de mon existence. Seulement, sous la fresque, il y avait une vérité qui hurlait son droit d'exister.

Dax m'a ramenée à certains fondements de la vie, me dépouillant du lustre qui aplanit, même si c'est factice, les difficultés. J'ai besoin de temps pour l'intégrer, au-delà de la blessure infligée à mon cœur.

– Où est sa chambre?

– En haut des escaliers, à gauche. C'est la dernière porte sur ta droite. Tasha…

Je détale avant que Dria ne termine sa phrase, bien trop remuée pour continuer une conversation qui me rappelle que mon existence a emprunté un drôle de chemin.

42

Tasha

Lorsque je pénètre dans la chambre de Fajra, celle-ci est postée devant la fenêtre, rideaux relevés. Sa main tremble, mais son regard est moins égaré, bien que je perçoive une tension qui se libère un peu quand elle me reconnaît.

– Docteur Wilson !

– Bonjour Fajra.

J'avance dans une pièce équipée avec simplicité. Un lit, une armoire, une commode et une chaise à bascule composent le mobilier, le tout agrémenté d'un épais tapis au sol et de deux aquarelles au mur. C'est rustique, mais les teintes ocre du couvre-lit et des oreillers réchauffent le côté impersonnel des lieux.

Fajra ne semble pourtant pas avoir investi la chambre. Le seul élément de sa présence tient aux vêtements posés sur le dessus de la commode.

– Comment vas-tu ?

Fajra s'entoure de ses bras, comme si elle avait froid, et s'assied sur le bord de son lit. L'épais duvet a été rabattu à la hâte, mais laisse apercevoir des draps blancs froissés. Ses nuits ne sont pas sereines, malgré la disparition des cernes noirs sous ses yeux.

– Je voudrais rentrer chez moi.

– Et c'est où, chez toi?

Un haussement d'épaules répond à ma question. Fajra n'a toujours pas envie de se livrer, et je n'ai pas l'intention de lui tirer les vers du nez. Elle a assez morflé comme cela! J'aimerais juste la ramener auprès des siens avant de partir d'ici, pour autant qu'elle ait des gens de confiance autour d'elle. Cela dit, les quelques bribes que je lui ai arrachées m'en font douter.

– Dria et moi avons préparé le déjeuner, annoncé-je en battant volontairement en retraite, et nous te proposons de te joindre à nous. Steak et pommes sautées, ça te va?

Un mince sourire éclaire les traits las, et j'en tire une fragile satisfaction. Fajra a recouvré du poil de la bête, ce qui est de loin la meilleure nouvelle du jour.

Dria a mis le couvert lorsque nous débarquons dans la cuisine. J'évite sciemment son regard et me juche sur le tabouret à l'opposé du sien. Précaution inutile, car toute son attention est focalisée sur Fajra.

J'émiette distraitement un morceau de pain pendant que les deux femmes discutent de la pluie et du beau temps, cherchant dans le dessin des nuages qui s'accumulent dans le ciel bouché un divertissement qui me détournerait de mes pensées. En vain.

J'ai plus que jamais envie de me retrouver chez moi. Amber me manque. Gribouille, Charlotte et Captain me manquent.

Comme s'il avait senti mon besoin de contact, Dojo se rapproche et me donne des coups de tête pour que je le cajole. Je m'exécute en souriant, pas dupe du regard chagrin qu'il me décoche pour obtenir de la nourriture. Et comme je suis faible…

– Tasha? m'interpelle Dria, à demi perchée sur le comptoir. Ça te dit toujours une promenade après le déjeuner? On a déjà fait le tour du lac à plusieurs reprises avec Fajra, mais il y a un coin très sympa un peu plus à l'ouest.

Prendre l'air me ferait du bien, mais j'hésite. C'est Fajra qui me convainc. Pour la première fois depuis le drame, elle a les joues roses, et un sourire sincère étire ses lèvres.

Et, pour clore mon débat intérieur, ce cabotin de Dojo me lèche les doigts, me prouvant qu'il est bien plus intelligent que son comportement benêt ne le laisse supposer. Je lui caresse le dessus de la tête en ronchonnant, consciente que je viens de perdre une bataille contre Madame Je-végète-dans-un-coin-comme-une-pauvre-malheureuse.

– Oui, pourquoi pas ?

– Super ! s'emballe notre petite protégée. C'est tellement tranquille ici qu'on a l'impression d'être seule au monde. Vous vous baignez dans le lac, l'été ?

– Plutôt deux fois qu'une, confirme Dria en riant. Lou et Jarod ont bâti sur la rive un cabanon avec barbecue pour qu'on puisse en profiter. On y était hier soir, mais je ne t'ai pas proposé de nous y rejoindre, car je sais que tu n'aimes pas être dehors la nuit.

– J'aurais adoré vivre dans un endroit comme celui-ci, confesse Fajra sans rebondir sur la dernière partie de la phrase de Dria. Vous n'êtes jamais dérangés par les voisins ?

– Non, comme tu as pu le constater, notre propriété est vaste et nous sommes bien protégés. Rares sont les curieux qui osent franchir nos clôtures.

Fajra assimile l'information d'un hochement incertain de la tête, puis abaisse les paupières, se soustrayant à notre regard. Son attitude engageante se disloque d'un coup et son anxiété revient *crescendo*, telles les fluctuations d'une marée imprévisible.

Les quelques minutes volées aux cauchemars ne subsistent jamais longtemps. Avec le temps, j'espère que Fajra réussira à surmonter le traumatisme, mais elle n'en est pas encore là.

Pour preuve, elle tire avec nervosité sur les manches de son pull et darde un coup d'œil vers les baies vitrées. La forêt s'étend derrière une pelouse parfaitement entretenue et voile un panorama déjà écrasé sous un ciel bas et menaçant. Les rares rayons de soleil qui réchauffaient ma peau tout à l'heure ont complètement disparu, me renvoyant au froid qui s'est logé dans mes veines…

– Ça doit quand même être compliqué à surveiller… bafouille-t-elle, ses ongles s'enfonçant dans la peau de ses avant-bras.

J'appuie une main apaisante sur celle de Fajra et tressaille lorsqu'elle s'accroche à moi, mêlant ses doigts aux miens. Il y a tant dans cette étreinte désespérée que mon cœur se contracte de tristesse.

– Ne te tracasse pas, ma jolie, tu ne risques rien, la réconforte Dria. Qu'est-ce qui t'effraie ?

– J'ai entendu l'un des gars… dans le couloir… Il disait qu'il devait normalement assurer sa garde dans le secteur nord, mais qu'il devait partir avec Dax. Il a ajouté que personne ne le remplacerait parce qu'il n'y avait pas assez de monde.

– C'est vrai que quelques gars s'absentent cette nuit, mais ça ne doit pas te tracasser. Et puis, si tu te rappelles bien, la maison possède ses propres dispositifs de protection. Tu ne peux pas être plus en sécurité qu'ici.

– Oui, tu as raison, chuchote Fajra en se forçant à sourire. C'est juste que… je m'inquiète d'un rien depuis le…

Elle n'achève pas sa phrase et se mord les lèvres pendant que son regard se perd dans le vague. Son visage dégage une telle douleur que mon ventre se tord un peu plus. J'ai l'habitude de côtoyer le malheur à l'hôpital, mais je ne m'y acclimaterai jamais.

Amber soutient que c'est ce qui fait de nous de meilleurs médecins, pourtant cela ne rend pas les choses plus faciles. Au contraire. J'ai parfois l'impression de ne jamais faire assez. C'est probablement pour cette raison que Fajra m'émeut autant. Je peux enfin agir, même si ce n'est que temporaire.

– Je… j'ai besoin d'aller me rafraîchir un peu, ajoute-t-elle en bredouillant.

– File, ma jolie. Il reste de la tarte aux pommes au frigo, je vais la faire réchauffer pendant ce temps et si nous avons de la chance, je vais réussir à nous dénicher du caramel ou de la crème glacée.

Je débarrasse en silence. Dria s'affaire de son côté, rembrunie. Le mal-être de Fajra nous a affectées, chacune à notre façon, et cela nous réunit dans une sorte de connivence mesurée.

– Il n'y a plus de caramel, et les gars ont terminé la glace. Zut ! Ces morfales vident les placards plus vite que leurs ombres.

– C'est toi qui cuisines pour eux ?

– Putain, non ! Ils se débrouillent tout seuls, mais j'adore faire de la pâtisserie, surtout quand je suis stressée. J'ai passé ma journée d'hier derrière les fourneaux et, du coup, j'ai distribué quelques tartes.

Dria se met à rire. Un gloussement qui s'achève en sanglots lorsqu'elle se saisit de son portable.

– Pas de message. Je le sais, Lou préfère se murer dans le silence avant une mission, mais je ne peux m'empêcher de guetter le moindre signe. C'est ridicule, hein ?

Non, et je compatis avec sincérité. Et cela n'a rien à voir avec le fait que Dax participe aux mêmes opérations que Lou. Je serais stupide de me tracasser pour un homme qui m'a larguée comme une malpropre.

– Écoute, nous pourrions goûter à cette délicieuse tarte après notre promenade. Ça nous changera les idées et au retour, je t'aiderai à préparer du caramel. Je ne suis pas mauvaise en pâtisserie moi non plus.

– Je pourrai participer ? nous sollicite une petite voix timide.

– Évidemment, ma jolie, affirme Dria en bannissant ses propres démons pour s'occuper de Fajra.

Cette femme a le cœur sur la main et elle aurait pu devenir une amie si je n'étais vouée à ne jamais la revoir.

– Donc tout le monde est OK pour remettre la tarte aux pommes au goûter ?

– On pourrait la manger en jouant au Monopoly, suggère Fajra.

À cet instant, elle ressemble à l'adolescente qu'elle aurait dû être si des salopards ne s'étaient pas acharnés sur elle. Ou si la vie ne l'avait pas cabossée avant l'heure. Car je doute que l'existence de Fajra ait ressemblé un jour à un conte de fées.

– Excellente suggestion ! Allez, en route, mes jolies !

***

– Merde ! Je suis K.-O., déploré-je en m'affalant sur le canapé. Dria, la prochaine fois, précise que pour toi, balade signifie marche forcée.

J'éclate de rire devant le rictus penaud de la jeune femme. Rire qui s'étrangle dans ma gorge lorsque mes muscles fessiers se rappellent à moi. Je lâche une plainte, gigote pour trouver la position idéale – celle qui n'augmente pas mes élancements –, puis enlève mes chaussures pour libérer mes pieds douloureux.

Dojo, allongé devant moi, relève le museau le temps de me contempler avec un air de pitié plutôt insultant. Lui a cavalé tout le long de notre promenade, son bout de queue frétillant à chaque lancer de bâton.

Je lui tire la langue, ce qui ne le perturbe absolument pas. Royal, il repose sa tête sur ses pattes avant et ferme les yeux, m'offrant ses ronflements pour toute réponse.

– Je suis désolée, se lamente Dria, encore rouge. J'avais tellement envie d'essayer le parcours infernal, mais quand les gars sont dans le coin, c'est l'humiliation garantie.

– De ce côté-là, on n'a pas fait les choses à moitié, pouffé-je en massant mes orteils.

Ledit parcours est celui que le gang utilise pour parfaire ses aptitudes physiques. Il ressemble aux structures imposées aux militaires, la perversité en plus. Sincèrement, qui crée un filet d'escalade sans mailles ?

Cela dit, cela ne nous a pas empêchées, Dria et moi, de vouloir tester nos limites. Eh bien, nous les avons vite identifiées ! Dria s'est écorché les bras et a fini les quatre fers en l'air. Moi, je suis tombée et mes fesses ont amorti le choc. Côté humiliation, heureusement, le seul témoin de notre déconvenue était Fajra. Celle-ci s'est contentée de nous observer avec fatalité, osant même rire de nos malheurs.

Je crois que je ne me suis pas autant amusée depuis longtemps. Malgré les bleus et les égratignures.

– Nous n'avons pas démérité, s'insurge Dria. Nous avons réussi à vaincre la tour en bois quand même !

J'avoue n'en être pas peu fière. Les quatre faces permettent chacune de grimper selon un schéma différent. J'ai opté pour ma part pour les aspérités qui ressemblent à celles d'un mur d'escalade. Munie d'un harnais, je suis parvenue au sommet de la structure après deux échecs seulement, et la descente en tyrolienne valait bien ces efforts. Et les courbatures à venir…

– En revanche, j'ai besoin d'une douche brûlante et d'un massage des pieds. Et d'une dose de sucre aussi.

– Je valide, sanctionne Dria avec un sourire extatique. Et, par chance, nous avons la tarte aux pommes. On pourrait se mater une comédie romantique en nous gavant de tarte !

– Si tu me dis que tu as *Love Actually*, je signe tout de suite ! proclamé-je.

– Va pour *Love Actually* ! Fajra, ça te convient ?

En vérité, notre jeune protégée ne semble pas dans son assiette. Pâle et agitée, elle se tord les mains et balaie l'extérieur d'un regard anxieux. Les ombres commencent à grignoter le jour, mais on voit encore assez clair dans les parties non boisées.

Consciente que l'obscurité naissante pouvait augmenter les terreurs de Fajra, Dria l'a rassurée à maintes reprises et n'a cessé de lui rappeler que personne ne viendrait nous importuner.

Toutefois, cela n'a pas réconforté Fajra. Sa nervosité s'est manifestée avec une vigueur galopante tout au long de l'après-midi et donne l'impression que la jeune femme va se fracturer en un millier de morceaux.

– Oui, bien sûr, finit-elle par murmurer, les bras enroulés autour de son buste mince. Je vais aller me chercher un pull plus chaud. J'en ai pour cinq minutes, d'accord?

– Prends tout ton temps, la rassure Dria.

Je suis Fajra des yeux tandis qu'elle s'éloigne, soucieuse. Son attitude tourmentée résonne en moi de façon désagréable, comme si elle était de mauvais augure. C'est ridicule, mais les coups d'œil agités de Fajra par-dessus son épaule ont réussi à me mettre mal à l'aise moi aussi.

Je me secoue pour me débarrasser de cette sensation anxiogène.

– Je vais en profiter pour appeler Amber, annoncé-je à mon tour.

– Utilise le bureau de Dax, tu y seras tranquille. C'est la deuxième porte sur ta droite en partant du hall.

– Merci.

Le contact du parquet avec mes pieds nus me procure un bien fou et je soupire, entre béatitude et douleur, en bougeant mes orteils malmenés.

– L'option bain de pieds est comprise dans la soirée? demandé-je avec un brin d'espoir dans la voix.

– Ça devrait pouvoir se faire, oui.

– Génial ! En échange, je maintiens mon offre de préparer un caramel fondant à souhait.

– Tu n'aurais pas pu y échapper, ma belle ! Je n'ai pas oublié ta proposition. Par contre, je tiens à te prévenir que j'adore ça et que je suis capable d'en dévorer des pots entiers !

Je m'en vais en riant. Cette journée aurait pu être pénible, elle se révèle déconcertante et finalement agréable. Dax n'est jamais loin de mes pensées, mais je m'en tire plutôt bien dans la gestion de ma peine.

La porte du bureau est entrouverte lorsque je m'engage dans le couloir, et je me statufie en percevant les accents d'une voix étouffée. Une voix qui ne devrait pas résonner en ces lieux…

Une voix qui dégage une peur primaire.

Ma gorge se contracte à mesure que mes idées s'embrouillent. Je revois le visage de Fajra, son angoisse apparente qui n'a fait que croître aujourd'hui. Je n'aime pas du tout ce que mon esprit me suggère…

Je me faufile le long du mur, comme si j'avais le pouvoir de me fondre dans le décor, puis me traite mentalement d'idiote. La personne à l'intérieur est occupée au téléphone, elle ne risque pas de me surprendre. Et quand bien même, je suis sûre d'avoir le dessus si ça dégénère.

Avec autant de discrétion que possible, je me rapproche sur la pointe des pieds. J'essaie de me convaincre que je ne dois pas m'angoisser, mais une alerte rugit l'inverse dans ma tête. Un spasme d'appréhension se répand sous ma peau, jusqu'à ce qu'un filet de sueur ruisselle le long de ma colonne vertébrale.

– Non, s'élève le chuchotement, c'est trop risqué. Y a toujours un garde armé. Mais si vous passez par le nord de la propriété, ça devrait être facile. Cette partie sera à découvert cette nuit. La maison principale est située au centre des installations, vous pouvez pas la rater… Oui, ils sont bien partis… Je sais pas. Dria reste discrète et je suis pas certaine qu'elle soit au courant… Non, mais je laisserai la fenêtre de ma chambre ouverte et si je peux, je débloquerai les baies vitrées… OK… Buzz, promets-moi de… Oui, c'est clair, mais les gens ici… Non… OK. À tout à l'heure.

Fajra repose le combiné, une plainte dans la voix. J'ignore avec qui elle discutait, mais le sens général de ses propos est limpide. Merde ! Mon corps tout entier se met à trembler et je me force à respirer de grandes bouffées d'air. Mon cœur pourrait jouer des cymbales tant il bat fort. Puis l'adrénaline m'électrise, de sorte que je recouvre une partie de mon sang-froid.

Parce qu'il n'est plus temps de tergiverser, je me campe dans l'encadrement de la porte, poings sur les hanches, et fusille Fajra du regard. Cette dernière sursaute à ma vue, mais ne recule pas. Entre peur et hardiesse, elle se contente de me fixer avec ses grands yeux écarquillés, la bouche pincée.

– Fajra ! Qu'est-ce que tu as foutu ?

Ma voix résonne bizarrement à mes oreilles, entre le cri et l'aboiement.

– C'est trop tard ! m'assène-t-elle, son petit menton relevé.

– À qui tu parlais ? Réponds !

La fragile Fajra disparaît pour céder la place à une gamine au sourire pétri d'arrogance. Je me raidis, incapable d'intégrer cette transformation. Une transformation pas totalement aboutie puisque Fajra grelotte de la tête aux pieds.

– À mon mec ! divulgue-t-elle avec fierté.

– Précise ! pesté-je entre mes dents.

– Qu'est-ce qui se passe ici ? C'est quoi ces cris ?

Dria, munie d'un rouleau à pâtisserie qu'elle brandit comme une arme, me dévisage avec circonspection. Elle embrasse la scène du regard, tressaille sous celui, insolent, de Fajra, puis fronce les sourcils.

– Tasha ?

– Fajra était au téléphone et elle expliquait à Dieu sait qui le meilleur moyen de pénétrer sur le domaine. Il faut que tu avertisses Lou ou Dax.

– Ils éteignent leur portable lorsqu'ils sont en mission, siffle-t-elle avec dépit. Je vais prévenir Sacha. Il était prévu qu'elle reste ici. Elle saura quoi faire.

– Toi, tu viens avec nous, ordonné-je à Fajra en la tirant par le bras.

Telle une poupée de chiffon, elle se laisse conduire dans le salon et s'assied sans un mot. Je suis sidérée d'avoir été bernée par cette traîtresse. Fajra mérite un Oscar pour sa performance. Puis je me rappelle les marques de coups sur sa peau et les stigmates des viols.

L'agitation réveille Dojo qui vient se camper près de moi, son corps musculeux plaqué contre ma cuisse droite. Je lui caresse machinalement la tête, autant pour le réconforter que pour m'occuper les mains.

– Maintenant, tu vas tout nous raconter ! exigé-je.

Mon ton affirmé ravive la peur chez Fajra. Sa belle assurance se fendille, jusqu'à s'effriter totalement. La jeune fille se recroqueville sur elle-même et lève un œil larmoyant vers moi. Comme si ses remords, pour autant qu'ils soient sincères, pouvaient changer quoi que ce soit…

– Sacha arrive, annonce Dria. Elle prévient les autres. Je ne comprends pas. Fajra ?

Celle-ci se mure dans le silence. Le teint blafard, elle ressemble plus à un petit oiseau affolé qu'à Mata Hari. Pourtant, elle a sans ciller transmis des informations à un ennemi des Styx Lions.

– Je n'avais pas le choix ! s'exclame la traîtresse.

– Pas de ça avec nous ! Quand est-ce que tes… amis doivent arriver ?

Fajra m'assassine du regard, puis ses épaules s'abaissent, manifestant une grande fatigue.

– Ils sont déjà là.

– Comment ça, ils sont déjà là ? bredouille Dria, toute pâle.

– Ils savaient qu'une partie du gang serait ailleurs ce soir. Ils attendaient juste que je leur indique le chemin le plus sûr.

– Putain ! s'étrangle Dria. Et moi qui ai répondu à toutes tes questions sans me douter que tu me manipulais.

Elle s'avachit sur la table basse, et la culpabilité se peint sur son visage étroit. Ma colère flambe, annihilant pour une seconde la peur. Dojo doit ressentir mon énervement, car il se redresse dans une posture combative. Il émet un grognement sourd, l'œil fixé sur Fajra.

– Couché, Dojo ! ordonné-je d'un ton sans appel.

Le chien m'obéit, mais ne quitte pas Fajra du regard. Au moindre signe de ma part, je soupçonne qu'il passera à l'offensive.

– Ne te reproche rien, Dria ! C'est elle qui a manipulé tout le monde, corrigé-je durement. Ton viol, c'était pour nous amadouer ? C'était une putain de mise en scène ?

– Non ! Enfin, ça faisait partie du plan, mais ils m'ont vraiment…

Fajra se cache entre ses mains et commence à pleurer doucement. Ses épaules se soulèvent en cadence, exprimant une douleur qui ne peut être feinte. De fait, la situation m'échappe et je n'aime pas ce sentiment.

Pas avec le danger qui nous menace.

Je suis presque rassurée de voir Sacha surgir. La démarche lourde, elle se campe devant Fajra et l'assassine d'un regard hautain.

– Il va falloir tout nous expliquer, Fajra. Depuis le début!

La petite hoquette, puis finit par acquiescer. Son air pathétique m'atteint alors que je devrais demeurer de marbre, mais je ne peux m'affranchir de l'image qu'elle m'a offerte à l'hôpital, le corps abîmé et l'âme brisée. La frontière entre vérité et mensonge n'a jamais été aussi incertaine.

Je suis complètement perdue. Moi qui excelle au niveau self-control dans mon travail, je me perds dans une sorte de marasme déroutant. Tous mes sens sont anesthésiés, tout en étant – paradoxe étrange – exacerbés. Je suis aveugle et sourde, mais ma vision et mon ouïe n'ont jamais été autant en alerte. J'ai l'impression déstabilisante que mon esprit se dissocie de mon corps, comme s'il stagnait à quelques mètres au-dessus de moi et m'encourageait à m'éloigner du danger.

Comme si c'était aussi simple…

– J'ai commencé à travailler au garage où bosse mon oncle quand j'avais 15 ans, confesse-t-elle enfin. Je donnais un coup de main à l'accueil. Je notais les rendez-vous, classais les dossiers et les factures. C'est là que j'ai croisé Buzz.

– Buzz, le président du club des Demonic Snakes? s'enquiert Sacha, médusée.

– Oui.

Mauvaise nouvelle! Très mauvaise nouvelle! Les clubs de motards n'ont pas la réputation d'être des tendres. En vérité, ils n'ont rien à envier aux criminels les plus endurcis. Ils fraient dans la même cour que les Styx Lions, ce qui explique vraisemblablement la situation actuelle.

J'étouffe la terreur qui menace mon équilibre précaire et toise Fajra, agressive. Incapable de rester immobile sans réagir, je finis par m'accroupir et glisse les doigts dans le pelage dru et lisse de Dojo, un geste qui réussit à me tranquilliser un peu.

– Putain! Ça ne sent pas bon! s'emporte Sacha comme un écho de mes pensées.

Sacha enfouit une main nerveuse dans ses cheveux, puis s'éloigne pour passer un nouveau coup de fil. Vu ses mouvements saccadés, je suppose que les échanges sont musclés ou tendus.

Je me relève, aux aguets. L'heure est grave et Dria en a autant conscience que moi. Une ride d'expression barre son front, là où il n'y avait que douceur auparavant. C'est presque une gifle de réaliser que je contemple probablement mon propre faciès. Je referme les bras autour de mon buste, cherchant en vain un moyen de me réchauffer.

– Buzz? répété-je pour que Fajra continue ses explications.

– Il est devenu mon amant. J'étais pas la seule qu'il baisait, mais la vie était plus facile pour ma famille. On était en quelque sorte sous sa protection. Mon oncle a cru qu'il pouvait en profiter et il a déconné. Il a escroqué le club. Buzz était furax, mais il a accepté de passer l'éponge si nous remboursions notre dette. Soit j'acceptais de participer à son plan pour piéger les Styx Lions, soit il mettait ma petite sœur sur le trottoir. Elle n'a que 12 ans, je pouvais pas l'abandonner!

Un cri du cœur qui m'abat parce que je ne peux que compatir. Dieu! Comment peut-on être aussi cruel?

– Les docks, c'était un traquenard alors? intervient Sacha, les traits crispés de fureur. Quel était le rôle de Rosario?

– C'était un pion. Il a chopé des hommes du club en plein deal et il a passé un marché avec Buzz: il enterrait le dossier s'il l'aidait à coincer les Styx Lions. Buzz s'est dit que c'était un bon plan. La participation de Rosario, c'était pour lui donner l'impression qu'il gérait l'affaire, mais surtout pour vous mettre la pression. Buzz voulait que vous ayez les chocottes.

– Pour qu'on agisse dans la précipitation, saisit Sacha. Ouais, c'était malin. Donc on te rencontre et?

– Je devais vous appâter avec des infos, mais j'ai merdé. Les gars dans le hangar ont été violents, plus que prévu. J'étais en morceaux, sous le choc, et Dax m'a déposée à l'hôpital avant que je reprenne mes esprits. J'ai cru que tout était fichu, mais l'agent du FBI m'a ramenée au Rush.

– Quel agent du FBI ? s'étonne Sacha, les sourcils froncés de perplexité. C'est quoi cette histoire ?

– Buzz voulait en fait envahir le repaire des Styx Lions, c'est ça ? demandé-je en ignorant la question de ma voisine. Et, pour ce faire, il a décidé d'envoyer une taupe pour connaître le meilleur moyen de pénétrer les défenses de ce territoire ?

– Il savait que Dax et ses hommes seraient pas là ce soir.

– Il est au courant pour notre deal avec Parson, râle Sacha. On a changé le site parce qu'on craignait que les Demonic interfèrent.

– Buzz a jamais eu l'intention de se pointer à ce rendez-vous, mais il voulait que vous le croyiez pour qu'il y ait ici le moins de monde possible.

– Merde ! Il faut que je rappelle Sam. Il devait canarder le repaire des Demonic, histoire de les avertir qu'on était en pétard.

– Il n'y a vraiment aucun moyen de contacter Dax ? insisté-je, pleine d'espoir.

– Non, il sera injoignable pendant les quatre prochaines heures. Notre seule chance, c'est que Sam ramène son cul et que les Demonic n'attaquent pas tout de suite…

– Trop tard, annonce Jarod en pénétrant dans le salon. Le vieux Bob vient de me passer un coup de fil. Des motos ont remonté le sentier en bas de chez lui et il a vu des hommes franchir notre clôture.

– Putain ! Ils sont nombreux ?

Jarod se contente de fusiller Fajra du regard, laquelle se ratatine un peu plus. Je n'apprécie pas vraiment son silence. Ce dernier est révélateur d'une vérité qui me hérisse le poil et me trempe encore plus le dos.

– Sacha, contacte Sam, ordonne-t-il. Tous les gars doivent rappliquer sur-le-champ. On n'est pas assez nombreux pour se répartir sur le terrain. On tiendra le siège ici. Dria, tu montes avec Tasha et cette garce à l'étage. Faites le tour des chambres et fermez tous les volets. Je m'occupe du rez-de-chaussée.

La porte s'ouvre sur une poignée d'hommes, tous aussi furax les uns que les autres. Je tressaille devant les airs patibulaires, mais leur rage est dirigée vers une cible unique. Fajra gémit sans que personne ne songe plus à la réconforter.

J'ai pitié d'elle au fond, cependant je n'ai pas le temps de m'attarder. Ma priorité est plus primaire. Et c'est également le cas pour tous ceux qui m'entourent. L'atmosphère est imprégnée d'une fatalité qui nous paralyse tous.

Tous ? Non ! Les hommes qui s'activent autour de moi paraissent être dans leur élément. Prêts à en découdre, même si c'est au péril de leur vie. Cela suffit à me rasséréner. Un peu. Juste un peu. Mais, à ce stade, tout réconfort est bon à adopter.

Survivre n'a jamais revêtu un sens aussi fondamental que ce soir.

– Jazz, aboie Jarod, tu sécurises les baies vitrées. Carlos, tu t'occupes des bureaux. Kyle, Gary, allez nous chercher des munitions. On va s'installer à l'étage et on tirera à vue. Pas de pitié ou d'hésitation. Si ces connards pénètrent dans la maison, on sera vulnérables donc on canarde. OK ?

– Ouais ! braille le petit groupe comme un seul homme.

– Sam va mettre le turbo, nous annonce Sacha, mais il est encore à San Francisco.

Jarod jure entre ses dents, exacerbant la tension ambiante. Malgré l'air qui entre dans mes poumons, j'ai l'impression de suffoquer à chaque bouffée. Une sensation qui me ferait presque oublier la peur qui rampe sous mon épiderme moite.

– Allez, mesdames, à l'étage. Sacha, tu peux leur dénicher des armes ?

Je pâlis, pas certaine d'avoir bien entendu.

– Des armes ? Mais…

– Pas de discussion, ma belle. Si les Demonic pénètrent dans la maison, je veux être sûr que tu auras un moyen de te défendre. Ces types ne t'épargneront pas parce que tu es une femme ou étrangère au gang.

J'obtempère, même si je suis persuadée que je serais incapable de tirer sur un homme. Moi, je suis médecin, je sauve des vies, pas l'inverse. Toutefois, une petite voix me hurle qu'en temps de guerre, on n'a pas toujours le choix…

Une leçon que je connaissais autrefois, mais que j'ai fini par oublier.

43

Tasha

Une fois à l'étage, Sacha nous indique une chambre avant de filer dans la direction opposée. Personne ne parle, mais la maison résonne de bruits étouffés qui n'ont rien de réconfortant. Pas plus que les ombres qui se profilent sur les murs.

Les monstres de mon enfance menacent de ressurgir, étendant leur aura au-delà de mon placard ou de sous mon lit. J'ai beau être adulte, mais savoir que ces mirages ne sont qu'une simple vue de l'esprit ne m'empêche pas de succomber à leur pouvoir machiavélique.

Mon passé et mon présent s'amalgament en un amas d'émotions contradictoires. Ce raz-de-marée sensoriel me renvoie à l'époque où ma vie ne m'appartenait pas vraiment. J'ai lutté pour ne plus jamais être une cible facile, je me retrouve pourtant dans le costume étriqué de la proie traquée.

Si j'étais croyante, je dirais que le Grand Manitou a décidé de me donner une leçon en me rappelant que l'on n'échappe pas aux choix qui nous sont imposés à la naissance.

Foutu destin de merde!

Cette pensée perturbante et violente est tellement éloignée de moi qu'elle me remet les idées en place.

Je sais qui je suis. Et ce que je n'ai jamais toléré. Dans ma vie, je ne me suis jamais arrêtée à la peur ou à la fatalité. Au contraire même, j'ai choisi ma voie et me suis battue pour me dérober au chemin tout tracé qui me tendait les bras.

Je me redresse, traversée par une détermination salvatrice, et balaie la pièce du regard. Dojo, toujours à mes côtés, me lèche le bout des doigts, comme s'il souhaitait me transmettre son soutien.

Fajra s'est rencognée près du lit, livide. Sacha lui a lié les mains et les pieds, sans se soucier de ses larmes. Un choix qui s'avère justifié. Derrière son apparence de poupée brisée, l'éclat des yeux de Fajra n'a jamais été aussi hardi. C'est la libération qui se profile pour elle, du moins en est-elle persuadée. Pas moi. Un homme capable de l'offrir au bon plaisir d'une bande de gamins excités et violents représente tout sauf une caution de confiance.

Je me secoue et rejoins Dria près de la fenêtre. La main de la jolie rousse tremble contre la vitre froide. À l'extérieur, dans l'obscurité naissante, les bois me paraissent presque glauques. Cependant, l'heure n'est plus aux craintes. Des ennemis progressent vers nous et leurs intentions ne font pas mystère. Si nous ne nous défendons pas, nous ne reverrons probablement pas le jour.

Une perspective qui est tout sauf acceptable.

– Il n'y a pas de volets, marmonné-je, résolue à me battre pour ma vie.

– On en a des amovibles, des planches que l'on doit poser contre le verre.

Je remarque les six coches en métal réparties de chaque côté des carreaux. Mobiles, elles pivotent sur elles-mêmes et permettent de bloquer n'importe quel support du moment que la taille est adaptée.

Ma question a revigoré Dria. Cette dernière file vers le placard et sort la planche qui nous protégera en cas d'agression. Le bois est épais, preuve que les Styx Lions ont anticipé ce genre de situation.

Pendant que Dria cale la planche contre la vitre, je rabats les leviers qui s'incrustent parfaitement dans les incises prévues. Le dispositif est simple mais efficace. Mon soulagement est si manifeste qu'un gémissement filtre de mes lèvres.

Je me force à détendre la ligne de mes épaules, mais échoue lamentablement. Tout mon corps est trop contracté.

– En bas, Lou a installé des rideaux en fer, m'explique Dria. Je crois qu'il était prévu d'en poser ici aussi, mais ça ne s'est pas fait…

– L'étage est moins facile d'accès.

Je ne sais pas qui je cherche à rassurer, Dria ou moi. Certainement les deux, si j'y réfléchis bien. Les planches n'arrêteront pas les balles et ne représentent pas un rempart inébranlable, loin s'en faut. Cela dit, nous devrons nous en contenter.

– Le bas est sécurisé, nous annonce Sacha en surgissant derrière nous. Nous allons nous poster en haut pour avoir un meilleur angle de vue. On tirera au moindre mouvement suspect.

Un plan qui me semble pâtir d'une faiblesse fondamentale.

– Vous serez à découvert sans les volets en bois, signalé-je, réprobatrice.

Sacha s'en défie, comme si ce détail importait peu. Les traits durcis, elle paraît plus glaciale que jamais. Pourtant, c'est cette femme qui m'a tendu la main la nuit dernière.

Une femme que je ne connaissais pas il y a encore quelques jours et qui s'efforce néanmoins de me protéger – de nous protéger – au mépris de sa propre vie. Dire que Sacha m'intrigue est loin du compte. Mais, pour être sincère, elle m'effraie aussi.

– Nous n'avons pas d'autres options, finit-elle par avouer du bout des lèvres. Ils sont nombreux, au moins trois fois plus que nous. Il faut tabler sur trente minutes au pas de course pour parcourir la distance qui nous sépare de la maison de Bob. À la nuit tombée, sans maîtrise du terrain, on espère que les Demonic mettront le double, histoire que Sam ait le temps de nous rejoindre, mais rien ne nous garantit ce répit.

– Il se passera quoi si Sam n'arrive pas à temps?

Le regard glacial de Sacha m'éclaire sur la réponse. En contrepartie, elle extirpe deux armes de derrière son dos, de petits pistolets à la crosse ivoire. Je cille, mais ne recule pas. La vérité, aussi pénible soit-elle, commence à cheminer dans mon esprit et à s'imposer en dépit de mes réticences.

– Je vais vous expliquer comment vous servir de ces joujoux, puis vous vous planquerez derrière le lit.

– Tu ne restes pas avec nous? s'inquiète Dria.

– Je serai dans la pièce à côté pour vous couvrir au cas où. Cette chambre est la moins accessible de l'extérieur et, si ces salopards réussissent à entrer, vous aurez le temps de vous préparer.

Ni Dria ni moi ne sommes rassurées par cette précision. Mais ce n'est pas comme si nous avions le choix… De fait, nous écoutons avec attention les conseils de Sacha et prenons chacune notre revolver en masquant nos réticences manifestes. L'heure n'est plus aux tergiversations.

Pourtant, il me reste une carte à jouer. Une sorte de joker qui pourrait peut-être altérer l'équilibre des forces à notre avantage. À moins que je me trompe complètement et que j'aggrave la situation…

Un risque que je suis prête à courir!

– Bon, je retourne près des gars, nous annonce Sacha. Et si la sale petite pute vous pose des problèmes, enfermez-la dans la salle de bains ou bâillonnez-la.

– J'te crèverai dès que Buzz aura buté tes potes, crache Fajra, enterrant la victime tremblante qui m'a apitoyée.

Dria est tout aussi déconfite que moi, mais elle réagit avec une vivacité qui me laisse pantoise. Elle bondit sur Fajra et lui enroule son foulard autour de la bouche, étouffant ses cris sans se soucier des coups désordonnés et malhabiles que la jeune femme lui décoche. Puis elle se relève, époussette ses vêtements avec des gestes saccadés et souffle sur une mèche qui lui barre le visage. Son sourire est peut-être vacillant, mais il exprime une satisfaction pétrie d'impétuosité.

– Merde ! rigole Sacha. J'ai toujours dit qu'il fallait se méfier des institutrices timides. Soyez sages, les filles. Lou et Dax seront en pétard si vous jouez les héroïnes.

– Aucun risque, la rassure Dria, sa superbe fondant comme neige au soleil. Mais, toi, prends soin de toi, OK?

Sacha détale après un vague hochement de tête, m'offrant l'occasion de mettre mon plan B à exécution. J'ai juste besoin, avant, de vérifier si Dria en sait plus qu'elle ne l'admet. Besoin, peut-être, de conforter mes présomptions.

– Ted Crewey, énoncé-je d'un trait.

– Ted qui ? répète Dria, perplexe.

Merde ! Ce n'est pas la réponse que j'espérais. Cela dit, elle ne m'étonne pas vraiment. Pourtant, elle ravive mes hésitations… Les battements de mon cœur s'accélèrent, et je manque de me dégonfler comme un ballon de baudruche.

L'enjeu ne me concède cependant pas d'autres choix que celui que je m'apprête à faire. Malgré tous les risques que cela comporte… Je ne perds néanmoins pas de vue que je condamne les Styx Lions si mon intuition se révèle erronée, même si leur avenir – et le mien – est déjà compromis par l'invasion des Demonic Snakes.

– Personne, rectifié-je avec un sourire contrit. Je pensais à voix haute. Je dois aller aux toilettes, tu m'excuses un instant.

Je referme la porte de la salle de bains derrière moi, plus fébrile que je ne le voudrais. Mon reflet dans le miroir au-dessus du lavabo n'est pas celui des grands jours. Je suis blafarde et des cernes gris assombrissent mon regard démesurément écarquillé.

Je me frotte le visage, comme si ce simple geste pouvait bannir les ténèbres, et souris de ma naïveté, consciente que je cherche surtout à gagner du temps. Moi qui suis une fonceuse, j'hésite comme cela m'est rarement arrivé.

Je finis par sortir mon portable et respire un grand coup. L'échange téléphonique serait certainement plus efficace, mais je ne peux pas courir le risque d'être entendue.

Ma main tremble tandis que je pianote avec frénésie à Ted Crewey :

[Problèmes avec Fajra
et les Demonic Snakes.
Attaque en cours
sur le territoire des Styx Lions.
Besoin d'aide.]

À mon plus vif soulagement, la réponse fuse dans les secondes qui suivent mon envoi.

[Informé des événements.
Restez à l'abri.
Je préviens Dax.
Sam arrive.]

À demi sonnée, je m'effondre contre la paroi carrelée et halète bruyamment. Je ne sais pas à quoi je m'attendais, mais le SMS de l'agent du FBI me laisse confuse et vaguement nauséeuse. Je n'ai pourtant pas le temps d'analyser plus intimement mes émotions. Dria tambourine contre la porte, fébrile.

– Ils sont là, Tasha.

Merde ! C'est beaucoup trop tôt !

44

Dax

Les yeux rivés sur les feux arrière de la limousine qui s'éloigne dans la nuit, je ne peux étouffer la sensation désagréable que nous sommes épiés. Ça fait des heures que cette impression perdure et que j'attends le moment où les hostilités s'enclencheront.

Par chance, la transaction avec Bill Parson s'est déroulée sans accrocs. Les armes sont bien au chaud dans nos deux fourgonnettes, et le trafiquant prêt à signer pour un deuxième contingent. D'ici quelques mois, je gage que nous serons les meilleurs « amis » du monde.

Au fond, c'est plutôt logique que les ombres que je soupçonne terrées au bas de la colline n'aient pas cherché à nous attaquer plus tôt. Parson ne se déplace jamais sans une escouade redoutable. Qui s'y frotterait, sinon un idiot? Et Buzz est tout sauf un imbécile!

Nous avons cru circonscrire le danger en frappant les premiers, mais les Demonic ont disposé leurs pions avec un coup d'avance. J'en suis moyennement surpris, ce qui n'empêche pas que je sois salement irrité par la tournure des événements.

Ce soir, si j'ai vu juste, le sang va couler. Une poussée d'adrénaline me fouette les veines, réveillant le fauve tapi en moi.

– Ça va, vieux? me hèle Tate.

Sous l'éclat de la lune, sa cicatrice luit d'une aura maléfique, accentuant la profondeur de son regard acier. Un autre que moi n'y discernerait que l'apparence d'une folie incontrôlable, mais je connais trop bien Tate pour me laisser berner.

Et je n'aime pas ce que je lis sur son visage, un reflet de mes propres pressentiments.

Je me raidis un peu plus et plisse les yeux pour percer les mystères de la nuit. Rien ne confirme mon intuition, si ce n'est le silence… Un silence anormal.

Lorsque nous avons débarqué dans ce coin isolé, une colline qui surplombe les environs, la faune frémissait au rythme du ressac de l'océan. À présent, seul le bruit des vagues qui s'échouent contre les rochers bourdonne en arrière-plan.

– Ils sont là, émets-je avec raideur.

– Ouais, je les sens, moi aussi. Comme on le soupçonnait, cette saleté de taupe les a prévenus du changement de tactique. Putain de merde! Sam n'est pas arrivé à temps pour les cramer et maintenant ces bâtards attendent qu'on bouge.

– On a anticipé ce problème, Dax, scande Lou en nous rejoignant.

J'aimerais en être convaincu.

En parallèle de la manœuvre conduite par Sam, nous avons opté pour un site abrité et en hauteur afin de bénéficier d'une vue dégagée sur les environs et de ne pas être pris au dépourvu par des snipers embusqués. J'ai posté des vigies à des endroits stratégiques sur la voie principale et préservé une issue de secours à l'arrière de la colline. Le chemin est embroussaillé et à peine visible de la route, mais mes gars ont libéré assez d'espace pour que les camionnettes circulent sans rompre leurs essieux.

Buzz n'a pas assez d'hommes techniquement pour couvrir l'ensemble du périmètre. Ou du moins, il n'aurait pas dû en avoir assez. Sauf que le silence n'est pas uniquement anormal, il nous enveloppe…

Si mes doutes se révèlent exacts, quel que soit notre choix de repli, ça ne nous dispensera pas d'un face-à-face sanglant.

– Ils nous encerclent, gronde Tate.

– Merde ! C'est impossible ! s'insurge Lou.

– Apparemment, Buzz ne connaît pas le sens de ce mot, raillé-je. Il a dû recruter d'autres branleurs. La leçon des docks n'a pas suffi.

La mort rôde, froide et vicieuse, mais inévitable. Certains disent qu'elle est imprévisible, mais, dans mon monde, elle dégage une odeur caractéristique. Et ce parfum pestilentiel se répand en ce moment dans l'air frais, nous emprisonnant dans un carcan de fatalité.

– Putain ! s'exclame Lou. C'est juste de la chair à canon pour lui.

– Peut-être bien, sanctionne Tate, mais de la chair à canon armée, ça peut faire un carnage. On gère comment ?

Je me frotte le visage et détaille mes hommes. Tous viennent d'horizons différents, mais chacun s'est forgé dans le feu de l'enfer. Quel que soit le piège, ils n'abandonneront pas sans lutter.

L'idée d'en perdre un seul me retourne les tripes. Chaque gars est un membre de ma famille, de cette famille bancale, mais loyale et dévouée qui s'est façonnée dans l'épreuve au fil des ans.

Forcément, je me reproche intérieurement de l'avoir mise en danger en sous-estimant les Demonic Snakes. J'ai choisi d'opérer des frappes chirurgicales là où j'aurais dû trancher dans le vif dès le départ.

Néanmoins, je ne suis pas un adepte des regrets. Ça, c'est pour les losers. J'envisage nos options, conscient que la suite dépendra de mes décisions.

– Bon, on va contacter Sam pour qu'il rapplique.

– Tu comptes prendre les Demonic à revers ?

– Ouais, entre autres. Mais tant qu'on n'aura pas une idée du nombre d'hommes sur le terrain, on sera désavantagés. La moindre négligence pourrait nous être fatale.

– Je peux partir en éclaireur avec Dakota, propose Lou.

La prise de risque est élevée mais indispensable. Et Lou est capable de se transformer en un putain de fantôme lorsque les circonstances l'exigent. Quant à Dakota, il a hérité de ses ancêtres amérindiens d'aptitudes remarquables en matière de traque.

– Bonne idée ! approuvé-je. Mais soyez prudents.

– T'inquiète ! Dria me fera la peau si je ne ramène pas ma gueule de beau gosse à la maison.

– Ta gueule de beau gosse ? ricane Tate. Sans rire ?

– Dria soutient que je ressemble à Jason Momoa, tu sais, le mec qui joue dans *Game of Thrones* et qui se tape la blonde aux dragons.

Lou se rengorge et bombe le torse, les coutures de son tee-shirt s'étirant sous l'effet de ses muscles volumineux.

Ouais, Dria n'a peut-être pas tort quand elle le compare à Aquaman. Dommage que mon pote ne jouisse pas des mêmes pouvoirs, ils nous seraient bien utiles !

– Putain ! Ta gonzesse devrait porter des lunettes ! ironise Tate.

– Les gars, vous continuerez cette discussion plus tard. Les Demonic doivent être à cran et…

Le hululement d'une chouette se fait entendre.

– … ils bougent, signalé-je en relevant la tête.

Comme un seul homme, nous nous plaçons à couvert derrière un rocher et sortons nos armes, tous nos sens aux aguets. Je ne distingue que les ombres autour de nous, mais la menace braille une urgence prégnante.

Je siffle entre mes dents, alertant mon équipe. Une précaution inutile, car chaque gars a perçu la tension ambiante. Un cordon s'est formé autour des véhicules, tandis que le reste de la bande s'est éparpillé sur le terrain, favorisant les points tactiques des lieux.

– Merde ! jure Tate. S'ils resserrent le filet maintenant, on va devoir tenir le siège avec une bombe à retardement derrière nous.

Malgré notre position et les arbres et rochers qui bordent le plateau où nous sommes postés, nos camionnettes représentent des cibles faciles.

– Ils allument des feux sur le versant est, nous annonce Dakota en se faufilant jusqu'à nous.

– Ils rassemblent leurs forces pour nous attaquer sur les autres fronts, analysé-je rapidement. Et ils en profitent pour nous barrer le chemin de terre. Les enfoirés !

– Putain ! Ça signifie qu'ils ont fait des repérages. Comment c'est possible ? On n'a pas quitté les lieux depuis que tu as informé Parson du changement de rendez-vous, fulmine Tate.

Je grogne, pas certain d'apprécier la réponse là non plus. Cette soirée restera dans les annales pour de mauvaises raisons. À ce stade, j'espère juste que les Demonic ne nous réservent pas de surprises supplémentaires parce que mon capital patience flirte avec le zéro absolu.

– Bordel de putain de merde ! braille Lou, comme un oiseau de mauvais augure.

Le nez penché sur l'écran de son portable, il pianote comme un fou, les yeux exorbités.

– C'est pire que ça, Dax. Les Demonic sont en train d'attaquer notre territoire. Sam ne viendra pas, il trace la route pour aider les nôtres.

Tasha !

Une émotion qui a la force d'un train lancé à pleine vitesse me percute et me coupe littéralement le souffle. Pendant une fraction de seconde, mon cerveau se déconnecte, me laissant vide et amorphe.

– Dax !

J'émerge, sonné.

– Accorde-moi deux secondes, râlé-je en me pinçant l'arête du nez. Putain ! Buzz n'est pas là, l'enfoiré. Il nous refait le coup des docks. Son objectif a toujours été d'envahir notre territoire. Il nous retient ici avec ses recrues de merde pendant qu'il s'éclate chez nous.

– Bordel ! On s'est fait berner comme des bleus.

Sauf que Buzz n'a pas pu réussir cet exploit sans aide. Une idée qui me foudroie parce qu'elle signifie qu'un scorpion fraie parmi nous.

De la lave en fusion se répand dans mes veines, occultant tout ce qui n'est pas un besoin primaire de massacrer les connards qui nous entourent. Et, à ce jeu, je suis un putain d'enfoiré qui ne recule devant rien.

Je sonde l'obscurité derrière les camionnettes. Le feu est pour le moment encore invisible, mais l'air charrie l'odeur caractéristique de buissons qui flambent, signe que la tactique des Demonic fonctionne.

– Dakota, il y a une chance qu'on puisse quand même emprunter le chemin ?

– C'est sec par ici et y a un vent contraire pas bon. Alors, je dirais que c'est risqué, mais qu'on a une marge de manœuvre si on utilise des grenades pour créer des coupe-feu sur le bas-côté.

– Sam a déteint sur toi avec sa manie de tout faire sauter, commente Lou, mais ça peut marcher, putain !

– Ouais ! On a tenté pire, ricane Tate en caressant la lame de son couteau.

– Lou, tu es responsable de la cargaison, rappelé-je. Tu files avec Dakota.

– Gardez quelques grenades, ça pourrait vous servir, suggère-t-il.

Je valide d'un geste sec de la tête. L'idée du feu d'artifice ne me déplaît pas, mais c'est une autre urgence qui me contracte les tripes. Et celle-là, je ne peux rien entreprendre pour la régler…

– Pas de quartier, les mecs, intimé-je. On descend tout ce qui bouge. Et dès qu'on peut, on fonce au QG pour…

Je n'ai pas le temps de terminer ma phrase. Une rafale de balles s'abat sur nous, faisant voltiger terre, bois et pierres autour de nous. Je me jette au sol, la bouche saturée d'une poussière épaisse, et crache avant de brandir mon arme.

J'oublie tout ce qui n'est pas mon principal objectif, à savoir descendre le plus d'ennemis possible.

Malgré notre position dominante, les projectiles sifflent à nos oreilles de façon trop précise, preuve que nos adversaires ont étudié le terrain en détail et qu'ils savent manier des flingues. Je rampe pour me caler derrière un rocher qui me donne un meilleur accès sur la zone en contrebas et jure avec violence lorsque la pierre explose au-dessus de ma tête.

Tous mes gars essuient les rafales en s'efforçant de répliquer au mieux, mais chaque tir se fait à l'aveugle. Je mitraille à mon tour les bois, conscient que chaque seconde de gagnée est une semi-victoire. Tout l'inverse de ce qu'on m'a appris au FBI. Mais dans la rue, l'existence a cette saveur éphémère qui ne promet pas de lendemains heureux. Le miracle, c'est qu'il y en ait déjà un…

La sueur me trempe le dos. Pourtant, ma main n'a jamais été aussi sûre. Aussi déterminée à tuer. Je me bats pour ma vie et celle des miens au milieu d'un enfer qui se déchaîne toujours plus. Mes oreilles bourdonnent sous les déflagrations et mes yeux subissent la morsure d'une poussière âcre et piquante.

Le feu n'est plus un spectre inquiétant, il s'est métamorphosé en un serpent aux crocs acérés. La nuit devient écarlate et la fumée commence à se répandre autour de nous, agressant nos sens déjà saturés.

La colline boisée n'a plus rien de paisible. Elle est en train de devenir un mausolée. Le nôtre si nous ne trouvons pas un moyen de nous tirer vite fait…

– Putain! siffle Tate en me rejoignant. Buzz nous a envoyé une armée!

Mon pote a le visage et les cheveux couverts de terre, et une éraflure suit la ligne de sa cicatrice. Vu l'état de son blouson, je suspecte qu'il s'est traîné au sol.

– Lou et Dakota sont coincés, m'annonce-t-il. Ils ont besoin d'une diversion pour dégager.

Dos plaqué contre la roche, j'examine les camionnettes qui n'ont pas encore bougé. Garées sous des peupliers, elles représentent une cible plus facile que les ombres mouvantes de mes hommes, pourtant elles ont été épargnées jusqu'à présent. Buzz est prêt à tout pour nous flinguer, mais l'attrait de notre cargaison ne lui a pas échappé.

– Les grenades, dis-je.

Le sourcil relevé, Tate me scrute avec un rictus mauvais.

– Ah ouais? me tance-t-il en ricanant. Aux grands maux les grands remèdes, c'est ça?

– On doit dégager de là le plus vite possible.

Une assertion assénée d'un ton sans appel! Et rien ne m'empêchera de la mettre en application.

Je crache au sol, furieux contre l'univers entier. Être coincé ici me dévore de l'intérieur. Néanmoins, l'enfer ne tient pas aux hommes qui menacent mon existence, mais à ce que d'autres pourraient faire à la femme qui s'est imposée dans ma vie à mon corps défendant.

Une femme que j'ai eu la bêtise de chasser parce que j'avais trop peur de la vulnérabilité qu'elle générait en moi. J'ai voulu la protéger en l'éloignant – et préserver mes secrets aussi – et je réalise que ce n'était qu'une excuse minable.

Avant Tasha, j'avais l'impression d'avoir trouvé ma place. D'être complet malgré le vide de ma vie. En fait, ma solitude émotionnelle me convenait. C'était tellement plus simple…

Seul, je devenais invincible. Une sorte de super-héros qui pouvait se réjouir de ses prouesses, sans jamais se soucier de l'avis – du jugement ? – des siens. Parce que, quoi qu'on en dise, c'est le regard des êtres aimés qui nous importe. Les autres… quelle importance ?

D'ailleurs, je réalise que j'ai sacrifié ma famille pour me couler dans ce rôle de desperado solitaire. Je n'ai pas vraiment rompu les liens, je les ai laissés s'effilocher et se distendre. Sans bruit. Sans heurt. Le silence est la meilleure des armes en la matière…

C'est peut-être pour ça que le retour de boomerang est aussi violent. Pour la première fois depuis très longtemps, la peur me raidit l'échine.

Une peur viscérale et absolue.

Une peur qui me rappelle que ma solitude n'est qu'une putain d'aberration à la con.

Je n'ai jamais redouté la mort, mais ce qu'il pourrait arriver à Tasha me ravage au point qu'une douleur sourde se loge dans mon abdomen. Je refoule ces émotions, conscient qu'elles n'ont pour seul but que de me paralyser. Je ne peux m'offrir ce luxe !

Dents serrées, j'évalue la distance entre ma planque et les camionnettes. Vingt mètres à découvert… Et aucune alternative si ce n'est mon plan tordu.

Ou plutôt si, mais continuer de se faire canarder en essayant de riposter n'est pas dans mes projets immédiats.

– C'est un chouia suicidaire, souligne Tate sur le ton de la conversation de salon.

– Tu as mieux?

Un sourire sardonique fleurit sur la bouche de mon pote. Tate est toujours le premier volontaire pour les missions kamikazes, et je le soupçonne d'adorer mon idée.

– On se la joue en binôme, me suggère-t-il. Et on devrait profiter du fait que ça se calme…

En effet, les tirs se raréfient, ce qui n'est pas forcément synonyme de bonne nouvelle. Nos adversaires ont positionné leurs pions, montré leur puissance de frappe pour nous impressionner et, maintenant, ils vont recentrer leurs forces. La suite risque de faire passer les dernières minutes pour une promenade de santé.

Je balaie les mèches humides qui tombent sur mon front d'un geste nerveux et sonde le plateau du regard. Entre la fumée, les lueurs écarlates et la poussière, je ne distingue pas grand-chose. Lou me fait un signe sur ma droite, attirant mon attention sur deux corps à terre. Merde!

– Eh! Les gars! hurle une voix en contrebas. On vous donne cinq minutes pour vous rendre. Pas de blagues, vous savez comme nous que vous êtes faits comme des rats.

– Connards! réplique Tate entre ses dents.

Je ne m'appesantis pas sur la morgue de nos adversaires. Ils nous dominent en nombre et ont réussi à nous parquer comme des vaches à destination de l'abattoir, mais ça ne suffira pas à nous arrêter.

Les Styx Lions ne capitulent jamais!

J'utilise notre code gestuel pour indiquer à Lou mon plan, lucide sur la nécessité d'être couvert par un maximum de gars. J'ignore où les Demonic se sont embusqués pour nous tirer comme des lapins, mais je devine que je n'atteindrai pas les camionnettes sans me faire canarder.

– Prêt?

Tate opine du chef, un tic nerveux ébranlant la ligne dure de sa bouche. Si je suis inquiet pour Tasha, je n'oublie pas que mon pote a lui aussi des raisons de s'en faire.

D'ailleurs, preuve de son agitation intérieure, il plante son couteau dans la terre sèche pour la labourer. Ses émotions sous contrôle – du moins autant que possible –, il rengaine sa lame dans son étui.

– Ouais, finit-il par répondre.

Je lève le pouce vers Lou et m'élance, l'esprit déconnecté de tout ce qui m'entoure. Mon objectif est là, juste devant moi, et il représente mon unique chance de sortir les miens du merdier dans lequel on s'est fourrés.

Je sursaute à peine lorsqu'une balle fuse quelque part à la périphérie de mon champ de vision. J'accélère le pas, zigzaguant pour fausser la ligne de ma trajectoire, ce qui a pour seule conséquence de multiplier les tirs.

Tate use de la même stratégie, mais il a une bonne longueur d'avance sur moi. Ce mec fume comme un pompier, mais quand il s'agit de courir, c'est un putain de sprinter.

Mes poumons, eux, renâclent devant l'exercice imposé, les émanations devenant de plus en plus épaisses à mesure que je me rapproche de ce côté-ci de la clairière. Une chaleur mordante me fouette le visage, me faisant réaliser que le brasier progresse plus vite que je ne l'avais envisagé. Pas sûr que le chemin soit encore praticable… Merde !

Tate atteint la première camionnette en plongeant en avant et échappe de peu à une rafale de projectiles. Je m'en tire moins bien. Une brûlure me transperce le mollet à moins de cinq mètres de mon objectif et je trébuche maladroitement, m'enroulant sur moi-même pour me recevoir sans m'esquinter davantage. Je me traîne sur les derniers mètres en grinçant des dents.

– Putain ! s'égosille Tate. J'ai cru qu'ils t'avaient eu.
– Ça va ! le rassuré-je, haletant comme un bœuf.
– Alors pourquoi tu pisses le sang ?

45

Tasha

Le silence avant la tempête… Une expression qui prend tout son sens à cette seconde et qui, par un effet pervers, renforce la peur.

Je me rencogne derrière le lit, ramenant mes genoux contre ma poitrine. Dria s'est assise à ma droite et se ronge les ongles en surveillant du coin de l'œil Fajra. Cette dernière nous toise avec une rage qui n'exclut pas un certain triomphalisme. Petite idiote ! Elle est du mauvais côté de la barrière et elle ne l'a pas encore compris.

– Je suis morte de peur, me souffle Dria.

Je lui cramponne la main, étourdie par les mêmes spasmes acides. Comme s'il avait perçu mon désarroi, Dojo se colle contre mes jambes et se roule en boule. Je lui gratte la tête, rassérénée par cette présence tranquille.

– On va s'en sortir, affirmé-je d'un ton ferme.

Une allégation qui vole en éclats au premier coup de feu. Dria et moi nous recroquevillons d'instinct, cherchant à nous rapprocher de ce sol qui nous apparaît soudain comme l'endroit le plus sûr au monde.

Je cramponne Dojo pour l'obliger à rester couché et enfouis mon visage dans son pelage dru.

Si la peur m'a paralysée pendant la fusillade, là, elle me transforme en une pelote de nerfs. Mes muscles tressautent et je me rends compte que mes dents claquent. Sauf à me bloquer la mâchoire, je suis incapable d'enrayer ces soubresauts incontrôlables.

Dria se presse un peu plus contre moi, la tête rentrée dans ses genoux. Son arme repose au creux de sa main, telle une épave sur le point de sombrer.

Je ne vaux pas mieux. J'ai placé le revolver à côté de ma cuisse, comme si l'absence de contact pouvait me le faire oublier. Pourtant, je suis obnubilée par la nacre de la crosse.

Malheureusement pas au point d'occulter les déflagrations qui crèvent le silence. Je me raccroche à des sons plus familiers, comme le craquement du plancher, les grondements sourds de Dojo ou le claquement de mes dents. Le tambourinement de mon cœur joue à égalité sur ce coup, mimant le tempo de cymbales qui s'emballent.

Je frôle du bout des doigts mon arme, traversée par un soubresaut de dégoût. Je finis par détourner les yeux, consciente que ma répugnance ne résistera pas devant mon instinct de survie. Je renverse la tête en arrière et gémis le trop-plein qui me laboure le ventre.

Effet visible de mon stress et de ma peur, tout mon corps est contracté. Mon dos est trempé de sueur et j'ai des crampes dans les mollets. Je me sens nauséeuse…

Je sursaute lorsque Dria hurle. Une balle vient de traverser le volet de notre chambre et s'est fichée dans la paroi en face de nous. Nous nous ratatinons un peu plus, médusées par cette preuve que nous ne sommes pas en sécurité malgré toutes les précautions prises.

Les hommes de Dax nous protégeront jusqu'à la mort, mais cela ne suffira peut-être pas…

La maison essuie des tirs nourris, mais le pire, ce sont les chocs sourds qui ébranlent les murs.

– On va se faire tuer si on reste ici, glapit Dria.

L'hystérie n'est pas loin et je secoue la petite institutrice pour qu'elle se ressaisisse.

– On ne peut aller nulle part, lui asséné-je avec autorité. Les renforts vont arriver !

Dria cligne des yeux, la bouche tremblotante. Sa poitrine se soulève par saccades, mais elle finit par acquiescer.

Je pousse un soupir de soulagement. Je ne suis pas forcément plus vaillante qu'elle, mais je suis rompue aux situations de stress. Travailler aux urgences nous oblige à apprendre à compartimenter nos émotions si l'on veut rester efficace. Et à toujours jouer avec un coup d'avance, comme aux échecs. Si la procédure de soins ne fonctionne pas, nous devons être parés à en engager une autre.

Un exercice qui me permet d'envisager le contexte dans son ensemble. À ce stade, l'équilibre des forces est égal.

Un nouveau choc secoue la maison. Dria pâlit, les mains tordues de nervosité.

– Ils essaient d'entrer, souffle-t-elle, son beau regard voilé d'angoisse.

Je contracte les doigts autour de mon arme. Nos agresseurs sont trop nombreux et ils ont apparemment bien préparé leur coup.

Je refuse de paniquer, mais mon cœur manque des battements à chaque nouvelle offensive. Aussi, lorsque la porte s'ouvre, je sursaute violemment. Dojo, lui, se redresse d'un coup, lâchant un grondement belliqueux qui s'arrête quand je le tire par son collier. D'instinct, il se positionne devant moi, vaillant rempart aux babines retroussées.

Sacha pénètre dans la pièce comme un char d'assaut, ses traits fondus dans de l'acier trempé. À cet instant, elle est presque plus effrayante que les ombres qui nous mitraillent.

– On ne va pas réussir à les contenir très longtemps, nous annonce-t-elle d'une voix rauque.

Elle saisit Fajra avec une vigueur pétrie de violence et la propulse dans la salle de bains avant de la ligoter au pied du lavabo. Puis, sans aucun scrupule, elle lui claque la porte au nez et pose un doigt sur sa bouche pour nous inciter à baisser le ton.

– Vous n'êtes plus en sécurité ici, chuchote-t-elle en s'agenouillant devant nous.

– Mais où veux-tu que nous allions? panique Dria.

Un sourire inquiétant sur le visage, Sacha ouvre le placard et farfouille dans le recoin sombre. Un clic se fait entendre, mais je n'arrive pas à voir ce que la jeune femme fabrique.

– Il y a un système de fausse paroi, nous explique-t-elle en revenant vers nous. Vous allez entrer là-dedans toutes les deux et attendre sagement que l'un de nous vienne vous libérer.

Méfiante, je considère l'antre obscur. Je ne suis pas franchement enthousiaste. Depuis que j'ai été enfermée dans un coffre, j'ai du mal à supporter les lieux confinés, d'autant plus quand ils sont plongés dans le noir.

– Ce n'est pas une cachette élaborée, mais avec la pagaille, on peut espérer que les Demonic ne vous trouveront pas s'ils parviennent jusqu'ici.

– Mais… avance Dria.

– On n'a plus le temps, ma belle, l'interrompt Sacha. Si Sam ne rapplique pas très vite, on va dérouiller. Alors, ce placard, c'est votre chance d'échapper au pire.

– Et toi? s'insurge Dria.

Sacha relève le menton, sa bouche tordue de rage. La femme a cédé la place à la guerrière, pour autant que sa nature profonde ne soit pas dans cette attitude martiale.

– Moi, je vais leur botter le cul, énonce-t-elle, et je continuerai jusqu'à ce qu'ils soient tous morts !

– Sacha…

– Ne discute pas ! Je sais me battre, pas toi. Si tu restes dans nos pattes, tu vas nous gêner.

Dria pince les lèvres, mais obéit. L'une comme l'autre, nous admettons que Sacha a raison. Nous représentons un poids pour ceux qui luttent pour nos vies.

Sacha me cramponne le bras tandis que je suis Dria, la lassitude altérant, durant une brève seconde son masque de guerrière.

– On aura besoin de toi, après.

– Des blessés ?

La jeune femme acquiesce, puis me pousse à mon tour vers le placard.

– Pas toi, Dojo, dit-elle d'une voix ferme. Tu restes avec moi.

– Mais…

– Non, Tasha. S'il aboie ou geint, tous nos efforts auront été vains. Dojo, au pied !

Implacable, Sacha referme le panneau sur nous.

Le noir…

Je me statufie, le sang battant contre mes tempes avec la fureur d'un raz-de-marée. J'inspire une profonde bouffée d'air, plissant le nez de répulsion. L'atmosphère oppressante est une épreuve en soi, mais elle accentue surtout l'emprise de mes pires cauchemars.

J'essaie d'endiguer la panique qui m'étreint, mais c'est un duel de volontés laborieux. Sans que je n'y puisse rien, l'odeur d'essence et d'huile se substitue à celle de renfermé. Pendant un bref instant, j'ai l'impression d'être de nouveau cette fillette prisonnière du coffre d'une voiture, ne pouvant hurler son désarroi et sa peur.

C'est le souvenir de ma mère qui me ramène à la surface.

Après son agression, elle a refusé de porter plainte et de se rendre à l'hôpital, mais elle m'a prise dans ses bras, me susurrant à l'oreille ces mots de réconfort dont nous avions besoin l'une comme l'autre. Puis elle m'a exhortée à me lever, à m'habiller et à aller à l'école.

Je sais que Grady a veillé dans l'ombre, mais ma mère a remporté son combat contre l'obscurité parce que c'était dans sa nature de lutter, de ne jamais abandonner. Dans l'adversité, elle a trébuché, souvent, mais s'est toujours relevée. Pour moi, elle représente un modèle de courage !

– Tasha, m'apostrophe Dria. Tu vas bien ?

– Oui, confirmé-je en reprenant ma respiration.

Je lui empoigne la main, consciente qu'en cet instant, j'ai besoin d'un contact humain.

– Bruce ? Qu'est-ce que tu fous là ? s'élève la voix de Sacha derrière le battant en bois.

Malgré la tonalité acerbe, je discerne une tension palpable derrière les mots, quelque chose de nouveau qui met mon cerveau en mode vigilance. Même si je ne vois pas Dria, je comprends qu'elle a elle aussi capté cette nuance quand elle se rapproche de moi.

D'ailleurs, l'alerte est renforcée par le grognement de Dojo.

– Ils ont réussi à entrer, annonce l'homme.

– Merde ! C'est impossible. Les rideaux de fer auraient dû les retenir plus longtemps.

Un rire jaillit, écorchant désagréablement le silence, et les poils se dressent sur mes bras.

– P't'êt' ben qu'on leur a libéré l'accès, persifle Bruce.

– Qu'est-ce que tu insinues, connard ?

– Que tu vas bientôt goûter à ma queue, chérie.

– Tu es tombé sur la tête ou quoi ? Toi et moi, ça n'arrivera jamais.

– J'dirais pas ça, moi, *pasque* que tu vois, tu seras tout à moi quand Buzz aura pris le contrôle.

Malgré la cloison, je perçois la respiration saccadée de Sacha. Je ne sais pas qui est ce type, mais il paraît évident que notre protectrice ne l'apprécie pas.

– Qu'est-ce que tu as foutu, Bruce ?

Nouveau rire sarcastique. Nouveau grognement.

– Fais taire le clébard ou je le descends !

Comme Dojo cesse de grogner, je suppose que Sacha a réussi à le contenir.

Dria crispe les doigts autour des miens, exhalant une terreur que je devine gonflée de rage. Qui que soit ce Bruce, il a trahi le gang.

– Buzz et moi, on a signé un pacte, continue le salopard. J'lui filais des infos sur nos marchés et il m'offrait une place dans son club.

– Tu crois sincèrement que tu auras une meilleure position chez les Demonic ? ricane Sacha.

– Tu déconnes ? Ici, c'est pire que l'armée ! On bosse comme des dingues, faut s'entraîner, tourner pour les gardes et on peut pas baiser qui on veut.

– Et tu nous as trahis pour une histoire de cul ?

– Ben, ça compte, glousse l'enfoiré.

Grincement du plancher. J'ignore lequel des deux bouge, mais un bruit étouffé m'indique que les choses ne se résument pas à l'échange que j'entends. Je déglutis nerveusement, une main appuyée sur la paroi en bois.

– N'avance pas plus, le prévient Sacha, des accents assassins dans la voix. Je ne vois pas où est ton problème, Bruce. Les nanas font la queue pour baiser avec un Styx Lion.

– Ouais, mais, moi, je préfère quand les gonzesses, elles se débattent. J'aime leurs cris indignés et terrifiés lorsque je les déshabille. Et c'est encore mieux quand elles chialent.

– Tu es un grand malade !

– P't'êt', mais un malade qui va te baiser à mort. Et fais reculer ce maudit clébard, ou je vais vraiment le descendre.

– Dojo !

Les grognements diminuent d'intensité, mais ne disparaissent pas. J'imagine Dojo, le corps tendu et les babines relevées sur ses crocs. Il est assez imposant pour impressionner un adversaire, mais Bruce est armé. Mon cœur s'accélère à l'idée que ce salopard puisse tirer sur mon chien.

– Tes copains ne réussiront pas leur coup, ajoute Sacha. Et même s'ils parviennent jusqu'ici, ils te tueront. Tu as quand même remarqué qu'ils ont tellement confiance en toi qu'ils ont envoyé une petite pute ? Il y a mieux comme association fructueuse.

Un juron échappe à Bruce, mais je ne suis pas persuadée que le mettre en rogne soit une stratégie payante.

– Ta gueule ! fulmine-t-il. Buzz m'a promis de m'accueillir dans son club si je lui filais des infos.

– Putain ! Tu n'étais même pas au courant de leur plan de ce soir ? ricane Sacha.

Merde ! À quoi elle joue ?

Un cri de rage jaillit, suivi d'un choc étouffé. La plainte de Sacha me déchire le ventre, autant que l'aboiement de douleur de Dojo.

– Pas bouger, hurle Bruce.

– Tu vas morfler quand Dax te tombera dessus, siffle Sacha d'une voix étranglée.

– Il arrivera pas à temps ! Et toi, tu vas écarter tes putains de cuisses pour moi. Tu vas voir, tu en redemanderas, ma chérie. J'suis sûr que les potes de Buzz prendront plaisir à te baiser après moi. D'ailleurs, à propos de baise, elles sont où les deux autres salopes ? J'vais me les faire elles aussi et j'enverrai des photos à Dax de sa p'tite copine en train de me sucer. Tu penses qu'il aimera ?

Sacha ne bronche pas. Dans le silence qui s'installe, ma peur se démultiplie. La sueur ruisselle le long des tempes et mes mains moites se referment autour de la crosse de mon arme. La suite, je l'appréhende, mais je sais déjà que je ne laisserai pas Sacha se faire violer sans réagir.

Des bruits inquiétants résonnent, comme si des fantômes avaient décidé de jouer avec les meubles et de les fracasser contre les murs. Des fantômes ou plutôt des démons…

Je tressaille en réalisant que les tirs sont devenus plus rares. J'ignore si c'est un point positif, ou tout l'inverse.

– Déshabille-toi, ordonne soudain Bruce.

– Va te faire foutre !

Bruce émet un rire rauque qui m'agresse l'ouïe. Je tâtonne à la recherche du dispositif d'ouverture, déterminée à intervenir.

– Ça, bébé, c'est ce qui t'attend. Vire-moi tes fringues.

Mes doigts rencontrent enfin la clenche. Je tire sur le mécanisme et peste quand je constate que le système est rouillé. Le panneau ne bouge pas d'un iota alors que de l'autre côté du battant, la lutte s'engage, mélange de cris et d'aboiements.

– Merde ! tonne Dria derrière moi.

– La porte refuse de s'ouvrir, maugréé-je sans cesser de triturer la poignée.

– Salope ! hurle Bruce.

– Et tu n'as encore rien vu, le défie Sacha, le souffle haletant.

– Ce serait bien qu'elle arrête de le provoquer, râlé-je.

– Ce n'est pas son genre, déplore Dria.

Les bruits de lutte s'intensifient, mais moins que mon stress. Mes ongles râpent le bois, s'énervant de l'obstruction qui m'impose de n'être qu'un témoin impuissant à ce qui se déroule dans la chambre.

– Sale clébard, glapit Bruce.

Nouvel aboiement de douleur. Mon cœur menace de jaillir de ma poitrine et je refoule un cri de joie lorsque le panneau cède enfin sous mes assauts désordonnés. Je surgis du placard, les jambes flageolantes et la main crispée autour de mon arme. Déterminée.

Pourtant, le spectacle me cloue sur place. Une tornade semble s'être déchaînée dans la chambre. La commode gît dans un fatras de couvertures et de draps. Sacha, loin d'être en déperdition, est assise à califourchon sur un homme renversé au milieu du lit.

Un homme dont je ne distingue que les bottes et les cuisses qui battent l'air.

Un homme qui s'époumone comme si on l'étripait.

Curieuse, je me décale sur la droite et aperçois Dojo, la mâchoire refermée sur le bras de Bruce. La lame de Sacha, elle, est appuyée sur la gorge masculine et un mince filet de sang s'écoule du cou massif.

– À ta place, j'éviterais de bouger, lui conseille Sacha, le regard indiquant clairement qu'elle préférerait qu'il désobéisse.

– Putain de merde ! glapit Dria dans mon dos.

– Je vous avais ordonné de rester à l'abri, aboie Sacha en nous décochant un coup d'œil acerbe.

– On a cru… bafouille Dria. On a cru que tu avais besoin d'aide.

Sacha souffle sur une mèche qui lui retombe sur le visage, geste qui plante sa lame un peu plus dans la chair de sa proie. Bruce rugit, mais il a cessé de bouger, surveillant du coin de l'œil Dojo.

– Dojo a assuré, lance-t-elle avec un sourire sardonique. Et puis ce n'est pas un branleur comme ce connard qui va me mater.

– Bordel ! Il se passe quoi ici ? s'exclame Jarod en entrant dans la pièce.

– Bruce, c'était lui, la taupe, annonce Sacha.

– Putain de merde ! C'est toi qui as permis à Buzz de s'introduire dans la maison ? l'invective le nouveau venu. Je vais t'étriper ! Une chance pour toi que Sam soit arrivé à temps, sinon t'étais mort direct… Enfin, c'est peut-être pas une chance. Dax va adorer te réduire en purée.

Une promesse qui fait réagir Bruce. Les yeux exorbités, il tente une ruade désespérée, mais la poigne de Sacha et son couteau lui rappellent qu'il n'est pas en état de faire quoi que ce soit. Il retombe lourdement sur le matelas, exsangue.

Un silence s'ensuit et s'étire dans une tension à couper au couteau. Les bruits de lutte ont cessé, cédant la place à des sons plus feutrés et des gémissements. J'ai l'impression de respirer de nouveau.

– C'est fini alors? demande Dria d'une voix hésitante.

– Ouais, ma belle, rétorque Jarod en enroulant un bras autour de ses épaules. Sam a pris Buzz à revers et on a pu descendre la plus grande partie de son équipe. Le reste s'est tiré quand leur chef est tombé raide mort.

– Buzz est mort? C'est une excellente nouvelle, ricane Sacha, sa langue humidifiant ses lèvres avec une sensualité abrupte. Qu'est-ce que tu dis de ça, Bruce?

D'un bond leste, la jeune femme libère son prisonnier et range sa lame dans l'étui caché dans sa botte.

– Je vais aller l'enfermer dans le cabanon, annonce-t-elle.

– Ouais, on décidera de son sort plus tard.

D'une poussée agressive, Sacha oblige Bruce à se relever et elle ramasse son revolver tombé au sol pour qu'il continue de se tenir tranquille.

Dojo, sa petite queue battant en rythme, vient se camper près de moi, mais son regard reste braqué sur l'homme qu'il a mordu jusqu'au sang. Je lui gratte la tête, heureuse de vérifier que son altercation avec un connard armé ne lui a pas laissé de séquelles.

– Des nouvelles de Lou? ose Dria.

– Non, déplore Jarod. Dax n'a pas encore répondu à nos messages.

Dria m'agrippe le bras, me renvoyant à mes propres démons. En dépit de l'attitude de Dax à mon égard, je ne peux m'empêcher d'être glacée à l'idée qu'il soit tombé dans le piège infâme tendu par ce Buzz de malheur.

Jarod ne paraît guère plus confiant. D'une main nerveuse, il décoiffe ses beaux cheveux blonds et, à l'instant, il ne reste rien de l'apparence cool qu'il arbore au quotidien. Peut-être parce que ses vêtements sont débraillés, comme s'il s'était traîné au sol et roulé dans la terre.

– Tasha, on a des blessés, m'informe-t-il. Tu peux descendre?

Le regard de Jarod est meurtri. C'est le même qui se réverbère dans les yeux des familles à qui je dois annoncer le pire. Les Styx Lions ont payé le prix fort ce soir.

– Vous avez de quoi apporter les premiers soins? interrogé-je en emboîtant le pas de Jarod, Dojo sur les talons.

– On a une trousse de secours, me confirme-t-il, son humeur de plus en plus sombre, mais je ne suis pas sûr que ça suffise. Plusieurs gars ont été touchés. On a des égratignures et des balles qui sont ressorties sans faire trop de dégâts à première vue. Mais on en a trois qui sont salement amochés.

– Combien de morts? ne puis-je m'empêcher de l'interroger.

– Cinq. On a perdu Ross et quatre novices.

– Ross?

Je referme la bouche, incapable d'énoncer un mot de plus. Ross…

46

Tasha

Penchée au-dessus d'un gamin d'à peine 20 ans, je m'essuie le front d'un revers de bras. Peine perdue, je sue par tous les pores de mon corps, pas à mon aise dans ce salon dévasté qui ne m'autorise pas à ausculter au mieux les blessés.

Je me relève et balaie la pièce du regard, agacée. Les Styx Lions se sont quasiment tous regroupés autour de leurs compagnons à terre et forment une haie d'honneur dont je me priverais bien. Au milieu des vestiges de ce qui a été un endroit agréable, je manque d'air.

– J'ai besoin d'espace, exigé-je. Et d'une surface adaptée pour examiner les blessés.

– Dis-nous, s'interpose Sam lorsque des jurons accueillent mes paroles.

– La table de la cuisine, spécifié-je.

– Je peux aider? me sollicite Dria.

La pharmacie du gang est plutôt bien fournie. Elle permet de soigner les plaies légères et m'offre même des kits de sutures. Cependant, cela ne suffira pas pour les patients qui geignent à mes pieds.

– Trouve-moi des tissus propres, genre des draps, et toutes les réserves d'alcool à disposition.

– Je m'en occupe ! s'empresse de répondre la jeune femme.

Je pivote vers Sam et indique d'un geste de la tête l'un des blessés. J'ai procédé à un premier examen rapide et les nouvelles ne sont pas bonnes. L'homme a reçu deux balles dans l'abdomen et son état est critique. L'hémorragie ne peut pas être contenue et à moins d'une intervention chirurgicale urgente, il n'a aucune chance d'en réchapper. Pour autant qu'il ne soit pas déjà trop tard…

J'aimerais au moins pouvoir le soulager, mais je ne dispose de rien d'assez fort.

– Je suis désolée, murmuré-je.

La mâchoire de Sam se contracte davantage.

– On ne pourra mettre qu'un seul gars sur la table, me précise-t-il. Lequel ?

Je montre le plus jeune, puis m'agenouille auprès du mourant. Je lui caresse le front, chuchotant de vagues paroles de réconfort. C'est moins facile ici que dans l'univers aseptisé de l'hôpital.

Pour autant, on ne s'habitue pas à la mort. Jamais ! On a beau se blinder et se protéger, il y a ce petit pincement au cœur qui vous rappelle que vous êtes un être fait d'émotions. Du moins, cela a toujours été ainsi pour moi.

– Quelqu'un doit rester auprès de lui, préconisé-je. Il est semi-conscient et un contact ami rendra la suite moins compliquée. Je n'ai rien pour faciliter les choses.

– Je m'en charge, se manifeste un type à la peau caramel.

Je libère la place, lucide sur l'émoi qui transite parmi les rangs.

– Merci, Jazz, émet Sam dans un sifflement dur. Doc, on a trouvé une seconde table. On peut installer les deux gars dans la cuisine ?

– Oui. Soulevez-les avec précaution.

– Jarod, le hèle Sam après avoir aboyé ses ordres, il faut regrouper les corps des Demonic.

– D'autres victimes ? marmonné-je.

– Non.

Une décision irrévocable !

Je ne m'appesantis pas sur le sujet. J'ai deux blessés graves sur les bras et des moyens désuets pour les prendre en charge. Je file vers la cuisine, soulagée de constater que les Styx Lions ont accédé à mes demandes.

– Voilà, m'avertit Dria en débarquant avec une pile de draps.

Sur le comptoir, l'un des gars a posé les bouteilles d'alcool qui me serviront à désinfecter les lésions au besoin. Je grimace à cette idée, mais à la guerre comme à la guerre. Les stocks de la mallette de secours sont limités et vu le nombre de plaies, ils ne suffiront pas au travail que je dois amorcer.

– Et maintenant? rebondit Dria.

J'ouvre la fenêtre pour m'offrir à la caresse de l'air extérieur et rafraîchir ma peau brûlante, puis pivote vers les deux hommes. Une quantité impressionnante de sang imprègne leurs vêtements, mais je sais déjà que les blessures ne sont pas mortelles. Du moins, elles ne le seraient pas dans un environnement médicalisé.

– Il faut découper leurs tee-shirts et leurs jeans. Est-ce que vous avez appelé une ambulance?

– Je viens de le faire, me confirme Sam. Ne me regarde pas comme ça, ma belle. On doit veiller à déblayer le terrain avant d'ouvrir nos portes. D'ailleurs, on préférerait, si c'est possible, transporter les gars dans le bâtiment en bordure de route une fois que tu les auras soignés.

Je grogne, même si cela ne sert à rien. Je comprends la logique du Styx Lion, bien qu'elle se heurte à la course contre la montre qui s'est engagée pour les blessés. Et, de toute façon, ce n'est pas moi qui aurai le dernier mot sur le sujet.

– Trouve-moi un moyen de les amener là-bas sans transformer le voyage en enfer pour eux, râlé-je.

Puis j'oublie mon environnement pour me consacrer à mes patients, assistée efficacement par une Dria concentrée. Il nous faut une demi-heure pour stabiliser l'état des gars. Aucun des deux n'est sorti d'affaire, mais, avec l'équipement à disposition, j'ai fait du mieux que j'ai pu. Les secours devraient pouvoir les maintenir en vie le temps qu'ils arrivent à l'hôpital le plus proche.

Je soupire et me masse la nuque, traversée par un élan de satisfaction.

– Bravo, doc, me félicite Sam.

– Ils ne sont pas encore sauvés, énoncé-je, lasse. Mais s'ils s'accrochent, ils ont une chance de s'en tirer.

Ce qui n'est pas le cas du jeune homme dans le salon. Un drap a été pudiquement posé sur son corps et j'éprouve un sentiment désagréable d'échec. J'aurais tellement voulu les soigner tous.

– Tu as assuré, doc, me glisse Sam en surprenant ma grimace de dépit.

Je hausse les épaules. Je le sais, mais cela n'exclut pas l'amertume.

– Des nouvelles? s'immisce Dria.

– Ouais, ils arrivent, nous informe Sam. Ils ont eu chaud aux fesses. Buzz avait envoyé une armée pour les encercler et ils ont eu du mal à s'en dépêtrer.

Dria pâlit dangereusement, et Sam lui entoure la taille pour l'empêcher de s'effondrer.

– Il y a des blessés? chuchote-t-elle en levant un regard embué vers lui.

– Oui, avoue-t-il du bout des lèvres, mais je ne sais pas qui.

Je retiens mon souffle, fauchée à mon tour par une angoisse qui n'a pas le droit d'être. Dax a choisi de m'exclure de sa vie, réduisant à néant le lien qui nous a unis pendant quelques jours. Pourtant, je suis incapable de ne pas me tracasser pour lui.

Je grince des dents, déterminée à museler mes émotions, car elles réveillent mes peurs les plus intimes. Après des heures de sommeil, la douleur, elle, irradie avec une force qui me laisse pantelante.

À l'instant, si j'étais seule, je me roulerais en boule et pleurerais ce trop-plein qui me contracte la gorge. Amber me manque plus que jamais.

– Écartez-vous, hurle une voix au moment où je m'avachis sur l'un des rares tabourets qui a survécu à l'attaque.

Lou surgit dans le salon, les traits tirés. Pourtant, il s'illumine en apercevant sa compagne et l'étreint avec vigueur lorsqu'elle se rue dans ses bras. Je me sens presque de trop devant cette expression crue de la passion.

– Bébé, susurre-t-il contre ses cheveux avant de chercher le regard de Sam. On a un problème, Sam, un gros problème. Tate a identifié son frangin parmi les corps des Demonic.

– Merde ! Il est mort ?

– Non, mais c'est tout comme.

– Où est Tate ?

– Il arrive. Jarod lui a dit que Tasha pouvait peut-être faire quelque chose.

– Oh ! Putain ! siffle Sam entre ses dents.

– C'est quoi le problème ? m'inséré-je dans la discussion.

– Tate va péter un plomb si Vic passe l'arme à gauche. Dax est le seul à pouvoir le gérer quand il est en pleine crise.

Je déglutis nerveusement. Ma langue pèse une tonne, pourtant je dois poser la question suivante :

– Où est Dax ?

Ma voix sonne étrangement, même à mes oreilles. En retour, ce que je lis dans le regard de Lou me fiche des envies de me cacher dans un trou pour ne plus rien voir ni entendre.

– Écoute, commence l'homme à la stature de mastodonte.

– Plus tard, le coupé-je. Concentrons-nous sur le problème immédiat.

Compartimenter... Je suis une pro à ce jeu-là ! Et, pour le moment, c'est la seule option valable. La seule qui me permette de tenir debout.

Ma peur et ma douleur refluent comme à chaque fois que l'adrénaline se déverse dans mes veines.

– Sam, il faut emmener ces deux-là au bar, ordonné-je. Si Tate est sur le point de craquer, il vaut mieux limiter les dommages collatéraux. En revanche, il faudra prévoir des gros bras si jamais...

Sam acquiesce, un fin sourire relevant les coins de sa bouche. C'est si inhabituel de le voir ainsi que je retiens ma respiration pendant une fraction de seconde.

Lou, de son côté, se marre, mais il ne perd pas de temps. Les deux blessés ont déjà été basculés sur des civières de fortune.

J'ignore pourquoi, mais j'ai le sentiment d'avoir réussi un examen de passage. Je secoue la tête et me recentre sur le principal, à savoir gérer une bombe sur le point d'exploser.

Une bombe qui manie le couteau mieux que quiconque...

J'ai beau avoir entraperçu la folie de Tate, je frémis de la tête aux pieds lorsqu'il pénètre dans la pièce, portant à bout de bras son frère.

Lou fonce aux côtés de son pote et l'aide à allonger son fardeau sur la table de la cuisine. Je me précipite au chevet du blessé, examinant la silhouette inerte d'un œil critique. Mon nouveau patient ressemble de façon saisissante à son aîné, si ce n'est qu'il est beaucoup plus jeune, plus mince et qu'un collier de barbe recouvre ses joues.

Les tatouages et les piercings à la lèvre et aux sourcils annihilent l'impression de candeur de ce visage blafard, pourtant c'est un gamin qui se tient devant moi. Un gamin dont la respiration s'apparente à un fil aussi fragile qu'un cheveu.

– Dria ?

– Je suis là.

Pendant que je me lave les mains, la petite institutrice découpe les vêtements de notre blessé, exposant son corps maigre à la lueur des ampoules. Je ne suis pas la seule à pester entre mes dents en avisant les plaies à vif sur les jambes et le torse. Si certaines sont récentes, d'autres lignes plus pâles proclament que les sévices durent depuis longtemps et qu'elles n'ont rien à voir avec l'impact de balle au milieu de l'abdomen.

Je me penche sur la contusion qui m'intéresse. Les abords sont noirs et sanguinolents, mais plutôt nets. Une bonne nouvelle dans un tourbillon de mauvaises…

– Eh ! m'insurgé-je lorsqu'une main m'oblige à me relever.

Une poigne qui me broie littéralement le bras.

Je me retrouve face à face avec un Tate livide et plus tourmenté que jamais. Un tic nerveux agite sa lèvre supérieure et accentue les lignes revêches de sa cicatrice. À cette seconde, la bestialité l'emporte sur l'humanité du Styx Lion.

– Tate ! l'interpelle Lou d'une voix dure.

– Ça va aller, répliqué-je avec plus de confiance que je n'en éprouve. Tate, lâche-moi, s'il te plaît.

– Il faut le sauver, me supplie-t-il d'un ton rauque. Il faut le sauver…

– Je vais faire tout mon possible, Tate. Mais, pour ça, il faut que tu recules.

Il s'exécute, luttant visiblement contre sa réticence naturelle, et s'installe au niveau de la tête de son frère. Je sursaute lorsque sa lame apparaît dans ses mains.

– Tate, le hélé-je de nouveau. J'ai besoin de sérénité pour opérer, et avec ton couteau…

– Je ne peux pas, grogne-t-il. Je vais péter un plomb si je fais pas descendre la pression.

Le désespoir imprègne chaque mot, chaque souffle. Tate, la tête courbée, se cramponne à son arme comme s'il s'agissait d'une planche de salut. Peut-être est-ce le cas d'ailleurs ?

– Tate ! se rappelle à son bon souvenir Lou.

– Ça va aller, Lou, dis-je. N'est-ce pas, Tate ?

Je pose une main apaisante sur celle du Styx Lion. Je doute de pouvoir lui apporter le moindre réconfort, mais je me dois d'essayer. Parce que sinon son frère ne sera pas la dernière victime de ce cauchemar.

– Tate, je vais avoir des difficultés à me détendre si tu… brandis ta lame, lui expliqué-je avec douceur.

Une phrase qui fait réagir l'homme. Il me dévisage comme si je venais de l'insulter.

– Je ne compte pas te faire du mal.

– OK, mais… est-ce que tu serais d'accord pour reculer dans le coin de la cuisine ? Comme ça, je me sentirai moins oppressée.

Tate hésite un moment, puis finit par obtempérer. Lou siffle entre ses dents, me renvoyant une admiration pétrie d'étonnement.

Ouais, ben, je ne suis pas non plus une petite chose dénuée de pratique en matière de types complètement cinglés !

Un panache qui manque de s'effriter, cependant, lorsque Sam colle un pneu entre les mains de Tate. Par à-coups brutaux, la lame s'enfonce dans la gomme.

– C'est bon, doc, m'annonce Sam. Ça va le tenir tranquille.

Je ne perds plus de temps et reprends mon auscultation. La respiration sifflante de mon patient m'inquiète presque plus que l'impact de balle, même si je soupçonne les dégâts internes derrière le minuscule orifice.

Je me renfrogne en avisant une baisse de l'ampliation du côté droit du thorax. Merde! Sans outil adéquat, je ne peux confirmer le pneumothorax, mais j'en ai traité assez pour ne pas garder le plus petit doute.

Lorsque je me redresse, mon visage exprime certainement la tension qui raidit chacun de mes muscles, mais je sais ce qui me reste à faire.

– Tate, si je veux offrir une chance à ton frère, il va falloir que je l'opère. Ici.

– Tu vas enlever la balle?

– Non, mais je dois collapser son poumon droit.

Mes gestes sont prudents, autant que ma voix est douce. Je cherche à amadouer Tate, ou du moins à ne pas réveiller sa rage si prégnante.

Sans le perdre des yeux, je fouille dans les tiroirs et sors le matériel qui me semble nécessaire pour agir. Mon cœur bat à tout rompre, tandis qu'une part de moi me hurle que je commets une erreur monumentale.

Sauf que, là, tout de suite, je n'ai pas le temps de m'arrêter à ces scrupules.

– Tate, comment s'appelle ton frère?

– Vic.

– Je vais devoir ouvrir Vic. Juste ici, tu vois. Et comme je n'ai pas de scalpel, je vais utiliser un couteau. OK?

J'explique avec force détails les gestes que je vais pratiquer. C'est un bon moyen de m'éclaircir les idées, mais aussi et surtout une façon de cadenasser les pulsions de Tate.

– Lou, tu peux trouver de quoi attacher Vic? Je ne voudrais pas qu'il bouge pendant que j'interviens.

– OK, ma belle.

Ma main tremble tandis que je badigeonne le torse de Vic d'alcool, mais je me ressaisis en croisant le regard dévasté de son frère. Tate n'a rien de doux ou de paisible, mais c'est bien de l'amour qui se lit sur son visage, un amour désespéré qui ne sait pas comment s'exprimer.

***

Un peu plus d'une demi-heure plus tard, les phares du véhicule de secours s'éloignent dans la nuit, emportant Vic et son frère.

Je m'autorise enfin à souffler et renverse la tête en arrière pour juguler les picotements dans mes yeux. Je suis rincée, fourbue et trempée de sueur. Je ne désire plus qu'une douche et un lit douillet.

Un rêve pieux à ce stade…

À la perspective d'avaler les kilomètres pour rentrer à San Francisco, je suis déjà éreintée. Pourtant, rien ne me retient plus sur le domaine des Styx Lions.

Je m'efforce d'ignorer l'homme qui a surgi des ombres tandis que je discutais avec les ambulanciers. Mon cœur a fait un bond dans ma poitrine, au point que j'ai cru qu'il allait se décrocher.

Dax…

Nos regards se sont croisés l'espace d'une infime seconde, puis le ténébreux Styx Lion s'est détourné, imperturbable et surtout indifférent. Je suis stupide, car je m'attendais… à quoi exactement? Un sourire? Un signe?

Comme si Dax n'avait pas été assez clair.

Je ravale ma colère et mes larmes, et m'éloigne du chalet principal. Je récupère ma voiture et mes affaires et je me tire d'ici!

Les Styx Lions, c'est terminé pour moi!

47

Dax

Comme la plupart de mes gars, je contemple notre QG avec un arrière-goût de rage dans la bouche. Les volets en fer ont rempli leur rôle, mais celui qui a été ouvert par ce salopard de Bruce gît au sol. Les Demonic se sont défoulés sur tout ce qui tombait dans leurs mains.

L'appentis où nous nous réunissons, le barbecue, les véhicules garés en contrebas du chalet, les plantations de Dria, les guirlandes de lumière… Et ça, ce n'est que pour l'extérieur.

L'intérieur de la maison a été ravagé, comme si une tornade s'était engouffrée dans les pièces du rez-de-chaussée. Non seulement les meubles ont été criblés de balles, mais ces connards de Demonic ont saccagé la cuisine et mitraillé le montant de la cheminée.

Par chance, l'étage a été épargné, mais l'ensemble nécessitera malgré tout de lourds travaux.

– On a évité le pire, dit Lou.

– On a perdu dix gars ce soir, relevé-je d'une voix rendue plus rauque par la colère.

– Oui, et nous pleurerons nos amis comme il se doit, mais ça aurait pu virer à l'hécatombe, Dax.

– J'ai merdé ! J'aurais dû prévoir…

– Quoi ? m'interrompt Jarod. Que Buzz se montrerait pour une fois moins con qu'il n'est ? Il est mort et on a prouvé à ces fils de pute qu'on n'était pas des cibles faciles. C'est terminé maintenant ! Les Demonic ne se relèveront pas avant longtemps.

J'examine le van garé un peu à l'écart. Nous avons balancé pêle-mêle les cadavres de nos ennemis, dans l'attente de les embarquer sur un bateau de pêche. Ces connards nourriront les poissons d'ici quelques heures.

Dix-sept problèmes en moins… Sans compter les corps que j'ai abandonnés à Ted sur les lieux de notre rendez-vous avec Parson. Ce problème-là, c'est le FBI qui va le gérer, étouffant l'affaire sous l'étendard d'une rixe entre criminels.

Moi, ce qui me mine, ce sont nos morts. Notre territoire a toujours été une enclave de paix. Les Demonic viennent de me prouver que je ne l'ai pas assez bien protégé. Pendant quelques minutes, je m'abandonne à une culpabilité cuisante, puis je me secoue avec violence.

Les regrets ne changeront rien. C'est vers l'avenir que nous devons regarder !

– Les grilles n'ont pas suffi, il va falloir revoir notre stratégie.

– Ouais, j'y ai pensé aussi, m'accorde Lou. On pourrait installer des caméras, ça faciliterait le balayage du terrain.

– On a mis en place des pièges à certains endroits difficiles à surveiller, ajoute Sam, mais on pourrait étendre ce projet.

– Oui, ça me paraît de bonnes suggestions. Et pourquoi ne pas prévoir des détecteurs de mouvements, complété-je. Il va également falloir qu'on recrute. Des gars à nous.

J'ai déjà abordé le sujet avec Ted. Pour renforcer le gang, nous avons accepté certaines candidatures que j'aurais peut-être refusées si j'avais dû être plus objectif. Des postulants comme ce Bruce de malheur.

– Et qu'on se montre plus sélectifs avec nos membres extérieurs.

– On l'est, me garantit Lou, mais on ne sera jamais sur du cent pour cent. C'est impossible !

Je me frotte la nuque, las. Je le sais, mais je suis encore sous le choc de cette soirée de merde.

– On en reparlera à tête reposée, décrété-je. Ce n'est pas le meilleur moment pour prendre ce genre de décisions. Je suis… furax !

– On l'est tous, me confirme Sam. Ces enfoirés ont bien mené leur coup.

– Buzz n'a pas réussi ce challenge tout seul, énoncé-je, persuadé d'être dans le vrai.

– Tu penses à Rosario ? relève Jarod. D'après les dires de la petite salope qu'il avait envoyée ici, Buzz se méfiait des flics.

– On aurait eu Rosario sur le dos cette nuit s'il avait été au courant, approuvé-je.

– Et Ted ? Qu'est-ce qu'il foutait sur le terrain ? râle Lou. C'était pas malin. Je suis surpris que les gars ne se soient pas rendu compte de sa présence.

Un point que je vais devoir éclaircir avec l'agent du FBI. Même si, sur le fond, il nous a sauvé les fesses !

– Il a dû estimer que la situation exigeait qu'il se planque en sous-marin, expliqué-je, pas forcément ravi qu'il ait décidé ça dans mon dos. Quand les gosses envoyés par les Demonic ont commencé à nous canarder, Ted les a pris à revers. Il savait qu'il ne pouvait pas courir le risque d'être aperçu par nos hommes, alors il a agi en toute discrétion, assez pour nous libérer la voie.

– Ouais, en somme, on lui doit une fière chandelle, grommelle Jarod.

– Pour une fois, oui, suis-je bien obligé d'admettre. C'est grâce à lui qu'on a pu repartir rapidement. Et c'est aussi lui qui a renvoyé les flics chez eux quand ils ont voulu débarquer ici.

– Putain ! On a vraiment eu chaud, cette fois, rugit Jarod.

– La bonne nouvelle, c'est que Parson est prêt à signer pour un deuxième round, annoncé-je. On a franchi l'épreuve du feu.

– Tu le relances quand ? demande Sam.

– Pas avant un mois. Ça nous laissera le temps de gérer notre problème de sécurité. Lou, Sam, vous pouvez travailler sur une première ébauche ? Toi, Jarod, j'ai besoin que tu fouilles du côté des Demonic. Ils sont peut-être HS, mais on va régler ce problème une bonne fois pour toutes ! Cette fois-ci, il est hors de question de courir le moindre risque !

– OK ! Je suis déjà sur le coup.

– Et Tate ? s'enquiert Lou. Il était en vrac quand il est parti.

– Son frère est vivant, il surmontera ça ! décrété-je d'une voix forte.

– Putain ! Sans ta nana, intervient Sam, on était mal barrés ! Elle a géré Tate comme un chef. Il lui a obéi, Dax ! Il était au bord du gouffre, mais il lui a obéi ! J'en reviens toujours pas. Et Vic serait mort si elle avait pas été là.

– C'est pas le seul, ajoute Jarod. Elle a sauvé Kyle et Danny.

– Faut avouer qu'elle a des couilles, ricane Lou, le sourire goguenard. Elle a l'étoffe d'une Styx Lion, cette petite !

C'est un vrai compliment dans la bouche de Lou. Tasha a gagné le respect des miens ce soir, une gageure qui était loin d'être une évidence. Je suis fier d'elle, mais surtout soulagé qu'elle ait survécu à cette nuit cauchemardesque. S'il lui était arrivé quoi que ce soit…

Je me renfrogne. J'ai failli perdre la seule femme qui ait jamais compté pour moi et, au lieu de courir vers elle pour l'étreindre, je l'ai sciemment évitée. Parce que j'avais des affaires à régler avec mes gars et que j'ai eu besoin d'un moment pour recouvrer mon calme.

– On a fait le tour, les mecs, annoncé-je. On se réunit demain matin pour un point. Allez dormir un peu.

Lou s'éloigne sans demander son reste, pressé de rejoindre sa belle.

Sam, quant à lui, se poste devant moi, le regard déterminé et froid. C'est lui qui a buté Buzz, lui aussi qui est missionné pour nous débarrasser des corps des Demonic. Une tâche qu'il exécutera avec savoir-faire et discrétion.

– Tu as besoin de moi demain? me sollicite-t-il.

– Ben, j'aimerais que vous soyez tous là, oui Pourquoi?

– Amber.

Je considère mon pote, dérouté. Sam n'est pas du genre à développer des relations sociales facilement. Il est taciturne et solitaire. Par contre, lorsque vous gagnez sa loyauté, c'est pour la vie.

C'est pour cette raison que je ne comprends pas son engouement pour l'amie de Tasha. J'ignore ce qui l'attire chez elle, ou du moins ce qui l'intéresse, mais je réalise que ça n'a rien de superficiel. Pas avec un gars comme Sam.

Je finis par sourire, plutôt content – non, non, sans aucune ironie – à l'idée d'assister à la suite des réjouissances entre ces deux-là. Si Amber est moitié moins déterminée et têtue que Tasha, ça risque d'être divertissant!

– OK, mais tu as bien compris que Tasha te fera la peau si tu fais du mal à sa copine?

– Soucie-toi de ta nana et laisse-moi gérer mes affaires, grogne Sam avant de déguerpir.

– Intéressant, non? persifle Jarod.

Occupé à se rouler une cigarette, il s'est adossé contre un arbre et me scrute entre ses paupières lourdes. Je n'apprécie pas vraiment cet examen, peut-être parce que le rictus du bonhomme m'annonce un truc qui ne va pas forcément me plaire.

– Sois mignon avec Tasha, tu veux, lâche-t-il enfin. C'était très dur, ce soir, mais elle a vraiment assuré.

– Je prends soin de ce qui m'appartient.

Je ricane à cette réponse ultra-possessive. Ça ne me ressemble pas, ou du moins ce n'était pas le cas avant Tasha. Avec elle, j'ai envie d'explorer des terrains nouveaux, de bafouer toutes ces règles que je me suis imposées au fil des années.

Et, surtout, courir le risque de me dévoiler. Pas entièrement, mais viscéralement. J'ai besoin que Tasha sache alors que je ne peux rien divulguer. Qu'elle devine l'homme sans posséder toutes les clés.

Parce que plus jamais je ne veux revivre une soirée comme celle-ci. J'ai cru nous protéger, moi et mon clan, et protéger Tasha en l'éloignant de moi, ce qui était en fait une belle connerie.

Reste à la réparer… S'il n'est pas trop tard !

– Ouais, on a ça en commun tous les deux. Mais est-ce que Tasha le sait, elle ?

– Pas encore.

– Elle va te faire la misère, vieux, alors prépare-toi à encaisser… Et à ne pas aggraver la situation.

Le regard plus sombre, Jarod m'adresse un signe de la tête, puis disparaît à son tour dans la nuit. Je reste seul, envahi par un trouble qui m'est aussi familier que le renoncement. J'aspire une profonde bouffée d'air et me dirige enfin vers mon chalet, conscient que Jarod a raison. Tasha risque bien de me pulvériser !

Malgré mon cœur qui tambourine contre mes côtes, je trouve l'idée étrangement excitante. Pourtant, je suis lucide sur le fait que la bataille qui va se jouer est du genre à déterminer l'issue de la guerre. La tactique suivant laquelle tous les coups sont permis est la seule envisageable !

Lorsque je débarque devant chez moi, Tasha est prête à partir. La portière de sa voiture est ouverte et le moteur ronronne doucement. Je ne dois ma chance d'arriver à temps qu'à ce satané chien pot de colle.

Un pot de colle que je remercie silencieusement néanmoins, puisque Dojo retient Tasha en se frottant contre ses jambes.

– Tu vas avoir du mal à te débarrasser de lui, Sexy Doc, proclamé-je d'un ton volontairement narquois.

Tasha plisse les yeux, puis finit par détourner le regard, mimant plutôt bien l'indifférence. Sauf que sa queue-de-cheval me dévoile la veine qui bat dans son cou.

Je souris et accuse une posture offensive, pieds légèrement écartés et bras croisés sur mon torse. Même si Tasha peut facilement manœuvrer, je lui bloque le chemin. Je veux l'agacer, la faire sortir de ses gonds parce que face à une Tasha froide et rationnelle, je ne ferais pas le poids.

Cette femme, c'est de l'acier trempé à l'état pur. Elle m'a laissé toucher son cœur, désormais celui-ci est cadenassé à double tour.

Par ma faute…

Pourtant, j'ai bien l'intention de fracturer ces remparts de glace. Ce qui bat au-delà des parois m'est bien trop précieux pour que je renonce.

Même si ce que j'ai à offrir est… bancal. Incomplet. Trop peu.

Je caresse du regard la silhouette pulpeuse et note la raideur des épaules. Tasha est furieuse, même si elle cache plutôt bien ses émotions. Elle est surtout épuisée.

En dépit des cernes et de son teint blafard, elle demeure terriblement belle, mais la fatigue transpire de chaque pore de sa peau. Je n'ai qu'un désir, l'emporter dans ma chambre et la câliner jusqu'à ce qu'elle s'assoupisse contre moi.

– Tu n'es pas en état de conduire.

– Jusqu'à San Francisco, si. Ce n'est pas tellement loin.

Je la gratifie d'un regard sévère.

– Certainement pas ! Tu as besoin d'une douche, de dormir un peu et d'un solide petit déjeuner.

– Ce que je ferai une fois chez moi.

Le petit air buté de Tasha manque de m'attendrir, mais si je relâche la pression, elle va me laminer. C'est un duel de volontés qui s'est engagé, toute pitié est exclue.

Mais pas les coups bas… Ni les provocations, d'ailleurs !

– Tu es certaine que tu ne veux pas que je te frotte le dos ?

Je ravale un ricanement acerbe en réalisant que ma proposition, censée n'être qu'une pure bravade, est sincère. J'ai envie de prendre soin de Tasha, et pas uniquement parce qu'elle affiche une grande lassitude. Non, ce soir, j'ai failli la perdre.

Alors, la laver, savonner ses cheveux, parcourir sa peau d'albâtre et la bercer contre mon torse, ça m'apparaît comme le programme du siècle.

– Crois-moi, ce n'est pas demain la veille que tu me verras de nouveau à poil !

– On parie ?

– À quoi tu joues, Dax ?

Je hausse les épaules, plus moqueur que jamais.

– Peut-être bien que j'ai envie d'une dernière partie… Ça te dit ?

Sur le visage de Tasha, l'incompréhension et la colère se mêlent. Son masque se fendille enfin. Je m'engouffre dans la brèche en me rapprochant d'une démarche volontairement prédatrice.

– C'est quoi ton problème, exactement ? aboie-t-elle.

– Toi et moi, pour un ultime défi aux fléchettes. Après, je te laisse partir, promis.

– Je ne coucherai plus avec toi, Dax. J'ai déjà versé dans l'imitation « poupée gonflable » et quitte à m'amuser avec du plastique, je préfère mon *sex-toy*. Avec lui, au moins, je n'ai pas besoin de simuler.

– Tu me fends le cœur, ma belle, mais je ne propose pas de sexe comme enjeu.

Tasha plisse les yeux, cherchant le piège.

– Quoi alors ?

– La mise, ce seront des vérités.

– Des vérités ? Quelles vérités ? Celles qui te donnent le sentiment d'être un mec irrésistible ?

Je ris, électrisé par son ton revêche. Mais je suis surtout fier de moi. Parce qu'à l'instant, Tasha n'a plus qu'une idée, me réduire en poussière. Ce qui exclut qu'elle détale. C'est un pas de plus vers l'objectif que je me suis fixé.

– Toutes les vérités que nous serons, toi ou moi, prêts à confier à l'autre.

– Ce n'est pas un peu hypocrite comme démarche de la part d'un gars qui affirme que certains sujets sont tabous ?

– Tu as peur, Tasha ?

– Tu essaies de me manipuler, Dax, et ça ne va pas fonctionner !

– Allons, c'est gagnant gagnant, ma belle. Tu acceptes de jouer et je ne t'importunerai plus jamais si c'est ce que tu souhaites.

– Tu engages ta parole de Styx Lion ? me nargue-t-elle, son petit menton pointant avec défi.

– Ma parole de Styx Lion et… d'homme.

Cette fois-ci, Tasha est troublée, et je lis également sur son visage que j'ai éveillé sa curiosité.

– Dix tirs, me propose-t-elle. Pas un de plus.

– Je prends !

Tasha me devance pour entrer chez moi, aussi raide que la justice. Je jubile pourtant. Elle est exactement là où j'ai voulu l'emmener !

Éreintée et furieuse, mais dans ma maison !

Je me frotte la nuque, déterminé à lutter contre ma propre fatigue. Mes vêtements me collent à la peau, et je rêve d'une douche pour me débarrasser de la poussière, du sang et de la sueur qui maculent mon corps, un luxe que je ne peux pas m'accorder pour l'instant.

Le silence s'éternise pendant que je prépare du café, mais je ne fais rien pour le briser. Le moment de parler approche pourtant. Je me découvre plus nerveux que je ne l'aurais soupçonné.

– OK, dis-je en offrant une tasse à Tasha, on part donc pour dix coups. Comme pour le strip, celui qui marque le plus grand score gagne l'avantage. Pas de questions, mais le droit à une vérité.

Tasha hoche la tête, de nouveau aussi inébranlable qu'une statue. Elle lance la première fléchette et atteint le centre de la cible. Je me concentre de mon côté pour rater mon tir, ce qui me vaut un regard suspicieux.

– Bien, on dirait que c'est à moi d'ouvrir le bal, annoncé-je.

J'ôte mon tee-shirt, jouant volontairement de mes muscles.

– Qu'est-ce que tu fabriques? me réprimande Tasha. Ce n'est pas le deal.

– J'ai chaud, Sexy Doc, et je pue la sueur. Je me mets juste à l'aise.

Ma belle se renfrogne un peu plus, mais ne pipe mot pendant que je vais chercher une serviette dans la salle de bains. Et elle s'astreint surtout à ne pas me lorgner lorsque je frotte le tissu humide sur mes muscles bandés. Un échec cuisant si j'en crois la légère altération de son souffle.

– J'avais 19 ans lorsque j'ai retrouvé ma mère biologique, lâché-je enfin.

Tasha sursaute et croise mon regard.

– Elle vivait dans la même ville que moi et je l'ignorais. Mon dossier spécifiait que ma mère était adolescente au moment de ma naissance et qu'elle m'avait confié à l'adoption pour poursuivre ses études. C'était faux. Ses parents l'ont virée de chez elle et elle a commencé à se prostituer pour survivre. Elle est morte à 35 ans d'une overdose.

– Est-ce que tu l'as revue avant...

– ... son décès? Non, je suis arrivé trop tard. Elle était déjà enterrée. Ses parents s'étaient fendus de quelques billets pour qu'elle soit inhumée à peu près correctement.

– Il te reste quelque chose d'elle?

Cette simple question me dévaste parce que, pendant longtemps, c'est ce qui m'a le plus obsédé. Hormis une lettre et un cliché flou de l'adolescente qu'elle était, je ne possède rien d'elle. Adulte, j'ai commis l'erreur de fouiller dans les dossiers de la police. Ma mère a été arrêtée pour racolage sur la voie publique à plusieurs reprises et a donc été photographiée.

Mais c'est l'image de sa déchéance qui accompagne chaque instantané.

Tasha me ramène à la surface en posant sa paume sur mon bras. Une peau douce et blanche contre un épiderme tatoué et tanné. Deux mondes. Et pourtant...

– Deuxième round, énoncé-je d'une voix plus rauque.

De nouveau, Tasha ne discute pas. Sa main tremble légèrement lorsqu'elle tire, mais sa flèche se fiche néanmoins dans le noyau central. La mienne le manque de peu.

– J'ai été adopté par des parents géniaux qui ont été présents à chaque fois que je me posais des questions ou que je déconnais. C'est grâce à eux que j'ai retrouvé ma mère biologique et là encore ils m'ont soutenu. J'ai deux jeunes sœurs, adoptées elles aussi, Teresa et Solenn. Je n'ai pas vu mes parents ni mes sœurs depuis sept ans.

– Pourquoi?

Je n'ai pas envie de répondre à cette question, mais le but de l'exercice est de me mettre à nu. Si je ne peux donner à Tasha ce qu'elle désire savoir sur le Styx Lion, je me dois de lui révéler qui est l'homme.

En espérant qu'elle comprendra et acceptera…

– Parce que je devrais leur mentir sur celui que je suis devenu.

– Tu as dit qu'ils t'avaient toujours soutenu. Qu'est-ce qui te fait penser que cette fois ils te laisseront tomber?

Tasha formule à haute voix cette crainte qui me mine depuis des années. Je n'ai pas seulement peur de décevoir mes parents, je redoute de les perdre.

– Tour suivant, éludé-je.

Tasha marque un temps d'arrêt, comme si elle hésitait à poursuivre notre discussion, puis elle abdique dans un soupir agacé. Cette fois, je ne fais même pas l'effort de viser.

– Tu triches, Dax, peste-t-elle dans un grondement que je trouve très sexy.

– Ah ouais?

Je la défie du regard, jusqu'à ce qu'elle me gratifie d'une grimace défaitiste.

– Je ne t'ai pas menti en t'annonçant que certains sujets me concernant sont tabous, mais je l'ai fait quand j'ai sous-entendu que tu n'étais finalement qu'un plan cul.

– Quoi? ricane la belle après une seconde de consternation. Le Styx Lion éprouve des remords?

– Tu es trop intelligente, Tasha. Tu as compris des choses qui n'auraient même pas dû t'effleurer l'esprit. Je ne pourrai jamais répondre à tes questions pour tout ce qui touche à cette partie de ma vie et j'ai pensé que le mieux était de couper court.

– Pour la sécurité de ton esprit ou la mienne?

Je grimace, mais j'ai promis d'être honnête quoi qu'il m'en coûte, du moins sur la zone que je peux placer sous la lumière de la sincérité. Pour le reste…

– Les deux ! J'appartiens à mon gang, Tasha, et je lui voue une loyauté indéfectible. Répondre à tes questions reviendrait à mettre en danger tous mes hommes et, ça, c'est inenvisageable ! Le truc, c'est qu'avant toi, aucune femme ne m'a jamais posé ces questions. Les nanas avec qui je couche s'en branlent royalement parce que ce qui les intéresse, ce n'est pas moi, mais ce que je représente.

Et là, les apparences suffisent.

– J'aurais dû m'en tenir à ça, moi aussi, grommelle-t-elle entre ses dents.

– Ne dis pas ça ! Tu n'es pas et tu ne seras jamais qu'un plan cul pour moi ! C'était juste plus simple que de courir le risque de te perdre. J'ai préféré trancher dans le vif.

– Alors pourquoi on est là à en discuter ?

– Putain ! Mais parce que tu as manqué mourir cette nuit et que j'ai failli te suivre de près !

J'enfouis une main nerveuse dans mes cheveux, conscient que je me tiens au bord d'un précipice. Ma seule chance de l'emporter est de sauter dans le vide. Des plongées qui ne m'ont jamais effrayé tant qu'elles ne mettaient pas en jeu les personnes que j'aime.

Mes parents…

Mes sœurs…

Tasha…

Sauf à me fourvoyer un peu plus, je n'ai plus le choix. C'est quitte ou double.

Cette prise de conscience m'anéantit parce que je sais pertinemment que, sans Tasha, je n'aurai plus aucune opportunité de sauver mon cœur. Mon âme, elle, est déjà condamnée à errer dans les limbes de l'enfer.

– Je suis tombé amoureux de toi, Tasha. Tu mérites certainement un gars mieux que moi, d'autant que je ne pourrai jamais t'offrir le Styx Lion. Mais l'homme, lui, t'appartient. Ouais, bon sang, l'homme t'appartient! Mais si tu me veux, il faut me prendre avec mes zones d'ombre.

Une vérité absolue!

Tasha m'a sorti du néant dans lequel je me complaisais et je n'ai aucune envie de m'enterrer de nouveau. Pas après avoir respiré l'odeur rafraîchissante de sa peau et goûté à la saveur délicieuse de sa bouche.

Avec elle, j'ai réappris les nuances et les plaisirs. Un trésor que je ne pensais pas mériter…

Je n'avoue pas que je l'ai rejetée, en fait, par peur de l'être, moi. Ma mère m'a abandonné alors que je venais de naître. Depuis, je m'escrime à partir le premier pour éviter de revivre cette douleur insupportable.

– Je sais que tu es en droit d'exiger de celui qui partagera ta vie bien plus que ce que j'ai à t'offrir, mais je te garantis que je ne te ferai jamais de promesses que je ne pourrais pas tenir. Et je serai là tant que tu voudras de moi… Une semaine, un an ou une éternité!

Tasha demeure silencieuse, son regard fouillant le mien comme s'il cherchait une vérité profondément enfouie. Une mise à nu qui ne m'effraie pas puisque j'ai sciemment choisi cette voie.

Je n'ai pas menti.

L'homme lui appartient corps et âme.

– Quatrième tir, finit-elle par murmurer.

Mon cœur s'emballe, entre douleur et espoir. Je vise le centre, résolu à obtenir de Tasha une sanction, quelle qu'elle soit.

Les plus longues secondes de ma vie…

Jusqu'à ce qu'elle rate la cible.

Tasha ne se dépare pas de son attitude imperturbable lorsqu'elle vient se camper devant moi. Je suis tendu comme un arc, mais soulagé de constater qu'elle ne l'est pas moins.

– Je t'aime, Dax, m'avoue-t-elle sur le ton du défi. En revanche, ça ne m'empêchera pas de t'étriper si tu me la joues à l'envers. N'oublie plus jamais que je suis très douée avec un scalpel.

– Promis. Et tu sais quoi ? Je te laisserai faire, dis-je en l'enlaçant enfin.

48

Tasha

– Une petite place?

Bien au chaud sous mon épais plaid, je me décale un peu pour permettre à Amber de s'asseoir près de moi. Obligé de bouger lui aussi, Dojo soulève une paupière paresseuse, scrute mon amie, puis se recouche contre mes jambes.

– C'est drôlement calme ici, soupire Amber en tirant sur ma couverture pour s'emmitoufler à son tour. C'est presque flippant.

– On s'habitue.

En fait, je n'ai eu aucun mal à m'adapter à la vie champêtre. Depuis deux mois, Dax et moi nous partageons entre San Francisco et le territoire de son gang. Un nomadisme qui me convient bien puisque je continue d'habiter chez Amber, tout en profitant d'une intimité plus importante avec mon amant lorsque nous résidons au chalet.

Avec mon travail à l'hôpital et l'activité de Dax au Rush, c'était le compromis le plus simple à mettre en place. Une alternative plus ou moins équitable selon les semaines.

– Je crois que je serais morte de trouille si je devais vivre ici, confesse Amber avec une grimace de dérision.

Je soupçonne qu'elle ne parle pas que de l'enclavement des lieux. Depuis l'attaque du domaine, Amber reste persuadée que je suis en danger au chalet. J'essaie de ne pas trop y songer et d'oublier ces heures cauchemardesques où les Demonic ont pénétré les défenses des Styx Lions.

Du reste, la sécurité a été renforcée et c'est en ville que j'ai été la cible d'une fusillade.

Et puis, ici, il y a Dax.

L'homme qui rend chaque jour plus beau et qui m'enveloppe d'un amour si sincère que j'ai fini par baisser la garde une bonne fois pour toutes.

J'enlace Amber et appuie ma tête contre la sienne.

– Je suis heureuse, énoncé-je tranquillement.

Un petit rire accueille cet aveu. Amber a eu un peu de mal à voir Dax déambuler dans sa cuisine les premiers temps, mais moins que ce qui va avec, à savoir ses amis. Elle s'y est habituée lorsqu'elle a compris qu'elle était, à leurs yeux, un prolongement de moi et donc une alliée, mais aussi et surtout une personne à protéger.

Une prise de conscience qui l'a aidée, mieux que ses visites chez le psy, à surmonter les séquelles de la fusillade.

– Il faudrait être aveugle pour ne pas s'en rendre compte, ma chérie. Même Clive a fini par jeter l'éponge.

Dax s'accorde le malin plaisir de venir me chercher à la sortie de l'hôpital, comptant, j'en mettrais ma main au feu, tomber sur mon ex-fiancé.

– Et toi, comment tu vas? Plus de cauchemars?

– Non…

Un petit quelque chose m'alerte dans la voix d'Amber. Avec sa peau chocolat, impossible de repérer la moindre rougeur, mais elle a tendance à se frotter le lobe de l'oreille lorsqu'un truc la perturbe.

– Lâche le morceau, ordonné-je d'un ton volontairement sévère.

– Il m'épie encore ?

Je n'ai pas besoin de lui demander de préciser son « il ». La fixette de Sam pour Amber n'est plus un secret pour personne, ce qui ne semble pas le déranger.

Il continue de veiller sur elle en silence, aussi inflexible qu'un rocher dans la tempête. Le plus étrange, c'est qu'il ne cherche pas à nouer de contact avec Amber, comme si le simple fait de la savoir en sécurité lui suffisait.

Pour l'heure, adossé contre un arbre à une dizaine de mètres, Sam a les yeux rivés sur nous. Je lui décoche un sourire taquin, auquel il répond par un hochement de tête sérieux.

– Oui, il te regarde.

– Hier, il est venu à la maison, me confesse Amber, pour une fois pas très à l'aise. Il est entré, s'est installé dans le salon et s'est maté *La Guerre des étoiles* avec Captain. Puis il est parti sans prononcer un seul mot. Je te jure, je n'ose même plus ramener de mecs.

– Eh bien, tu devrais peut-être, au contraire.

Amber réfléchit à ma suggestion et, au lieu de bondir à cette idée comme elle l'aurait fait il y a encore deux mois, elle secoue la tête en signe de dénégation.

– Tu fantasmes sur lui, c'est ça ?

– Chut ! Pas du tout ! C'est juste que…

– … il est canon, terminé-je à sa place.

– C'est surtout qu'il occupe tout l'espace quand il est là, déplore mon amie. On dirait qu'il n'y a que lui. Et, merde, il déborde de virilité ! Ça me chatouille à des endroits, je te raconte même pas.

– Alors pourquoi tu ne tentes pas ta chance ? C'est juste une question d'attirance sexuelle.

– Comme toi avec Dax ? me renvoie la petite provocatrice.

– Ma chérie, si tu comptes sur tes canards pour pallier ton désir, tu vas mourir de frustration. Donc, un conseil, croque dans cette pomme juteuse ou trouve-toi un autre fruit.

– Ouais, ouais…

– On dirait que tu files à l'échafaud, ricané-je. Depuis quand tu considères la baise comme une torture ?

– Oh ! La ferme, Tash ! Je te jure que ce n'est pas drôle.

Puis, pour contrebalancer son air mélodramatique, Amber saute sur ses pieds au milieu d'une explosion de rires et se dirige vers l'étalage de bouteilles de bière.

Bien déterminée à l'imiter, je me lève, suivie de près par mon nouveau meilleur ami. Je caresse la tête de Dojo et souris en apercevant Lou un peu à l'écart de la foule.

– Lou, l'appelé-je.

– Oui, ma belle.

– J'aimerais te demander un service.

Au sourire curieux, je réponds par une grimace espiègle. Cela fait des jours que je réfléchis à une manière de prouver à Dax que je ne suis pas avec lui en attendant mieux. Ces craintes-là, il ne les exprime jamais, mais elles flottent entre nous quand il relâche la pression.

« Je ne te mérite pas. »

Cette phrase est un leitmotiv qui me hérisse le poil, autant que ses réticences à revoir sa famille. De peur d'être rejeté, Dax s'est enfermé dans un cercle de solitude qu'il n'a osé briser que pour moi. Même les Styx Lions n ont pas accès à cette part de lui qu'il a cadenassée à double tour lorsqu'il s'est effondré sur la tombe de sa mère biologique. Un épisode qui continue de le hanter et qui le renvoie au mépris mâtiné de rancœur qu'il a éprouvé pour cette femme avant de découvrir la vérité sur son destin.

Il m'a fallu des semaines pour admettre que les secrets de Dax ne valaient pas l'homme qu'il était et qu'il m'avait offert non pas le minimum, mais l'essentiel.

À mon tour de lui prouver qu'il a conquis mon cœur et mon âme. Que je l'accepte lui, avec ses zones d'ombre et ses mystères. Que, même s'il ne prononce pas certains mots, j'ai compris ce qu'il était.

– Dis-moi tout. Si c'est dans mes possibilités, je me ferai un plaisir de t'aider.

– Je voudrais faire une surprise à Dax et j'ai besoin que tu me conseilles.

Je lui explique ce à quoi j'aspire, m'attirant en retour un sourire plus large que le Nevada.

– Ça, ma belle, c'est plus que dans mes cordes.

– Dax doit s'absenter dans une quinzaine de jours, c'est jouable à ce moment-là ?

– Oui, pas de problème. Viens me voir demain qu'on en discute plus en détail. Putain ! Tasha ! Je suis vraiment heureux que Dax ait rencontré une nana comme toi !

La sincérité de Lou me réchauffe le cœur. Parce que, ici, au milieu des bois, j'ai trouvé plus que ce à quoi je m'attendais. Une famille.

Je sursaute légèrement lorsque deux bras m'enserrent la taille et que je percute un torse musclé. Presque aussitôt, une bouche audacieuse taquine la courbe de mon cou.

– Je te cherche depuis dix bonnes minutes, me souffle Dax.

– Je n'étais pas bien loin, comme tu peux le constater. Et tu sais bien que Tate veille sur moi dès que tu t'absentes.

Tate, mon nouveau meilleur ami…

Depuis que j'ai sauvé Vic, j'ai gagné la reconnaissance éternelle du Styx Lion le plus timbré de la bande. Même si son frère a filé rejoindre sa copine à sa sortie d'hôpital, refusant de communiquer avec son aîné, Tate a décidé que j'étais désormais sous sa protection. Il n'intervient jamais en présence de Dax, mais si ce dernier s'éloigne, il assure le relais avec une ardeur flippante.

Flippantes… ces visites au chalet le sont tout autant. Tate débarque à n'importe quel moment en l'absence de Dax. La plupart du temps, il s'attarde pour un café, discutant de la pluie et du beau temps, mais il peut aussi demeurer silencieux, son regard bleu figé sur mon visage.

J'admets avoir eu la frousse de ma vie la première fois où il s'est pointé à ma porte, mais j'apprends à surmonter mes appréhensions. Parce que je suis convaincue que Tate ne me blessera jamais. Que je suis, d'une certaine façon, sa bouée de sauvetage.

Je redoute juste le moment où cela ne suffira plus à le maintenir à la surface…

– Il est plus calme, en ce moment.

Je m'empourpre au souvenir de la confidence du Styx Lion. Tate s'est mis en tête que Dax et moi allions fonder une famille sous peu. Il a donc décidé de concevoir un berceau pour le futur bébé. Je n'ai pas osé le détromper lorsque j'ai réalisé que ce projet l'enthousiasmait assez pour éloigner ses fantômes.

– Il travaille sur de nouveaux meubles, expliqué-je avec douceur.

– J'en reviens pas qu'il se confie à toi, avoue Lou. Mais c'est bien ! Très bien même !

– Tant qu'il ne se pointe plus pendant… qu'on est occupés, grogne mon bel amant.

Cette fois-ci, j'explose de rire. Je revois le visage ahuri de Tate derrière la baie vitrée du salon. Installée à califourchon sur Dax, je m'entraînais au rodéo avec une application toute sensuelle. Face à cette intrusion bien involontaire, Dax a réagi avec la vivacité qui le caractérise, se plaquant contre moi pour dissimuler ma poitrine nue.

Depuis, Tate s'assure toujours que je suis seule avant de débarquer. En partie parce que Dax lui a fiché son poing dans la figure lorsqu'il a réussi à lui mettre la main dessus.

Une bagarre qui a fini autour d'un verre…

– C'était un accident, répété-je pour la énième fois.

– Ouais, tu parles !

– Oublie ça, mon vieux, se marre Lou. Tate est allergique à tout ce qui ressemble de près ou de loin à une relation suivie. Il ne te piquera jamais ta nana ! Par contre, il est probable qu'il l'idolâtre jusqu'à la mort.

Le grondement de Dax dégage une jalousie primaire. Féroce…

Il tolère le changement d'attitude de son pote à mon égard, moins que Tate verse dans l'adoration obsessionnelle. Cela dit, il a fini par considérer que cela présentait certains avantages. Comme le fait que j'aie une autre personne prête à risquer sa vie pour me protéger en cas de danger.

Curieusement, je le vis plutôt bien.

J'apaise mon homme d'un baiser furtif, ravie qu'il glisse une main derrière ma nuque pour prolonger le contact de nos lèvres. Je m'abandonne dans un gémissement ténu, savourant ce plaisir simple comme un cadeau.

– Eh ! Les amoureux, braille Jarod. À table !

C'est en riant que nous rejoignons nos amis, dont certains représentent, à mes yeux, le ciment de ma vie.

Une famille que je chéris parce que je sais ce que c'est que de se retrouver orpheline. Comme l'homme à mes côtés. Un homme que je compte bien convaincre que, désormais, il ne sera plus jamais seul !

49

Dax

– Alors, cette surprise?

Alléché par le SMS mystérieux mais prometteur de Tasha, j'ai outrepassé toutes les limitations de vitesse pour rentrer au plus vite. Et maintenant que j'ai Tasha sous les yeux, je réprime difficilement mon excitation. Une émotion empreinte de désir, mais pas seulement.

La vie avec ma belle docteure se révèle une suite de petits bonheurs qui me laissent groggy.

Dévorer une pizza au coin du feu ou lire au lit, serrés l'un contre l'autre, sont autant de plaisirs qui me rendent heureux. Désormais, je délègue à Tate et Sam le soin de gérer le Rush trois soirs par semaine. Pour moi qui m'absentais rarement, c'est un sacré changement.

Un changement qui me permet d'être plus souvent présent au QG et de m'investir dans les nouveaux plans de protection de nos frontières. Et d'aider les miens à pleurer nos morts…

Je range ces préoccupations dans un coin de mon cerveau, totalement concentré sur la femme qui m'électrise comme aucune autre et qui m'a garanti… quoi, en fait? Je l'ignore, mais je n'ai pas imaginé le message sous-jacent dans ses derniers SMS.

Une promesse remplie de sensualité.

– Tu es bien pressé, me provoque-t-elle en reposant son livre.

Comment dire ? Après sept jours retenu sur la route pour régler un contrat des Styx Lions, je suis non seulement impatient, mais aussi affamé.

Comme si elle n'en était pas parfaitement consciente, Tasha s'étire avec langueur, puis quitte mon fauteuil sous l'alcôve. La plupart du temps, c'est là que je la découvre, le soir, lorsque je rentre. Emmitouflée dans un plaid et Dojo calé à ses pieds.

Dojo…

Au fond, je commence à m'habituer à sa présence et à bien aimer ce corniaud. De toute façon, je n'ai pas vraiment eu le choix. Le chien suit Tasha à la trace et geint à ma porte si je ne le fais pas entrer. De guerre lasse, Sacha et moi avons convenu que Dojo resterait chez moi. Et le sourire de Tasha, lorsqu'elle a appris cette nouvelle, a été une récompense à la hauteur du sacrifice.

– J'adore les surprises, dis-je. Surtout quand elles viennent de toi.

Je traverse la pièce et, sans la lâcher des yeux, m'assieds sur le canapé, le temps d'ôter mes rangers et mes chaussettes. Je me débarrasse dans la foulée de mon cuir et de mon tee-shirt, conscient que mon effeuillage captive ma belle amante.

Un juste retour des choses puisqu'elle ne porte, de son côté, qu'un déshabillé en soie qui révèle plus de chair qu'il n'en dissimule. Mon regard parcourt les cuisses fuselées, le ventre plat caché par le tissu et la poitrine opulente qui ne demande qu'à être libérée.

Et je suis plus que volontaire pour me charger de cette mission !

– C'est *ma* surprise, m'arrête-t-elle en s'humectant les lèvres.

Mon sexe tressaute, soudain trop à l'étroit dans son carcan. Je défais le premier bouton, ravi de constater que les pupilles de Tasha se dilatent. Son désir est comme un aphrodisiaque pour moi. Un stimulant qui accélère mon rythme cardiaque et me file des envies de la jeter sur mon épaule pour l'emporter dans ma chambre.

J'étire les bras et les cale derrière ma nuque, résolu à attendre ma surprise. Avec Tasha, je ne suis jamais déçu du voyage. Cette femme se réinvente à chaque fois pour me désarçonner et me titiller juste comme j'aime.

– OK, concédé-je.

J'écope d'un délicieux sourire satisfait.

Tasha s'avance vers moi, mais s'arrête à un mètre de distance. Puis elle pivote sur ses talons et m'offre la vision affriolante de son petit cul bien roulé. Je me lèche les lèvres, décidant que, ce soir, je la prendrai en levrette.

Oui, j'enroulerai mon poing dans ses cheveux et…

Lorsque Tasha soulève le tissu sur ses hanches, je cesse de réfléchir et change de position pour mieux admirer ses fesses rebondies et la courbure de son dos. Tasha n'est pas une adepte des strings, mais le boxer en dentelle qui pare la chair veloutée est aussi sexy. Ce qui ne m'empêchera pas de lui ôter cet ornement futile dès que j'en aurai l'occasion.

La nuisette disparaît en un tour de main habile et Tasha ondule du bassin avec lascivité, relevant la masse soyeuse de ses cheveux. C'est à ce moment-là que je l'aperçois, niché entre ses omoplates, juste sous sa nuque.

Ma gorge s'assèche d'un coup et je reste muet, ravagé par une émotion que je ne parviens pas à nommer. Je me lève sans même avoir conscience de bouger et m'approche de Tasha pour glisser mes doigts sous sa crinière. Sa peau est douce, mais, pour une fois, ce n'est pas ça qui m'électrise.

Le tatouage a la taille de mon poing et il a été exécuté avec le même professionnalisme que pour le mien. Je soupçonne Sacha de ne pas être étrangère à ce fait.

L'ange est représenté par une silhouette fine, presque immatérielle, probablement pour attirer l'attention sur les ailes. Pour ma part, je suis captivé. Envoûté.

Parce qu'entre les plumes dessinées avec magnificence, il y a d'inscrit *redeemer angel*?

Je ferme les yeux, puis les rouvre, comme si j'avais besoin de m'assurer que je ne rêve pas.

– Ça te plaît? me demande ma petite sorcière en m'adressant un regard en coin.

Je me plaque contre elle et rabats ses longs cheveux sur son épaule de façon à poser ma bouche sur le tatouage. Je lape la peau sensible, ravi de sentir le corps féminin trembler contre le mien. Difficile d'exprimer ce que je ressens. Ça fait des années que j'ai le sentiment d'être seul.

En s'imposant dans ma vie, Tasha a modifié la donne, mais ce tatouage…

Je n'arrive pas à croire qu'elle ait fait ça! Qu'elle ait encré dans sa peau celui que je suis. Et pas uniquement l'homme que je suis, mais également celui que j'ai été. Ce geste, c'est une acceptation pleine et absolue de moi. Un cri qu'elle expose à la face du monde entier.

Je lui mordille la nuque, les mains campées sur ses hanches pour la rapprocher encore plus de moi. J'ai besoin qu'elle envahisse mon espace personnel et se fonde en moi comme si nous ne formions qu'un. J'ai cru exister avant Tasha, mais c'était un mensonge. C'est avec elle que je me sens vivant et libre.

– Tu aimes, donc, souffle-t-elle d'une voix ravie.

Pourquoi le nier? Je suis possessif, un sujet qui n'en finit pas d'amuser ma compagne. Tant qu'elle l'accepte, ça me va. Parce que je suis incapable de taire cette émotion primaire qui m'éperonne dès que je songe à elle.

– Oui, j'aime, confirmé-je. Personne ne m'a jamais offert pareil cadeau. Maintenant, nous sommes liés jusque dans nos chairs. Tu es à moi et personne ne pourra plus le contester!

Tasha rit de ce petit rire cristallin qui m'aiguillonne parce qu'il est un mélange de lumière et de dérision.

Elle ne me laisse jamais me reposer sur mes lauriers en ce qui concerne notre couple, mais elle sait également comment me rassurer. Au-delà de ce dont je pense avoir besoin. Parce que, au fond, je suis toujours aussi surpris qu'une femme comme elle m'ait choisi, moi.

– Qui aurait osé? ironise-t-elle en ondulant contre mon sexe tendu.

– Ma belle, si tu continues, notre petit jeu va se terminer plus rapidement que prévu.

– Tu manques d'endurance, mon grand.

En représailles, je lui pince les fesses, puis apaise la douleur d'une caresse sensuelle. Mes mains remontent ensuite vers ses seins et les englobent pour titiller les mamelons déjà gonflés de plaisir. Je gémis, la bouche plaquée contre la peau sensible de sa nuque.

Tasha se tortille de nouveau contre moi, me révélant qu'elle est aussi à bout de patience. Je l'agace encore un peu du bout de la langue, même si je n'ai pas l'intention de faire traîner les choses. Je suis trop affamé pour ça…

En réponse à son geignement de frustration, j'amène Tasha devant le canapé et l'incite à s'agenouiller sur l'assise et à s'appuyer contre le dossier. De cette façon, je jouis d'une vue adorable sur son dos et sa chute de reins. Je replace ses cheveux sur son épaule et me délecte du spectacle pendant quelques secondes.

Lassée d'attendre, Tasha recule les fesses et chaloupe contre moi, une petite moue provocante sur les lèvres. Cette fois-ci, je me venge en insinuant un doigt entre ses cuisses. Je caresse l'intimité gonflée, mais m'arrête juste avant d'atteindre son clitoris.

– Ce n'est pas une façon très sympa de me remercier, râle-t-elle en se cambrant davantage pour en obtenir plus.

J'accentue la valse de mes doigts, heureux de la découvrir humide et prête à m'accueillir, et maintiens sciemment une pression inapte à la satisfaire. Ses grognements mêlés de plaisir et de frustration amènent un sourire narquois sur mes lèvres. Je soupçonne que ma belle amante se vengera de ma retenue et c'est justement ce que j'espère.

Parce qu'avec elle, les retours de feu sont toujours explosifs.

Lorsqu'elle tourne la tête vers moi et me fusille du regard, j'estime que le jeu a assez duré. Mon sexe est dur et pulse par saccades à chaque effleurement que j'impose à Tasha, lui aussi éprouvant une frustration piquante.

Je suis à la limite de la douleur, ce qui m'électrise encore plus. Je déboutonne mon jean et renonce à l'enlever.

– Merde ! Où sont les préservatifs ? m'énervé-je en fouillant mes poches vides.

– Tiens, mon grand, me lance Tasha avec un sourire lumineux en me tendant un petit emballage brillant.

– Tu as tout prévu…

– J'espérais bien que mon cadeau nous amènerait à cette conclusion, rit-elle pendant que je gaine ma queue.

– Bien vu, ma belle !

Enfin prêt, je m'enfouis d'un seul coup de reins dans la chair fondante.

Je geins, en écho au souffle altéré de Tasha.

Arrimé aux hanches féminines, je laisse libre cours à mon désir, allant et venant avec cette vigueur que Tasha aime tant. Toutefois, je finis par ralentir la cadence, éperonné par un autre besoin.

Enroulant le poing dans les cheveux de Tasha, je la ramène contre moi et mêle mes doigts aux siens sur son ventre. Ainsi liés, nous ne formons plus qu'un…

Mais ce n'est pourtant pas assez. Dans un grognement, je revendique sa bouche, cette part d'elle qui est peut-être bien celle qui m'envoûte le plus.

Notre baiser est dévorant, mais aussi et surtout empreint d'une douceur liquéfiante. Un paradoxe qui me met à terre à chaque fois…

Dieu ! C'est si bon !

– Je t'aime, chuchoté-je contre ses lèvres en les libérant.

Toujours pas de promesses, mais la garantie que je serai là aujourd'hui et demain.

Une vérité qui est inscrite dans mon cœur et ma chair.

Une vérité qui a la valeur d'un serment.

Je ferme les yeux, heureux, et cède de nouveau à l'appel de la bouche tentatrice. Et comme toujours, je m'émerveille lorsque, à son tour, elle prononce ces mots que je n'ai jamais rêvé d'entendre avant :

– Je t'aime, Dax.

ÉPILOGUE

Dax

La tombe est toujours là ! Je sais que c'est idiot, mais j'ai eu peur de ne pas réussir à la localiser. Et, maintenant que j'y suis, je n'ai plus de mots pour exprimer mes émotions. Plus envie non plus de parler.

Ça ne dérange pas la femme à mes côtés. Elle étreint ma main, acceptant mes silences aussi bien que le reste. Je lui en sais gré, d'autant plus qu'elle a compris que j'avais besoin de revenir ici pour me recueillir.

– Quelqu'un fleurit la tombe, me souffle Tasha avec douceur.

Un constat qui me déroute. Mary Grant n'avait plus de famille, sinon des parents qui n'ont jamais souhaité venir prier sur sa tombe.

Le temps a-t-il altéré leurs sentiments ?

Je préférerais que ce soit le cas, parce que ça rendrait le destin de ma mère moins… glauque ? Injuste ?

– J'aurais aimé la connaître, signifié-je enfin.

– Elle reste une part de toi.

– Une part de mystère !

– Une part d'elle à laquelle elle a choisi de donner une chance de vivre. Peut-être pas comme tu aurais souhaité, mais…

– Je ne regrette pas d'avoir grandi auprès de mes parents, contesté-je. J'ai été heureux. Et adoré. J'aurais juste voulu qu'elle ait une autre vie. Qu'elle ne finisse pas avec une aiguille plantée dans le bras, si jeune.

– Et tu as sauvé des dizaines de gamins pour expier une faute qui n'était pas la tienne.

Je grogne, comme à chaque fois que Tasha énonce un truc qui me perturbe. J'ai tracé ma voie en toute connaissance de cause, mais certaines choses sont mieux quand on ne les nomme pas.

– Allons-y, dis-je. Ils nous attendent.

Une demi-heure plus tard, je me stationne devant une maison à la façade blanche. La pelouse est impeccable, comme dans mes souvenirs. Pourtant, certains éléments ont changé. La balançoire – un pneu pendu à la branche d'un chêne – a disparu, ainsi que l'antique panier de basket que j'ai cassé en m'accrochant à l'arceau.

Par contre, je reconnais le vieux pick-up devant le garage. Mon père et moi l'avons retapé ensemble juste avant mon intégration au FBI. Je suis étrangement ému qu'il ne l'ait pas vendu.

J'attire Tasha contre moi, parce que, en cet instant, son soutien m'est indispensable.

– Dax, mon chéri, m'interpelle une voix familière, même si elle est enrouée.

Mes parents se tiennent sur le perron, blottis l'un contre l'autre. Je suis presque dérouté par les fils blancs qui parsèment la chevelure naguère noir de jais de ma mère. Mon cœur se contracte, heurté par tous ces moments qu'il a manqués.

– Tu es là, aujourd'hui, me susurre Tasha.

Et c'est grâce à elle.

Jour après jour, elle m'a tanné pour que j'envisage de rendre visite à mes parents. C'était nécessaire à ses yeux pour que je sois en paix avec mon passé.

J'ai abdiqué parce que, pour elle, je suis prêt à courir tous les risques. Et puis, même si je ne l'avoue pas à voix haute, je veux que mes parents rencontrent la femme formidable qui partage ma vie. Et peut-être un jour nos enfants…

Je m'avance avec le sentiment étrange de remonter le temps. Sauf que la colère d'autrefois a laissé la place à une tranquille assurance. Je réalise que je suis plutôt fier du chemin parcouru. En dépit de ce que je suis aujourd'hui, j'ai atteint mes objectifs. Même s'ils sont contestables ou pas forcément dignes de figurer au panthéon des réussites les plus estimables.

Malgré l'obscurité, je lutte au quotidien pour que la lumière réinvestisse le champ des possibles.

Mes parents m'ont élevé pour que je devienne cet homme audacieux et intrépide. Mais il a fallu que Tasha m'oblige à regarder cette vérité en face pour que je l'intègre enfin.

– Maman ! Papa !

– C'est si bon de te revoir à la maison, fiston.

Carter Mason… Mon père ! Ce pilier indéfectible et inaltérable qui m'a secoué les puces lorsque j'en avais besoin, mais m'a aussi tendu la main quand c'était nécessaire. Je l'enlace avec le sentiment de retrouver mon enfance. Je me remémore nos parties de foot, nos randonnées dans le Montana et nos fous rires lorsque nous partions pêcher entre hommes.

C'est bon… Bon comme une flambée de bois un soir de grand froid.

Puis je pivote vers ma mère, le cœur débordant d'amour. Je la soulève, heureux de l'entendre s'esclaffer comme autrefois. Elle sent la cannelle et le caramel, probablement parce qu'elle a cuisiné mes pâtisseries préférées.

– Papa, maman, je vous présente Tasha, ma compagne.

– Enchantée, monsieur et madame Mason.

– Carter et Emmy, la reprend mon père. Vous êtes la bienvenue chez nous et merci de nous avoir ramené notre fils.

Une légère rougeur apparaît sur les joues de Tasha. Je l'attire contre mon torse en riant et l'embrasse à pleine bouche malgré sa gêne d'être ainsi exposée devant mes parents. Quant à moi, je me refuse de cacher ce que j'éprouve pour cette femme. J'ai un besoin viscéral de crier à la face du monde qu'elle est mienne !

– Teresa et Solenn se joindront à nous pour le dessert, m'annonce ma mère.

– Elles sont fâchées contre moi ?

– Teresa t'adore, tu le sais bien. Elle a hâte de te voir. Quant à Solenn, tu la connais. Elle risque de te faire payer ton absence avant de te sauter dans les bras.

Teresa et Solenn avaient 5 et 2 ans lorsqu'elles ont débarqué ensemble à la maison. Moi, 8. La cohabitation a été rude au début, mais la complicité qui s'est instaurée entre nous ne s'est jamais démentie… Du moins jusqu'à ce que je parte sans plus donner de nouvelles.

– Allez, entrez, nous invite mon père. Maman a cuisiné pour un régiment.

Et, à l'odeur, je vote pour mes plats préférés, à savoir du lapin aux petits champignons et des pommes au four. Je salive d'avance !

– Mon chéri, pendant que papa montre quelques photos à Tasha, viens donc m'aider.

Un rituel d'autrefois.

Je passais beaucoup de temps avec mon père, alors ma mère s'arrangeait pour que, le soir, je lui consacre quelques minutes. J'aimais ces moments où je mettais la main à la pâte et pas uniquement parce que je pouvais piquer dans les plats avant l'heure du repas. Quoique…

– Tasha ?

– Écoute ta mère. Moi, je vais prendre un malin plaisir à découvrir tout ce que tu ne m'as pas dit…

Le ton joueur m'électrise, comme toujours avec ma belle indomptable.

– Papa, ne te laisse pas duper par ce joli sourire. Derrière, il y a une intelligence redoutable.

– Je pense que je m'en sortirai, rit mon père sans dissimuler une lueur d'intérêt.

Je m'esquive, le cœur léger. Je m'attendais à rester muet face à mes parents, à essuyer peut-être même leur colère ou leur ressentiment, mais, fidèles à eux-mêmes, ils m'accueillent comme si j'étais parti hier.

– Elle est vraiment belle, me susurre ma mère une fois la porte de la cuisine refermée.

– Tasha est mon miracle, avoué-je.

– Je suis heureuse pour toi. Tiens, passe-moi la quiche. J'ai préparé celle avec des brocolis et du fromage de chèvre.

– Tu es un amour, même si je ne mérite pas que tu te sois donné autant de mal. Maman…

– Non, Dax ! Tu es là, aujourd'hui, et c'est tout ce qui importe.

J'enlace ma mère, calant sa tête sous mon menton. Elle a toujours été bienveillance et douceur. Il fallait bien ça pour élever trois enfants au passé meurtri.

– Tu t'es arrêté au cimetière, n'est-ce pas ?

– Comment…

– Tu es mon fils. Je te connais.

– Oui, je m'y suis rendu. Quelqu'un fleurit la tombe.

– C'est ton père et moi. On y va une fois par mois depuis le jour où on a appris…

La surprise me cloue le bec. Je scrute ma mère, lisant sur son visage encore et toujours cette empathie qui la caractérise.

– Elle nous a fait le don le plus précieux qui soit, murmure-t-elle. Nous lui devons bien d'honorer sa mémoire.

– Je ne vous l'ai jamais dit, maman, mais je n'aurais pas pu rêver meilleurs parents que papa et toi.

– Et nous meilleur fils.

J'enlace ma mère plus étroitement, bouleversé par les larmes qui coulent sur ses joues. Ému par l'affection inconditionnelle que je discerne dans son regard.

J'ai toujours eu le sentiment d'un vide en moi, une séquelle de mon histoire, je suppose. Être abandonné m'a marqué au fer rouge, en dépit de toute la tendresse de ma famille.

Avec son amour, Tasha a comblé cet abysse de douleur. Ce soir, je réalise que mes parents avaient déjà commencé à colmater les brèches. Pour la première fois depuis longtemps, j'éprouve une paix intérieure.

Lorsque je rejoins le salon, je suis une fois de plus ébloui par la beauté – et je ne parle pas du physique – de la femme qui a choisi d'avancer à mes côtés. Une femme qui voit le meilleur en moi et accepte l'obscurité qui règne sur mon existence.

– Dax, m'appelle-t-elle avec un sourire qui réchauffe chaque cellule de mon corps.

Il n'en faut pas plus pour que je m'asseye près d'elle et que j'entrelace nos doigts.

Pour un jour…

Une semaine…

L'éternité, si j'ai cette chance…

FIN

REMERCIEMENTS

Quand on écrit un roman, on met plus ou moins de soi. Si l'univers des Styx Lions est en apparence très éloigné du mien, il aborde pourtant des sujets qui me sont chers comme la loyauté, le sens de la famille, l'adoption, le destin et ses petites taquineries.

Le destin… Une thématique qui ne cesse de m'interroger et de m'interpeller.

Sommes-nous prédestinés à certaines rencontres ?

Un proverbe chinois dit qu'un fil rouge invisible relie ceux qui sont destinés à se rencontrer, malgré le temps, le lieu et malgré les circonstances.

Dax et Tasha sont tous les deux nés d'une maman adolescente, l'un dans un milieu aisé, l'autre dans la pauvreté.

Le premier a été abandonné et adopté par une famille aimante alors que la seconde a appris à survivre en milieu hostile.

Adulte, Dax est revenu dans les bas-fonds, tandis que Tasha s'est hissée au-delà des barrières sociales.

Ils n'auraient jamais dû se rencontrer. Encore moins s'aimer ?

Je vous laisse seuls juges…

Je tiens tout d'abord à remercier les éditions Addictives, et en particulier Maud et Carole, pour avoir cru en mes petits Styx Lions et m'avoir aidée et soutenue tout au long de cette belle aventure.

Une pensée pour mes deux loulous qui sont mes plus fidèles

supporters et me stimulent au quotidien. Ils ont été une source d'inspiration de bien des façons pour ce roman…

Merci à toute ma famille pour son soutien pendant ces heures où je me coule dans la peau d'une ourse qui s'enferme au fond de sa grotte. Et une pensée pleine d'amour pour tous ceux dont l'absence reste une déchirure.

Je ne peux oublier Élodie qui a été une bêta lectrice du tonnerre. Ton aide m'a été précieuse ! Un immense merci donc pour tes retours et ton soutien tout au long de cette aventure.

Mes derniers mots seront pour vous, lecteurs et lectrices, qui avez pris le temps de découvrir l'univers de Tasha et Dax et qui les avez accompagnés jusqu'au dernier mot. Merci pour tous les retours reçus, les petites attentions, les interrogations, les coups de cœur ou les coups de gueule… Entre vos mains, mes Styx Lions sont devenus les vôtres, et c'est le plus beau des cadeaux pour un auteur.

Ah ! Et si vous croyez avoir reconnu le manoir d'Amber, vous ne serez pas surpris d'apprendre que je suis une fan inconditionnelle de *Charmed*…

Extrait

LAST RIDE

Ana Scott

PROLOGUE

Stan

– Tu es prêt, Stan ?

Perdu dans mes pensées, je lève la tête.

– Ouais, prés'.

Il met sa main sur mon épaule et la presse.

– Nous le ramènerons vivant, je te le promets. Garde confiance, fils !

– J'ai confiance !

Ce qui n'est pas tout à fait vrai. Je regarde le prés' faire le tour des gars, donner ses dernières directives, et je pense à Aaron Travis, « Trav », mon meilleur ami. Il ne fait jamais rien comme tout le monde, et s'il était là, je lui dirais ma façon de penser.

Qu'est-ce qui lui a pris de se barrer, nom de Dieu ?

Oui, il s'est tiré ! Pour mettre de la distance entre lui et Cassandra, la fille du prés'. Pour oublier qu'il fantasme à mort sur cette fille et qu'il n'a qu'une envie : la baiser. Parce que, qui dit fille du prés', dit intouchable.

Pour Trav comme pour tous les mecs du club. Le prés', qui n'a pas vu grandir sa fille, est ultra-protecteur, et comme Cassandra est canon, il nous a prévenus : le premier qui lui manque de respect aura affaire à lui. À moins qu'il ne finisse par lui donner sa bénédiction…

Je souris malgré moi : comme le prés' connaît bien Trav – mieux que quiconque puisqu'il l'a quasiment élevé –, et qu'il sait comment il se comporte avec les filles, eh bien, ça n'arrivera jamais ! Trav le sait, et c'est pour cette raison qu'il s'est barré, il y a trois jours de ça. Nous avons fini par retrouver sa trace. Il s'est crashé en pleine forêt mexicaine et a été récupéré par Alejandro Dominguez, le caïd du coin et ennemi juré du prés' depuis le jour où ce dernier lui a ravi sa demi-sœur, Angela, dont il abusait depuis des années.

Ce type est un fou furieux. D'un petit club de bikers hérité de son père, Dominguez est aujourd'hui à la tête d'un véritable gang mafieux : trafic d'armes, drogues, boîtes de nuit, proxénétisme… tout y passe.

Ouais, nous avons retrouvé sa trace, et nous sommes venus le chercher. Je prie pour qu'il soit encore en vie.

– Nous serons sur zone dans dix minutes, annonce le pilote dans le haut-parleur. Préparez-vous !

Le prés' se remet immédiatement debout pour nous interpeller, une fois de plus.

– Bien, les gars, on trouve Trav et on s'arrache !

– Pourquoi on ne ferait pas d'une pierre deux coups, prés' ? demande Elliott, notre boute-en-train de service. Dominguez en veut à ta régulière, et il a foutu en l'air notre magasin de Corpus Christi à coups de lance-roquettes. Il restera une menace si nous ne lui réglons pas son compte.

– Nous nous occuperons de cette question plus tard, répond le prés'. Notre priorité, c'est Trav.

Personne n'ose le contredire. L'avion atterrit et nous nous équipons : gilets pare-balles, talkies, AK, flingues.

– Bonne chance, mes frères. C'est parti !

Le prés' saute dans les herbes hautes, et nous courons à sa suite jusqu'à l'entrée principale, gardée par deux hommes armés. Nous nous planquons dans les fourrés. Plus loin, la villa, immense, est éclairée comme un sapin de Noël. De gros spots lumineux nous permettent de voir comme en plein jour, alors qu'il est près de minuit. Nous réfléchissons à une diversion, quand soudain, des coups de feu retentissent. Les gardes déguerpissent, nous laissant le champ libre.

– La voilà, notre diversion, souffle le prés'. Allez ! *GO !*

Nous nous ruons vers le portail d'entrée et l'escaladons en nous aidant mutuellement, puis le prés' nous scinde en deux groupes. Il me fait signe de le suivre. Des coups de feu se font encore entendre, puis c'est le silence. Un silence oppressant. Nous avançons prudemment, nous attendant à tout moment à être attaqués.

Le prés' s'arrête, lève la main, pour nous dire tout bas :

– Planquez-vous. Quelqu'un vient.

Nous reculons dans les buissons, sur le qui-vive. Lorsqu'un homme passe près de nous, la respiration sifflante, comme à bout de forces, le prés' lui saute dessus, tandis que nous le mettons en joue. Les deux hommes luttent quelques secondes, et au moment où Samuel allait lui mettre un coup derrière la tête, l'homme s'effondre dans ses bras.

– Nom de Dieu, c'est Trav. Hé, fils…

Il lui met des baffes, mais mon meilleur ami n'a aucune réaction.

– Il est brûlant, s'alarme le prés' en touchant son visage. Retournons à l'avion. Le doc s'occupera de lui.

Il saisit Trav à bras-le-corps, et nous nous apprêtons à rebrousser chemin, lorsque du bruit se fait entendre derrière nous. Je me retourne, prêt à faire feu. Une fille, pieds nus, en chemise de nuit, de longs cheveux noirs virevoltant autour d'elle, accourt dans notre direction.

– Attendez, supplie-t-elle, avec un fort accent mexicain. Votre ami a promis de m'emmener.

Sans que je puisse rien faire pour l'en empêcher, elle s'agrippe à mes épaules.

– Emmenez-moi avec vous, s'il vous plaît, dit-elle, en larmes. S'il découvre que j'ai aidé l'Américain à s'enfuir, il me tuera.

Je baisse les yeux et je me perds dans la contemplation de sa poitrine à peine dissimulée par sa chemise. Je tente de la repousser, mais elle s'accroche désespérément.

Lorsqu'elle est apparue, j'ai cru à une hallucination, tant cette vision me semblait incongrue et fantasmagorique, entre les coups de feu, les voix dans les talkies, l'adrénaline dans mes veines. Elle ne pouvait être réelle.

Trop belle.

Trop sensuelle.

Trop… tout.

Une nymphe sortie des eaux, une sirène, une fée tirée des contes pour enfants. Un être immatériel. Une putain d'apparition de malade !

Je regarde le prés', qui lève un sourcil. À son expression fermée, je comprends que puisque nous avons retrouvé Trav, nous devons dégager au plus vite et ne pas nous apitoyer sur le sort de cette femme, aussi belle soit-elle. Ses sanglots redoublent d'intensité. Elle hoquette, toujours accrochée à mes épaules :

– Je m'appelle Julia, et il… c'est un monstre. Pitié.

Elle a un mouvement de recul lorsque le prés' lui touche l'épaule, lui enjoignant de me lâcher et de se calmer. Sa chemise glisse, nous dévoilant une peau lacérée de longues cicatrices lui montant jusqu'à la gorge. Ses bras sont également dans un triste état, ce que je n'avais pas vu jusque-là.

– Nom de Dieu, ne puis-je m'empêcher de siffler entre mes dents.

Je croise encore les yeux du prés'. Tout comme moi, il sait qui est capable de torturer une femme de cette manière : ce salopard de Dominguez.

– On l'emmène ! Les gars, on se replie, annonce ensuite le prés' dans son talkie.

J'ai un soupir de soulagement. J'espérais qu'il prendrait cette décision, et je m'étais préparé à le supplier si ça n'avait pas été le cas.

Aussitôt, je m'empare de la main de la belle Mexicaine, et nous rebroussons chemin pour courir jusqu'au gros-porteur qui nous attend à plusieurs centaines de mètres. Samuel ferme la marche, après avoir chargé Trav sur ses épaules. J'oblige la fille à accélérer, tout en nous couchant dans les herbes hautes pour éviter des faisceaux lumineux qui sillonnent maintenant la zone à notre recherche. J'entends son souffle accélérer, et je sens la peur monter en elle ; la peur de ne pas réussir à nous suivre et de retomber entre les mains de Dominguez.

– Tenez bon, nous y sommes presque !

Elle vacille. Je passe un bras autour de sa taille si fine que j'ai peur de la casser, mais mon soutien semble lui redonner de l'énergie. L'avion est en vue. Sam fait signe au pilote d'allumer les rotors et les pales s'élancent dans un sifflement assourdissant, la poussière s'élève du sol, nous obligeant à baisser la tête. Je lâche la fille pour grimper d'un bond dans l'hélico, puis j'aide le prés' à hisser mon meilleur ami dans la carlingue, aussitôt pris en charge par le doc. C'est ensuite au tour de Julia. Semblant complètement épuisée et à bout de souffle et de résistance, elle chancelle, ne sachant visiblement plus quoi faire ni comment se comporter.

– Venez vous installer, lui dis-je en la guidant jusqu'à une banquette.

Je retire mon blouson en la voyant claquer des dents, placer ses mains entre ses cuisses et se recroqueviller, et le lui tends.

– Tenez, mettez ça, ça vous protégera un peu du froid.

Elle me remercie d'un sourire tremblant. Je ne saurais dire pourquoi ni comment, mais ce sourire déclenche quelque chose au plus profond de moi. Quelque chose de curieux, de doux, de chaud, quelque chose que je n'ai jamais ressenti et qui est foutrement agréable. Elle paraît si fragile, si perdue, sa présence si incongrue dans ce vieil avion de l'armée, parmi les soldats improvisés que nous sommes : une jolie fleur au milieu d'un champ de ronces, une lumière dans l'obscurité.

Je ne veux pas la laisser seule, mais il faut que j'aide mes frères et que je prenne des nouvelles de Trav.

– Ne bougez pas, je reviens.

Elle lève sur moi un regard épouvanté, et se saisit de ma main.

– Ne me laissez pas.

– Je fais au plus vite. Rassurez-vous, vous ne craignez rien, vous êtes en sécurité avec nous.

Elle hoche la tête, et je sens ses yeux sur moi alors que je m'éloigne.

– Ils en sont où, Kurt ?

Il me montre la plaine.

– Ils arrivent !

Le prés' s'élance en direction de nos frères restés en arrière, qui apparaissent à l'autre bout de la clairière. Je les compte rapidement. Ils sont tous là, mais il y a deux blessés.

Soudain, des jeeps déboulent. Tout en criant aux gars d'accélérer le mouvement, le prés' court en direction des jeeps en les arrosant copieusement avec son fusil-mitrailleur, puis il rebrousse chemin. J'aide à monter les blessés, après quoi je hurle à Samuel de se dépêcher, alors que les balles ricochent autour de lui. L'avion quitte le sol.

– Plus vite, prés' ! Allez, Sam, putain ! Accélère !

Il saute, arrive à saisir nos mains tendues et à monter à bord, tandis que notre pilote nous élève dans les airs avec dextérité en évitant les balles.

Il était moins une !

Je referme la porte derrière Sam. Après avoir regardé en direction de Julia pour m'assurer que tout va bien de son côté, je me dirige vers l'endroit où est couché mon meilleur ami. Le prés' est déjà près de lui et discute de son état avec le doc. Leurs mots me font frémir : infection, les prochaines heures vont être décisives plus qu'à espérer que son cœur tienne…

Nom de Dieu, Trav…

Le prés' le remercie, puis il se dirige vers les autres pour leur dire un mot, comme il devait le faire lorsqu'il était l'un des chefs des marines. Je reporte mon attention sur le doc.

– Je t'ai entendu dire au prés' que l'état de Trav est inquiétant ?

– Il risque une septicémie, son cœur pourrait ne pas tenir. Il faut croiser les doigts, mon frère, et attendre. Et elle, qui est-ce ?

– Une meuf qui l'a aidé à s'échapper.

Il fronce les sourcils.

– Elle va bien ?

– Je ne sais pas trop.

– En tout cas, n'hésite pas à m'appeler si elle a besoin de soins.

– Je n'y manquerai pas, mais en attendant, occupe-toi de lui, dis-je, en désignant Trav.

Je n'imagine pas perdre mon meilleur ami, mon cœur n'y résisterait pas. Ma vie serait… j'en sais rien, elle aurait nettement moins de réalité, je perdrais mes repères. Trav est mon quotidien depuis toujours. Il fait partie de moi comme s'il était mon propre frère. Il est plus qu'un frère, il est mon prolongement, mon moteur, la personne que j'aime le plus sur cette terre, et je sais que c'est réciproque.

Je m'éloigne, le cœur lourd, pour retourner m'asseoir auprès de Julia qui s'est endormie, la tête contre la paroi. Je me demande quelle est son histoire, ce qu'elle a vécu pour être si désespérée et prête à tout, au point de demander de l'aide à de parfaits inconnus sortis de nulle part et armés. A-t-elle conscience qu'elle se met en danger ? Je suppose que pour qu'elle en arrive à de telles extrémités, la vie ne lui a pas fait de cadeaux, et que l'inconnu est préférable à ce qu'elle a subi, à en croire toutes ces marques sur son corps.

Elle gémit dans son sommeil, s'agite, tremble, et je la prends dans mes bras. Aussitôt, les siens s'enroulent autour de mon cou. Trouvant visiblement du réconfort dans ma présence, elle pousse un léger soupir et resserre sa prise. Elle se colle contre moi. Je ressens sa présence avec une acuité qui me surprend : son souffle, qui après quelques secondes, s'apaise, la chaleur de son corps, ses longs cheveux caressant mes bras à chaque respiration... Je ferme les yeux, avec le sentiment de flotter vers des rivages inconnus, et je me mets à rêver : d'un havre de paix, d'une terre lointaine où cette fille, si belle et si fragile, serait mon seul univers. Sa beauté m'émeut, sa fragilité m'émeut. L'avoir collée à moi, serrée tout contre moi, me bouleverse au plus haut point et m'apaise également, à mon grand étonnement. Je m'autorise enfin à souffler. Je passe mon bras autour de sa taille, et en sentant mes paupières devenir lourdes, je me laisse glisser tout doucement dans un sommeil réparateur, pour me réveiller, quelques heures plus tard, lorsque nous atterrissons sur le tarmac des AngelWings à Corpus Christi. Aussitôt, Aaron est transporté dans le fourgon pour rejoindre le MC le plus rapidement possible. Son état ayant empiré, le doc est inquiet.

– Tu te charges d'elle ? me demande le prés' en désignant Julia blottie dans mes bras.

– Oui, prés', je m'en occupe.

Ne pouvant me résoudre à la réveiller, je la prends sous les genoux, puis je saute sur la piste pour m'engouffrer dans le fourgon à mon tour. Tout en la réinstallant contre moi, je contemple son visage, son front soucieux, sa bouche légèrement ouverte. Puis mes yeux longent son cou, la naissance de ses seins, dont je perçois très nettement le galbe contre mon torse. Une chaleur se répand dans mon bas-ventre, et je comprends en une seconde que je désire cette femme, que je l'ai désirée dès le premier instant. C'est pulsionnel, irrationnel, complètement surréaliste, mais c'est un fait. En resserrant les pans de mon blouson autour de son corps, mes doigts effleurent sa peau. Elle gémit, tandis que des picotements remontent le long de mon bras. Ce petit son s'immisce dans mon crâne, sous mon derme, dans la moindre parcelle de mon être. Je m'efforce de repousser le trouble qui ne cesse de monter en moi au contact de cette femme si attirante lorsque nous pénétrons dans la cour du club.

Le fourgon s'arrête brusquement, et ma belle endormie sursaute en poussant un petit cri. Elle s'éloigne de moi, se colle contre la portière. Je la tiens par les épaules tout en lui parlant doucement pour la rassurer.

– Hé, hé, hé, vous n'avez rien à craindre, vous êtes en sécurité, je vous le promets.

Elle jette des coups d'œil effarés autour d'elle.

– Où sommes-nous ?

– Au club, près de Corpus Christi, aux États-Unis.

– Quel genre de club ? demande-t-elle, les sourcils froncés.

– Un club de…

– Stan, m'interrompt le doc, appelle Samuel, vite. Trav fait un arrêt, je vais devoir le choquer.

Je saute aussitôt de mon siège pour me pencher hors du fourgon et appeler le prés', qui se libère en toute hâte des bras de Cassandra, sa fille, et qui me rejoint. En regardant en direction de mon meilleur pote, je constate que Julia est à ses côtés et lui tient la main. Les sanglots de Cassie augmentent en intensité lorsque le corps d'Aaron s'arc-boute sous l'impulsion des électrochocs. Une fois. Deux fois. Trois fois.

– C'est bon, il repart, soupire le doc, soulagé.

Tout comme le prés', qui a lui aussi assisté à la scène, je laisse échapper le souffle que j'avais retenu, le bide noué par l'angoisse, mais c'en est trop pour Cassandra qui s'enfuit en courant.

– On l'emmène dans sa chambre, fais ce qu'il faut pour elle, lance le prés' en me désignant Julia, alors qu'Aaron est transporté sur une civière.

– Pas de souci, prés'.

Il saute du fourgon après les gars, tandis que Julia s'arrête à ma hauteur.

– Je voulais vous dire…

Je la regarde, me fends d'un sourire :

– Oui ?

– Merci de m'avoir emmenée avec vous.

– C'est le prés' qu'il faut remercier.

– Le prés' ? C'est quoi, un prés' ?

– Vous êtes dans un club de bikers, mademoiselle, et Samuel Taylor, l'homme qui nous commandait et qui vient de descendre du fourgon, en est le président. Le chef, si vous préférez.

– Oh, je vois, mais je voulais vous remercier, vous, de m'avoir soutenue lorsque nous nous sommes enfuis. Sans vous, je n'en aurais pas eu le courage, alors du fond du cœur, merci.

Elle dégage mon blouson de ses épaules pour me le rendre, mais je suspends son geste brusquement, d'une voix un peu trop forte :

– Non !

J'aime l'idée qu'elle ait quelque chose de moi sur sa peau.

– Pardon ?

– Gardez-le, je vous en prie, j'en ai d'autres.

Elle plonge ses beaux yeux noirs dans les miens.

– Très bien, répond-elle au bout de quelques secondes, après s'être éclairci la voix. Comme ça, j'aurai un souvenir de vous.

Pour la première fois de ma vie, les mots me manquent.

– Julia, c'est ça ? demandé-je, alors que je le sais pertinemment, mais ne peux me résoudre à la laisser s'éloigner.

Pas déjà, pas tout de suite. Je veux la garder encore quelques instants toute à moi, à moi seul, car lorsqu'elle aura mis un pied dans le club, elle sera happée par le clan qui voudra tout savoir d'elle, et c'en sera fini de notre bulle d'intimité.

– Oui, Julia Rodriguez. Et vous ?

– Stanley. Stanley Cooper, mais tout le monde m'appelle Stan.

Elle me tend la main.

– Enchantée, Stan, et encore merci. Merci pour tout.

La façon dont elle prononce mon prénom, avec ce léger accent chantant, me met les sens en ébullition. Sans même réfléchir, je me saisis de sa main pour la serrer puis la porter à mes lèvres. Une fois de plus, son contact me bouleverse. Nous nous regardons, quelque chose se passe sans que je puisse comprendre réellement quoi, et certainement pas plus qu'une fraction de seconde, mais le temps semble avoir suspendu son envol. Lorsqu'elle retire sa main, visiblement gênée et un peu apeurée, j'ai l'irrésistible envie de la retenir. Juste un instant encore, pour avoir sa peau si chaude, si douce, sous mes doigts, et son regard soudé au mien. Je me reprends et me décide à sortir quelques mots, en ignorant l'émoi qui ne cesse de grandir dans tout mon être malgré moi.

– Venez, rentrons. Je vais vous confier à Angela. Elle vous donnera une chambre, vous pourrez vous installer et vous reposer.

– Qui est Angela ?

– La régulière du prés', enfin, sa femme, en quelque sorte. Angela est mexicaine, comme vous. Je lui laisse le soin de vous raconter son histoire, que vous découvrirez assez semblable à la vôtre.

– Oh, elle a connu Dominguez ?

– Effectivement, mais encore une fois, je vous laisse en parler avec elle, j'aurais peur de ne pas trouver les mots.

– Je pense au contraire que vous sauriez parfaitement faire, Stan.

Je lève un sourcil.

– D'où vous vient cette certitude ?

– Vous savez parler aux gens, je le sens, vous savez les rassurer, vous… vous l'avez fait pour moi. Vos mots, votre seule présence m'ont apporté un peu de quiétude et de réconfort, et je vous en suis reconnaissante.

– Alors j'en suis heureux. Venez.

– Vous êtes sûr que je ne vais pas déranger ? demande-t-elle, en trottinant à mes côtés jusqu'à la porte du club.

J'ouvre et l'invite à entrer.

– Sûr et certain, nous sommes une grande famille.

C'est à cet instant que je remarque que toutes les conversations se sont tues, et que tous les visages sont dirigés vers nous.

– Venez, n'ayez pas peur. Ils sont impressionnants comme ça, mais ce sont de bons gars. Mes frères, je vous présente Julia Rodriguez, qui a aidé Trav à s'enfuir, dis-je d'une voix puissante. Julia, bienvenue chez les BlackAngels des OutlawRiders du Texas.

Aussitôt, mes frères et leurs régulières nous entourent pour lui souhaiter la bienvenue et l'abreuver de questions. Quelques brebis se tiennent à l'écart et la jaugent, se demandant visiblement si elle représente une menace. Au regard dont Lilly l'enveloppe, je me fais la réflexion de rester sur mes gardes, car cette fille, habituée des bagarres entre brebis, est capable du pire et pourrait avoir envie de la terroriser, simplement pour s'amuser.

Au début sur la défensive, Julia m'adresse au bout de quelques minutes un sourire qui me fait comprendre que ses craintes se sont un peu évanouies. Je finis par repousser la foule des curieux.

C'est bon, maintenant, vous l'avez assez vue, assez touchée, ce n'est pas un fantôme, c'est une meuf de chair et de sang.

– Hé… laissez-la respirer, vous allez l'étouffer. Pardonnez-moi, je manque à tous mes devoirs. Puis-je vous offrir quelque chose à boire, un jus de fruits, un whisky, une bière ?

– Un verre d'eau, ce sera parfait.

– Un verre d'eau ? Vous êtes sûre ?

– Tout à fait sûre.

– Alors ce sera un verre d'eau. Venez, je vous conduis au bar.

Tout en resserrant mon blouson autour de son corps et en lançant encore de petits coups d'œil craintifs de biche aux abois autour d'elle,

elle me suit, mais elle a un mouvement de recul en arrivant près du bar. Je passe une main dans son dos par réflexe. En la sentant se raidir, je la retire aussitôt.

– Pardon.

– Ce n'est rien, s'excuse-t-elle. Ce serait plutôt à moi de m'excuser, Stan, mais… tous ces hommes, je…

– Ne faites pas attention à eux ! Malgré les apparences, et le fait que certains n'aiment pas l'eau, ce sont des mecs loyaux et dignes de confiance.

J'aimerais pouvoir l'en persuader, pour qu'elle perde ce regard d'animal traqué. Elle ne cesse de regarder autour d'elle : les couples sur la piste, les brebis à moitié à poil, se laissant tripoter et emballer, mes frères, au bar, bruyants, qui se tapent dans le dos et rient en descendant bière sur bière.

Elle me regarde avec un léger sourire.

– Ce lieu est étrange, je n'ai jamais rien connu de tel. Vous êtes des bikers, c'est ça ?

– Oui, une bande de gars à moto.

– Et… c'est tout ?

J'ai un geste du bras en montrant ce qui nous entoure ; je ne veux pas entrer dans les détails, du moins, pas pour le moment.

– Ce que vous voyez ici, c'est le club-house, le mec derrière le bar s'appelle Jay, et c'est un prospect. Un bleu, un débutant. Et là-bas, vous avez…

Je siffle pour réclamer un peu d'attention, et tous se retournent. Je lui désigne alors Elliott, Bill et Lohann, mes frères les plus proches ; ils sont venus lui souhaiter la bienvenue, mais je n'ai pas pris le temps de les lui présenter. À l'annonce de leur prénom, ils lui font une courbette, un petit signe de tête ou de la main. Elliott, ce bouffon, lui envoie des baisers du bout des lèvres, lui arrachant un sourire. Un sourire si magnifique que je me fais soudain la promesse de la faire sourire le plus souvent possible. Son visage en est transformé, ses traits se détendent visiblement. Il rayonne, ce qui la rend encore plus belle et encore plus désirable. Moins fragile, plus sûre d'elle. J'entrevois qui elle est vraiment : une femme forte, très certainement, qui s'est battue pour survivre et a réussi.

– Ils ont l'air heureux, finit-elle par dire.

Ses sourcils froncés, cette lèvre qu'elle mordille sans même s'en rendre compte, ses mains qu'elle tord nerveusement me donnent l'envie irrésistible de la prendre dans mes bras. De la serrer contre moi, pour lui apporter de l'apaisement, comme précédemment dans l'avion.

Oui, mais tout à l'heure, elle dormait, se moque une petite voix dans ma tête.

À son attitude méfiante et aux marques qu'elle a sur le corps, il ne faut pas être diplômé de Harvard pour comprendre que Dominguez lui a fait du mal. Certainement beaucoup de mal, et sans doute plus que je ne l'imagine.

– Vous le serez aussi si vous décidez de rester parmi nous.

Une fois de plus son sourire, doux mais incroyablement triste, me serre le bide, et ses yeux, qu'elle détourne pudiquement, s'emplissent de larmes. Je donnerais tout ce que j'ai, là, maintenant, pour amener un peu de paix dans son cœur et son âme meurtris.

– Vous êtes gentil, mais je ne serai plus jamais heureuse, ni ici ni ailleurs, murmure-t-elle.

J'allais lui demander pourquoi de telles pensées, de telles certitudes, alors qu'elle ne sait pas ce que l'avenir lui réserve, mais j'en suis empêché par l'arrivée d'Angela.

– Excuse-moi, Stan, mais je t'enlève notre invitée.

– Pas de souci, ma belle.

– Venez, Julia, je vous emmène.

– À plus tard, Julia.

– Oui, Stan, à plus tard.

– Merci de t'être occupé d'elle, me dit Angela.

Pas de quoi… tout le plaisir était pour moi…

Avant de quitter la pièce, Julia tourne la tête vers moi. Ses yeux me cherchent et se soudent aux miens dans un ultime contact, puis elle disparaît. Je reste comme un con au milieu du bar, le cerveau en ébullition et le cœur à l'envers.

Putain de Dieu, qu'est-ce que c'est que ce bordel ?

– Pas mal, hein, la petite ? lance Elliott en venant se planter à côté de moi. Elle t'intéresse, mon frère ?

– C'est un peu trop tôt pour le dire, mais elle ne me laisse pas indifférent, si c'est ce que tu insinues. Dis aux autres qu'elle est sous ma protection.

– Très bien, Stan, ce sera fait. Tu peux compter sur moi.

addictives

Romans déjà parus et à paraître

Rose Becker
Le Bébé, mon milliardaire et moi (aussi en poche)
Torride, sexy & dangereux
Forever You – saisons 1 et 2
Dangerous

Phoebe Campbell
Tes ordres sont mes désirs – volumes 1 à 3 (aussi en poche)
Lui résister… ou pas – volumes 1 et 2
Lui résister… ou pas – l'intégrale
You Again
Single Daddy. Try Me if You Can

Mia Carre
Bad for You
Teach Me Everything

Mélodie Chavin
Campus Rules (à paraître en avril 2020)

Olivia Dean
À lui, corps et âme – volumes 1 et 2 – poche

Stuart Evans
Roméo & Jules
Sea, Sex & You

Ann Fox
Spring Break – l'intégrale

Emma Green
Toi + Moi : L'un contre l'autre (aussi en poche)
Toi + Moi : Envers et contre tout (aussi en poche)
Toi + Moi : Seuls contre tous (aussi en poche)
Call Me Baby – volumes 1 et 2
Love Me if You Can
Call Me Bitch
Kiss Me if You Can
Bliss. Le faux journal d'une vraie romantique – volumes 1 et 2
Jeux interdits
Jeux insolents
Fallait pas me chercher ! – volumes 1 et 2

Corps impatients
Cœurs insoumis
Bliss. Le faux journal d'une vraie romantique – l'intégrale
Âmes indociles
Cent facettes de Mr Diamonds – l'intégrale
Jeux imprudents
(Im)parfait
Une toute dernière fois
Love Me if You Can – l'intégrale
It's Raining Love!
Kiss Me if You Can – l'intégrale
The Boy Next Room
Call Me Baby – l'intégrale
Call Me Bitch – l'intégrale
PS: Oublie-moi!
Fallait pas me chercher! – l'intégrale
Recherche coloc : emmerdeurs, râleurs, lovers… s'abstenir!
10 bonnes raisons de te détester (à paraître en avril 2020)

Kim Grey
Apprends-moi. My Stepbrother
Insolent Bastard

Megan Harold
Tout pour lui – volumes 1 et 2 – poche
Sublime-moi! – poche
Juste toi et moi – volumes 1 et 2
Breaking the Rules
Initiation with my Boss

Julie Huleux
Alpha Player

Kate Jacobson
Révèle-moi – volumes 1 et 2

Amber James
Contrôle-moi – poche

Lucy Jones
Perfect Lover. Envoûte-moi! – poche
Bad Secrets

Charlie Lazlo
Mon insupportable boss

Sienna Lloyd
Mords-moi!

Nina Marx
Soumets-moi ! – volumes 1 à 3
Escort Girl. Diamonds Private Club – poche
Rock You – l'intégrale de la trilogie *Soumets-moi !*

Caroline Mongas
Mariage forcé. Un contrat indécent

June Moore
Étreinte – volumes 1 à 3

Zoé Murat
Stepbrother Love

Clara Oz
Arrogant
Te séduire, te trahir

Heather Powell
Je te veux – volumes 1 et 2

Lisa Rey
Love Challenge

Lise Robin
Infiltrée. Sex, Drugs & Danger
Love Scandal

Alex Roussel
Ch't'aime. Moi non plus !
The Casting

Ana Scott
Dark Ride
Last Ride

Mina Shepard
Mon milliardaire, mon mariage et moi

Gabriel Simon
Sex Friends. Mon boss et moi

Ève Souliac
Sexy Mistake

Liv Stone
Love Lessons

Lisa Swann
Adore-moi ! – l'intégrale

Louise Valmont
Toi & moi, c'est compliqué !
Mine Again

Chloe Wilkox
Ordonne-moi ! – volumes 1 à 3
Ordonne-moi ! – l'intégrale
Wild Love. Bad Boy & Secret Girl – saisons 1 et 2
Extreme Lover – l'intégrale
Immoral

Luv

Romans déjà parus et à paraître

Ana K. Anderson
Indompté

Sophie Auger
Be with Me

Laura Black
Dark Initiation
Games of Desire

Juliette Brunel
Delicious

Anne Cantore
On the Road with You
Promets-moi. Louise et Marco

Sarina Cassint
Avec toi… peut-être
Insolent Boss

Mary Ann Davis
Coach Me Love

Nora Davy
Absolute Boss
Don't Resist

Gwen Delmas
Noël, toi & moi
Perfect Boss

Cléa Dorian & Ninon Vars
Dark Love

Audrey Dumont
The Pink Panthers

Laurie Eschard
Love Naked

Lil Evans
Savage Rider
Crash & Burn

Ena Fitzbel
Sexy Disaster

Alexandra Gonzalez
Shades of You

Erin Graham
Teach Me Love
The Boss

Joh Harper
Crazy Love

Iris Julliard
Prends-moi contre toi
Catch & Shoot

Lucie F. June
Fight with Darkness

Sara June
Rider in the Dark

Lena Jung
Mon coloc, mes désirs et moi

Emily Jurius
Love to Hate You

Ella Lores
Mariée par accident à un connard arrogant rencontré la veille...

Jessica Lumbroso
Emma X. Secrète et insoumise

Mila Mirelli
Dark Man in Love

Mag Maury
Fast Games
No Love, No Limits
My Hipster Christmas

Jeanne Pears
Insupportable coloc
Colocs & Sex Friends

Jeanne Périlhac
Only You... & Me

Silvia Reed
Darkest. La dernière heure
Too Close

Jana Rouze
Effet de vague – saisons 1, 2 et 3

Wendy Roy
Une seule fois (ou presque)

Ana Scott
À corps brisés

Léana Soal
Fight & Hope

Cara Solak
Perfect Obsession

Liv Stone
Initie-moi. Mes jours contre tes nuits

Lena K. Summers
Perfect Bad Boy

Kaly Swann
Austin – Breathe with Me

Lily Tortay
Dance for me

Flore Valier
Ta peau contre la mienne

Anna Wendell
Arrogant Bad Boy

Austin – Breathe with Me
Kaly Swann

Plus citadine que campagnarde, Jane est abasourdie quand sa meilleure amie l'envoie se ressourcer… au Texas !
Pourtant, elle doit bien admettre que les paysages sont magnifiques, ses hôtes adorables, le ranch grandiose…
Seul point noir ? Austin. Froid, désagréable, il se comporte en ours mal léché et fait bien comprendre à Jane qu'elle n'est pas la bienvenue dans son monde.
Mais la jeune femme refuse de se laisser impressionner par ce cow-boy aussi sexy qu'agaçant !
Entre eux, c'est électrique à chaque instant, et quand l'attirance et les sentiments s'en mêlent, ça devient explosif !

Auteure : Laura Black

Edisource – Éditions Addictives
100, rue Petit, 75019 Paris
Imprimé par FINIDR – Lipova cp. 1965 – 73 701 Cesky Tesin,
République tchèque
Dépôt légal : mars 2020 – Achevé d'imprimer : février 2020
ISBN : 978-2-37126-326-0
Réf. contrat : ZTYX_001